Karen Blixen

Nouveaux contes d'hiver

TRADUIT DE L'ANGLAIS
PAR SOLANGE DE LA BAUME

Gallimard

Titre original :

LAST TALES

© *Gyldendalske Boghandel, Nordisk*
Forlag A/S, Copenhagen, 1957.
© *Éditions Gallimard, 1977, pour la traduction française.*

Karen Blixen est née en 1885 à Rungstedlund, près de Copenhague, dans une famille aristocratique. Son père, le capitaine Wilhelm Dinesen, avait écrit de célèbres *Lettres de chasse*. Karen Blixen étudie les beaux-arts à Copenhague, suit des cours de peinture à Paris, en 1910, et à Rome, en 1912. Elle épouse en 1914 son cousin, le baron Blixen Finecke, dont elle divorcera en 1922.

De 1914 à 1931, elle habite au Kenya, où elle est propriétaire d'une ferme. Cette partie de sa vie lui inspire son livre le plus connu, *La Ferme africaine*. Elle avait débuté dès 1907 en écrivant des récits dans un journal littéraire danois, sous le pseudonyme de Osceola. Elle signera ses livres de divers noms : Isak Dinesen, Pierre Andrézel, Karen Blixen. Et elle écrira tantôt en anglais, tantôt en danois.

Loin du côté vécu et presque autobiographique de *La Ferme africaine*, l'autre versant de son œuvre est marqué par des œuvres d'imagination fantastique et baroque, comme les *Sept contes gothiques* et les *Contes d'hiver*.

Tel est cet auteur, à part dans son pays et dans son temps. Karen Blixen est morte en 1962. Quand il reçut le prix Nobel, Ernest Hemingway, qui a chanté lui aussi les paysages de l'Est africain, déclara qu'il regrettait qu'on ne l'ait pas plutôt donné à l'auteur de *La Ferme africaine*.

*Contes tirés
du roman « Albondocani »*

LE PREMIER CONTE
DU CARDINAL

— Qui êtes-vous ? demanda la dame en noir au cardinal Salviati.

Le cardinal, levant la tête, rencontra le regard des yeux grands ouverts de la dame et il se mit à sourire.

— Qui je suis ? répéta-t-il. En vérité, madame, vous êtes la première de mes pénitentes qui m'ait jamais posé cette question, la première, certes, qui ait jamais paru imaginer que je puisse avoir une identité personnelle à révéler. Je ne m'attendais pas à une telle question.

La dame restait debout devant lui. Sans le quitter des yeux, elle tirait machinalement sur de longs gants.

— Hommes et femmes, poursuivit le cardinal, sont, dans le passé, venus me trouver pour me demander conseil. Certains dans un état de profonde détresse...

— Comme je le suis moi-même, s'écria la dame.

— Dans un état de détresse et d'angoisse profondes, pas plus profondes cependant que la compassion que chacun d'eux m'inspirait. Ils m'ont confié leurs difficultés de toute sorte. Madame, toutes leurs déclarations et leurs raisonnements se ramenaient à des variations sur la même question qui leur venait du fond du cœur : « Qui suis-je ? » Quand j'étais capable d'y répondre, quand je réussissais à leur donner le mot de l'énigme, ils étaient sauvés.

— Comme moi-même, s'écria derechef la dame en

9

noir. Lorsque je vous ai parlé, pour la première fois, du terrible conflit, du cruel dilemme qui me déchire, je vous ai livré, je le sais, des détails sans lien entre eux, contradictoires, et si douloureux que je me vois forcée de me boucher les oreilles quand j'y repense. Puis, à mesure que nous parlions, ces détails se sont ordonnés, pour former un ensemble cohérent. Qui certes n'a rien d'idyllique — je me rends parfaitement compte que je suis prête pour un *furioso* — mais où il n'y a plus de note discordante. Vous m'avez révélée à moi-même. Je pourrais dire que vous m'avez créée, que c'est de vos mains que je suis venue à la vie, non sans que j'en aie éprouvé à la fois bonheur et souffrance. Mais ce n'est pas cela : mon bonheur et ma souffrance ont été d'autant plus grands que vous m'avez fait comprendre que j'avais déjà été créée, oui — créée — par Dieu lui-même, que j'étais sortie de ses mains. Depuis ce moment, qu'est-ce qui, sur cette terre ou au ciel, peut me troubler ? Aux yeux du monde, il est vrai, je suis au bord de l'abîme, je vais dans la tempête dans la montagne sauvage, mais tempête, abîme et montagne sont l'œuvre de Dieu et, comme telle, d'une beauté, d'une grandeur infinies.

Elle ferma les yeux puis les rouvrit au bout d'un instant :

— Cependant, reprit-elle, et sa voix était douce comme le murmure d'un violon, je voudrais obtenir de vous encore une faveur. Je vous demande de répondre à ma question. Qui êtes-vous ?

— Madame, dit le cardinal après un long silence, je n'ai pas l'habitude de parler de moi et votre question m'intimide un peu. Mais je ne veux pas vous laisser partir — peut-être ne nous reverrons-nous jamais — sans avoir exaucé votre dernier souhait. D'ailleurs, ajouta-t-il, je commence en vérité à prendre intérêt à votre question. Permettez-moi cependant, pour ménager ma modestie, de vous répondre à la manière classique, en vous racontant une histoire. Asseyez-vous, madame, l'histoire peut vous paraître un peu compliquée et je suis un conteur un peu lent.

Sans un mot de plus, la dame prit place dans le fauteuil que désignait le cardinal. La bibliothèque où ils se trouvaient était une pièce haute de plafond et froide : les bruits de la rue n'atteignaient l'oreille qu'à la façon du murmure insouciant de la mer paisible.

Une fille de quinze ans, commença le cardinal, pourvue des dons les plus riches du cœur et de l'esprit et d'une parfaite innocence, fut donnée en mariage à un gentilhomme dévot et bourru, ayant le triple de son âge, qui avait pris femme pour assurer la survivance de son nom. Un fils leur naquit, mais l'enfant était de santé délicate et n'avait qu'un œil. Les médecins, qui attribuèrent cette pénible disgrâce à l'extrême jeunesse de la mère, conseillèrent à son mari de laisser passer quelques années avant d'avoir un autre enfant. Non sans quelque amertume, le mari décida de suivre leur conseil et fixa en lui-même le délai d'attente à trois ans. Afin de ne pas exposer, pendant ces trois années, une femme inexpérimentée aux tentations du monde, il résolut de s'installer dans un château dont la vue donnait sur un paysage de montagnes, magnifique mais solitaire et il engagea, en qualité de *dame de compagnie*[1], une tante vieille fille, ruinée mais au cœur fier. Et afin que l'inquiétude quotidienne au sujet d'un enfant fragile et menacé ne risquât pas de porter atteinte à la jeune vitalité de la Princesse, il plaça son fils en nourrice dans la famille d'un fermier d'une de ses terres. Peut-être le prince Pompilio, qui généralement se fiait à son propre jugement, n'eût-il pas dû céder si facilement à l'avis des médecins. Sa jeune femme avait accepté jusqu'ici les circonstances de sa vie, son mariage, son mari, son

1. En français dans le texte. *(N.d.T.)*

11

palais, son carrosse, l'admiration d'une société brillante et, pour finir, ce frêle petit garçon, exactement comme elle avait accepté auparavant poupées et chapelets, la règle de son couvent et sa propre transformation d'enfant en écolière, d'écolière en jeune fille. L'éloignement même de son enfant, elle l'avait supporté de la même façon, comme un décret des puissances supérieures. Pendant sa grossesse, alors qu'elle était couvée et gâtée par tout son entourage, elle en était venue à se considérer comme le vase fragile et précieux contenant la semence auguste en attente de germination et, en fin de compte, c'était au vieux nom de son mari qu'elle avait donné naissance. Sa part personnelle dans l'aventure n'était plus aujourd'hui que le souvenir, à peine douloureux, du faible petit cri d'un enfant. Pendant ces trois années passées au bord d'un lac de montagne, elle apprit à rêver. Le château contenait une belle bibliothèque. Le propriétaire y passait tout le temps qu'il pouvait dérober à l'administration de ses domaines et aux visites d'ecclésiastiques éminents. Sur les rayons, on voyait le dos de lourds volumes qui enfermaient tout le savoir du passé. Mais parfois, au cours des trois derniers siècles, des ouvrages d'une pensée plus légère, nostalgiques frivoles, poétiques s'y étaient glissés. Un jour que son mari était absent, la Princesse trouva le chemin de la bibliothèque. Cette grande pièce froide qui n'avait connu jusqu'alors que des visages sombres et tristes abrita un jeune être en mousseline fraîche, dont les lourdes tresses, tandis qu'elle lisait, tombaient devant elle, caressant le parchemin. Elle semblait soulevée de son siège par ses soupirs de tristesse ou de ravissement, comme s'ils soufflaient, l'entraînaient de-ci de-là sur les dalles de marbre. La bibliothèque s'éprit de la Princesse, devint un bosquet de verdure autour d'une naïade, déversant sur elle les doux fruits réclamés par le cœur de la nymphe.

Un pareil excès de lecture, songeait le Prince, risquait de compromettre la santé physique et morale de son épouse. Il fallait l'occuper autrement. La princesse Benedetta avait une voix pure et agréable et, au cours de la seconde année d'attente, le Prince engagea pour elle un vieux professeur de chant autrefois chanteur d'opéra. Elle se donna à la musique comme elle s'était d'abord donnée aux livres; elle avait écouté, maintenant elle chantait. Elle sentit que le chant était un langage raisonnable où l'on pouvait donner libre cours à l'expression de ses sentiments. Elle s'accorda sans peine avec la *cadenza*, aussi bien avec la *cadenza* pleine et parfaite qu'avec la *cadenza* rompue, la *cadenza d'inganno*, dont les dictionnaires de musique disent qu'elle rompt brusquement l'accord parfait qu'attend l'oreille par un final inattendu, étrange, et qui inquiète. Là, lui disait son cœur, était évidemment la règle infaillible de l'irrégulier.

D'agréables rapports d'amitié ne tardèrent pas à s'établir entre le professeur et l'élève. Le vieux maestro distrayait la jeune femme avec de vieux airs d'opéra et, au cours de la troisième année, il obtint de son mari qu'il consentît à le laisser accompagner la Princesse et sa tante à Venise, où l'on donnait *Achille à Scyros*, le chef-d'œuvre de Métastase. C'est là qu'elle entendit chanter Marelli.

Comment décrire l'extase qui, en quelques heures, la transporta tout entière ? Ce fut comme la naissance à une vie nouvelle, le bouleversement délicieux, inexprimable, qui remua toutes les fibres de son être, la transformation radicale qui révéla à elle-même la femme qu'elle était. *Gratia*, saint Thomas d'Aquin lui-même l'affirme, *supponit et perficit naturam :* la Grâce présuppose la Nature qu'elle porte à son point de perfection. Tout homme de cœur et d'imagination le sait d'expérience, n'importe quel amant au monde est disciple du Docteur angélique. Je borne là mon ana-

13

lyse, je ne m'aventure pas à rivaliser avec saint Thomas.

Au septième rappel, avant le tomber final du rideau, — pendant que toute la salle debout applaudissait frénétiquement, — entre la scène du théâtre et la loge dorée d'un gentilhomme, une paire d'yeux bleus et une paire d'yeux noirs échangèrent silencieusement un long, un profond regard, le premier et le dernier.

Ne souriez pas, même de pitié, du fait que le jeune homme qui éveille cette jeune femme à la vie du cœur est un homme de l'espèce de Marelli, un *soprano* formé au conservatoire de Sant'Onofrio qui avait été, une fois et pour toujours, coupé — non, ne riez pas — de la vie réelle. Admettez plutôt que cette aventure d'amour participait des choses célestes et s'accordait avec une harmonie voulue.

De vieilles courtisanes m'ont raconté qu'au cours de leur carrière elles avaient rencontré de jeunes amants dont les étreintes avaient le pouvoir de rendre à celles qu'ils aimaient une virginité perdue depuis longtemps. Ne peut-il exister, de la même manière, de jeunes amoureuses avec un tel génie d'amour que leur regard puisse donner à celui qu'elles distinguent une virilité de demi-dieu ?

Tout compte fait — qu'un désir soudain et passionné choisisse pour objet l'inaccessible — cela peut être, dans la vie, dramatique ou ridicule, mais, en tout cas, cela n'est pas rare. Chez les très jeunes gens, cela est même répandu parce que, pour eux, l'amour de la mort et son mépris se confondent en une seule et même passion héroïque.

Leurs yeux se rencontrèrent ! Le jeune et infortuné chanteur fut-il atteint d'une blessure au cœur de la même manière que la Princesse ? Les autorités s'accordèrent pour reconnaître que cette année-là, à Venise, il était arrivé quelque chose au soprano Giovanni Ferrer qui chantait sous le nom de Marelli. Son principal biographe, peut-être en raison d'une

14

partialité excessive pour le triste destin de son héros, interprète les faits de façon différente, mais ne les conteste pas. L'aigu le plus célèbre du monde entier se modifia. Jusque-là, ce n'avait été qu'un instrument céleste, porté de théâtre en théâtre par un mannequin d'une élégance et d'une grâce exquises. Il était soudain devenu la voix même d'une âme humaine. Lorsque, plusieurs années plus tard, Marelli chanta à Saint-Pétersbourg, l'impératrice Catherine, qui ne passait pas pour avoir la larme facile, sanglota pendant toute l'exécution du programme et s'écria : « *Ah! que nous sommes punis pour avoir le cœur pur* [1]. » Le pauvre Giovanni devait pendant toute sa vie rester fidèle aux yeux noirs de la dame de Venise.

Hélas! la princesse Benedetta montra moins de constance. Au cours de sa seconde, de sa troisième et de sa quatrième jeunesse, son nom se trouva mêlé à un assez grand nombre d'aventures scandaleuses. Je suis la seule personne à savoir que, pendant tout ce temps, un ange gardien, beau, bienveillant et grave, veillait sur elle, veillait à ce qu'il y eût toujours de la musique dans son cœur. Maintenant, si tel est votre sentiment, vous êtes libre de sourire de ce que cette dame éblouissante, séduisante, aux amours nombreuses, n'ait eu pour seul véritable amant que Marelli, l'amant d'aucune femme.

Peu de temps après l'épisode de Venise, survint le terme du délai d'attente fixé par le prince Pompilio, et le mari, avec une grande dignité, revint auprès de sa femme.

Aucune main d'homme, durant ces trois années, n'avait effleuré le corps charmant de la princesse Benedetta et cependant ce n'était pas seulement l'œuvre du temps qui l'avait changée. Désormais, elle savait la nature et le prix de ce qu'elle abandonnait

1. En français dans le texte. *(N.d.T.)*

15

entre les bras de son mari, et pendant cette seconde nuit de noces, elle versa des larmes différentes de celles de la première.

La Princesse attendit un enfant mais, le plus longtemps possible, elle garda pour elle le secret de cet heureux événement. « *Caprice de femme enceinte*[1] », s'exclama le Prince, offensé par le décret de la nature qui confiait cette affaire d'importance à une femme, avant d'en informer son seigneur et maître. Même plus tard, elle demeura si étrangement silencieuse qu'il semblait qu'elle n'eût abandonné que la moitié de son secret et eût accroché toute son existence à l'autre moitié. Son médecin de famille lui avait prescrit de ne pas chanter et elle se soumit à cette recommandation comme elle s'était soumise à toutes les autres qu'il lui avait faites, car elle voulait que son fils fût éclatant de force et de grâce. Afin de se protéger contre la tentation, elle congédia même son vieux professeur de chant. Le vieil homme, en larmes, la bénit et l'embrassa à l'heure du départ, regagna son village natal où il vécut de la pension allouée par son ancienne élève et ne donna plus de leçons de chant. Mais au plus profond de l'esprit et du sang de la Princesse, chantait le charmant air de Métastase qui servirait, un jour, à son fils pour proclamer à la face du monde le triomphe de la beauté et de la poésie en même temps que son nom : « *Oh ! je sais à présent que je suis Achille.* »

Le changement de résidence n'avait pas affecté le mari autant que l'épouse. Quel que fût le décor, ville ou campagne, le prince Pompilio, en effet, n'y voyait que lui-même et son image. Mais l'eau qui tombe goutte à goutte, comme nous l'enseigne Lucrèce, use la pierre. La monotonie d'une existence campagnarde — sans grandes charges à la cour, sans rôle important

---

1. En français dans le texte. *(N.d.T.)*

à tenir dans les cérémonies religieuses ou dans les austères réunions politiques — devint bientôt pesante au maître de maison. Il chercha vaguement autour de lui ce qui pourrait soutenir le dogme fondamental de sa propre importance.

Il y avait au château un chapelain-bibliothécaire, don Lega Zambelli, petit homme bedonnant — je l'ai vu et n'ai pas oublié son visage — qui, parti de l'humble position de fils de porcher, était devenu, en cours de carrière, habile dans l'art de conduire les grands, surtout par la flatterie. Lorsque le Prince revint s'établir à la Villa, don Lega, installé dans sa paisible sinécure, manquait d'occasions pour pratiquer ses talents. A présent, il souhaitait la bienvenue à ce noble protecteur des Arts qu'était le Prince. Le maître de maison, de son côté, fut agréablement surpris de découvrir, dans la solitude sauvage des montagnes, un homme de tant de mérite et de discernement. En écoutant don Lega, il en vint à comprendre que, inapprécié de sa femme, malheureux dans son fils et héritier, loin du milieu privilégié où il était fait pour briller et, dans l'épanouissement de sa virilité, condamné au célibat, il avait reçu la faveur d'une épreuve particulièrement noble et précieuse. Il ne tarda pas à se considérer comme un martyr d'élection sur la terre, et un saint en puissance. Ses invités remarquèrent que, de mois en mois, les gilets et la figure de leur hôte s'allongeaient.

Un jour, six semaines avant la délivrance de la Princesse, il demanda cérémonieusement une entrevue à celle-ci et dans le *boudoir*[1] vert qui prenait vue sur la vallée et le lac, il lui fit un petit discours solennel. Il désirait l'informer de la décision à laquelle — au cours de sa longue méditation sur le triste état du monde — il avait abouti. Si sa patience était

1. En français dans le texte. (*N.d.T.*)

17

récompensée par la naissance d'un fils, l'enfant deviendrait un pilier de l'Eglise. Afin de découvrir le nom qui conviendrait à cette future lumière de la famille — car un nom est une réalité et un enfant se connaît lui-même par son nom — il avait fait consulter tous les hagiographes par le bibliothécaire pour arrêter son choix sur saint Athanase, connu sous le nom de Père de l'Orthodoxie. Comme parrains pour le jeune Atanasio, il avait, après une pieuse délibération, choisi le cardinal Rusconi et le très saint évêque de Bari.

La Princesse, pendant ce discours, avait gardé son métier à broder sur ses genoux et ses yeux sur le métier. Quand il eut terminé, elle leva les yeux et, très calmement, informa son mari qu'elle aussi avait songé à l'avenir et au nom de son fils et qu'elle avait pris sa décision. Elle avait donné un fils à la maison de son mari, désormais elle était libre. L'enfant à naître serait le fils de sa mère et le nourrisson des muses. Il se nommerait Dionysio en souvenir du dieu inspirateur d'extase — car un nom est une réalité et un enfant se connaît lui-même par son nom —, et comme parrains de son fils elle avait choisi le poète Gozzo, le compositeur Cimarosa et le jeune sculpteur Canova.

Le Prince fut d'abord profondément surpris, puis plus profondément choqué d'entendre sa femme défier à sa face le Ciel et lui-même. Avant qu'il ait pu trouver les mots pour exprimer ses sentiments, la Princesse reprit la parole, toujours aussi calme. Elle entendait lui rappeler, dit-elle, qu'en ce moment, l'enfant, au physique comme au moral, ne faisait qu'un avec elle-même et qu'il la suivrait quelque chemin qu'elle prît. Rien ne les empêchait, en réalité, de partir tous deux rejoindre, par exemple, une bande de bohémiens qui campaient dans les montagnes ou une troupe de jongleurs qui se produisaient dans les villages. Sous aucun prétexte — elle demandait à son mari de le comprendre — son fils ne pouvait lui apparaître sous la forme d'un pilier de l'Eglise.

Et sur ce dernier trait, la dame se leva de son fauteuil et fit un pas, un très petit pas, vers la porte, comme pour mettre sur-le-champ son projet à exécution. Le Prince, voyant l'ombre terrifiante du scandale public s'abattre soudain sur sa maison, se plaça vivement entre elle et la porte et, au second petit pas qu'elle fit en avant, encore sans voix, désespéré mais balourd, la retint par son bras fragile. Au moment où il la toucha, la Princesse s'évanouit. Son mari l'étendit sur le sofa, sonna ses chambrières et quitta le salon.

De retour dans ses propres appartements, il s'avisa de lui-même que, quelle que fût la manière dont il s'y prît, un homme ne pourrait ramener à la raison une femme dans son huitième mois de grossesse et, afin de ne pas courir le risque de renouveler une pénible expérience, il commanda sa voiture et partit pour Naples.

Six semaines plus tard, dans son palais de Naples, il reçut un message l'informant que sa femme était accouchée de deux jumeaux et que les médecins craignaient pour sa vie.

Pendant son voyage de retour au château, le prince Pompilio, dans sa voiture et pour la première fois de sa vie depuis son mariage, se livra à des réflexions sur le caractère et les dispositions de sa femme. Il se souvint de sa fraîcheur enfantine lors de leur première rencontre, de la grâce de ses mouvements, de ses tentatives un peu timides pour se confier : l'écho de sa voix lorsqu'elle chantait, la vibration juvénile de son rire retentirent avec une mélancolie troublante, étrange. Peut-être, pensa-t-il, avait-il lui-même manqué de patience à l'égard de la charmante enfant dont il avait fait sa femme. Aussi, s'il trouvait la princesse vivante, il lui pardonnerait. Et la Providence lui ayant à ce moment, par un procédé ingénieux, fourni le moyen de se montrer généreux, il commença à prendre plaisir à l'idée de l'être.

Quand il la vit d'une blancheur transparente dans son énorme lit à colonnes, fixant sur lui ses impénétrables yeux noirs, il résolut même d'être magnanime. Il toucha de la main ses doigts fragiles et lentement, solennellement, d'une voix distincte, de façon qu'elle fût capable de le suivre, il promit de satisfaire le désir qu'elle avait exprimé lors de leur dernière et orageuse rencontre.

Et pour prouver la valeur d'une parole de prince, il fit baptiser ses fils dans la chapelle. L'aîné fut appelé Atanasio et eut pour parrains le cardinal Rusconi et l'évêque de Bari. Le plus jeune fut appelé Dionysio et le poète Gozzo, le compositeur Cimarosa, le jeune sculpteur Canova furent inscrits comme ses parrains.

Le baptême terminé, la vieille grand-tante des enfants, ne se risquant pas à prendre des libertés avec le futur Prince de l'Eglise, attacha un ruban de soie bleu pâle autour du cou du petit Dionysio afin de le distinguer de son frère, car les deux enfants étaient aussi semblables que deux petits pois.

Au moment où la Princesse apprit qu'elle était la mère d'un Dionysio vivant, une faible rougeur colora son visage blanc et ce fut le début d'un surprenant rétablissement. Moins d'un mois plus tard, elle était assise dans son jardin de roses, regardant ses enfants et leurs nourrices. Elle avait insisté pour donner le sein à son plus jeune fils et ces contacts quotidiennement répétés entre ces deux êtres étaient — comme des baisers — un échange réciproque de force et de joie.

« Vous êtes une femme du Sud, madame, et vous ne serez pas surprise, comme les femmes françaises, plus frivoles, qu'une jeune et belle créature, avec le monde à ses pieds, ait trouvé la pleine satisfaction de sa nature sensible dans son amour pour son enfant. Vous savez que regarder nos mères du Sud jouer avec leur enfant et les caresser, c'est voir leur cœur s'enflammer et qu'un petit garçon encore dans ses langes peut bien être l'amant de sa maman. Il en est ainsi surtout dans les cas où une puissance divine a condescendu à prendre forme humaine et lorsque la jeune mère sent qu'elle cajole et câline un saint ou un grand artiste. Ma foi, nous avons sous nos yeux, chaque jour, l'image du commerce le plus haut entre mère et fils, qui contient tous les aspects de l'amour exalté, brûlant. Une jeune fille amoureuse peut rechercher sympathie et conseil auprès de la Vierge des Vierges et la Reine du Ciel, à la différence des vierges austères de ce monde qui ne savent rien de l'amour, ne décevra pas sa confiance et, en souvenir d'un nouveau-né porté sur ses genoux, elle l'écoutera et lui répondra à la manière d'une *grande amoureuse*[1]. Je ne blasphème pas, madame, quand j'exprime l'idée que la jeune mère d'un saint ou d'un grand artiste peut se sentir l'épouse du Saint-Esprit. Car il s'agit d'un jeu d'une innocence divine et la Vierge elle-même en sourira comme d'un enfant jouant avec un morceau de verre et captant le soleil du Ciel lui-même. »

Le Prince fit revenir son fils aîné et, pendant une quinzaine de jours, la vie de la famille rassemblée s'épanouit de façon inattendue, en idylle ; seule la Princesse savait que le bonheur de la maison rayonnait du berceau de l'enfant au ruban bleu pâle. Se trouvant elle-même entourée soudainement d'une famille de trois enfants comme une petite fille recevant à la fois trois poupées de grandeur naturelle, elle se donna de tout cœur à son rôle maternel, partageant sa tendresse également entre ses trois petits garçons et effaçant généreusement de son esprit les dissentiments passés avec leur père. Elle entendait la messe tous les matins dans la chapelle, elle écoutait patiem-

---

1. En français dans le texte. *(N.d.T.)*

ment le sermon de don Lega. Un certain après-midi elle prit l'air avec son mari dans leur voiture légère autour du lac et dans les routes de montagne et, vers le soir, elle l'entendit avec une douce attention avancer ses vues sur la politique et la théologie. Le Prince sentait que sa magnanimité avait été récompensée par un véritable changement du cœur de sa jeune femme.

Hélas ! l'idylle fut aussi courte que parfaite.

Six semaines après la naissance d'Atanasio et de Dionysio, pendant que le Prince et la Princesse étaient sortis, le bibliothécaire du château posa ses lunettes sur l'appui de la fenêtre au haut d'une pile de vieilles lettres adressées par le Saint-Siège aux illustres aïeux du Prince. Les rayons du soleil frappèrent les verres et mirent le feu à ces documents irremplaçables ; l'incendie s'empara des papiers poussiéreux et des livres, puis gagna les lambris et le plafond. Le pavillon, qui contenait au rez-de-chaussée la bibliothèque et, au premier étage, l'appartement des deux nouveau-nés, fut entièrement détruit.

De leur voiture, par-delà le lac, le père et la mère aperçurent une fumée s'élevant du château et l'enveloppant rapidement — et ils mirent leurs chevaux au galop. Lorsqu'ils franchirent l'avenue à toute allure, ils gardèrent un moment d'espoir en voyant que l'incendie avait été en partie maîtrisé : en effet, le corps principal du bâtiment est encore debout aujourd'hui. Mais quand ils s'élancèrent de leur voiture, de terribles nouvelles les accueillirent.

Au moment où le feu avait atteint l'appartement des enfants, une seule nourrice était présente. Elle avait arraché les deux enfants de leurs berceaux. Mais, dans l'escalier en flammes, ses vêtements avaient pris feu et elle-même, à demi étouffée par la fumée, s'était évanouie. Les autres serviteurs du château, conduits par l'intrépide vieille tante du prince Pompilio, qui avait crié à haute voix « Atanasio ! », s'étaient frayé un passage vers la nourrice et l'avaient traînée sur la terrasse. De ses légers et précieux fardeaux l'un avait été tiré vivant du pavillon, l'autre avait été déposé dans le hall du bâtiment principal, pâle et sans vie, sa petite âme innocente emportée dans les airs avec la fumée. Le ruban de soie bleu pâle avait disparu.

On m'a dit que, lorsqu'en vacillant elle atteignit le groupe des femmes en pleurs, la Princesse arracha l'enfant survivant des genoux où il reposait, ouvrit son corsage en le déchirant et mit l'enfant contre son sein comme si elle entendait, par ce seul geste, le faire sien pour toujours.

Le Prince, au cours d'un entretien avec un ami, au soir de ce même jour, montra une grande force d'âme. « La main du Seigneur, dit-il, s'est lourdement abattue sur moi, mais je dois essayer d'acquiescer à Sa Volonté. Béni soit saint Roch, le saint patron de ma maison, mon fils Atanasio m'a été laissé. »

Un second événement tragique suivit de près le premier. La noble et courageuse vieille dame du château, qui d'abord n'avait pas semblé mortellement atteinte par l'accident, succomba deux jours plus tard, soit à quelque lésion interne, soit au choc ressenti. L'étrange fut que pendant son dernier jour, elle ne cessa d'invoquer le nom de Dionysio et, dans son discours incohérent, donna libre cours à de bizarres divagations que personne ne comprit. « Ne savez-vous pas, criait-elle, que je suis une nymphe du mont Nysa et la gardienne élue de cet enfant ? »

La princesse Benedetta n'essaya jamais d'aborder la question de l'identité des enfants. La joue gauche de son petit garçon était barrée d'une longue brûlure dont la cicatrice lui resta pendant toute sa vie. Souvent sa mère, même lorsqu'il fut devenu un grand jeune homme et eut cessé d'être son petit amoureux, embrassait cette cicatrice comme si elle y voyait une preuve que le ruban de soie bleu pâle détruit par le feu lui avait été noué au cou, jadis. Le fils devenu un vieil homme se rappelait aussi le petit nom affectueux de

Pyrrha dont elle l'appelait dans leurs moments les plus intimes de détente et de confiance. Pendant un an, elle porta le deuil avec beaucoup de dignité. Son calme causait au Prince un vague malaise : par moments il regardait la mère et l'enfant avec une étrange méfiance.

Pour la maisonnée et pour les amis, le petit garçon demeurait Atanasio. Le nom de « Dionysio » ne survivait que sur une plaque de marbre du mausolée familial. Quant à don Lega Zambelli, dont la négligence avait causé le désastre, ses jours heureux en qualité de conseiller et de soutien du Prince prirent fin. Il fut congédié du château, renonça à la carrière ecclésiastique et, après maintes vicissitudes, fut engagé par un illustre milord anglais. La veille du jour où il fut ordonné prêtre, Atanasio rencontra, par hasard, l'ancien chapelain de son père et il médita sur le rôle que ce gros homme avait joué dans sa jeune vie.

Ce fut pendant les années qui suivirent la catastrophe que la beauté de la princesse Benedetta, ses talents et sa joie de vivre, s'épanouirent. Nous avons dit déjà qu'au cours d'une période de sa vie, elle avait appris à rêver. Désormais, elle en avait fini avec le rêve, elle avait besoin de réalité.

Son fils, qui n'avait connu d'elle que la grande dame, chercha, plus tard, à se former une image de Benedetta jeune.

« Chère mère, pensa-t-il, vous avez été une loyale et intrépide quêteuse de bonheur, vous avez voulu que le monde fût un lieu de gloire et la vie une belle et agréable entreprise. Un homme, dans votre situation, aurait pu se troubler, s'égarer au point de perdre confiance dans son propre jugement, se détourner des réalités, se réfugier dans les illusions. Mais votre sexe possède des sources et des ressources qui lui sont propres : il change sa vie par un décret du Ciel et, pour une jolie femme, la beauté est une réalité impérissable et indiscutable. Une femme charmante comme vous peut, certes, se sentir solide et assurée sur la corde raide ou sur une pointe d'aiguille, avec cette réalité en guise de balancier. Vous avez été jusqu'à présent, sur les grandes eaux de l'existence, un frêle esquif luttant dans le creux et à la crête des vagues pour rester à flot ou à l'horizontale en prenant pour guides les étoiles. Maintenant, vous larguez les voiles, vous naviguez, frayant courageusement votre route contre vents et marées, vous êtes un navire parfaitement gréé. Et, ô ma mère, dans votre orgueil et votre exubérance, il est toujours entré une très profonde humilité. » Ici, il aurait même pu, avec un soupir, se citer à lui-même des vers d'un grand poète : « Humilité, ce que je n'eus jamais. »

Ainsi, au palais ou au château, la vie quotidienne de la jeune Princesse prenait peu à peu, en effet, l'allure d'une régate pleine de majesté et de grâce, où flottaient de gaies banderoles. Son cercle d'amis s'élargit jusqu'à inclure tout ce que la région comptait d'esprit, de luxe, d'élégance, de romanesque et, à l'extérieur de la grille du palais, les pauvres des rues s'assemblaient pour voir la maîtresse des lieux monter en voiture, en s'écriant : « Bella, Bella... »

Le Prince, après avoir considéré la carrière de sa femme avec surprise et inquiétude, fut, avant même de s'en rendre compte, dominé, réduit à l'impuissance. Par la suite il en vint à accepter dans un éclat suprême, le rôle d'un saint monarque détrôné.

Peut-être sa vanité trouvait-elle même une sorte de satisfaction mélancolique au renom et à la gloire de son *Palazzo* et dans l'envie ressentie dans les autres *Palazzi*. Désormais, aux yeux du monde, les relations entre les époux princiers prirent la forme d'une amitié cérémonieuse.

Dans cette maison le petit Atanasio grandit en personnage important même s'il l'ignorait. Des maîtres éminents et des précepteurs en toutes sortes de matières, attachés à la personne des deux jeunes princes, allaient et venaient dans le château. Ercole, l'héritier du nom qu'il transmettrait un jour, fut rompu à toutes les connaissances et à tous les talents d'un gentilhomme et d'un courtisan tandis qu'Atanasio apprenait le grec, l'hébreu, les Pères de l'Eglise, tout en jetant parfois un regard d'envie sur les exercices plus frivoles. Cependant, comme l'aîné désirait avoir constamment la compagnie du cadet et que l'on constata qu'il faisait des progrès plus rapides quand celui-ci partageait ses leçons, le petit garçon d'esprit vif et appliqué fit en sorte de devenir fin cavalier et habile à jouer de la harpe comme à danser le menuet. Il était le favori du cercle de sa mère et à l'aise dans le grand monde, aussi heureux à cheval que dans la fréquentation des classiques et, durant les séjours de la famille au château, il prenait plaisir aux randonnées solitaires dans les montagnes.

Il reste, madame, que le devoir d'exister et de grandir n'était pas facile pour cet enfant. Ce n'est jamais un devoir facile pour un enfant qui, dans ses rapports avec son père et sa mère, se trouve placé sur la ligne de feu entre deux forteresses ennemies. Mais cela était particulièrement ardu pour celui dont nous parlons, d'autant plus que son père et sa mère voyaient sa petite personne sous des éclairages totalement différents, lui prêtaient même deux personnalités diamétralement opposées.

Pour son père, il était, depuis le début, le Prince de l'Eglise et la gloire de son nom. Tout en maintenant son fils à l'étude du latin et du grec, en ne lui accordant que peu de liberté et aucune distraction. Le Prince usait toujours, à l'égard du futur prélat, de manières extrêmement pompeuses avec une pointe de révérence. Pour sa mère, le joli petit garçon — outre qu'il était en lui-même adorable — figurait l'enfant-prophète de la beauté et des délices terrestres. Elle passait beaucoup de temps en sa compagnie, éprouvait même de l'ennui quand une intrigue l'éloignait de lui ; par ses sourires et ses soupirs, elle le prenait pour confident, comme si elle eût éprouvé le désir de voir sa petite personne dans le rôle classique de Cupidon dénouant la ceinture de sa mère. L'enfant fut ainsi, dès l'âge le plus tendre, formé dans l'art de l'équilibre.

Il garda solide sa petite tête en adoptant et en perfectionnant, à la façon innocente d'un enfant, le caractère double de ses parents. Il voyait sa mère, gracieuse et bien-aimée, de l'œil du prêtre, à la fois médecin et jardinier spirituel, l'observant avec tendresse et indulgence, la reprenant avec douceur, à l'occasion, et lui imposant de légères pénitences. Il regardait son père avec les yeux de l'artiste, il observait l'austère personnage avec l'attention et l'approbation du connaisseur qui suit les évolutions d'un acteur ou d'un danseur de ballet accompli. Pour cet expert d'un très jeune âge, son papa était la touche finale, le coup de pinceau noir comme du charbon, qui rehaussait l'ensemble de couleurs exquis du Palazzo. Le père, qui n'avait paru pittoresque aux yeux de qui que ce fût, sentait vaguement la chose : en grandissant, le petit garçon lui devint indispensable.

Ainsi, la main d'un enfant harmonisa les éléments antagonistes d'une vie de famille anormale.

C'est, à ce qu'il semble, le moment de dire quelques mots d'Ercole. L'héritier du nom — petit garçon taciturne et morose qui ne montrait d'inclination pour aucun être humain et qui ne se distinguait que par une taille exceptionnellement haute, témoigna, pendant toute leur enfance commune, un attachement fidèle et loyal à son jeune frère. Dans la vie d'Atanasio il fut alors — peut-être parce qu'il était borgne — un appui et un soutien.

A l'âge de vingt-deux ans, le jeune prince Atanasio fut ordonné prêtre et, six mois plus tard, son frère et ami mourut subitement des suites d'un simple rhume de cerveau attrapé au cours d'une réception. Des trois fils nés de Pompilio et de Benedetta, Atanasio était désormais l'unique héritier du grand nom et de la grande fortune de la famille. Plus tard, le vieux Prince termina son rôle sur le théâtre de la vie, drapa autour de lui, dans les plis lourds du marbre noir, sa grandeur et sa solitude pour reposer dans le mausolée aux côtés de Dionysio. La jolie princesse Benedetta, telle une enfant au soir d'une journée, bâilla et abandonna ses poupées. Son fils, devenu entre-temps évêque, eut le bonheur de lui administrer l'extrême-onction.

— J'ai vu votre mère, dit la dame assise dans son fauteuil. Elle était une amie de maman et, quand j'étais une très petite fille, elle venait parfois à la maison dans les robes et les bonnets les plus jolis qui soient. Je l'adorais parce qu'elle était capable de sourire et de pleurer en même temps. Elle m'a donné un bocal de poissons rouges.

— Il y a une semaine, dit le cardinal, en fouillant dans les tiroirs d'un vieux secrétaire je suis tombé sur un petit flacon du parfum qu'elle avait fait fabriquer pour elle à Bologne — la recette doit en être perdue. Le flacon est vide mais il s'en dégage encore une odeur légère. Que de choses y sont contenues! Sourires — comme vous dites — et larmes, — intrépidité et crainte — invincible espoir et certitude du déclin, en bref, ce qui doit, je suppose, se trouver dans ce qui a appartenu à la plupart des dames qui sont mortes.

— Et ainsi, dit la dame après un silence, il restait à son fils, formé de bonne heure à l'art de l'équilibre, à promener dans les hauts lieux du monde, sous l'apparence d'une admirable harmonie, deux personnages incompatibles.

— Oh! non, madame, dit le cardinal, n'employez pas ce mot. Ne parlez pas d'incompatibilité. En vérité, je vous l'assure, vous pouvez rencontrer l'un des deux personnages, lui parler, l'écouter, vous confier à lui, être consolée par lui et, à l'heure de la séparation, être incapable de décider avec lequel des deux vous avez passé la journée. »

« Car qui, continua-t-il très lentement, qui, madame, est l'homme qui se trouve, pendant sa vie terrestre, le dos tourné vers Dieu et le visage vers l'homme, parce qu'il est le porte-parole de Dieu et qu'à travers lui, la voix de Dieu se fait entendre ? Quel est l'homme qui n'a pas d'existence personnelle parce que l'existence de chaque être humain est la sienne — et qui n'a ni maison, ni amis, ni femme, parce que son foyer est celui de toutes les créatures humaines et lui-même leur ami et leur amant ?

— Hélas, murmura la dame.

— Ne le plaignez pas, cet homme, dit le cardinal. Il est sacrifié, c'est vrai, toujours solitaire. Où qu'il aille, sa mission sera de briser les cœurs parce que, dans l'offrande à Dieu, il y a un cœur brisé et repentant. Cependant le Seigneur récompense son porte-parole. S'il est sans pouvoir, il lui a été donné cependant quelque chose de la Toute-Puissance. Calmement, comme un enfant dans la maison de son père couple et découple ses chiens favoris, il fait agir l'influence des Pléiades et libère le troupeau d'Orion. Comme un enfant dans la maison du père donne des ordres aux serviteurs, il lance des éclairs qui lui obéissent et lui disent : « Nous voici. » De même que la porte de la citadelle est ouverte au vice-roi, les portes de la mort lui sont ouvertes. Et, tel l'héritier présomptif à qui on remet les insignes de la Royauté, il connaît la lumière et la nuit.

— Hélas, murmura de nouveau la dame.

Le cardinal eut un petit sourire :

— Oh ! ne soupirez pas, chère et bonne dame. Le serviteur n'a pas été contraint, ni attiré par la ruse. Avant de le choisir, son Maître lui a parlé nettement et loyalement : « Tu sais, dit-il, que je suis le Tout-Puissant. Et tu as devant toi le monde que j'ai créé. Eh bien, donne-moi ton avis là-dessus. Crois-tu que j'aie voulu créer un monde paisible ? — Non, non, Seigneur », répond le candidat. « Ou bien que j'aie voulu, demande le Seigneur, créer un monde agréable et pur ? — Non, assurément », répond le jeune homme. « Ou bien un monde où il serait facile de vivre ? — Oh, Grand Dieu, non », répond le candidat. « Ou bien, tiens-tu, demande enfin le Seigneur, que j'aie eu le dessein de créer un monde sublime avec tout ce qu'il faut pour cela et sans que rien n'y ait été négligé ? — Oui », dit le jeune homme. « Alors, dit le maître, alors mon serviteur et mon porte-parole, prête serment. »

« Mais si, pousuivit le cardinal, votre tendre cœur s'émeut et fond de compassion, je puis vous dire, en même temps, qu'à celui qui est le serviteur de Dieu — si hautement favorisé à beaucoup d'égards —, certains avantages spirituels, accordés aux autres créatures humaines, sont certainement refusés.

— De quels avantages parlez-vous ?

— Je parle, répondit-il, de l'avantage du remords. A l'homme dont nous parlons, il est interdit. Les larmes du repentir, grâce auxquelles les âmes des nations ont le bonheur d'être lavées, ne sont pas pour lui. *Quod fecit, fecit !*

Il demeura silencieux pendant un instant, puis ajouta pensivement.

— Ainsi, à cause de son ferme renoncement au repentir et bien qu'il ait été condamné en tant que juge et qu'être humain, Ponce Pilate a pris rang immortellement parmi les élus, dès le moment où il proclama « *Quod scripsi, scripsi* ».

« Pour l'homme dont je parle, ajouta-t-il encore, après un silence plus long, dans les jeux et les combats du monde, il y a l'arc de Dieu.

— Dont la flèche, s'exclama la dame, perce, chaque fois le cœur.

— Ingénieux *jeu de mots* [1], madame, dit-il en riant, mais je me suis servi de ce terme dans un sens différent et j'avais dans l'esprit le fragile instrument, muet en lui-même, qui, dans la main du maître, exprime toute la musique que contiennent en puissance les instruments à corde et est en même temps interprète et créateur.

« Maintenant, répondez-moi, madame, conclut-il. Qui est cet homme ?

— C'est l'artiste, répondit-elle lentement.

— Vous avez raison, dit-il. C'est un artiste. Et quoi encore ?

— Le prêtre, dit la dame.

— Oui, dit le cardinal.

Elle se leva de son siège, laissant tomber sa mantille de dentelles sur le dossier et les bras du fauteuil, s'avança vers la fenêtre et regarda d'abord la rue puis le ciel. Elle revint mais resta debout comme au début de la conversation.

— Votre Eminence, dit-elle, en réponse à une question, m'a raconté une histoire dont mon ami et maître est le héros. Je vois le héros de l'histoire très clairement comme s'il était même lumineux et situé sur un plan supérieur. Mais, mon maître et conseiller, et mon ami, est plus éloigné qu'auparavant. Je ne le vois plus comme un être humain et, hélas, je ne suis pas sûre qu'il ne m'effraie pas.

Le cardinal éleva au-dessus de la table un coupe-papier d'ivoire, le tourna entre ses doigts puis reposa.

— Madame, dit-il, je vous ai raconté une histoire. On a raconté des histoires depuis que le langage existe et *sans* histoires, l'espèce humaine aurait péri comme elle aurait péri *sans* eau. On voit les personnages d'une histoire comme s'ils étaient lumineux et situés

1. En français dans le texte. *(N.d.T.)*

31

sur un plan supérieur, en même temps ils peuvent ne plus paraître tout à fait humains et vous pouvez à bon droit en être un peu effrayée. C'est exactement dans l'ordre des choses. Mais je vois, madame, continuat-il, je vois aujourd'hui apparaître un nouvel art du récit, une nouvelle littérature, une nouvelle catégorie des *belles-lettres*[1]. Ils nous sont, certes, déjà familiers et ont acquis une grande faveur auprès des lecteurs de notre temps. Et ce nouvel art, cette nouvelle littérature, pour sauvegarder l'individualité des personnages dans le récit, pour les conserver proches de nous et pour que nous n'en soyons pas effrayés, sont prêts à sacrifier l'histoire elle-même. Les personnages des nouveaux livres ou des nouveaux récits, pris un à un, sont si proches du lecteur qu'il sent rayonner d'eux une chaleur humaine, les prend sur son cœur et en fait, dans tous les événements de sa vie, des compagnons, des amis, des conseillers. Et, tandis que se poursuit cet échange de sympathies, l'histoire ellemême perd son épaisseur et son poids et s'évapore finalement comme le bouquet d'un grand vin dont la bouteille est restée ouverte.

— Oh, Votre Eminence, dit la dame, ne dites pas de mal de ce nouvel art de conter — enchanteur — dont je suis moi-même férue. Ces personnages vivants et sympathiques des nouveaux récits, comptent plus pour moi que mes amis de chair et de sang. En vérité, j'ai l'impression qu'ils m'entourent et quand, à la lumière d'une bougie, j'ai mouillé mon oreiller avec les larmes d'Ellénore, il me semble que c'est ma propre sœur, frêle et coupable comme moi-même, qui a versé mes propres larmes.

— Comprenez-moi bien, dit le cardinal, la littérature dont nous parlons, la littérature de personnages — si on peut l'appeler ainsi — est un grand art, une

1. En français dans le texte. *(N.d.T.)*

32

entreprise humaine noble, sérieuse et ambitieuse. Mais c'est une entreprise humaine. L'art divin, c'est l'histoire. Au commencement était l'histoire. A la fin, nous aurons le privilège d'en voir et d'en revoir le déroulement, et c'est ce qu'on appelle le Jour du Jugement.

« Mais, vous vous souviendrez, remarqua-t-il, comme par parenthèse et en souriant, que, dans le Livre, les personnages humains ne se manifestent que le sixième jour seulement — à ce moment il était fatal qu'ils apparussent — car là où est l'histoire, là s'assemblent les personnages.

« Une histoire, poursuivit-il, possède un héros et vous le voyez clairement et sur un plan supérieur. Quel qu'il soit en lui-même, l'histoire immortelle immortalise son héros. Ali-Baba, qui, par lui-même, n'était rien de plus qu'un honnête bûcheron, est le héros qui convient à une très grande histoire. Mais lorsque la nouvelle littérature régnera sans partage et que vous n'aurez plus d'histoires, vous n'aurez plus de héros. Le monde devra se passer d'eux — tristement — jusqu'au jour où les puissances divines jugeront bon, une fois de plus, de créer une histoire pour y faire paraître un héros.

« Une histoire, madame, possède une héroïne, une jeune femme qui, par la seule vertu d'exister, devient la récompense du héros et le prix de chacun de ses exploits et de chacune des vicissitudes qu'il a traversées. Mais, quand vous n'aurez plus d'histoires, vos jeunes femmes ne seront plus la récompense ou le prix de personne ni de rien. A la vérité, en pareil cas, je crains que vous n'ayez plus de jeunes femmes du tout. Car vous ne verrez plus la forêt à cause des arbres. Ou bien, ajouta-t-il comme plongé dans ses propres pensées, ce sera, au mieux, une pauvre époque, une triste époque pour une fière jeune fille qui n'aura personne pour lui tenir l'étrier et devra descendre de son blanc destrier pour se traîner dans la boue des chemins. Et, hélas! ce sera un pauvre et triste amant qui se tiendra auprès de sa dame pour la voir dépouillée de son histoire ou de son épopée et toute nue, muée en individu.

« L'histoire, enchaîna-t-il, c'est son essence et son dessein, place et déplace ces deux jeunes gens, le héros et l'héroïne, avec leurs confidents et leurs rivaux, leurs amis, leurs ennemis, leurs bouffons — et continue. Ils n'ont pas besoin de se torturer au sujet de ce qui doit être offert en holocauste. L'histoire vient à leur secours. Elle sépare les deux jeunes gens du courant de l'Hellespont et les unit, morts, dans le tombeau de Vérone. Elle prend le héros en main. Sa jeune femme échange une vieille lampe de cuivre contre une neuve, les Chaldéens forment trois partis, tombent sur ses chameaux et s'en emparent, lui-même prépare, de sa propre main, pour le repas du soir avec sa maîtresse, le faucon qui aurait sauvé la vie du jeune fils de celle-ci au moment où il va mourir. L'histoire prend en main l'héroïne et, au moment où elle lève sa lampe pour regarder la beauté de son amant endormi, elle lui fera répandre une goutte d'huile brûlante sur l'épaule. L'histoire ne ralentit pas son cours pour s'occuper elle-même de l'aspect ou du comportement de ses personnages — elle continue. Elle oblige le seul partisan fidèle du vieux héros fou à s'écrier terrifié : " Est-ce cela la fin promise ? " — continue — et, un instant plus tard, nous avertit calmement : " C'est cela la fin promise. "

— Seigneur, dit la dame, ce que vous appelez l'art divin me paraît à moi un jeu dur et cruel qui maltraite et raille ses créatures humaines.

— Il peut paraître dur et cruel, dit le cardinal. Cependant, nous qui remplissons notre haut office de gardiens vigilants de l'histoire, nous pouvons vous dire, en toute vérité, que pour ses personnages humains il n'y a au monde aucune autre voie de salut. Si vous leur dites — vous, lecteurs compatissants et

34

accommodants — qu'ils peuvent soumettre leur désespoir et leur angoisse à un autre tribunal, vous allez les décevoir et les moquer cruellement. Car, dans tout notre univers, l'histoire a seule autorité pour répondre à ce cri du cœur de ses personnages, à ce seul cri du cœur de chacun d'entre eux : " *Qui suis-je ?* " »

Il y eut un long silence.

La dame en noir resta absorbée dans ses pensées. A la fin, elle enleva distraitement sa mantille du fauteuil, la drapa autour de ses épaules et de son buste avec beaucoup d'élégance. Elle fit un pas vers l'homme puis s'arrêta. Au moment de se séparer de lui, elle avait pâli.

— Mon ami, dit-elle, cher maître, conseiller et consolateur. Je vois et je comprends maintenant que vous servez et que vous êtes un serviteur loyal et incorruptible. Je sens que le maître que vous servez est très grand.

Elle ferma les yeux, puis les rouvrit une seconde plus tard.

— Cependant, dit-elle, avant que je m'en aille, et peut-être ne nous rencontrerons-nous plus jamais, je vous demande de répondre encore à une question. Voulez-vous m'accorder cette dernière faveur ?

— Oui.

— Etes-vous sûr, demanda-t-elle, que c'est Dieu que vous servez ?

Le cardinal leva les yeux, rencontra les siens et sourit avec bonne grâce.

— Cela, dit-il, cela, madame, c'est un risque que les artistes et les prêtres de ce monde doivent courir.

LE MANTEAU

Quand le grand vieux maître, le sculpteur Leonidas Allori, surnommé le « Lion des montagnes », fut arrêté pour rébellion et haute trahison, puis condamné à mort, ses élèves pleurèrent et s'indignèrent. Car, pour eux, il avait été père spirituel, archange et immortel. Ils se rassemblèrent à l'hôtellerie de Pierino, en dehors de la ville, dans un atelier ou une mansarde où ils pouvaient sangloter à deux ou trois dans les bras les uns des autres ou — comme un grand arbre tend dans la tempête ses branches dénudées —, rassemblés en groupes, brandir vers le ciel dix paires de poings serrés en poussant des cris pour la délivrance de leur maître bien-aimé et la revanche contre la tyrannie.

Un seul d'entre eux continuait à vivre comme s'il n'avait ni appris, ni compris la terrible nouvelle. Et celui-là était le disciple chéri entre tous, celui que le Maître avait appelé son fils, en même temps le jeune homme l'appelait son père ; à qui il avait résolu de transmettre son art, son inspiration, sa gloire, comme on passe le flambeau. Les camarades d'atelier d'Angelo Santasilia prirent son silence, l'étrange état d'absence que révélait tout son comportement et le regard lointain avec lequel, quand ils lui parlaient, il semblait mettre entre eux et lui une distance infinie, comme l'expression d'une détresse sans fond. Ils

37

respectèrent sa douleur et le laissèrent seul. Mais la vraie raison de cet état d'absence chez Angelo était que son cœur était comblé — au point qu'il ne pouvait, sans éclater, rien contenir de plus — par sa passion pour la jeune femme du maître, Lucrezia. Leur amour et leur entente mutuelle étaient à ce moment allés si loin qu'elle lui avait promis d'être tout entière à lui.

Ici, il faut dire à la décharge de la femme infidèle que, longtemps, et dans un état de profonde agitation et d'alarme, elle avait résisté à l'impitoyable puissance divine qui la tenait entre ses mains. En invoquant les noms les plus sacrés, elle avait fait le serment, elle avait fait jurer à son amant aussi que plus jamais ils n'échangeraient mot ou regard dont le maître n'eût pu se réjouir. Comme elle sentait que ni l'un ni l'autre ne pourrait tenir pareil serment, elle engagea Angelo à se rendre à Paris pour étudier sous le grand artiste Foyatier. Tout fut préparé pour le voyage ; ce fut seulement lorsqu'elle comprit que cette résolution ne pouvait être tenue, qu'elle s'abandonna à son destin.

Le disciple infidèle, lui aussi, pouvait invoquer les circonstances atténuantes, même si celles-ci ne pouvaient être retenues par n'importe quel juge ou juré. Angelo, dans le cours de sa jeune vie, avait eu beaucoup d'aventures amoureuses et, chaque fois, s'était livré tout entier à sa passion — mais aucune de ses aventures n'avait fait sur lui une impression durable. Il était inévitable que, quelque jour, l'une d'entre elles l'emportât sur toutes. Et il était normal, il était peut-être inévitable, que la maîtresse élue fût la femme de son maître. Il n'avait aimé aucun autre homme comme Leonidas Allori. Il n'en avait jamais admiré un autre de tout son cœur. Il sentait qu'il avait été créé des mains de son maître comme Adam de celles de Dieu : et de ces mêmes mains il devait accepter sa compagne.

Le duc d'Albe, en Espagne, qui était un homme beau

et brillant, avait épousé une dame de la Cour sans beauté et de peu d'esprit, à qui il restait fidèle, et quand ses amis surpris le questionnaient d'un ton railleur, il leur répondait que la duchesse d'Albe devait nécessairement, de plein droit et indépendamment de ses qualités personnelles, être la femme la plus désirable du monde. Il en allait de même pour le disciple infidèle. Une fois que sa violente inclination amoureuse se trouva confondue avec le grand Art, pour lui l'idéal le plus élevé — et servie par sa profonde révérence pour Lucrezia — l'incendie s'alluma que bientôt il ne put plus contenir.

Leonidas de son côté n'était pas sans reproches. Inlassablement, au cours de conversations avec son élève favori, il s'était étendu sur la beauté de Lucrezia. Pendant qu'il faisait poser la jeune femme pour la ravissante, l'immortelle *Psyché à la lampe*, il avait fait venir Angelo pour que celui-ci s'essayât, auprès de lui, dans l'atelier, au même ouvrage, et il avait interrompu son propre travail, pour montrer les beautés de ce corps qui respirait et rougissait devant eux, sous le charme comme s'il s'était trouvé en face d'un chef-d'œuvre classique. De cette étrange communion entre le vieil artiste et le jeune ni l'un ni l'autre n'était véritablement conscient et si un tiers leur en avait parlé, ils l'auraient écarté avec indifférence, peut-être avec agacement. Lucrezia, elle, s'en doutait. Elle y sentait, non sans une sorte de vertige, la dureté et la froideur que l'on découvre dans le cœur des hommes et des artistes, même à l'égard de ceux que ce cœur chérit avec la plus profonde tendresse. Son propre cœur gémissait dans une solitude complète, tel l'agneau conduit à l'abattoir par son propre berger.

Il se trouva que Leonidas, sur de certains indices, s'aperçut qu'il était surveillé et suivi. Il en conclut qu'il était en grand danger, et l'idée de sa propre mort, de la fin prochaine de sa carrière d'artiste ainsi que de sa forte puissance vitale l'accapara tout entier. Il n'en souffla mot à ses familiers parce que, en quelques semaines, ils étaient devenus infiniment distants et, par là même, suivant les lois de la perspective, infiniment petits à ses yeux. Il aurait pu souhaiter achever l'œuvre qu'il avait entreprise mais bientôt cette œuvre même lui parut une distraction déraisonnable et déplacée comparée à l'objet qui, en fait, l'absorbait tout entier. Pendant tout ce temps, il se tut et, aux yeux de ses élèves, prit l'apparence d'un homme qui se couvre la tête de son manteau. De ce silence, ils attendaient un nouveau chef-d'œuvre, un nouveau témoignage de son génie et aucun d'eux ne devina que ce à quoi il se préparait lui-même était son propre anéantissement. Vers la fin, dans les jours qui précédèrent son arrestation, il mit un terme à son isolement et se montra exceptionnellement doux et attentif à l'égard de son entourage. Il avait, d'autre part, envoyé Lucrezia chez un ami, propriétaire d'un vignoble dans les montagnes à quelques lieues de la ville. Lorsque pour donner une raison à cet éloignement — car il ne voulait pas qu'elle pût se douter de la situation — il expliqua à Lucrezia qu'elle paraissait pâle et fébrile, il croyait lui-même se servir d'un prétexte occasionnel pour la persuader de se séparer de lui et il sourit du chagrin avec lequel elle accueillit sa décision.

Elle envoya aussitôt un mot à Angelo. Les amants, qui avaient anxieusement cherché le moyen de se retrouver et de satisfaire leur passion, se regardèrent dans les yeux avec la certitude triomphante qu'à présent, toutes les forces de la vie s'uniraient pour les servir et que leur passion était l'aimant qui, au gré de sa volonté, attirait et ordonnait tout autour d'eux. Lucrezia avait déjà visité la ferme. Elle expliqua à Angelo comment, par un certain sentier de la montagne, il atteindrait la maison. La fenêtre faisait face à l'ouest, la lune serait à son premier quartier, Lucrezia reconnaîtrait la silhouette de son amant à travers les vignes. Il ramasserait un caillou pour le lancer contre le carreau de la fenêtre, qui s'élevait un peu au-dessus du sol mais pas assez haut pour qu'un jeune homme vigoureux et souple aidé par une main tendue de l'intérieur, ne pût se hisser sur l'appui. Lorsque, au cours de leur entretien, ils en vinrent à évoquer cet instant, leur voix, à tous deux, défaillit. Pour se ressaisir, Angelo lui dit qu'en vue de cette expédition nocturne, il s'était acheté le beau manteau de poil de chèvre violet avec des broderies brunes qu'un ami campagnard, momentanément désargenté, lui avait proposé. Ils parlaient de tout cela dans la chambre de Lucrezia, voisine de l'atelier où le maître était en train de travailler, la porte ouverte. Le rendez-vous aurait lieu le soir non pas du samedi prochain mais du samedi suivant.

Ils se séparèrent et tandis que, pendant toute la semaine suivante, la pensée de la mort et de l'éternité accompagnait le maître, l'image du corps de Lucrezia contre le sien ne quittait pas le jeune disciple. Cette pensée, bien que ne l'ayant en réalité quitté à aucun moment, semblait constamment lui revenir à neuf comme un message oublié, surprenant et joyeux. « Ouvre-moi, ma sœur, mon amour, ma colombe, ma pure, car ma tête est pleine de rosée et mes boucles sont pleines des gouttes de la nuit. Tu es toute belle, mon amour : tu es sans tache. Je suis à ma bien-aimée et ma bien-aimée est à moi. »

Le dimanche matin, Allori fut arrêté et conduit en prison. Au cours de la semaine suivante, il subit plusieurs interrogatoires et peut-être le vieux patriote eût-il pu se justifier de certaines des accusations portées contre lui. Mais d'abord, le gouvernement était résolu, cette fois, à en finir avec un ennemi aussi dangereux et, d'autre part, l'accusé lui-même était décidé à ne pas bouleverser, en passant par des hauts et des bas, l'admirable équilibre d'esprit auquel il était parvenu. Il n'y avait en réalité depuis le début de l'affaire aucun doute quant à son issue. Le jugement fut rendu, l'ordre donné que le matin du dimanche suivant, ce célèbre fils du peuple fût placé contre le mur de la prison avant de tomber sur le sol pierreux, six balles dans la poitrine.

Pendant les derniers jours qui lui furent accordés, Leonidas demanda l'autorisation de recevoir quelques-uns de ses élèves dans sa cellule et sa requête fut agréée. Le premier qu'il réclama fut Angelo, mais on ne put le découvrir dans la ville. Nombre des entretiens que le maître eut dans sa prison avec les jeunes gens, ceux-ci les consignèrent par écrit et, dans les années suivantes, ils les reprirent pour se remplir l'âme de délices en même temps que du sentiment, impossible à exprimer, de la perte qu'ils avaient subie. Vers la fin de la semaine, le vieil artiste demanda à être libéré sur parole pendant douze heures pour se rendre là où résidait sa femme et prendre congé d'elle.

Sa demande ne fut pas exaucée mais cet homme possédait en lui une si grande force, sa réputation et la pureté de son cœur rayonnaient à tel point autour de sa personne, que ses paroles ne pouvaient mourir rapidement dans les oreilles de ceux à qui elles étaient adressées. La dernière requête du condamné fut réexaminée et pesée par ses juges, alors qu'il avait perdu l'espoir et l'avait presque oubliée.

Il advint que le sujet fut évoqué dans une maison où se trouvait présent le cardinal Salviati.

— Pas de doute, dit Son Eminence, que la clémence ne constituerait, en l'espèce, un précédent dangereux. Mais le pays — et la Maison Royale elle-même qui possède certaines de ses œuvres — ont contracté une dette envers Allori. J'ai le bonheur de posséder son *Centaure* et si parfois je ressens quelque abattement, il me rappelle, lui qui frappe le sol d'un pied frémissant, à une attitude d'esprit plus digne. Cet homme a souvent, par son art, rendu aux hommes la confiance en eux-mêmes et peut-être les hommes pourraient-ils aujourd'hui lui faire confiance.

Il réfléchit de nouveau à la question et continua :

— On dit que le maître — ne l'appelle-t-on pas le Lion des Montagnes — est profondément aimé de ses disciples. Nous pourrions nous rendre compte s'il a pu susciter réellement un dévouement capable de défier la mort — qui parmi nous ne désire pas en susciter un semblable ? Nous pourrions, dans ce cas, user de la vieille méthode qui permet à un prisonnier, même à un prisonnier condamné à mort, de quitter la prison pour un laps de temps déterminé, à la condition qu'il fournisse un otage qui mourra à sa place si lui-même ne revient pas en temps voulu.

« Allori, dit le cardinal, me fit, l'été dernier, l'honneur d'exécuter les bas-reliefs de mon château d'Ascoli. Il avait avec lui sa jolie jeune femme qui, autant que je m'en souvienne, s'appelait Lucrezia et un jeune disciple très beau, du nom d'Angelo, qu'il appelait son fils de même que le jeune homme l'appelait son père. Nous pourrions faire savoir à Leonidas qu'il aura droit à douze heures de liberté pendant lesquelles, comme il le désire, il pourra aller prendre congé de sa femme. Mais à la condition que ce jeune Angelo entre dans sa cellule au moment où lui-même la quittera et qu'il leur soit expliqué à tous deux, au vieil artiste comme au jeune, qu'en tout cas, à l'expiration des douze heures, une exécution aura lieu dans la cour de la prison. »

Le sentiment que, dans la circonstance, il convenait de se décider d'une façon qui sorte un peu de l'ordinaire, fit accepter la suggestion du cardinal par les puissants personnages de qui cette décision dépendait. Le condamné fut informé que sa requête avait été admise et à quelles conditions. Leonidas envoya un nouveau message à Angelo.

Le jeune artiste n'était pas chez lui lorsque ses

camarades s'y rendirent pour lui porter le message et le conduire à la prison. Bien qu'il n'eût prêté aucune attention à l'affliction de ses amis, elle l'avait cependant bouleversé et désolé, alors qu'à ce moment, il voyait l'univers comme étant d'une beauté et d'une harmonie parfaites et la vie, en soi, comme une faveur sans prix. Il s'était tenu à l'écart de ses amis par une sorte d'esprit d'opposition de même qu'ils s'étaient écartés de lui par un sentiment de respect et de compassion, et il s'était finalement évadé d'une atmosphère qui, sans que lui-même en eût conscience (car il ne s'occupait jamais de ses propres sentiments ou de ses humeurs mais les laissait prendre possession de lui et l'abandonner à leur gré), le choquait comme si elle avait moqué les dieux. Il avait parcouru à pied une longue distance pour se rendre au château du duc de Miranda en vue d'y contempler, dans les jardins, une statue grecque du dieu Dionysos, récemment exhumée. Sans en avoir vraiment conscience, il avait souhaité et résolu de voir une puissante œuvre d'art confirmer sa certitude de la divinité du monde.

Ses amis devaient donc l'attendre longtemps dans une petite chambre qui surplombait de haut la rue. A la fin, ils envisagèrent la possibilité qu'il ne revînt jamais et que l'un d'entre eux dût se proposer lui-même à sa place, ce qui suscita entre eux une rivalité passionnée. Quand celui qui avait été choisi entra finalement dans la pièce, ils se précipitèrent sur lui et l'informèrent du triste honneur qui l'attendait.

Le favori du maître avait si peu compris la nature et l'étendue du malheur qui avait fondu sur lui et sur eux tous, que les messagers durent recommencer leur récit. Quand enfin il comprit, il demeura pétrifié, en proie à la douleur la plus profonde. Tel un somnambule, il s'enquit du jugement et de l'exécution — et ses camarades, les larmes aux yeux, le renseignèrent. Mais quand ils en vinrent à la proposition faite à Leonidas et à la requête adressée par le prisonnier à

Angelo, la lumière reparut dans les yeux du jeune homme et la couleur à ses joues. Il demanda à ses amis, avec indignation, pourquoi ils ne l'avaient pas déjà informé ; puis, sans un mot, il s'arracha à leur étreinte pour se hâter vers la prison.

Mais, sur le palier, il s'arrêta, saisi par la solennité du moment. Il avait parcouru une longue route, dormi sur l'herbe, ses vêtements étaient couverts de poussière et il avait fait un accroc à l'une de ses manches. Il ne voulait pas paraître aujourd'hui dans cet appareil devant son maître. Il décrocha son grand manteau neuf de la patère où il était pendu, s'en revêtit.

Les gardiens de la prison étaient déjà informés de son arrivée. Il dut prouver son identité devant l'officier de service, dans une pièce mal tenue, puis l'officier et deux gendarmes le conduisirent jusqu'à la cellule du condamné où ils le firent entrer. Il se jeta dans les bras de son maître.

Leonidas le calma. Pour faire oublier au jeune homme le présent, il mit la conversation sur les constellations célestes dont il avait souvent parlé avec son fils et dans la connaissance de quoi il l'avait instruit. Bientôt ses grands yeux profonds, sa voix claire, élevèrent son élève jusqu'à lui comme si tous deux, la main dans la main, revenus plusieurs années en arrière, s'étaient entretenus dans un monde sublime et insouciant. Ce n'est que lorsque le maître vit les larmes sécher sur le jeune visage pâli, qu'il revint sur terre et demanda à son disciple s'il était réellement prêt à passer, à sa place, la nuit dans la prison. Angelo répondit qu'il en était sûr.

— Je te remercie, mon fils, dit Leonidas, de me donner douze heures qui seront pour moi d'une importance immense.

« Oui, je crois à l'immortalité de l'âme, continuat-il, et peut-être la vie éternelle de l'esprit est-elle la seule réalité authentique. Je ne le sais pas encore mais je le saurai demain. Toutefois, ce monde physique qui

45

nous entoure, ces quatre éléments : la terre, l'eau, l'air et le feu ne sont-ils pas, eux aussi, des réalités ? Et mon propre corps, mes os pleins de moelle, mon sang qui circule sans trêve et mes cinq sens glorieux ne sont-ils pas, aussi, divinement vrais ? D'autres pensent que je suis vieux. Cependant, je suis un paysan, de souche paysanne, et notre glèbe a été, pour nous, une nourrice austère et généreuse. Mes muscles et mes nerfs sont simplement plus fermes, plus résistants que lorsque j'étais jeune, mes cheveux aussi abondants qu'ils l'étaient alors, ma vue n'a pas baissé le moins du monde. Je perçois les sons, les odeurs, le goût du vin et du pain, je sens le contact avec les choses qui m'environnent, plus fortement et plus délicatement qu'auparavant. Tous ces dons, je vais les laisser ici, derrière moi, tandis que mon esprit ira de l'avant vers des voies nouvelles, la terre, ma terre bien-aimée de Campanie, prendra mon corps loyal dans ses bras loyaux et le confondra avec elle. Mais je veux, une fois encore, rencontrer la nature face à face et lui remettre ce corps en pleine conscience, comme pendant une douce et solennelle conversation entre amis. Demain, je regarderai l'avenir, je me recueillerai et me préparerai pour l'inconnu. Mais aujourd'hui, je m'en irai libre, dans un monde libre, parmi les choses qui me sont familières. Je regarderai les jeux somptueux de la lumière du couchant et, plus tard, la divine clarté de la lune avec, autour d'elle, les antiques constellations. J'entendrai la chanson de l'eau vive et goûterai sa fraîcheur, je respirerai les parfums doux-amers des arbres et de l'herbe dans l'obscurité et je sentirai le sol et les pierres sous la plante de mes pieds. Quelle nuit m'attend ! Tous ces présents à moi donnés je les étreindrai tous ensemble dans mes bras avant de les restituer dans un sentiment de profonde compréhension et avec gratitude.

— Père, dit Angelo, la terre, l'eau, l'air et le feu

doivent nécessairement vous aimer, vous en qui nul de leurs dons n'est gaspillé.

— Je le crois moi aussi, mon fils, dit Leonidas. Toujours, depuis le temps où j'étais un enfant à son foyer campagnard, j'ai cru que Dieu m'aimait.

« Je ne peux t'expliquer — car le temps qui nous reste est court — comment ou par quelle voie j'en suis venu à comprendre pleinement la confiance infinie de Dieu à mon égard. Ou comment j'en suis venu à comprendre que la confiance est le facteur suprême et divin du gouvernement du monde. Je sais que dans mon cœur j'ai toujours été fidèle à cette terre et à cette vie. J'ai réclamé la liberté ce soir pour leur parler avant que je me sépare d'elles et pour leur faire savoir que je ne leur suis pas infidèle mais que notre séparation est elle-même un engagement.

« Ensuite, demain, je serai capable de tenir mon engagement à l'égard de la grande Mort et des choses à venir. »

Il parlait lentement puis s'arrêta et sourit.

— Excuse-moi de tant parler, dit-il. Depuis une semaine, je n'ai parlé à personne que j'aimais.

Mais, quand il reprit la parole, sa voix et son attitude étaient profondément sérieuses.

— Et toi, mon fils, dit-il que je remercie de ta fidélité pendant nos longues années heureuses et ce soir — reste-moi pareillement toujours fidèle. J'ai pensé à toi pendant les jours passés entre ces murs. J'ai souhaité avec ferveur te voir, encore une fois, non pour ma propre satisfaction mais pour te dire quelque chose. Oui, j'avais beaucoup à te dire mais je dois être bref. Et me borner à ceci : je t'enjoins et je t'en supplie, garde toujours dans ton cœur la divine loi des proportions, le Nombre d'or.

— C'est avec joie, avec joie que je resterai ici cette nuit, dit Angelo, mais c'est encore avec plus de joie que je m'en irais cette nuit avec vous, comme pendant ces nombreuses nuits où nous avons vagabondé ensemble.

Leonidas sourit de nouveau.

— Ma route, cette nuit, dit-il, sous les étoiles, dans les sentiers herbeux et couverts de rosée de la montagne, me mène vers une chose et vers une seule. Pour une dernière nuit, je serai avec ma femme, avec Lucrezia. Je te déclare, Angelo, que pour qu'un homme — chef-d'œuvre de Dieu dans les narines de qui il a insufflé le souffle de la vie — puisse embrasser la terre, la mer, l'air et le feu et se fondre en eux, Dieu lui a donné la femme. Dans les bras de Lucrezia, je scellerai, dans la nuit d'adieu, mon pacte avec eux.

Il resta silencieux et calme pendant quelques instants.

— Lucrezia, dit-il alors, est cette nuit, à quelques lieues d'ici, confiée à de bons amis. Je me suis assuré, par eux, qu'elle n'avait rien su de mon emprisonnement, de ma condamnation. Je ne veux pas exposer mes amis au danger et ils ne sauront pas que je viens chez eux cette nuit. Je ne veux pas non plus venir à elle comme un condamné à mort avec, sur moi, l'odeur du tombeau : au contraire, notre rencontre doit être comme notre première nuit et le secret gardé à son égard passera pour une extravagance de jeune homme et une folie de jeune amant.

— Quel jour sommes-nous ? demanda subitement Angelo.

— Quel jour ? répéta Leonidas. Est-ce à moi que tu demandes cela, à moi qui ai vécu dans l'éternité, non dans le temps. Pour moi ce jour-ci s'appelle le Dernier Jour. Mais attends, laisse-moi réfléchir. Eh bien, mon enfant, pour toi et pour les gens qui vivent autour de moi, aujourd'hui s'appelle samedi et demain est dimanche.

« Je connais bien la route, dit-il songeur, après un court silence, comme s'il était déjà en chemin. Par un sentier de montagne, j'approcherai de sa fenêtre en passant derrière la ferme. Je ramasserai un caillou et le lancerai contre le volet. Alors elle s'éveillera, s'étonnera, elle ira à sa fenêtre, m'apercevra parmi les vignes et m'ouvrira. »

Sa poitrine puissante se souleva tandis qu'il poussait un soupir.

— Oh ! mon enfant et mon ami, s'exclama-t-il, tu connais la beauté de cette femme. Tu as habité dans notre maison et tu as mangé à notre table : tu connais aussi la douceur et la gaieté de son esprit, sa sérénité enfantine et son inconcevable innocence. Mais ce que tu ne sais pas, ce que personne au monde ne sait sauf moi, est l'infinie capacité d'abandon de son corps et de son âme. Comme cette neige peut brûler, Angelo ! Pygmalion, lui aussi, était sculpteur et l'unique fois où, de ses mains, il éveilla le marbre à la vie, le souvenir de cet instant le suivit, se prolongea comme un écho à travers toute sa vie. Mais j'ai expérimenté ce miracle à de nombreuses reprises et avant qu'il ne devînt un souvenir, il se renouvelait. J'ai caressé l'idée que le soleil, qui donne couleur et vie à toutes choses sur la terre, lorsqu'il s'abaisse derrière l'horizon verse dans son corps toute sa substance et son pouvoir. Non, cela il ne t'est pas possible de le comprendre. Mais elle a été pour moi toutes les belles œuvres d'art du monde, toutes dans le corps d'une femme unique. Dans ses bras, la nuit, se réparait mon pouvoir créateur du jour. Tandis que je te parle d'elle, mon sang se soulève comme une vague : « Ouvre-moi, ma sœur, mon amour, ma colombe car ma tête est pleine de rosée et mes boucles sont pleines des gouttes de la nuit. Ton corps est comme un palmier et tes seins comme des grappes de raisin. Je monterai au palmier, je saisirai les grappes de la vigne. »

Après quelques secondes, il ferma les yeux.

— Quand je reviendrai ici demain matin, dit-il, je viendrai avec les yeux fermés. De la porte, on me conduira ici, et, plus tard, devant le mur, on me mettra un bandeau sur les yeux. Je n'aurai pas besoin de mes yeux. Et ce ne seront pas les pierres noires, ni les canons des fusils que je laisserai dans mes chers yeux clairs quand je les abandonnerai. — De nouveau, il resta silencieux pendant un instant puis il dit, à voix basse : parfois, cette semaine, je n'ai plus été capable de me rappeler la ligne de sa joue depuis l'oreille jusqu'au menton. Au lever du jour demain matin, je la regarderai pour ne plus jamais l'oublier.

Quand il ouvrit de nouveau les yeux, son regard radieux rencontra celui du jeune homme. Il le regarda, un instant, et lui tapota légèrement la joue avec une douce bienveillance comme s'il avait été un enfant.

— Ne me regarde pas avec ce chagrin et cette inquiétude, dit-il et n'aie pas pitié de moi. Ce n'est pas cela que j'attends de toi. D'ailleurs, tu le sais, cette nuit je ne suis pas à plaindre. Mon fils, j'avais tort : demain, quand je reviendrai, j'ouvrirai les yeux une fois encore pour voir ton visage qui m'a été si cher. Qu'il soit heureux et paisible, comme lorsque nous travaillions ensemble.

Le gardien de la prison, qui avait laissé au maître et au disciple le temps de s'entretenir et de prendre leur décision et qui avait attendu de l'autre côté de la porte, tourna la lourde clé dans la serrure et entra. Il informa les prisonniers que l'horloge de la tour de la prison marquait six heures moins le quart : dans un quart d'heure l'un d'eux devrait quitter les lieux. Allori répondit qu'il était prêt, mais il hésita un moment.

— Ils m'ont arrêté, dit-il à Angelo, dans mon atelier et avec mes vêtements de travail. Mais la température peut devenir plus fraîche lorsque j'arriverai dans les montagnes. Veux-tu me prêter ton manteau ?

Angelo décrocha le manteau violet de ses épaules et le tendit à son maître. Tandis qu'il maniait maladroitement l'agrafe du col dont l'usage ne lui était pas familier, le maître prit la main du jeune homme et la retint.

— Quel homme somptueux tu es, Angelo, dit-il. Ton manteau est neuf et coûteux. Dans mon village natal, le marié porte un manteau comme celui-ci, le jour de ses noces.

« Te souviens-tu, ajouta-t-il, — alors que revêtu du manteau il était prêt à partir — d'une nuit où ensemble nous avons perdu notre chemin dans les montagnes ? Subitement, tu t'es écroulé, épuisé et glacé, et tu as murmuré qu'il t'était impossible de faire un pas de plus. Alors j'ai enlevé mon manteau comme tu viens de le faire maintenant et je l'ai enroulé autour de nous deux. Nous avons reposé pendant toute la nuit, dans les bras l'un de l'autre, et, couvert par mon manteau, tu t'es endormi presque immédiatement, comme un enfant. Cette nuit-là également, tu dois dormir. »

Angelo rassembla ses pensées et se rappela la nuit dont parlait son maître. Leonidas avait toujours été un montagnard beaucoup plus expérimenté que lui, de même que la vigueur de Leonidas avait toujours dépassé la sienne. Il se rappela la chaleur de ce grand corps comme celle d'un animal énorme et amical, pressé dans l'obscurité contre ses membres engourdis. Pendant cette nuit-là, c'était comme si le même sang eût circulé dans leurs deux corps, sous le manteau. Il se rappela ensuite que lorsqu'il s'était éveillé, le soleil était levé et que toutes les pentes de la montagne brillaient sous ses rayons. Alors, il s'était assis et s'était écrié : « Père, cette nuit vous m'avez sauvé la vie. » De sa poitrine s'échappa un gémissement silencieux.

— Nous ne nous dirons pas adieu cette nuit, dit Leonidas, mais, demain matin, je t'embrasserai.

Le gardien tint la porte ouverte pendant que cet homme à l'âme haute et droite franchissait le seuil. Puis, la porte se referma une fois encore, une fois encore la clé tourna dans la serrure, et Angelo se trouva seul.

Pendant les premières secondes, il considéra le fait que la porte était fermée et que personne ne pouvait venir à lui, comme un bienfait incomparable. Mais, aussitôt après, il tomba sur le sol, tel un homme que frappe puis écrase la chute d'un rocher. Il demeura ainsi étendu pendant un long moment, espérant que la mort viendrait.

Mais la mort ne vint pas, et il se dressa lentement sur les genoux, comprenant au même moment qu'il n'avait pas droit à cette attitude. Car les anges agenouillés dans le Ciel, il les avait sculptés dans cette position, mais lui-même était damné à tout jamais.

Dans ses oreilles résonnait l'écho de la voix du maître. Et devant ses yeux se dressait la stature du maître auréolée par le rayonnement d'un monde plus haut, par l'univers infini de l'Art. De ce monde de lumière dont son père lui avait autrefois ouvert l'accès, il était maintenant rejeté dans les ténèbres. Après que celui qu'il avait trahi l'avait quitté, il était complètement seul. Il n'osait plus penser aux cieux étoilés, ni à la terre, ni à la mer, ni aux fleuves, ni aux statues de marbre qu'il avait aimées. Si, à ce moment, Leonidas Allori lui-même avait voulu le sauver, il n'aurait pu y parvenir. Car être infidèle, c'est n'être plus rien.

Le mot « infidèle » fondait maintenant sur lui de partout, comme la grêle des cailloux sur l'homme lapidé, et il la reçut à genoux, les bras pendants. Mais quand enfin l'avalanche cessa et qu'après un silence, ces mots « le Nombre d'or » surgirent et résonnèrent faiblement, lourds de signification, il éleva les mains et les pressa contre ses oreilles.

« Et infidèle, pensa-t-il après un instant, pour une femme. Qu'est-ce qu'une femme ? Elle n'existe pas, jusqu'au moment où nous la créons, et elle ne vit que par nous. Elle n'est qu'un corps et elle n'est même pas un corps si nous n'y portons pas attention. Elle exige d'être appelée à la vie et elle réclame notre âme comme un miroir où elle puisse voir qu'elle est belle. Les hommes doivent brûler, trembler et périr pour qu'elle puisse savoir qu'elle existe et qu'elle est belle. Lorsque nous pleurons, elle pleure aussi mais de bonheur — car elle possède alors la preuve qu'elle est belle. Notre angoisse doit être tenue en éveil à toute heure — ou bien elle cesse d'exister.

« Tout mon pouvoir créateur, poursuivit-il, si les choses avaient pris le tour qu'elle voulait, se serait usé à la tâche de la créer et de la maintenir en vie. Jamais, jamais plus je n'aurais produit une grande œuvre d'art. Et quand je me serais désolé de mon malheur, elle n'aurait pas compris, mais elle aurait déclaré : " Voyons, tu m'as, moi. " Tandis qu'avec lui, j'étais un grand artiste. »

Cependant il ne pensait pas réellement à Lucrezia car, pour lui, il n'existait pas dans le monde d'autre être humain que le père qu'il avait trahi. De la même façon, à l'heure de la Chute, à l'heure où Adam fut banni du Paradis, la femme qui l'avait tenté et qui avait entraîné sa chute n'avait pas dû avoir, pour lui, d'existence réelle : l'affaire restait entre Dieu et lui.

« Ai-je jamais cru, se demanda Angelo, un instant plus tard, ai-je jamais cru que j'étais, ou que je pouvais devenir grand artiste, créateur de belles statues. Je ne suis pas un artiste, je ne créerai jamais une belle statue car je sais maintenant que mes yeux sont partis. Je suis aveugle. »

Après un nouvel intervalle de temps, ses pensées revinrent lentement de l'éternité vers le présent.

« Le maître, pensait-il, s'avancerait sur le sentier, s'arrêterait près de la maison, au milieu des vignes. Il ramasserait un caillou, le lancerait comme le volet et alors, elle ouvrirait la fenêtre. Elle appellerait l'homme au manteau violet comme elle avait coutume de le faire lors de leurs rendez-vous : " Angelo ! " Et le grand maître, l'ami sûr, l'homme immortel condamné à mort, comprendrait que son disciple l'avait trahi. »

Pendant le jour et la nuit précédents, Angelo avait beaucoup marché et peu dormi et, pendant toute la dernière journée, il n'avait pas mangé. Il se sentit fatigué à mourir. L'ordre de son maître, les derniers sons proférés dans la nuit de la cellule, « Tu dois dormir cette nuit », lui revinrent à l'esprit. Les ordres de Leonidas, quand il y avait obéi, il s'en était toujours bien trouvé. Il se dressa lentement sur ses pieds et se dirigea maladroitement vers la paillasse où son maître avait reposé. Il sombra presque aussitôt dans le sommeil.

Mais il rêva.

Il vit, une fois de plus et plus clairement qu'aupara-vant, la haute stature revêtue du manteau s'avancer sur le sentier de montagne, s'arrêter, se pencher pour ramasser un caillou et le lancer contre le volet. Mais, dans son rêve, il la suivit plus loin et vit la femme dans les bras de l'homme — Lucrezia ! Et il s'éveilla.

Il s'assit sur sa couche.

Rien de sublime ou de sacré n'existait plus au monde : la souffrance mortelle née de la jalousie physique lui coupa le souffle et le brûla. Envolé le respect du disciple pour le grand artiste, son maître ; dans l'obscurité, le fils grinçait des dents contre son père. Le passé avait disparu, il n'y avait plus d'avenir, toutes les pensées du jeune homme convergeaient vers une seule image : cette étreinte, là-bas, à quelques lieues de la prison.

Il retrouva une vague conscience et résolut de ne plus se rendormir.

Mais il se rendormit et refit le même rêve cette fois plus coloré et avec une foule de détails qu'il repous-sait, que seule pouvait avoir engendré une imagina-tion qu'il était, dans le sommeil, impuissant à maî-triser.

Lorsque, après ce rêve, il se retrouva une fois de plus

complètement éveillé, une sueur froide se répandit
dans ses membres. Non, il n'était pas Cham ou pire
que Cham et il n'y avait pas à crier à son propos :
« Maudit soit Chanaan, il sera l'esclave des esclaves. »
Mais on le *criait* sur sa tête et il ne pouvait fuir la
malédiction. Quand il eut tout réduit au silence
autour de lui, c'est lui-même qui la cria.

De sa couche, il aperçut quelques cendres encore
vives dans le foyer ; il se leva, plaça dessus son pied nu
et l'y maintint. Mais les cendres étaient presque
éteintes et se dispersèrent sous son talon.

Au cours d'un nouveau rêve, il suivait, silencieux et
caché, le voyageur sur le sentier de montagne, puis de
l'autre côté de la fenêtre. Son couteau à la main, il
bondissait en avant et le plongeait d'abord dans le
cœur de l'homme puis dans celui de la femme qui
reposaient dans les bras l'un de l'autre. Mais la vue de
leurs sangs confondus baignant le drap lui brûla les
yeux comme un fer rouge. A demi éveillé, assis une fois
de plus, il pensa : « Je n'ai pas besoin de me servir de
mon couteau. Je peux les étrangler avec mes mains. »

Ainsi passa la nuit.

Quand le geôlier le réveilla il faisait jour :

— Alors, vous pouvez dormir ? dit le geôlier. Alors
vous avez vraiment confiance en ce vieux renard ? —
Si vous me demandez mon avis, je vous dirais qu'il
vous a joué un fameux tour. L'horloge marque six
heures moins le quart. Lorsque l'heure sonnera, le
gardien et le colonel entreront et prendront l'oiseau
dans la cage, quel qu'il soit. Le prêtre viendra plus
tard. Mais votre vieux lion ne viendra jamais. Honnêtement — vous ou moi reviendrions-nous si nous
étions dans ses souliers ?

Lorsque Angelo comprit le sens des paroles du
geôlier, son cœur se remplit d'une joie indicible.
C'était comme pendant la nuit dont ils avaient parlé,
la nuit dans les montagnes, au moment où le soleil
s'était levé. Il n'y avait plus rien à craindre. Dieu lui

avait accordé cette issue : la mort. Cette issue heureuse et facile. Une pensée lui traversa vaguement l'esprit : « Et c'est pour lui que je meurs. » Mais cette pensée s'évanouit car il ne pensait pas réellement à Leonidas Allori ni à personne de ce monde qui l'entourait. Il sentait seulement une chose : que lui-même, à son dernier moment, avait été pardonné. Oui, pardonné au-delà de toute mesure et de tout entendement.

Il se leva, lava son visage dans une bassine d'eau que lui avait apportée le gardien et lissa ses cheveux en arrière. Maintenant, il sentait la douleur causée par la brûlure de son pied et, de nouveau, se trouva comblé de gratitude. Maintenant aussi, il se rappelait les mots de son père spirituel au sujet de la fidélité de Dieu.

Le geôlier le regarda un moment et dit :

— Hier, je vous avais pris pour un jeune homme.

Quelques instants plus tard, on entendit des bruits de pas sur les pavés de l'entrée et un faible cliquetis d'armes. « Voilà les soldats et leurs fusils », se dit Angelo.

La lourde porte tourna puis s'ouvrit et, entre deux gendarmes qui le tenaient par les bras, Allori entra. Comme il l'avait annoncé la veille au soir, il se laissait conduire les yeux fermés par les gardes. Mais il devina l'endroit où, dans la pièce étroite, se tenait Angelo et fit un pas vers lui. Il se tint debout et silencieux devant lui, dégrafa son manteau, l'enleva de ses épaules et le mit autour de celles du jeune homme. Ce mouvement les enferma tous deux, corps contre corps, et Angelo se dit à lui-même : « Peut-être, après tout, n'ouvrira-t-il pas les yeux et ne me regardera-t-il pas ? » Mais quand Allori n'avait-il pas tenu parole ? La main qui, tandis qu'il étalait le manteau autour du jeune homme, demeurait contre le cou d'Angelo, força la tête de celui-ci à s'incliner un peu en avant, les larges paupières d'Allori tremblèrent, puis se levèrent et le maître regarda son disciple dans les yeux. Jamais, par la suite, le disciple ne put se rappeler ni évoquer ce regard. Un instant plus tard, il sentit les lèvres d'Allori contre sa joue.

— Bon, s'écria d'une voix surprise le geôlier qui avait réveillé Angelo. Bienvenue au revenant. Nous ne vous attendions pas. Maintenant il vous faut subir votre sort. Et vous, ajouta-t-il en se tournant vers Angelo, vous pouvez vous en aller, bon voyage — il y a encore quelques minutes avant six heures ; mes chefs ne viendront que lorsqu'elles auront sonné. Le prêtre viendra plus tard. Ici, les choses sont faites dans les règles. Et ce qui est promis est promis, comme vous le savez.

PROMENADE DE NUIT

Après la mort de Leonidas Allori, son disciple Angelo Santasilia fut affligé d'un malheur : il cessa de dormir.

Les gens qui connaissent l'insomnie par expérience personnelle croiront-ils le narrateur s'il leur dit que cette épreuve, la victime l'assuma dès le début de son plein gré ? C'est cependant ce qui se passa. Angelo franchit les grilles de la prison où il venait de passer douze heures en qualité d'otage à la place de son maître condamné et il pénétra dans un monde où, pour lui, les chemins ne menaient nulle part. Il se sentait totalement isolé, abandonné complètement dans le monde. Il sentait aussi qu'un homme frappé par une honte et un chagrin tels que les siens, passant ceux des autres hommes, devait en même temps échapper aux lois qui les gouvernent. Il décida de ne plus dormir.

Pendant cette première journée, il n'eut aucun sentiment de la durée et il prit peur lorsqu'il s'aperçut que la nuit était tombée. Les gens étaient rentrés chez eux, avaient allumé lampes et bougies ; maintenant ils les éteignaient et, étendus sur leur lit, se livraient sans crainte au sommeil. Angelo s'arrêta successivement devant chacune des maisons tandis que les rectangles de lumière disparaissaient un à un. « Au milieu de ceux-là, réfléchit-il, je n'ai rien à faire, je vais continuer à marcher, je vais aller vers ceux qui restent éveillés. »

Il savait que ses amis, élèves eux aussi du maître disparu, veillaient ensemble ce soir, mais il ne voulait à aucun prix les rejoindre car ils seraient en train de parler de Leonidas Allori, ils l'entoureraient et l'accueilleraient comme le disciple préféré, celui sur qui s'était posé le dernier regard du maître. « Oui, pensat-il en riant, comme si j'étais Elisée, le disciple du prophète Elie, qui avant de monter sur le char de feu lui jeta son manteau. » Il se rendit donc dans les tavernes et les cabarets de la ville où des gens rassemblés par le hasard criaient dans le tumulte et où l'air bruissant de musique et de chansons était lourd des vapeurs du vin, de l'odeur des vêtements et de la sueur des étrangers. Mais il ne voulait pas boire comme ceux-là dont certains, la tête appuyée sur la table, s'endormaient tandis que d'autres se levaient en chancelant pour rentrer chez eux et regagner leur lit. Mais il ne voulait pas boire comme les autres. Il quittait un cabaret pour en gagner un autre et aussi bien dans les salles des auberges que dans la rue, il se disait : « Tout cela ne me regarde pas. Moi, je ne dormirai plus. »

C'est dans une de ces tavernes que, durant la nuit du lundi au mardi, il rencontra Giuseppino, ou Pino, le philosophe Pizzuti, petit homme ratatiné aussi noir de peau que si on l'avait pendu et fumé dans une cheminée et que l'on avait surnommé « Pipistrello » — la chauve-souris — en raison de son agitation continuelle mais silencieuse. Il avait possédé autrefois, bien des années auparavant, le plus beau théâtre de marionnettes de Naples, mais, dans la suite, la chance l'avait quitté. Mis en prison et enchaîné, trois doigts de sa main droite s'étaient atrophiés, de telle sorte qu'il ne pouvait plus manœuvrer ses poupées. Maintenant il errait d'un endroit à l'autre, pauvre entre les pauvres, mais c'était un être de lumière comme éclairé par l'amour d'autrui et par la sympathie compréhensive et bienveillante qu'il accordait à l'interlocuteur de hasard. Angelo passa le jour et la nuit qui suivirent en compagnie de cet homme et en le regardant, en l'écoutant, il n'eut pas de peine à rester éveillé.

L'ami des hommes comprit immédiatement qu'il se trouvait en présence d'un désespéré. Pour mettre le jeune homme en confiance, il commença par lui parler, pendant un moment, de lui-même. Il décrivait ses marionnettes, une à une, avec exactitude et enthousiasme, comme si elles eussent été de véritables amies et des camarades artistes, avec des larmes dans les yeux parce qu'elles étaient désormais perdues pour lui. « Hélas ! mes bien-aimées, gémissait-il, elles m'étaient dévouées et avaient confiance en moi. Mais elles sont maintenant dispersées ; bras et jambes flasques, avec leurs ficelles moisies, elles ont été expulsées de la scène et jetées dans les profondeurs de la mer. Car ma main gauche ne pouvait plus les faire mouvoir, ni ma main droite les tenir debout. » Mais bientôt, ainsi qu'il avait toujours fait au cours des vicissitudes de son existence, il ramenait sa pensée vers la vie éternelle. « Ce n'est pas une raison pour s'attrister, dit-il, au Paradis je les retrouverai et je les embrasserai toutes. Au Paradis j'aurai dix doigts à chaque main. »

Plus tard, après minuit, Pino orienta la conversation sur la vie d'Angelo, en débrouilla l'écheveau et finit par la connaître du bout des sept doigts.

De fil en aiguille il arriva que, la nuit suivante, Angelo raconta toute son histoire, ce qu'il n'aurait pu faire avec personne d'autre au monde que ce vagabond infirme. Tandis qu'il l'écoutait, une grande, une solennelle harmonie se répandit sur le visage du vieil homme. « Il n'y a pas là de quoi s'affliger, dit-il. C'est bon d'être un grand pécheur. Les êtres humains auraient-ils admis que le Christ mourût sur la Croix pour couvrir nos mensonges médiocres et nos minables débauches ? Nous aurions à craindre que le Sauveur pût même en venir à penser avec dégoût à Sa fin héroïque ! C'est exactement pour cette raison, comme vous le savez, qu'à l'heure même de Sa crucifixion, on prit soin qu'Il eût des voleurs auprès de Lui, un à chacun de Ses côtés, et qu'Il pût porter Ses regards de l'un à l'autre. En cet instant, Il peut nous regarder l'un après l'autre, admettre sans aucun doute et Se répéter à Lui-même : " Ah, en vérité, cela était nécessaire. " »

Un moment plus tard, Pino ajouta : « Et je suis moi-même Dysmas, le voleur crucifié auquel le Paradis a été promis. »

Mais de bonne heure, le jeudi matin, Pizzuti disparut subitement comme un rat dans une bouche d'égout. Il vida les lieux pour faire une course indispensable et ne revint pas. Angelo ne revit que sept ans plus tard cet excellent homme. Après son départ le silence se fit de plus en plus profond et définitif. Alors le réprouvé comprit qu'il n'aurait plus besoin de se cramponner à sa décision. Il ne lui arriverait plus de s'endormir.

Pendant un certain temps, il continua à errer, absolument seul au milieu des hommes, décidé à poursuivre son dessein, tel un jeune ascète inexpérimenté mais ambitieux qui porte le cilice à même la peau. Afin de ne pas rencontrer ses anciens amis il changea de domicile et ne revint jamais à son ancienne chambre. Il découvrit un petit réduit sous les combles à l'autre bout de la ville. Au début il fut lui-même surpris de constater que ses nuits sans sommeil ne lui paraissaient pas longues, que le temps lui semblait simplement aboli — la nuit venait, puis le matin et cela n'avait pas de sens pour lui.

Mais d'une manière tout aussi inattendue, son corps se rebella contre son esprit et sa volonté.

Vint le moment où l'orgueil l'abandonna et où il eut

recours aux grandes puissances de l'univers. « Méprisez-moi, rejetez-moi, mais laissez-moi être comme les autres, laissez-moi dormir. »

Alors il se procura de l'opium mais sans résultat. Il obtint par un Grec du port un autre puissant somnifère qui n'eut d'autre effet que de lui procurer une série de sensations nouvelles, tout à fait confuses de la distance, si bien que des objets et des époques éloignés lui semblaient proches alors que les objets qu'il savait être à sa portée, comme ses propres mains ou ses pieds ou les marches de l'escalier, lui paraissaient infiniment éloignés.

Quand il en arriva là, il avait l'esprit qui fonctionnait avec une extrême lenteur. Des heures ou quelquefois des jours s'écoulaient entre le moment où il remarquait une chose et celui où il en comprenait le sens. Un jour, dans la rue, il aperçut Lucrezia qui, revenue à la ville, vivait chez sa mère. Mais ce ne fut que tard dans la nuit, lorsque les carillons des tours de l'église eurent sonné minuit, qu'il se dit : « J'ai vu une femme dans la rue aujourd'hui, c'était Lucrezia. » Et un moment plus tard : « Je lui avais promis d'aller vers elle, mais je ne l'ai pas fait. » Pendant longtemps il resta assis immobile, retournant cette pensée, et enfin il sourit, comme un très vieil homme.

Ce fut peu après ce jour qu'il commmença à se tourner vers les autres et à leur demander secours. Mais lorsqu'il sollicitait un avis il y mettait une telle ardeur qu'il faisait sourire et qu'on lui répondait en plaisantant ou en éludant complètement ses questions. Il recueillit cependant quelques remèdes de bonne femme : une fois au lit, il devait compter les moutons qui franchissaient une barrière ou marquer d'un trait à la craie chaque pierre du soubassement de la cathédrale.

Il avait compté bien des milliers de moutons et avait fait cent fois le tour de la cathédrale, lorsqu'un matin il se souvint de Mariana, la vieille femme qui tenait la taverne où il avait rencontré Pizzuti. Elle n'était pas tombée de la dernière pluie et elle avait donné aussi de bons conseils à des amis à lui dont les maux étaient de son ressort : il n'était pas impossible qu'elle pût lui venir en aide. Mais le manque de sérieux qu'il avait rencontré jusqu'à présent chez ses conseillers et la futilité de leurs remèdes l'avaient dissuadé de s'adresser directement à elle et il chercha un prétexte pour aller la voir jusqu'au moment où il se souvint qu'il avait laissé chez elle son manteau pourpre aux broderies marron. Il se rendit alors droit à la taverne. La vieille Mariana le considéra un moment. « Eh bien, eh bien, Angelo, jolie tête de mort, dit-elle. Nous autres, chrétiens, nous ne devons pas nous garder rancune et je te pardonne aujourd'hui d'avoir repoussé mon tendre amour et d'avoir pensé à une autre femme lorsque je te désirais. Je vais t'aider. Maintenant écoute-moi bien et ensuite fais exactement ce que je vais te dire. Débouche de la rue la plus large de la ville dans une autre plus étroite et ainsi de suite. Si, en partant de la ruelle la plus étroite, tu peux te frayer la voie vers une ruelle plus étroite encore, pénètres-y, suis-la et respire légèrement une ou deux fois. Alors tu sombreras dans le sommeil. »

Angelo remercia Mariana de son conseil et l'enfouit au plus profond de sa mémoire. Il ne voulait pas y réfléchir dans la journée car il savait, par expérience, que s'il en usait ainsi, le conseil perdrait de son efficacité.

C'est seulement la nuit venue qu'il laissa son esprit s'y arrêter. Mais, lorsque son regard tomba sur son lit défait dans son réduit, l'évocation de sa longue, de son intolérable agonie l'en éloigna. « Comment pourrais-je m'étendre ici ? se demanda-t-il. Sur ce lit, nul ne peut s'endormir. Il vaudrait mieux vivre en action le conseil de Mariana. Et c'est, comprit-il soudain, parce que j'ai négligé d'appliquer de cette manière les conseils des autres qu'ils ne m'ont pas servi. » Il avait déjà enlevé ses chaussures mais, sans même s'en inquiéter, il sortit dans la rue, pieds nus.

Il lui fallut d'abord atteindre le boulevard le plus large et le mieux éclairé. Il y avait longtemps qu'il ne s'était rendu dans cette partie de la ville et il fut surpris de constater combien il y avait d'être humains de par le monde. Ils marchaient plus vite que lui, semblaient absorbés par leurs affaires et, autant qu'il pouvait en juger, marchaient en nombre égal dans un sens et dans l'autre. « Pourquoi, se demanda-t-il, est-il nécessaire pour tous ceux qui habitent l'est d'aller vers l'ouest et à tous ceux qui habitent l'ouest d'aller vers l'est ? Cela donnerait à penser que le monde a été mal fait. Car ils continuent d'aller ainsi d'est en ouest chaque jour et chaque nuit et cependant ils n'arrivent pas à l'endroit où ils voudraient demeurer. Mais, continua-t-il en poursuivant ses observations, si l'on considère que nous n'avons aucune idée de la façon dont le monde est organisé, nous pouvons aussi bien imaginer que tout est pour le mieux ainsi. La ville de Naples tout entière est comme un immense métier à tisser dont les habitants, hommes et femmes, sont les navettes, tandis que le tisserand est ce soir au travail. Cependant ce vaste métier, réfléchit-il tout en poursuivant sa route, ne me regarde pas, à d'autres de s'en occuper. Moi je vais concentrer attentivement toutes mes pensées sur le but que je me suis proposé.

C'est alors qu'il quitta la Via de Toledo pour une rue plus petite et celle-ci pour une autre plus étroite encore. Il n'est pas impossible, pensa-t-il, l'espoir inondant étrangement son cœur, que cette fois-ci, j'aie été bien conseillé. » Il était content d'être pieds nus, ce qui rendait ses pas silencieux comme si, lentement et l'esprit tendu, il suivait une piste.

Au bout d'un certain temps il se trouva dans une ruelle si étroite qu'en levant les yeux il ne vit au-dessus de lui qu'un morceau de ciel nocturne pas plus grand que la main, un peu plus clair que les toits. Ici le sol était rude et il n'y avait pas de lumières, il dut appuyer sa main sur le mur d'une maison pour pouvoir continuer à avancer. Le contact d'une matière solide lui fit du bien, il éprouva de la gratitude pour ce mur qui s'évanouit soudain sous sa main pour faire place à l'entrée d'une porte ouverte. Elle conduisait à un passage extrêmement étroit. « J'ai de la chance ce soir. J'ai de la chance d'être tombé sur un corridor aussi étroit. » Il continua d'avancer jusqu'à ce qu'il atteignît une petite porte. Sous cette porte brillait une faible lueur.

Pendant un moment il demeura complètement immobile. Au-delà de cette porte le sommeil l'attendait et, avec la certitude qu'il allait dormir, la mémoire lui revint.

Dans l'obscurité il sentit que son visage durci et tiré s'adoucissait, que ses paupières s'abaissaient légèrement comme celles de quelqu'un d'heureux qui va s'endormir. Cet instant était à la fois un retour en arrière et un commencement. Il étendit la main, prit soin de respirer légèrement deux fois puis ouvrit la porte.

Assis devant une table dans une petite pièce, faiblement éclairée, un homme aux cheveux roux comptait son argent.

L'entrée subite d'un étranger ne sembla pas le surprendre, il leva les yeux d'un air indifférent puis retourna à son occupation. Mais son visiteur sentit que le moment était d'une importance extrême ; sans nul doute quelque chose encore devait s'accomplir et s'accomplir de son seul fait puisque Mariana ne l'avait guidé que jusqu'au seuil de cette chambre.

L'homme assis devant la table était laid et il n'y avait chez lui rien d'aimable. Pourtant, qu'il n'eût pas fermé sa porte à clé alors même qu'il comptait son argent, permettant ainsi à un inconnu d'entrer, laissait supposer de sa part une sorte de disposition

amicale qui pouvait offrir de grandes possibilités.
« Mais que dois-je lui dire ? » pensa Angelo.

Au bout d'un moment il déclara : « Je ne peux pas
dormir. »

L'homme aux cheveux roux attendit avant de lever
les yeux. « Je ne dors jamais », affirma-t-il sur un ton
d'extrême arrogance.

Après cette brève interruption il reprit son travail. Il
rangeait soigneusement ses pièces par piles de deux,
les éparpillait avec ses grandes mains, puis les disposait par piles de cinq, les éparpillait de nouveau puis
recomposait, absorbé dans sa tâche, des piles de six,
de quinze et enfin de trois pièces.

A la fin il ralentit son mouvement, s'arrêta complètement et, les mains toujours posées sur les pièces
d'argent, se renversa contre le dossier de sa chaise. Il
regarda droit devant lui et répéta avec un profond
mépris : « Je ne dors jamais. » « Seuls les butors et les
esclaves dorment, dit-il au bout d'un moment en
développant son idée. Aux pêcheurs, aux paysans et
aux artisans il faut leur compte de sommeil à n'importe quel prix. Leur nature épaisse appelle le sommeil même à l'heure la plus importante de leur vie. La
fatigue tombe sur leurs paupières, leur mâchoire
inférieure s'affaisse, leur langue repose comme morte
dans leur bouche, leurs membres se détendent de tous
côtés et des bruits animaux s'échappent de leurs
corps. L'agonie divine exsude une sueur de sang à la
distance d'un jet de pierre, mais ils ne peuvent rester
éveillés et le battement d'ailes d'un ange ne les
réveille pas. Ces morts vivants ne sauront jamais ce
qui s'est passé ou ce qui s'est dit pendant qu'ils
reposaient pêle-mêle en bâillant. Moi seul, je le sais.
Car je ne dors jamais. »

Tout à coup il se retourna sur sa chaise, fit face à son
visiteur.

« Il l'a dit Lui-même, observa-t-il, et s'Il n'eût été si
mal traité, avec quelle dédaigneuse hauteur n'eût-il

pas parlé. Mais il n'y eut qu'un gémissement, comme si la mer se brisait sur le rivage pour la dernière fois avant le crépuscule. Il le leur a dit Lui-même, à ces indignes : " Quoi, ne pouviez-vous donc veiller une heure avec Moi ? "

Pendant une minute, il dévisagea Angelo.

« Mais personne, conclut-il lentement, sur un ton d'une indescriptible fierté, personne au monde n'a jamais pu croire sérieusement que moi-même j'aie dormi pendant cette nuit du Jeudi dans le Jardin. »

SUR DES PENSÉES CACHÉES
ET SUR LE CIEL

C'était une délicieuse journée de printemps et le long de la pente devant la maison blanche, les amandiers portaient des fleurs délicatement teintées de rose et de corail comme les plumes du flamant. Du haut de la terrasse, on jouissait d'une vue étendue sur le paysage, ses formes et ses couleurs : au lointain les montagnes bleues, plus près les oliviers gris-vert, la route grise de poussière qui, dans le bas, serpentait à travers la vallée, les groupes de gros nuages fuyant librement dans le ciel et, à l'horizon, la ligne bleue sombre, tirée au cordeau, de la mer, composaient, dans la fraîcheur du soir, une harmonie admirable comme si un ange s'était tenu derrière les épaules du spectateur et avait tiré tout cela de sa flûte.

Angelo Santasilia, le sculpteur illustre à qui appartenait la maison, était assis sur la terrasse et il modelait de petites figures d'argile. Sa longue journée de travail était terminée et il était satisfait du résultat. Mais ses trois enfants — deux petits garçons bien musclés et une petite fille au teint nacré comme la fleur de l'amandier, aux grands yeux sombres et insondables — avaient demandé, avant de consentir à aller se coucher, que les trois petites statues équestres fussent prêtes pour le lendemain matin. Les cavaliers devaient être de taille identique mais si différents entre eux que chacun des enfants pût immédiatement trouver le sien. Cette tâche avait excité l'imagination de l'artiste au point qu'elle l'absorbait profondément. Sa femme Lucrezia, drapée dans un grand châle cramoisi, était assise un peu en arrière et souriait de la gravité de son mari.

Un rossignol chanta dans un bosquet éloigné et subitement, tout près d'eux, un autre, ravi, l'imita.

Angelo était encore en tenue de travail. Sa grande beauté, depuis que nous l'avons vu pour la dernière fois, s'était épanouie, presque comme celle d'une femme. Un petit homme sortit de la maison et descendit dans la direction du mari et de la femme. Il ne portait pas son chapeau à la main — car il n'en avait pas — mais son attitude était aussi digne et déférente que s'il avait balayé le sol du panache de son couvre-chef. Lucrezia l'aperçut la première, le suivit des yeux avec étonnement, appela sur lui l'attention de son mari, mais Angelo, qui était justement en train de modeler un cheval cabré, ne voulait pas être interrompu et se borna à grommeler. Cependant, quand il tourna finalement la tête et reconnut dans la forme qui s'approchait le Voyageur, Giuseppino Pizzuti, « la Chauve-Souris », un ancien ami, il agita la main vers lui.

Giuseppino salua son hôte comme s'ils se fussent séparés du matin seulement. Cependant, les années n'avaient pas passé sur lui sans laisser leur marque. Il était encore plus maigre qu'autrefois, plus pauvrement vêtu d'un manteau noir qui aurait pu appartenir à un noyé repêché dans le canal. Il avait les sourcils levés sur le front comme sous l'empire d'un étonnement profond et continuel. Il paraissait sans poids comme une feuille desséchée, enroulée sur elle-même, mais en même temps, il avait renoncé à cette mobilité perpétuelle, à cette agitation dans tous ses mouvements qui lui avaient valu son surnom. Maintenant il faisait tout très lentement. Ce mélange de légèreté et de nonchalance donnait à sa mince personne un charme et une dignité étranges. On pouvait imaginer qu'on avait devant soi un esprit élémentaire.

Il sembla d'abord tout à fait insensible au changement de situation de son vieux compagnon d'infortune, il semblait même s'en rendre à peine compte, bien qu'il lançât un long regard heureux sur la magnifique vue qui faisait partie des biens d'Angelo. Mais quand il fut présenté à Lucrezia, et vit quelle femme ravissante avait Angelo, il fut si profondément impressionné qu'il le traita de signor Santasilia et de maestro.

— Non, l'interrompit Angelo, ne parle pas ainsi. Je ne suis pas un gentilhomme distingué ni un maître. Te rappelles-tu où nous avons parlé ensemble pour la dernière fois ?

— Oui, répondit Pizzuti après un moment de réflexion, c'était à la taverne de Mariana-la-Rate, à l'endroit qu'on appelle La Crête aux Poux, ce repaire de voleurs et de contrebandiers, au bas du port.

— Oui, eh bien, parlons ensemble comme nous le faisions là, dit Angelo.

Au bout d'un moment, Lucrezia remarqua qu'il manquait trois doigts à la main droite de l'hôte de son mari et détourna son visage. Elle attendait son quatrième enfant et redoutait que quelque impression de laideur pût laisser son empreinte sur le petit à naître. Elle se leva donc, aussi rapidement que le permettaient l'amitié et la courtoisie, remarqua que le voyageur devait avoir envie de manger et de boire quelque chose et regagna la maison. Les deux hommes la suivirent des yeux jusqu'à ce qu'elle disparût derrière la porte.

— Eh, Pino, demanda l'hôte, comment cela a-t-il été depuis que je t'ai vu pour la dernière fois ?

Le vieil homme se mit à raconter son histoire. Il avait voyagé un peu partout, avait vu des endroits et des personnes célèbres et observé de remarquables phénomènes naturels. Il avait aussi consolé les affligés et remis dans le droit chemin ceux qui s'en étaient écartés. Soudain il laissa couler ses larmes.

— Pourquoi pleures-tu, Pino? demanda Angelo.

Les larmes qu'il avait vues durant ces dernières années avaient été celles de ses enfants et il avait pu les tarir d'un cadeau. Mais les pleurs d'un vieil homme c'est une autre affaire : on croirait qu'il va en mourir.

— Oh! mon ami, pleure avec moi, répondit Pino. Depuis que nous nous sommes rencontrés pour la dernière fois, j'ai aimé.

— Aimé? répéta Angelo lentement et d'une voix étonnée comme s'il répétait un mot d'une langue étrangère.

— Oh! aimé, aimé, s'écria Pino. Le plus grand malheur de la vie a frappé mon cœur et l'a déchiré. Une femme radieuse, pareille à un chant de triomphe, m'a souri — puis elle s'en est allée.

— Le plus grand malheur de la vie? répéta Angelo sur le même ton.

— C'était une grande dame, venue d'Angleterre, dit Pino. Il y a trois ans, à Venise, alors qu'elle montait dans sa gondole, elle m'a lancé un regard si pénétrant, si amical, si vif, un tel sourire de déesse que c'était comme si le ciel était descendu et marchait sur terre. Je l'ai suivie, nous nous sommes rencontrés de nouveau et chaque fois ses yeux m'ont donné le même salut venu des richesses inépuisables de son âme. Une fois, elle m'a parlé. Elle était grande comme une statue. Elle portait une robe de soie qui bruissait doucement, sa chevelure était pareille à une soie rouge doré.

Pizzuti leva sa main droite vers le ciel.

— Mais moi, s'écria-t-il, j'ai perdu ces trois doigts et je ne ferai plus jamais danser mes marionnettes. Quand elle s'est éloignée, le monde était vide et cependant comme il était rempli de souffrance ! Une seule chose me restait dans ce dénuement infini :

parler à quelqu'un qui, une fois par jour, pourrait prononcer son nom. Je suis resté deux ans à Venise rien que pour m'asseoir avec son gondolier, un plébéien qui ne savait ni chanter ni jouer d'un instrument, avec l'espoir qu'il prononcerait son nom, comme si j'attendais qu'une douce musique sorte de ses lèvres. Mais il s'est marié et sa femme m'a interdit sa maison. O Angelo Santasilia, ma vie se détruit elle-même.

Pino laissa tomber sa tête sur sa poitrine. Longtemps, les larmes roulèrent en abondance de son visage sur son manteau noir et graisseux.

— Tu ne dois pas te tourmenter pour cela, dit Angelo. C'est une bonne chose d'avoir un grand chagrin. Ou bien les êtres humains auraient-ils laissé mourir le Christ sur la Croix pour les préserver de leurs maux de dents ?

Au bout d'un instant, il poursuivit :

— Dis-moi son nom, Pino. Puis tu vas demeurer chez moi et je te le dirai une fois par jour.

Pino ferma les yeux, fit deux tentatives pour parler mais il resta silencieux. Il murmura :

— Je ne peux pas.

La servante aux joues rouges de Lucrezia arriva de la maison en souriant avec un plateau où il y avait du vin, du fromage, du pain et un poulet froid. Angelo versa du vin à son ami et s'en versa à lui-même. Il était évident que le vieux voyageur avait faim, cependant il but et mangea lentement comme il faisait maintenant toute chose.

— Et toi, Angelo, dit-il, comment cela s'est-il passé pour toi ?

Ce fut au tour d'Angelo de raconter les sept années écoulées de sa vie. Il parla à Pino de ses œuvres, des commandes qu'il recevait des princes et des cardinaux, des élèves qui suivaient son enseignement, de ses enfants. Quand il s'arrêta, le regard de Pino croisa le sien et, pendant quelque temps, ils restèrent silencieux. Il paraissait étrange à Angelo de se trouver de nouveau assis avec Pizzuti.

— Oui, vois-tu, Pino, dit-il enfin d'une voix lente. Tout cela — l'art, une femme ravissante, de beaux enfants, la réputation, les amis, la fortune — tout cela fait un bonheur d'homme, le bonheur de ma vie. Mais tu sais qu'il y a des fleuves qui, en certains points de leur cours, disparaissent dans le sol et coulent sous terre pendant plusieurs lieues. Des bois et des jardins de roses poussent sur leur lit mais c'est en dessous que coule le fleuve. De même, un fleuve coule sous mon bonheur et je ne puis en parler qu'à toi. Ce fleuve, c'est le secret que Lucrezia porte et garde pour elle. Car je ne sais pas ce qui est arrivé pendant cette nuit passée en prison comme otage à la place de Leonidas Allori. Elle ne m'en a jamais parlé. Bien des fois, j'ai attendu un mot de ses lèvres qui résoudrait l'énigme. Je l'ai attendu pendant notre nuit de noces et le fleuve coulait profond au-dessous du lit nuptial. Un jour que nous marchions tous deux au bord de la mer, qu'il y avait du vent au large et qu'elle me regardait, je l'ai attendu. Mais elle n'a jamais parlé. Ses douces lèvres charnues ont toujours été scellées sur le secret. Quand j'étais encore jeune, je sentais que je pourrais être entraîné à la tuer si elle continuait à garder le silence.

« Mais j'ai réfléchi, continua-t-il, que je n'avais pas de reproches à lui faire. Car l'être de la femme tout entier est un secret qui doit être gardé. Et, chez elle, un profond secret de plus devient une part d'elle-même, un charme de plus, un trésor caché. On raconte qu'un arbre sous lequel un meurtrier enterre sa victime, mourra, mais le pommier sous lequel une jeune fille enterre l'enfant qu'elle a tué, fleurit avec plus d'abondance et donne des fruits plus parfaits que les autres. L'arbre transforme le crime caché en fleur blanche et rose et en délicieux parfum. D'elle non plus, je ne dois pas attendre qu'elle livre son secret. »

Il jeta un regard au-delà de la vallée.

— Et j'ai pensé ensuite, dit-il, je pense encore qu'au moment où enfin je demanderais à Lucrezia : « Dis-moi, car je souffre, ce qui est arrivé cette nuit où Leonidas Allori est venu vers toi à la maison du vigneron dans les montagnes ? Le maître a-t-il su alors que, toi et moi, nous l'avions trahi ? », elle tournerait son visage vers moi, ses yeux clairs assombris par le chagrin et me répondrait : « Ainsi tu as su que ton maître était venu à la maison du vigneron dans les montagnes et tu ne m'as jamais dit que tu le savais. Pendant sept ans, jour et nuit, tu m'as caché que tu le savais et mes baisers eux-mêmes n'ont pu te faire parler. » Peut-être, après tout, me quitterait-elle pour toujours. Ou, peut-être, resterait-elle à cause des enfants ou parce que ma grande réputation lui fait plaisir. Mais elle ne serait plus jamais ma femme heureuse, souriante.

« Et j'en suis venu à comprendre qu'elle avait raison. Car, dans l'esprit et la nature d'un homme, un secret est une vilaine chose, comme un défaut physi-que caché. Et c'est ainsi, termina-t-il, que le fleuve coule sous ma vie. »

Pino resta silencieux pendant un moment, jeta un coup d'œil à son ami, puis regarda les montagnes.

— Et comment cela va-t-il ? demanda-t-il. Peux-tu dormir maintenant ?

— Dormir, répéta Angelo sur le même ton qu'aupa-ravant, comme s'il répétait un mot d'une autre lan-gue, puis : ah ! tu te rappelles l'époque où je ne pouvais pas dormir ? Oui, merci, maintenant je dors.

Il y eut un nouveau silence.

— Non, dit Pino subitement, tu te trompes et les choses ne se sont pas passées comme tu l'imagines. Il se trouve que je le sais. Une personne à qui — à cause de toi — ce sujet tenait à cœur, a pu, pour ton salut, demander à Lucrezia : « Qu'est-il arrivé la nuit où votre amant a engagé sa vie pour votre mari ? Le grand artiste a-t-il appris que vous deux qu'il chérissait entre tous et dont il avait, par un fil, tenu dans ses doigts le cœur et le destin, l'avaient trahi ? Sous le coup, son grand cœur s'est-il brisé ou l'a-t-il supporté, fût-ce en chancelant, confiant dans la loi du Nombre d'or ? »

« Alors elle a regardé son interlocuteur avec des yeux si clairs qu'il a eu honte d'avoir douté, ne fût-ce qu'un moment, de la vérité de ses paroles et elle lui a répondu : " Je regrette vivement de ne pouvoir vous le dire. Mais je ne me souviens pas, j'ai oublié. "

— Veux-tu me dire, demanda Angelo à voix basse, que tu le lui as demandé ?

— J'ai vu ta femme aujourd'hui pour la première fois, répondit Pino. Mais tu oublies que j'ai autrefois écrit des pièces pour marionnettes. J'avais alors une charmante marionnette, *la jeune première*[1] de mon théâtre, aux joues roses, à la poitrine blanche et aux yeux de verre d'un noir transparent qui ressemblait à Lucrezia.

Quand, après un silence, le vieil homme regarda de nouveau Angelo il remarqua qu'il souriait légèrement.

— A quoi penses-tu, Angelo ? demanda-t-il.

— Oh mon Dieu, répondit Angelo, à la chose la moins importante, la plus insignifiante du monde. Je pensais à ces petits instruments que nous appelons « mots » et à l'aide desquels nous devons nous tirer d'affaire dans cette vie qui est la nôtre. Je pensais combien, en intervertissant deux mots de tous les jours dans une phrase de tous les jours, nous changeons notre univers. Car, quand tu as parlé, j'ai pensé d'abord : « Est-ce possible ? » Puis, en second lieu, au bout d'un moment : « C'est possible. »

Ensuite, et pendant un moment, ils s'entretinrent d'autres choses et, pour faire plaisir à Giuseppino, Angelo le fit parler de son théâtre de marionnettes.

1. En français dans le texte. *(N.d.T.)*

76

Mais, de temps à autre, le sourire s'effaçait sur le visage du vieux directeur de théâtre et il sombrait de nouveau dans la mélancolie.

— Mais, écoute donc, Pino, dit son ami. Aujourd'hui le ciel est de sept ans plus proche de toi que quand nous nous sommes rencontrés pour la dernière fois. Là, tu verras à la fois tes marionnettes et ta Dame. Car je tiens que tu es encore Dysmas le larron crucifié à qui le Paradis a été promis.

— Soit, Angelo, dit Pizzuti en se grattant la tête avec ses deux doigts, tu évoques quelque chose à quoi j'ai beaucoup pensé, beaucoup réfléchi. Je crois certes toujours que je suis le grand pécheur à qui on a donné l'espérance. Mais comment les choses se sont-elles passées réellement pour le larron sur la Croix ?

« Aujourd'hui tu seras avec moi au Paradis, lui a dit le Sauveur. Mais quand, au soir du Vendredi saint, Dysmas s'est présenté à la porte du Paradis, le Christ n'était pas là et, comme tu le sais, quarante jours passèrent avant qu'il n'y revînt dans toute Sa Splendeur. Il est très vraisemblable que le jeune Roi du ciel, dans ces jours remplis de grands événements, n'avait pas beaucoup pensé à une invitation faite par hasard. Mais moi je sais mieux que la plupart des gens avec quelle confusion et quelle anxiété l'invité pauvrement vêtu s'est approché de la porte et que certes il ne se serait même jamais risqué à s'en approcher s'il n'avait pas compté, pour faire son entrée, sur la propre main de l'hôte. Alors, il a pu s'imaginer que toute l'affaire avait été, depuis le commencement, une sorte de plaisanterie divine et qu'à la manière divine, il serait lui-même traité comme un fou — qui sait ?

« Et de nouveau, Angelo, poursuivit Pino, je me suis demandé qui, à ce moment, était réellement présent derrière la porte que Dysmas regardait fixement, avec l'autorité nécessaire pour faire entrer un larron au Paradis ?

« La Pierre angulaire de l'Eglise, le Grand Pêcheur

Pierre, aux mains de qui les clés du Paradis avaient été confiées, était en cette heure sombre, accroupi derrière la maison du Grand Prêtre, plus éloigné du Paradis qu'il ne le fût jamais auparavant ou plus tard, Marie-Madeleine, que Dysmas avait connue à Jérusalem, sanglotait dans ses longs cheveux et ne s'était pas encore décidée à se rendre au tombeau. Ces saints amicaux, qui nous sont maintenant familiers, François, Antoine et la douce Catherine, ne sont apparus sur le théâtre céleste que de nombreux siècles plus tard. La douce Vierge bénie, si elle avait été, à cette époque, Reine du Ciel, aurait compris tout ce qui se passait dans le cœur de Dysmas et serait venue elle-même à la porte avec sa couronne et son escorte d'anges. Mais son cœur, si stoïque fût-il, ne pouvait en supporter davantage en cette nuit du Vendredi. Cependant, au bout de longtemps, j'ai imaginé que les petits enfants que le Roi Hérode avait fait mettre à mort à Bethléem étaient accourus pour entourer le nouvel arrivant. Sans doute, ils s'étaient moqués de la triste silhouette écroulée que formait un petit tas d'os brisés. Peut-être l'avaient-ils même montré du doigt comme font les enfants devant un infirme en haillons. Mais, à la fin, deux d'entre eux sont rentrés en courant pour aller chercher sainte Anne, la grand-mère bénie du Christ. Et lorsque cette puissante dame apparut à la porte, le regarda et lui parla, Dysmas comprit soudain comment toutes choses sont expliquées et clarifiées au Ciel pour les Bienheureux, puisque même après les événements du Vendredi saint, elle était douce et brillante comme un cierge allumé.

« J'ai maintenant imaginé que la conversation suivante avait eu lieu entre eux :

« — Entrez, dit la dame, entrez mon brave homme, vous êtes attendu. Mais mon petit-fils a été retardé parce qu'il a jugé nécessaire de descendre aux Enfers.

« — Oh ! Madame, répond Dysmas, plein de compassion. Il a dû y avoir quelque malentendu, comme je le prévoyais justement, et c'est en bas que je dois le voir une fois encore. Puis-je être assez hardi pour demander le chemin car je ne désire rien tant que d'être là où Il est.

« — Certainement pas, dit sainte Anne. Vous devez faire ce qu'on vous a dit. Et moi-même, je suis très désireuse de parler avec quelqu'un qui L'a vu si récemment.

« — Oh! Madame, dit de nouveau Dysmas, comment quelqu'un comme moi peut-il discourir avec vous de ce qu'aucun homme au monde ne peut décrire?

« — Je sais, je sais, dit la sainte grand-mère. Qui le saurait mieux que moi? Mon brave homme, vous ne l'avez pas vu lorsqu'Il commençait d'apprendre à marcher. Je tenais moi-même l'une de ses petites mains et sa mère tenait l'autre, jamais je n'ai vu un enfant ressembler autant à sa mère. Non, c'est comme vous le dites, c'est indescriptible. "

« Et conduit par la main de sainte Anne, par cette même main dont elle avait parlé, Dysmas franchit le seuil du Paradis. »

Angelo rit de l'histoire de son ami.

— Oui, si j'avais encore mon théâtre, dit Pizzuti, emporté par sa propre éloquence, j'y aurais joué cette scène. Cela n'aurait-il pas été sublime et émouvant, cher Angelo? Maintenant il faudra se contenter de ce que cette histoire devienne réelle quelque jour.

« Et toi-même maintenant, dit-il une minute plus tard, iras-tu au Paradis? Et nous y rencontrerons-nous et y converserons-nous ensemble comme nous le faisons ici en ce moment? »

Angelo pendant un long moment ne trouva pas de réponse. Il prit sur ses genoux une de ses petites figurines d'argile et la plaça sur la balustrade un peu à gauche.

— Un homme est plus qu'un homme, dit-il lentement. Et la vie d'un homme est plus qu'une vie. Le

79

jeune homme qui fut l'élève d'élection de Leonidas Allori, qui sentit qu'il deviendrait, grâce à lui, le plus grand artiste de son temps, et qui a aimé la femme de son maître — celui-là n'ira pas au Ciel. Il ne pèse pas assez lourd pour monter si haut.

Il plaça une autre figurine sur la balustrade à quelque distance et à droite de la première.

— Et le célèbre sculpteur, Angelo Santasilia, continua-t-il, que les princes et les cardinaux supplient de travailler pour eux, ce maître qui est adoré de ses élèves, ce bon mari et ce bon père — celui-là n'ira pas non plus au Ciel. Et sais-tu pourquoi ? Parce qu'il n'est pas du tout impatient d'y aller.

Il plaça la dernière figurine sur la balustrade entre les deux autres, un peu en arrière.

— Vois-tu, Pino, dit-il doucement, ces trois petites babioles sont placées de façon à marquer trois angles d'un rectangle où la largeur est à la longueur comme la longueur à la somme des deux dimensions. Ce sont là, tu le sais, les proportions du Nombre d'or.

Il laissa sa main droite reposer sur son genou.

— Mais, termina-t-il très lentement, le jeune homme que tu as rencontré à la taverne de Mariana-la-Rate, au lieudit La Crête aux Poux, ce repaire de voleurs et de contrebandiers, au bas du port, ce jeune homme avec qui tu parlais là, pendant la nuit, Pipistrello, celui-là ira au Ciel.

LES CONTES
DES DEUX VIEUX MESSIEURS

Deux vieux messieurs, veufs tous deux, jouaient au piquet dans un petit salon voisin de la salle de bal. Quand ils eurent fini de jouer, ils firent déplacer leurs fauteuils de façon à pouvoir regarder les danseurs par la porte ouverte. Ils restèrent assis avec satisfaction, sirotant leur vin, le nez plissé, humant avec la mélancolique supériorité de l'âge ce parfum de jeunesse qui montait devant eux. Ils parlèrent d'abord d'anciens scandales de la bonne société car ils s'étaient connus petits garçons puis jeunes gens — et du triste sort d'amis communs, puis de sujets politiques et dynastiques et, pour finir, de la complexité de l'Univers en général. Quand ils en furent là, il se fit une pause.

— Mon grand-père, dit enfin l'un des deux vieux messieurs, homme très heureux, en particulier dans sa vie conjugale, avait conçu sa philosophie personnelle. Elle m'est revenue souvent à l'esprit, au cours de l'existence.

— Je me rappelle très bien votre grand-père, mon bon Matteo, dit l'autre, c'était un grand homme corpulent mais avec beaucoup de grâce, au visage lisse et rose. Il ne parlait guère.

— Il ne parlait guère, mon cher Taddeo, car, selon sa philosophie, il tenait la discussion pour futile. C'est de ma brillante grand-mère, sa femme, que j'ai hérité mon goût de la discussion. Cependant, il y eut un soir,

81

j'étais encore petit garçon, où il condescendit avec bonté à m'exposer sa théorie. C'était au cours d'un bal comme celui-ci et, pendant tout le temps, je ne songeais qu'à échapper à ce discours. Mais mon grand-père, une fois lancé, ne devait lâcher son jeune interlocuteur qu'après lui avoir exposé tout son train d'idées. Il disait :

« " Nous souffrons souvent. Nous traversons des heures noires de doute, de crainte, de désespoir parce que nous ne pouvons concilier notre idée du divin avec l'état des choses dans l'univers qui nous entoure. Moi-même quand j'étais un jeune homme j'ai beaucoup médité sur ce problème. J'ai atteint la conviction, par la suite, que nous comprendrions plus facilement et plus complètement la nature et les lois de l'Univers en admettant qu'ils ont pour créateur et moteur, dès l'origine, un être du sexe féminin.

« " Nous parlons de la Providence et nous déclarons : ' Le Seigneur est mon berger. Il y pourvoira. ' Mais dans le fond de notre cœur, nous savons bien que nous exigeons de nos propres bergers (car mon grand-père tirait le principal de son revenu d'importants élevages de moutons dans la province de la Marche) une sollicitude très différente de celle qui nous est accordée et qui paraît ne devoir nous apporter que des larmes et du sang.

« " Tandis que si vous dites, au contraire, de la Providence ' *Elle est ma bergère* ', vous comprendrez sur-le-champ comment vous pouvez espérer être pourvu.

« " Car pour une bergère les larmes sont bénéfiques et précieuses — comme la pluie dans la vieille chanson *Il pleut, il pleut bergère* [1], comme des perles, comme les étoiles filantes au firmament — tous phénomènes divins en eux-mêmes et symboles des sphères les plus

---

1. En français dans le texte. *(N.d.T.)*

hautes et les plus profondes de la connaissance humaine. Et pour ce qui est du sang qui coule, cela, pour notre bergère, et pour toutes les autres, est un privilège, inséparable des instants les plus sublimes de sa promotion et de sa béatification. Quelle est la petite fille qui ne répandra pas joyeusement son sang pour devenir une jeune fille ? quelle jeune mariée pour devenir femme ? quelle jeune femme pour devenir mère ?

« " L'homme, agité et perplexe sur les rapports entre les hommes et la Divinité, cherche sans cesse un point d'appui dans son expérience de tous les jours : il se place dans la perspective des rapports de maître à élève et de chef à soldat, et il cherche et recherche à en perdre haleine et jusqu'au crève-cœur. Les dames, dont la nature est plus proche de celle de la Divinité, ne prennent pas tant de peine. Elles envisagent les rapports entre l'Univers et le Créateur tout simplement comme une histoire d'amour. Et dans une histoire d'amour chercher et rechercher est absurde et inconvenant. C'est ainsi qu'il n'existe pas de vraies athées femmes. Si une dame vous dit qu'elle est athée elle n'en est pas moins soit une charmante personne — et c'est une coquetterie — soit une créature dépravée, et c'est un mensonge.

« " Les femmes s'étonnent toujours de la persistance de l'homme à poser des questions car elles savent qu'il n'obtiendra jamais une réponse différente de celle de la sibylle de Babylone à Alexandre de Macédoine. Vous avez peut-être oublié l'histoire, je vous la rappelle.

« " Alexandre le Grand, lors de son retour triomphal des Indes, entendit parler d'une jeune sibylle, capable de prédire l'avenir. Il la fit amener devant lui. Quand la femme aux yeux noirs demanda à être rétribuée pour communiquer sa science, il se fit apporter par un soldat un coffret rempli de pierres précieuses du

83

monde entier. La sibylle fouilla dans le coffret, en tira deux émeraudes et une perle, puis elle accéda au désir du Roi et promit de lui dire ce que, jusqu'à ce jour, elle n'avait dit à personne.

« " Très lentement et consciencieusement, tenant pendant tout le temps un doigt en l'air et priant le Roi de prêter la plus grande attention à ses paroles — car elle ne devait rien répéter — elle lui expliqua avec quelles essences rares construire le bûcher sacré, avec quelles incantations l'allumer et quelles parties du corps d'un chat et d'un crocodile placer à son sommet. Après quoi, elle resta longuement silencieuse. 'Maintenant, roi Alexandre, dit-elle enfin, j'en arrive au cœur de mon secret. Mais je ne dirai pas un mot de plus à moins que vous ne me donniez le gros rubis que vous avez demandé au soldat de mettre de côté, avant qu'il n'apporte le coffret.' Alexandre répugnait à se défaire du rubis car il avait décidé, une fois rentré chez lui, de l'offrir à Thaïs sa maîtresse, mais il sentait à présent qu'il ne vivrait plus sans connaître le reste de la prophétie. Il se fit apporter la pierre et la tendit à la sibylle.

« " 'Ecoute donc, Alexandre, dit cette fille en posant l'index sur les lèvres du Roi. Au moment de regarder dans la fumée, il ne faut pas que tu songes à l'œil gauche d'un chameau. Se rappeler son œil droit est déjà bien assez périlleux. Penser à l'œil gauche serait fatal.' "

« Et voilà pour la philosophie de mon grand-père, fit Matteo. Elle m'a été rappelée par le spectacle de toutes ces jeunes personnes qui se meuvent avec une si parfaite aisance tout en exécutant des figures si minutieusement réglées. Vous saurez que, presque toutes, elles ont été élevées au couvent, qu'elles n'ont quitté que pour se marier, il y a quelques années, l'an passé, ou peut-être, la semaine dernière.

« Et quel aspect revêt l'Univers aux yeux d'une fille

au couvent ? Je tiens de ma cousine, Mère supérieure dans une des plus anciennes de ces écoles, quelque connaissance en la matière. Vous ne découvrirez pas, mon ami, un miroir dans tout le bâtiment et une jeune fille peut y passer dix ans et en sortir sans savoir si elle est laide ou jolie. Les cellules sont blanchies à la chaux, les religieuses sont vêtues de noir et de blanc et les jeunes filles portent des robes grises comme s'il n'y avait au monde que deux couleurs et leur morne combinaison. Le vieux jardinier au service du couvent porte une clochette autour de la jambe afin que le tintement avertisse les jeunes filles de l'approche d'un homme et qu'elles puissent s'en éloigner comme des faons devant le chasseur. Le moindre baiser, la moindre caresse entre amies de pension, innocents et légers papillons d'Eros, sont chassés des lieux à grands coups de tue-mouches par les nonnes alarmées, comme si c'étaient des guêpes.

« Notre vierge ascétique en fleur est tirée de cette citadelle du détachement de cette vie, lancée dans le monde et mariée. Quel est alors, dès le premier jour, le but de son existence ? Se rendre désirable à tous les hommes, incarner le désir pour l'un d'entre eux. Le miroir l'instruit, devient son confident ; la connaissance de la mode, des soieries, des dentelles et des éventails est désormais son étude principale ; les soins de son corps, des cheveux brossés, bouclés, jusqu'aux orteils polis sont le travail de ses journées, l'occupation de ses jours ; l'étreinte et les caresses d'un mari jeune et ardent, le prix de son application.

« Mon ami, un garçon, formé pour cette tâche dans la vie d'une manière aussi incongrue, protesterait et discuterait et s'emporterait contre son maître — comme hélas ! tous les hommes discutent, protestent et s'emportent. Mais une jeune fille admet avec sa mère, avec la mère de sa mère et avec la mère divine commune à l'univers, que la seule méthode pour former la femme du monde brillante et adorable, est de la faire élever au couvent.

— Je puis, dit-il après un silence, vous raconter une histoire qui prouve combien une jeune fille est familière avec les paradoxes.

« Un gentilhomme épousa une jeune fille, fraîchement émoulue du couvent, dont il était profondément amoureux et, le soir de leurs noces, se rendit avec elle dans son château. Dans la voiture, il lui dit : " Ma bien-aimée, je vais ce soir apporter quelques changements à l'organisation de ma vie domestique et vous remettre une partie de mes biens. Mais je dois vous dire auparavant qu'il y a dans ma maison un objet que je conserverai pour moi et dont vous ne devez jamais revendiquer la propriété. Je vous le demande : ne me posez pas de questions et ne vous livrez à aucune enquête sur ce point. "

« Dans la pièce peinte de fresques où il était assis pour souper avec sa femme, il fit appeler le maître de ses écuries et lui dit :

« " Écoutez mes ordres et prenez-en bonne note. A compter de cette heure mes écuries et tout ce qu'elles contiennent sont la propriété de la Princesse, ma femme. A l'avenir, aucun de mes chevaux ni aucune de mes voitures, aucune de mes selles ni aucun de mes harnais, ni les fouets du cocher ne m'appartiennent plus. "

« Puis il fit appeler son valet et lui dit : " A compter de cette heure, tous les objets de valeur de ma maison, tout l'or et l'argent, tous les tableaux et statues sont la propriété de la Princesse, ma femme, et je n'aurai plus rien à dire à leur sujet. "

« Il fit également venir l'intendant du château et lui dit : " A compter d'aujourd'hui toute la lingerie et les dessus-de-lit en soie et tous les rideaux de dentelles et de satin de ma maison appartiennent à la Princesse, ma femme, et je renonce là-dessus à tous mes droits de propriété. N'oubliez pas mes instructions et conformez-vous-y. "

« Enfin il appela la vieille femme qui avait été au service de sa mère et de sa grand-mère et lui déclara : " Ma fidèle Gelsomina, écoute-moi. Tous les bijoux qui ont appartenu à ma mère, à ma grand-mère ou, auparavant, à la maîtresse de la maison, à partir d'aujourd'hui n'appartiennent plus qu'à la Princesse, ma femme — qui les portera avec autant de grâce que ma mère et ma grand-mère — pour tel usage qui bon lui semblera. "

« Puis il baisa la main de sa femme et lui offrit son bras.

« " Maintenant, mon cher cœur, venez avec moi pour que je puisse vous montrer l'objet précieux que, seul de tous mes biens, je conserve pour moi. "

« Sur ces mots il la conduisit à l'étage supérieur dans sa chambre à coucher et la laissa tout embarrassée au milieu de la pièce. Il lui enleva du front le voile de noces ainsi que ses perles et ses diamants. Il défit sa lourde robe de mariée à longue traîne et la lui fit quitter et, l'un après l'autre, il lui enleva ses jupons, son corset, sa chemise jusqu'à ce qu'elle se trouvât devant lui, rougissante et confuse, belle comme Eve au Paradis pendant sa première heure avec Adam. Très doucement, il la conduisit devant le grand miroir fixé au mur :

« " Voilà, dit-il, la seule chose de mon domaine exclusivement réservée à moi-même. "

« Mon ami, dit Matteo, un soldat recevant de son commandant en chef des ordres de ce genre ferait de la tête des signes de dénégation, protesterait que certainement ce n'est pas la marche à suivre et qu'il déserterait, s'il le pouvait. Mais une jeune femme, en présence de ces ordres, incline la tête.

— Mais, demanda Taddeo, le gentilhomme de votre

87

histoire, mon bon Matteo, réussit-il à rendre sa jeune femme heureuse ?

— Il est toujours, mon bon Taddeo, répondit Matteo, difficile pour un mari de savoir s'il rend sa femme heureuse ou non. Mais en ce qui concerne le mari et la femme de mon histoire, la dame, lors du vingtième anniversaire de leurs noces, prit la main de son mari, le regarda malicieusement dans les yeux et lui demanda s'il se rappelait encore le premier soir de leur vie conjugale. " Mon Dieu, disait-elle, ai-je eu assez peur, ai-je assez tremblé pendant cette première demi-heure ! Vraiment, s'écria-t-elle en se jetant dans ses bras, si vous n'aviez pas introduit cette dernière clause dans vos instructions, je me serais sentie dédaignée et trahie. Mon Dieu, j'aurais été perdue. " »

Devant les deux vieux messieurs, la contredanse se mua en valse et toute la salle de bal ondula et se balança comme un jardin sous la brise d'été. Une fois encore le séduisant refrain viennois s'évanouit.

— J'aimerais, dit Taddeo, vous raconter une autre histoire. Elle peut confirmer ou non la théologie de votre grand-père.

« Un gentilhomme, ambitieux de nature avec, derrière lui, une brillante carrière décida de se marier, alors qu'il n'était plus tout à fait jeune, et chercha femme dans son entourage. Lors d'un voyage à Bergame, il fit la connaissance d'une famille portant un vieux et grand nom mais de moyens modestes. Il y avait, à l'époque, sept filles dans le grand palais sombre et leur benjamin, un seul fils encore enfant. Les sept jeunes sœurs étaient pleinement conscientes du fait que leur existence personnelle pouvait, à bon droit, être comptée pour peu de chose ou même pour rien, puisque leur venue au monde — alors qu'un héritier du nom était attendu — avait été chaque fois une déception et qu'elles étaient, si j'ose dire, chacune un mauvais lot tiré par leur antique maison à la loterie de la vie et de la mort. Mais leur orgueil familial était assez fort pour leur permettre de supporter leur malchance avec hauteur comme un privilège qui n'est pas à la porté du commun.

« La plus jeune, celle dont la venue avait porté sans doute le coup le plus cruel à ses parents, retint l'attention de notre gentilhomme, si bien qu'il devint un visiteur assidu.

« La jeune fille, qui n'avait alors que dix-sept ans, était loin d'être la plus jolie du groupe. Mais le visiteur était un connaisseur de la beauté féminine et il discernait dans son visage et ses formes juvéniles la promesse d'une beauté peu commune. Cependant, plus encore que par cela, il était attiré par un trait qui lui était particulier. Il devina derrière son attitude réservée et sa maîtrise d'elle-même, fruits d'une excellente éducation, une ambition de la même espèce que la sienne mais plus puissante parce que moins *blasée*[1], des désirs, et pour les satisfaire, une énergie très audessus de l'ordinaire. Ce serait, pensa-t-il, une expérience agréable, amusante, d'encourager cette jeune ambition, encore peu consciente d'elle-même, de donner son envol au jeune cygne et de le regarder prendre son essor. Il pensait en même temps qu'une jeune femme de haute naissance, élevée avec une simplicité spartiate et la nostalgie de la gloire, constituerait un atout pour sa carrière. Il demanda la main de la jeune fille, et le père et la mère, surpris et ravis de voir leur fille faire un si beau mariage, la lui accordèrent.

« Notre gentilhomme avait toutes les raisons de se féliciter de sa décision. Les ailes de son jeune oiseau grandirent avec une rapidité surprenante ; bientôt dans la brillante société du gentilhomme, on n'aurait pu trouver une personne d'une plus grande beauté, d'une grâce plus fine, de manières plus exquises et

---

1. En français dans le texte. *(N.d.T.)*

plus nobles, d'un tact plus raffiné. Elle portait les lourds bijoux qu'il lui avait donnés avec autant d'aisance qu'un rosier ses roses et, eût-il pu — se disait-il — lui placer une couronne sur la tête, tout le monde aurait cru qu'elle la portait de naissance. Elle montait toujours, inspirée, captivée par son succès. Lui-même, au cours des deux premières années de sa vie conjugale, obtint deux hautes décorations à la Cour de son pays et dans une Cour étrangère.

« La troisième année de leur mariage, il observa en elle un changement. Elle devint songeuse comme si elle était agitée par quelque trouble nouveau et puissant qu'il ne pouvait comprendre. Par moments elle n'entendait pas ce qu'il lui disait. Il lui semblait aussi qu'elle préférait désormais se montrer dans le monde sans lui et ne point sortir alors qu'elle devait paraître à ses côtés. " Je l'ai gâtée — se dit-il. Il est possible que, contrairement à l'ordre même des choses, son ambition et sa vanité la portent mainte-nant à vouloir éclipser le mari à qui elle doit tout. " Il se trouva naturellement fort offensé dans ses senti-ments à l'idée de tant d'ingratitude et, à la fin, un soir qu'ils se trouvaient seuls tous deux, il résolut de lui en faire part.

« — Vous comprendrez sûrement, ma chère, que je ne suis pas disposé à jouer le rôle du mari de la fable qui, grâce à l'intervention des pouvoirs surnaturels, avait élevé sa femme au rang de reine et d'impéra-trice, rien que pour l'entendre finalement demander que le soleil se lève à son commandement. Rappelez-vous d'où je vous ai tirée et la réponse au trop indulgent mari lorsqu'il présenta la demande de sa femme : 'Ramenez-la dans sa chaumière.' "

« Pendant un long moment sa femme ne lui répon-dit pas, à la fin elle se leva de son fauteuil comme pour quitter la pièce. Elle était grande et souple, son ample jupe, à chacun de ses mouvements, bruissait légère-ment.

« — Cher époux, dit-elle, de sa voix basse et sonore, vous comprendrez sûrement que pour une femme ambitieuse, il est dur, en entrant dans une salle de bal, de savoir que c'est au bras d'un cocu. "

« Tandis que très calmement et sans un mot de plus, elle franchissait la porte, le gentilhomme s'assit, s'étonnant, comme il ne l'avait jamais fait jusque-là, de la complexité de l'Univers. »

LE TROISIÈME CONTE
DU CARDINAL

— Et moi aussi.

C'est par ces mots que le cardinal Salviati rompit le silence qui suivit l'histoire de l'ambassadeur d'Espagne.

— Moi aussi, je puis vous faire un récit qui, d'une certaine manière, illustre notre propos.

Comme toujours, il parlait lentement, et, comme toujours, la douceur et l'autorité de sa voix charmaient le groupe autour de lui. Il était profondément enfoui dans son fauteuil, de sorte que la vilaine cicatrice de son visage était dans l'ombre. Mais ses deux mains, dont le grand peintre Camuccini a immortalisé la beauté dans son *Christ en prière au Jardin de Gethsémani*, reposaient sur les bras du fauteuil dans la lumière des candélabres et, de temps à autre, d'un mouvement à peine perceptible, accompagnaient les modulations de son discours.

— Je ne me suis pas trouvé moi-même, continuat-il, dans le cas de suivre du début jusqu'à la fin les événements que je vais avoir l'honneur de vous rapporter. Mais je suis aussi fermement convaincu de leur vérité que s'il s'agissait d'une expérience vécue. Car ils m'ont été relatés par un ami d'enfance, le père Jacopo Parmecciani, l'être le plus honnête, le plus sincère que j'aie jamais connu. En vérité, il était plus que cela : de naissance et d'apparence modestes, et gêné par un

93

défaut de prononciation, un léger bégaiement, il était en réalité un saint dans l'humble demeure de qui les miracles étaient chez eux. L'héroïne de mon histoire, je l'ai également rencontrée. Son nom est Lady Flora Gordon.

« Je fis la connaissance de cette dame dans un salon de Rome, à une époque où elle devait dépasser la quarantaine. Son apparition dans notre réunion fut l'événement de la soirée. Beaucoup d'histoires ont été dites sur sa fortune, exceptionnelle même parmi ses compatriotes, ces milords têtus et agités qui voyagent à travers notre pays et, avec leurs nombreuses suites, occupent nos palais. Ce soir-là, on me dit qu'elle était l'une des trois femmes les plus riches d'Angleterre. Et, pour d'autres raisons, cette dame écossaise avait de quoi faire impression sur tous ceux avec qui elle entrait en contact.

« Lady Flora n'était pas du tout laide. Mais de toute manière il est difficile d'incarner un personnage comme le sein et difficile pour une femme de s'en accommoder. Car c'était une géante, plus forte qu'aucune de celles, qu'enfant, j'ai vu montrer dans les foires. Où qu'elle se trouvât, elle dominait de la tête et des épaules les hommes à qui elle parlait. Elle était, en proportion, forte de hanches et de poitrine ; les mains et les pieds, beaux en eux-mêmes, étaient de la taille de ceux des anges de marbre de ma chapelle et ses dents blanches pouvaient se comparer à celles des fidèles chevaux pommelés sur le dos desquels j'ai passé bon nombre d'heures heureuses de ma jeunesse. Nez, mâchoire, oreilles, poitrine, tout chez cette dame était à l'échelle de la déesse. Elle avait d'opulents cheveux roux, mais ses sourcils noblement arqués et ses cils touffus étaient presque sans couleur. Son teint était frais et blanc bien que légèrement semé de taches de son. Sa voix était pleine, claire, harmonieuse.

« Comme si Lady Flora avait voulu montrer qu'en toutes circonstances elle se devait à sa nature et à sa fortune, elle se tenait extrêmement droite, portant haut la tête. Ses robes étaient toujours de prix, mais de coupe et de couleur sévères et jamais agrémentées de rubans de soie, d'une broche, ou de quelques-unes de ces fanfreluches avec lesquelles nos propres femmes n'expriment pas seulement leur charmant naturel mais aussi leur désir de plaire. Pour seul bijou, elle portait un simple rang de perles, héritage de famille, dont on n'aurait pu, disait-on, trouver l'équivalent à la Cour d'Angleterre. De temps à autre, elle mettait des robes d'un modèle et d'une couleur particulière dont elle était très fière. Car, chose étrange, les tissus dont elles étaient faites avaient gardé à travers les âges, pour les maisons nobles écossaises, une valeur de blason.

« Lady Flora avait voyagé dans de nombreux pays, mais elle n'avait pas encore visité Rome. Elle parlait notre langue facilement et couramment comme elle parlait le français et l'allemand, avec, cependant, l'accent particulier dont ses compatriotes ne peuvent pas ou ne veulent pas se défaire. Elle comptait de grandes relations dans l'Europe entière et était aussi à l'aise en parlant à un cocher de fiacre qu'à un prince. En même temps, quelque chose dans ses manières rappelait à son interlocuteur que la devise de son pays est *Noli me tangere*. Elle se refusait aussi à suivre la coutume anglaise qui est de serrer les mains à l'arrivée ou au départ.

« Le soir en question, je n'échangeai que quelques mots avec Lady Flora. De notre brève conversation, je conclus qu'elle était venue à Rome non pas attirée par la beauté ou la sainteté de la Ville Eternelle mais, au contraire, pour confirmer par l'observation directe sa profonde méfiance à l'égard de tout ce qu'elle signifie — depuis le Saint-Père et nous, ses humbles serviteurs, jusqu'à la musique de nos églises, les œuvres d'art de nos musées et les mœurs de notre petit peuple romain. Lady Flora avait été élevée dans l'un de ces

95

pays du nord de l'Europe qui méprisent et détestent, par-dessus tout, la beauté et quand, plus avancée dans la vie, elle rejeta ce qu'on lui avait appris, ce ne fut que pour adopter en même temps, grâce aux fruits de sa propre expérience, une conception de la vie plus austère encore. Au cours de nos entretiens, je sentis qu'en quelque lieu qu'elle ait voyagé, elle avait regardé les plus belles et les plus célèbres régions et villes de notre pauvre terre avec le même parti pris : c'est-à-dire pour corroborer sa méfiance foncière à l'endroit du Créateur et de la création. La dame m'inspira une profonde pitié mais en même temps un respect profond. Car dans tout ce qu'elle disait ou faisait, il y avait de la noblesse et de la sincérité.

« En outre, c'était une femme d'esprit et son rare don de repartie fit d'elle, pendant son séjour à Rome, une invitée très recherchée dans tous les salons, bien qu'un peu redoutée. Cependant, ici, comme partout ailleurs, elle conservait une qualité particulière qui la distinguait de nos beaux esprits. A chaque fois qu'un événement sensationnel ou un scandale dans la société touchait à l'*amourette*[1] ou avait, si peu que ce soit, le parfum de *la belle passion*[1], il perdait à ses yeux toute espèce d'intérêt et elle s'en détournait comme de quelque chose de tout à fait indigne d'elle.

« Mon ami, le prince Scipion Odescalchi, qui était à ce moment âgé de plus de quatre-vingt-dix ans, me dit : " Oh que ne suis-je seulement plus jeune de soixante-quinze ans ! Car nos jeunes beaux d'aujourd'hui à Rome ne sont qu'une poignée de *petits maîtres*[1]. Ils ont perdu le sens du sublime et ils ne voient pas que Lady Flora est une Déesse. Doux Cupidon, Dieu de l'amour, daigne envelopper de l'ombre d'une de tes ailes notre visiteuse, car c'est une disgrâce pour

1. En français dans le texte. *(N.d.T.)*

nous tous qu'elle doive quitter la Ville Eternelle semblable à ce qu'elle était lorsqu'elle y est arrivée. "

« Plus tard, j'appris du Père Jacopo une partie de l'histoire de la dame.

« Lady Flora était l'enfant unique et seule héritière de la fortune de son père que la grosse dot de sa mère avait encore augmentée. Cette mère courageuse et noble était aussi grande que sa fille et pesait le même poids. Mais d'autre part, le père de la jeune fille — à propos de qui on racontait une multitude d'anecdotes gaies et galantes au point qu'aux yeux de ses compatriotes il était devenu une sorte de personnages légendaire — était d'une taille au-dessous de la moyenne et de corpulence médiocre. Cependant, le gentilhomme écossais était en même temps si bien proportionné, avec de grands yeux si expressifs, des cheveux si abondants et bouclés, une grâce si parfaite dans tous ses mouvements, que, jusqu'à sa mort, on le tint pour le plus bel homme du Royaume. Il avait usé de sa rare beauté aussi bien que de ses nombreux talents pour jouir pleinement des délices de ce monde — et par-dessus tout des délices de l'amour ! Il semble qu'il ait été toujours irrésistible aux yeux des femmes de sa patrie comme aux yeux de celles des autres pays, car, de même que sa fille, il avait beaucoup voyagé. Sa femme, qui était profondément éprise de lui et de nature jalouse, devait beaucoup souffrir au cours de sa vie conjugale. »

Le Cardinal fit une courte pause puis reprit : « Mes chers auditeurs, le nom du grand poète et philosophe anglais Jonathan Swift vous est-il familier ? Sans doute, ce fut un authentique homme de génie. Mais il nourrissait aussi — cela est déplaisant à dire et pour nous incompréhensible — une étrange et terrible aversion pour l'ensemble de la terre et de l'humanité. Dans son livre le plus célèbre, *Les Voyages de Lemuel Gulliver*, il tourne en ridicule, avec une habileté presque satanique, les conditions et les fonctions des hommes, rien qu'en modifiant leurs dimensions. Le mérite militaire et la gloire, la grandeur pathétique des champs de bataille, il les tourne en dérision en donnant aux officiers et aux soldats, aux chevaux et aux canons, représentés en *miniature*[1], la taille d'épingles et de dés à coudre.

« Quant à l'immortelle passion de l'amour avec tous ses attributs, il la ridiculise en grossissant à une échelle monstrueuse les personnes des amants et de leurs maîtresses et ces attraits du corps humain ailleurs vantés et célébrés. Son héros, aventurier et voyageur, Gulliver, escalade la poitrine des *dames d'honneur*[1] amoureuses, comme un alpiniste escalade un glacier. Sous leurs soupirs languissants, il chancelle comme sous un tremblement de terre et il est près de se noyer dans les perles de sueur que l'enivrement des *rendez-vous*[1] fait surgir sur leur peau. Les odeurs légères qui environnent un corps de femme deviennent des exhalaisons qui manquent de le suffoquer, non je n'entrerai pas dans le détail, mes gracieux et galants auditeurs, de l'image sinistre que donne ce poète de ce lont les autres poètes ont fait le sujet de sonnets. Le père Jacopo s'entretint à plusieurs reprises, à ce qu'il me dit, de ce livre remarquable, avec Lady Flora. Elle le connaissait, à l'évidence, par cœur et s'en servait pour tourner en dérision *in toto* l'œuvre du Tout-Puissant.

« " Regardez, Révérend Père, lui disait-elle, combien il faut peu, quel léger écart de dimensions suffit, pour nous révéler la vraie nature de votre noble et magnifique univers. "

« L'hérésie de Lady Flora horrifiait le Père Jacopo mais, suivant son habitude, il lui répondait avec prudence et douceur : " A moins que, Signora, lui

1. En français dans le texte. *(N.d.T.)*

98

disait-il, ces mêmes constatations ne nous révèlent avec quelle subtile précision l'harmonie de notre univers est établie et équilibrée. A moins qu'elles ne nous enseignent avec quelle déférence nous devons considérer le décret du Créateur, au point que, même en imagination, nous ne pouvons nous permettre d'en altérer ou d'en modifier la moindre disposition. Le raccourcissement ou l'allongement d'une seule corde d'un instrument de musique dénature, anéantit son chant. Mais, assurément, assurément, cela ne nous autorise pas à blâmer le maître qui a construit le violon. "

« Le père de Lady Flora, lorsqu'il était exaspéré par la jalousie de sa femme, avait pris l'habitude de lui citer le livre du poète anglais et même, avec une fantaisie et un esprit cruels, d'y ajouter, d'inventer et de raconter de nouvelles aventures de Lemuel Gulliver. A la vérité, à considérer la situation de cette femme, on se voile les yeux comme si on nous demandait de contempler un abîme de souffrance et d'injustice. Une jeune femme de taille médiocre, dont la minceur et la petitesse sont, de la part de son mari, un sujet de moquerie et de plaintes, peut bien se sentir personnellement blessée et mortifiée. Cependant, dans son cas, ce ne sont pas les attributs mêmes de la féminité qui sont mis en cause et blasphémés. Cette dame écossaise à qui son mari récitait des hexamètres décrivant l'aventure du Prophète Jonas, ses tremblements et son engloutissement final, souffrait non seulement dans sa dignité personnelle mais dans celle de son sexe. Il n'y a donc pas lieu de s'étonner si, au cours des années, elle changea au point que ses amis d'enfance et de jeunesse ne trouvaient plus en elle trace de la nature riche et innocente qu'elle possédait jeune fille puis jeune mariée. Son désir constant et brûlant de devenir plus petite avait agi sur son cœur tel un corrosif.

« Il apparaît en outre que la mère de Lady Flora,

tandis qu'elle gardait pour tout le monde un silence héroïque sur son infortune et finissait presque par ne plus souffler mot de sa misère, prit sa fille pour confidente ! La jeune Flora, tandis qu'en grandissant elle approchait de mois en mois de la taille et du poids de sa mère, avait entendu les plaisanteries de son père répétées par celle-ci. Et cependant, quant au courage et à l'esprit, la jeune fille ressemblait à son père et ce père, beau et gai, au temps où elle était encore une petit fille, jolie et vive, avait pris plaisir à galoper avec elle à travers les bruyères d'Ecosse et à la former à l'art de la danse comme à la pratique des armes. Elle ne pouvait lui vouloir le moindre mal. Toutefois, ayant dans l'esprit les lamentations de sa mère, elle souhaitait anéantir les petites femmes minces et légères qui séduisaient son père ; et, ayant dans l'esprit les moqueries de son père, elle souhaitait anéantir son propre corps puissant et fort, qui entrait justement dans la saison de son plein épanouissement. Sans nul doute, toute jeune encore, elle s'était juré de ne jamais revivre, dans le mariage ou dans une aventure d'amour, l'infortune de sa mère — ce qui, en soi, impliquait une vie stérile et désolée. Mais le motif de sa résolution, dont elle ne pouvait pas parler, était un fardeau encore plus lourd. Quelle triste condition pour une jeune fille de pâlir de honte à ces mêmes pensées qui font rougir profondément ses jeunes sœurs avec une douce et délicate modestie !

« Ainsi la vie quotidienne, dans l'antique château d'Ecosse, entre les deux femmes à l'imposante stature et le gentilhomme à la taille menue, s'écoulait, aux yeux du monde, dans une noble harmonie. Mais au milieu de cette existence, un jeune cœur ne cessait de souffrir, jusqu'à ce qu'il eût trouvé un seul recours à sa souffrance : la solitude absolue. La jeune fille se dérobait à tout contact physique ou moral. Sa grande fortune et son haut rang, loin de faciliter son destin, semblaient le rendre plus solitaire encore. Son isolement devint sa fierté et, lorsque après la mort de ses parents, elle voyagea pour la première fois en Italie, elle était d'une arrogance sans bornes.

« Le Père Jacopo fit la connaissance de Lady Flora sans soupçonner d'abord en présence de quel malheur et de quelle obstination il se trouvait. Ces deux êtres qui, dans l'avenir, devaient tant compter l'un pour l'autre, se rencontrèrent dans un petit village de Toscane où Lady Flora avait loué une maison pour deux mois et où le Père Jacopo, en route pour Rome, saisi soudain d'un accès de fièvre, était tombé malade et se trouvait alité à l'auberge. Lorsque Lady Flora fut informée qu'un vieux prêtre gisait, aux portes de la mort, dans ce misérable endroit, elle le fit transporter dans sa propre maison en déclarant qu'il y serait soigné et nourri jusqu'à ce qu'il eût recouvré ses forces. Déjà, à l'auberge, le prêtre avait été informé de l'exceptionnelle richesse de la dame ; ses premiers sentiments à son égard furent de gratitude et d'admiration. Mais, dans sa simplicité, il connaissait le cœur humain et avant longtemps il lut profondément dans l'âme de Lady Flora. Sans doute cette révélation l'avait-elle frappé péniblement, sans doute aussi, l'endurcissement dans le péché de Lady Flora l'attacha-t-il à elle au point que pour rien au monde, il n'eût lâché prise.

« Leurs rapports devinrent plus étroits du fait qu'elle lui abandonna vite le soin de distribuer les riches aumônes qu'elle prodiguait sans jamais s'embarrasser de savoir, dans son mépris général du genre humain, qui les recevait. Et quand elle décida de continuer son voyage vers Rome, elle invita le Père Jacopo à lui tenir compagnie dans sa confortable voiture anglaise, tandis que les membres de sa suite, anglais et italiens, suivaient dans deux autres véhicules.

« Dans la Ville Eternelle, l'amitié entre la noble dame et le prêtre se poursuivit et s'affirma : pendant trois mois, ils se rencontrèrent presque tous les jours. La manière du Père Jacopo, dans ses rapports avec ses semblables, gagnait si naturellement le cœur que la plupart des gens, presque sans le vouloir, s'ouvraient à lui de leurs sentiments et de leurs actes. Il en fut de même dans le cas de Lady Flora. Je ne peux imaginer qu'elle se soit confiée, et encore moins plainte à lui. Ses relations de sa vie passée durent être faites en badinant et avec hauteur. Mais la mystérieuse intuition du Père produisit son effet même sur cette femme altière ; petit à petit, elle fut amenée à lui parler avec une absolue franchise.

« Une circonstance particulière ne fut pas sans effet sur leurs relations. Lady Flora avait connu beaucoup de membres du haut et du bas clergé de son propre pays mais, jusqu'alors, ne s'était jamais entretenue avec un prêtre de notre Eglise. Cela l'avait amusée de choquer et de scandaliser les ecclésiastiques britanniques par son incroyance complète et son complet mépris à l'endroit du Ciel et de la terre. Elle tint pour acquis qu'il serait encore plus facile de scandaliser un prêtre catholique romain et elle ne perdit pas de temps avant de s'essayer sur le Père Jacopo. Ce qu'elle fit, moins par malice que pour satisfaire un goût de la plaisanterie noire particulier à sa nature. Seulement, il n'y avait rien qui pût scandaliser le Père Jacopo. Il n'était — comme il me l'a dit lui-même — en rien un homme courageux et, au confessionnal, tandis qu'il écoutait les aveux d'actions et de pensées mauvaises, souvent il avait les cheveux qui se dressaient sur la tête. Cependant, il ne pouvait pas plus se scandaliser de choses de cette sorte que de la foudre ou d'une avalanche. Dans un cas comme dans l'autre, il s'efforçait immédiatement, par tous les moyens possibles, d'arrêter ou de réparer les dégâts causés par les sauvages puissances naturelles ; mais, dans un cas comme dans l'autre, il acceptait la catastrophe sans en ressentir la moindre rancune personnelle. Cette attitude chez un serviteur de l'Eglise surprit Lady Flora : elle alla plus loin dans le blasphème, corsa et durcit son propos. La sérénité imperturbable du Père Jacopo, sous cette persécution, la força finalement à une sorte de respect qu'elle avait rarement — sinon jamais — éprouvé à l'égard d'un être humain.

« " Dans mes rapports avec Lady Flora, me dit le Père Jacopo, j'ai senti parfois qu'elle avait revêtu une lourde armure, considérée jusqu'alors par elle, et tout à fait à juste titre, comme impénétrable. Elle avait pris plaisir à voir toutes les balles ricocher sur cette armure. Et, cependant, il n'est pas impossible que, dans son cœur orgueilleux, elle n'ait parfois désiré, vaguement, rencontrer un adversaire digne d'elle. "

« Or, le Père Jacopo, en tant que prêtre, avait un trait particulier. Il était hostile à l'idée de présenter, dans ses prières, des requêtes particulières, il n'aimait pas importuner le Ciel pour un cas déterminé. Il ne priait pas non plus directement pour le salut de ses pénitents. Lady Flora, à deux reprises, le provoqua. " Je suppose, Père Jacopo, que vous priez maintenant pour ma conversion ? " Et il dut confesser qu'il avait le tort de ne l'avoir jamais fait. Chaque fois que le bonheur et le malheur d'un être humain quelconque occupaient fortement son cœur, il avait coutume, me dit-il, avant de commencer à réciter son bréviaire, de concentrer ses pensées sur cette personne et, durant sa prière, de la tenir mentalement à bout de bras, jusqu'à ce que son poids lui fît mal aux bras. " Et alors, m'expliquait-il, je sais que je dois agir de telle et telle façon. "

« Lady Flora était une femme robuste et pleine de santé et n'avait jamais de sa vie dû renoncer à une entreprise pour raison de maladie. Mais il arriva que, lors de sa première journée à Rome, elle glissa sur un degré de marbre du palais de la Piazza del Popolo, dont elle avait loué deux étages, et se foula la cheville. Elle dut, pendant quelque temps, rester allongée sur son sofa et le médecin lui ordonna de s'abstenir de toute excursion même en voiture. Pendant ces semaines, le Père Jacopo, en dépit de nombreuses obligations, trouva le temps de lui rendre visite. Et la pensée de Lady Flora lui occupait entièrement l'esprit même quand il ne la voyait pas.

« Ainsi s'entretenaient ces deux êtres d'une honnêteté sans égale, et qui, ni l'un ni l'autre, n'avaient jamais porté tort à leur prochain. Chez l'une, la droiture et la netteté de sa conduite avaient engendré un orgueil souverain, chez l'autre l'humilité absolue.

« Dans le *salon*[1] à haut plafond, ils en vinrent à parler à la fois des phénomènes de l'existence terrestre et des idées de Paradis et d'Enfer. Lady Flora était habile dans de telles discussions et n'était jamais à court de réponses tandis que, pour sa part, le Père Jacopo était souvent frappé de stupeur par un irrespect qui lui déchirait le cœur. Il lui semblait que s'il avait dû répondre quelque chose à Lady Flora, il n'aurait pu que pousser un grand cri et il était tout juste capable d'étouffer ce cri en serrant fortement ses lèvres l'une contre l'autre. Il ne voulait pas davantage se laisser entraîner par elle à faire le signe de la croix et c'est pourquoi, pendant leurs conversations, il tenait ses mains fermement croisées sur sa vieille soutane. Mais il arrivait que, lors de son retour dans sa petite chambre, il se signât plusieurs fois de suite, tant il avait vivement senti la présence des démons évoqués par les propos de Lady Flora, — oui, il lui semblait que pendant des heures, il s'était entretenu avec Lucifer lui-même. En dépit de tout cela, il revenait le matin au palais, doux comme il l'était toujours.

« Dans son cœur, le Père Jacopo décida que l'isolement et l'arrogance sans égal de cette femme n'étaient

1. En français dans le texte. *(N.d.T.)*

104

qu'un seul et même péché mortel. Pendant longtemps il se demanda par quel moyen affronter Lady Flora, et il se traitait lui-même de prêtre incapable parce qu'il ne pouvait trouver de remède. Il veillait et jeûnait dans l'espoir de fortifier sa faible nature et tomber sur l'argument décisif dans cette épreuve de force. Vide, exténué, à genoux sur le sol de pierre, il luttait pour cette femme qui, pendant ce temps, était en train de faire un souper choisi, arrosé de vins généreux, ou dormait paisiblement derrière les rideaux de soie de son lit à baldaquin.

« Pendant quelque temps, le Père Jacopo imagina que l'inconcevable isolement de Lady Flora pouvait, en lui-même, être le chemin du salut. Quel ermite du désert, quel stylite, fameux à travers les âges, n'aurait-on pas pu faire d'elle ? Mais il rejetait cette pensée comme une dangereuse tentation. C'était, il le sentait, à la fois trop facile et trop téméraire. Dans son esprit — car il était un homme à l'imagination vive — il voyait la noble dame d'Ecosse au sommet de sa colonne, droite et colossale, sans que jamais la tête lui tourne, ne faisant qu'un avec le marbre sur lequel elle se dressait. De tout son haut, elle regardait les hommes et les femmes, au pied de la colonne, assurée dans sa conviction qu'ils étaient de la taille d'une épingle, ou bien elle regardait tranquillement vers le ciel, enfin confirmée dans sa certitude qu'il était vide. Terrible, cette femme-ermite, avec son affreux sourire gai, là-haut !

« " Non, pensa le Père Jacopo, c'est par le bas, les rudes chemins de l'humanité, c'est par les rues, les sentiers, les grandes routes que foulent les pieds des humains, que ma présomptueuse dame doit atteindre le ciel. "

« C'est ainsi qu'il lui parla, avant tout, de l'unité de la création.

« — Je sais, dit la dame, vos apôtres de l'unité proclament, avant tout, qu'on ne doit pas être soi-

105

même. Ma propre unité est l'intégrité de ma personne. Je ne me suis pas mariée, je n'ai pas pris d'amant, l'idée des enfants me répugne — tout cela parce que je veux être une, et seule dans ma peau.

« — Je me suis mal exprimé, dit le Père Jacopo, je pensais à la fraternité de tous les êtres humains.

« — Quoi ! s'exclama Lady Flora, êtes-vous, mon bon, mon pieux Père Jacopo, en réalité un Père Jacobin ? Est-ce la devise *Liberté, Egalité, Fraternité*[1] au nom de quoi le Gouvernement de la France a si joyeusement joué à la balle avec les têtes des bons amis français de mon père, que vous me prêchez ?

« — Je ne sais que peu de chose de la politique, dit le Père Jacopo. L'égalité entre les hommes, dont je parle, est la ressemblance d'un homme à l'autre — une ressemblance familiale, si vous voulez, phénomène sur lequel vous en savez plus que moi. Nous parlons d'une chose qui est pareille à une autre sans que cela nuise à l'intégrité de l'une ou de l'autre — non, au contraire, ce faisant, nous constatons leurs différences essentielles, car personne ne peut comparer deux choses identiques. Je n'ai pas besoin d'expliquer la ressemblance entre deux boutons de ma soutane, mais j'ai le droit d'invoquer la ressemblance entre le diamant de votre bague qui ne mesure pas la moitié d'un pouce et telle claire étoile dans le ciel qui, à en croire les astronomes, est un soleil sinon un système solaire tout entier.

« " Cette ressemblance entre toutes les choses créées ne réclame pas, comme l'*égalité*[1] dont vous parlez, qu'elles soient toutes traitées de la même manière. Car je ne peux pas enfermer le soleil dans votre bague et, d'autre part, bien que rare et beau, votre diamant, placé au firmament, ne rayonnerait pas loin. Non, mon égalité à moi n'a pas de réclama-

1. En français dans le texte. (*N.d.T.*)

tions à présenter. Mais elle apporte la preuve que toutes les choses de ce monde sont issues d'une seule et même fabrique, elle est dans chaque chose l'authentique signature du Tout-Puissant. Dans ce sens-là, Milady, ressemblance est amour. Car nous aimons ce qui nous ressemble et nous devenons pareils à ce que nous aimons. Ainsi, les créatures de ce monde qui refusent d'être semblables à quelque chose effacent la signature divine et travaillent, par là même, à leur propre anéantissement. Dans ce sens, Dieu prouve Son amour de l'humanité en Se laissant créer Lui-même à la ressemblance des hommes. Pour cette raison, il est sage, et c'est faire œuvre pie, d'appeler l'attention sur la ressemblance et l'Ecriture elle-même s'exprime en paraboles, ce qui veut dire comparaisons.

« — Oui, de jolies comparaisons! dit Lady Flora. Le Roi Salomon, m'a-t-on appris, prophétise sur les relations entre le Christ et Son Eglise et dit de la fiancée — qui symbolise l'Eglise — qu'elle est comme une rose de Saron, et de ses dents qu'elles sont comme un troupeau de brebis sur le point d'agneler, dont chacune porte des jumeaux, et de son ventre qu'il est comme une meule de blé.

« Le Père Jacopo joignit les mains. "Une rose de Saron, dit-il. Oui, et la rose ne montre-t-elle pas clairement à nos yeux la signature de la fabrique dont elle est issue? Et la meule de blé ne la montre-t-elle pas aussi?"

« Et comme il comprenait à quel point sa propre âme aimait l'âme de cette femme, il ajouta lentement, d'une voix qui tremblait un peu parce qu'il serrait très fortement les mains, ces versets du Cantique des Cantiques. "*Mets-moi comme un sceau sur ton cœur, comme un sceau sur ton bras, car l'amour est fort comme la mort; la jalousie est cruelle comme la tombe. Les eaux ne peuvent éteindre l'amour ni les flots l'emporter: si un homme donnait tous les biens de sa maison par amour* — et à ce moment il se rappela la grande fortune de Lady Flora — *il n'en serait fait aucun cas.* "

« Un autre jour, il insistait une fois de plus sur l'idée de la communauté humaine et dit :

« — Le troisième article de notre Credo lui-même parle de la Communion des Saints.

« — Merci, je le sais, je le sais par cœur, interrompit Lady Flora, la Communion des Saints, la Résurrection de la Chair...

« — Et la Vie Eternelle, termina tranquillement le Père Jacopo. De la Communion des Saints, parce que — parmi les êtres humains — sans communion, on ne peut parvenir à la sainteté réelle. Une main, un pied ou un œil n'obtiennent la signature divine que s'ils font partie d'un corps. Nous sommes tous les branches d'un même arbre.

« — J'ai toujours aimé les arbres, dit Lady Flora, et je n'ai pas d'objection à en parler. Mais je suis un arbre par moi-même, Père Jacopo, et non une branche.

« — Nous sommes tous, continua le Père Jacopo, les membres du même Corps.

« — Oh ! épargnez-moi, pour une fois, vos membres et vos corps, s'exclama Lady Flora. Et tenez-vous-en à la botanique et à cette meule de blé dont l'autre jour vous avez si joliment parlé.

« — Cela n'est pas possible, déclara avec force le Père Jacopo. Que le blé soit transformé en Corps, en cela repose le mystère le plus profond de notre communion. Vous doutez, continua-t-il, emporté plus loin par son idée, que tous nous soyons un et, cependant, vous savez qu'il y en a un qui est mort pour nous tous.

« — Pas pour moi, dit Lady Flora, brusquement. Excusez-moi. Jamais dans ma vie, je n'ai demandé à un être humain, moins encore à un dieu, de mourir pour moi et je dois souligner que pour mon compte personnel, je suis restée tout à fait en dehors de cette affaire. Dans ma vie — et spécialement ici en Italie — on m'a fait avaler un tas d'horreurs, et je les ai, de plus, payées en bonnes livres sterling. Mais ce que je n'ai ni commandé, ni payé, je ne veux pas le recevoir.

« A cela, le Père Jacopo comprit que le grand péché de Lady Flora n'était pas qu'elle refusât jamais de donner — car plus que quiconque il connaissait sa générosité et sa bienfaisance exceptionnelles — mais qu'elle refusât de recevoir, et son cœur s'en affligea. Il resta immobile et muet pendant si longtemps qu'à la fin elle se tourna vers lui dans son fauteuil.

« — Hélas, Lady Flora, mon enfant, dit-il enfin, donnez à ma faible raison le temps de mesurer l'étendue de votre héroïque déraison. Je ne puis en ce moment, ni ce soir, vous parler de vos rapports avec le Ciel. Je suis un prêtre indigne et il semble que le Ciel ne veuille pas m'utiliser comme son porte-parole ; quand je m'y essaie, il s'éloigne de moi. Mais je suis homme, continua-t-il très lentement et dans une grande agitation d'esprit, laissez-moi vous parler de vos rapports avec le genre humain.

« Il y a beaucoup de choses dans la vie qu'un être humain — et en particulier un être humain hautement doué et privilégié comme vous, ma fille — peut atteindre par l'effort. Mais il existe une vraie humanité qui demeurera toujours un don et qui doit être accepté par tout être humain, tel qu'il lui est donné par son semblable. Celui qui donne a lui-même reçu. De la sorte, peu à peu, une chaîne se forme de pays à pays et de génération à génération. Rang, fortune, nationalité, en pareille matière, tout cela compte pour rien. Le pauvre, celui que l'on foule aux pieds, peut faire ce don aux rois et les rois le feront à leurs favoris à la Cour ou à un danseur ambulant de leur ville. L'esclave nègre peut le faire au négrier ou ce négrier à l'esclave. Il est étrange et admirable d'observer comment, dans une semblable communauté, nous sommes liés à des étrangers que nous n'avons jamais

109

vus et à des morts — hommes et femmes dont nous n'avons jamais entendu et n'entendrons jamais les noms — plus étroitement même que si nous nous tenions tous par la main.

« — Bah ! c'est de la théologie, dit Lady Flora. Il est très amusant de discuter de théologie avec vous, Père Jacopo. Mais dans ma famille nous avons toujours été des gens pratiques.

« Le Père Jacopo comprit cette fois qu'il ne l'emporterait jamais par des mots ou par des arguments sur l'obstination de Lady Flora. Cependant, ici, à Rome, il avait un peu plus d'espoir qu'il n'en avait eu dans la maison de Toscane. En effet, tandis qu'il parcourait les vieilles places, les vieilles rues et entrait dans les églises, ayant toujours Lady Flora présente à l'esprit, il réfléchit que la Ville éternelle elle-même devait posséder le remède au mal et devait savoir elle-même où et comment s'en servir.

« Un jour, le Père Jacopo resta longtemps assis dans la basilique Saint-Pierre. Là, il sentit que les dimensions de la grande basilique, comme d'elles-mêmes et sans que nous y pensions, avalaient et abolissaient toutes les différences de tailles entre les êtres humains. Et il lui vint à l'esprit que c'était l'endroit où il convenait d'amener Lady Flora.

« Aussitôt que l'état de celle-ci le permit, il lui demanda de visiter Saint-Pierre en sa compagnie.

« Il avait, par avance, décidé le plan de la visite et dans quel ordre il montrerait à sa compagne les trésors de la basilique. Mais il n'exécuta pas son programme. " Car, lorsque j'entrai dans l'église au côté de la dame, me dit-il quand il me raconta l'histoire, il me sembla que je la voyais avec ses propres yeux. C'était vraiment la première fois que la voûte de l'église s'élevait au-dessus de moi et que ses murs m'entouraient. Et mon bonheur à l'idée qu'une telle gloire pouvait se rencontrer sur la terre me rendit muet. "

« Lady Flora ne parla pas non plus. Pendant plus de trois heures, elle demeura dans l'église et quand, très lentement, elle termina sa visite, il sembla au Père Jacopo que son pas devenait plus léger.

« À la fin, elle s'arrêta, sans bouger, devant la statue de saint Pierre lui-même et, pendant longtemps, resta debout devant elle.

« Elle ne prêta aucune attention aux fidèles qui passaient devant elle pour baiser le pied de la statue. Elle fixait des yeux la tête du grand Apôtre et, pendant un moment, regarda gravement son visage. Puis, elle abaissa son regard sur la main de bronze qui tient les clés du Paradis et il sembla au Père Jacopo qu'elle la comparait à sa propre main qui serrait le manche d'ivoire de son ombrelle. Pour l'ami fidèle de Lady Flora, le moment était solennel et étrangement joyeux. Sa langue se trouva libérée ; presque sans le savoir, il prononça les mots que proclame la basilique : " *Tu es Petrus et super hanc petram, aedificabo Ecclesiam meam.* "

« Dans la voiture, Lady Flora dit en souriant :

« — Voyons, y a-t-il quelque chose de grand à se laisser crucifier la tête en bas ? On ne peut pas s'empêcher d'en rire !

« Depuis ce jour, Saint-Pierre devint le but favori des promenades de Lady Flora. Le cocher, lorsqu'elle était assise dans sa voiture, sans attendre les ordres, conduisait ses chevaux vers la grand-place et, chaque fois, elle terminait sa promenade dans l'église en face de la statue de saint Pierre.

« Un matin, de bonne heure, alors que l'église était encore presque vide, il arriva que le Père Jacopo entra et vit Lady Flora, droite comme toujours, perdue dans la contemplation de la statue. Il ne s'approcha pas mais observa silencieusement le groupe qu'ils formaient tous deux. " Cette femme, se demanda-t-il, est-elle maintenant, pour la première fois de sa vie, remplie d'un sentiment de révérence et transportée

111

par la grandeur d'une forme humaine ? L'orgueil qu'elle a de sa naissance est sans limite, poursuivit-il, car par ses nobles pénitents il était au fait de l'arrogance des aristocrates. Dans son dédain, même pour les maisons royales, elle englobe ses ancêtres, chefs de clans écossais depuis des âges barbares. Ne craint-elle pas désormais de se sentir une parenté avec le pêcheur du lac de Génésareth ? " Il ne pouvait s'arracher au spectacle de la statue assise immobile et de la forme immobile debout devant elle. Ses pensées couraient car, comme je l'ai déjà dit, il était homme d'intuition et d'imagination.

« " Son courage est-il, se demanda-t-il, également sans limite ? Imagine-t-elle qu'en ce moment, le Démon qui est devant elle se sent une consanguinité avec une personne de chair et de sang ? Les grands savants tiennent que ce saint Pierre de bronze a été autrefois le Jupiter de l'ancienne Rome, placé sur un trône au Capitole, et que seule a été refondue, pour être remplacée par la clé, la foudre qu'il tenait dans sa main. De cela, un simple prêtre ne peut rien savoir. Mais s'il en est ainsi, c'est alors qu'un fluide divin a passé dans la statue de bronze, de telle sorte que, désormais, tous ses traits et son aspect sont ceux de Pierre lui-même. Alors celui qui a été transformé a certainement le pouvoir de transformer. Et certainement la femme qui met son orgueil à tout renier, trouvera une aide auprès de celui qui, avant que le coq ne chante trois fois, a trois fois renié. "

« Désormais, conformément au plan de son voyage, le séjour à Rome de Lady Flora approchait de sa fin. De Rome, elle devait aller vers le sud, d'abord à Naples et en Sicile, puis en Grèce. Depuis l'époque où le grand et bien-aimé poète Lord Byron le glorifia et mourut pour lui, ce pays est devenu aux yeux de ses compatriotes à la fois sacré et familier et il est, pour eux, une nouvelle colonie que le puissant Royaume-Uni a conquise, cette fois par les armes de l'esprit.

« C'est à ce moment de l'affaire que le Père Jacopo, dans une extrême agitation d'esprit, recourut à moi et me raconta son histoire ainsi que celle de Lady Flora.

« — Et maintenant, mon Atanasio, il faut que vous veniez à mon aide et que vous me donniez votre avis.

« " Avant-hier soir, j'étais assis avec Lady Flora dans son salon rouge. Soudain, elle se tourna vers moi avec, sur le visage, plus de dureté et de moquerie que je n'y en avais jamais vues et elle me demanda : ' Comment, Père Jacopo, l'idée vous est-elle venue que j'avais peur de vous ? '

« " Une pareille pensée était loin de moi et je le lui dis. ' Oh ! ne tournez pas maintenant autour du pot, dit-elle. Car vous vous permettez assurément de croire que le bric-à-brac de votre Rome, son eau bénite et ses rosaires et ses saintes reliques — en un clin d'œil et que j'y consente ou non — me changeront en un doux petit agneau abrité dans les plis de la robe de saint Pierre. Vous vous permettez de croire que j'ai déjà, avec quelque inquiétude, éprouvé le besoin de me mettre à quatre pattes et que cette inquiétude est la vraie raison de mon départ, que dis-je, de ma fuite de Rome ! Mais vous êtes un innocent, bon Père. Vous perdez votre temps en versant de l'eau sur une montagnarde d'Ecosse et aucun Gordon ne sera jamais mordu par les dents de vos crânes saints. Je vous garantis qu'elles se briseront dans cette tentative. Car aucun contact extérieur ne laissera jamais d'empreinte sur nous, mais c'est nous, mon ami, qui marquons les choses qui entrent en contact avec nous et y mettons notre empreinte.

« " ' Voyons, continua-t-elle, pour vous plaire et pour vous remercier de m'avoir aimablement servi de guide dans Rome, je suis encore disposée à me mettre à quatre pattes. Sur mes genoux — ici elle frappa l'un de ses genoux puissants — je monterai votre escalier sacré, la Scala Santa. Et, alors, vous verrez vous-même que tandis que mon poids pourra polir ou user

113

un peu vos marches, moi — et ici elle frappa sa puissante poitrine —, je ne serai pas plus adoucie et pas plus polie au sommet de l'escalier qu'à sa base. Venez, mon bon et sage ami, je vais commander ma voiture et nous allons y aller tout de suite, ensemble.'

« " Je dus réfléchir, dit le Père Jacopo, avant de lui répondre : ' Certes, Milady, si, sans aucune compagnie humaine, dans la profondeur de la nuit et avec la nuit de l'incroyance dans votre cœur, vous voulez imiter l'acte de pénitence des croyants, je sentirais que cela a été accompli en vain. Oui, je tremblerais en imaginant qui, à ce moment, vous a, en réalité, accompagnée. Mais si vous consentiez à l'accomplir simplement comme si vous apparteniez à la longue théorie des humbles, des pauvres pécheurs, je sentirais que vous pourriez encore avoir part à la bénédiction des humains.'

« " Elle me regarda et rit de nouveau. '*Oh là, là*, dit-elle, un renard doublé d'un prêtre, tous deux ont toujours un moyen de plus pour s'en tirer que vous ne vous y attendez, et il est difficile pour des gens convenables de leur faire mordre la poussière. Combien de fois vous ai-je dit que l'haleine de vos humbles pécheurs me répugne ?'

« " Elle récita quelques vers d'un recueil :

'................ *des esclaves mécanisés,*
Avec leur tablier graisseux, le mètre et le marteau
Nous élèveront à la connaissance : dans leurs haleines épaisses
Fortes de nourritures grossières, nous nous trouverons enveloppés
Et contraints de respirer leur odeur...'

« " ' Non, donnez-moi un honnête Ecossais du Nord-Ouest. Tous deux nous avons beaucoup de choses en commun et nous pouvons nous parler.

« " ' Car la bénédiction de votre communauté

114

humaine, Père Jacopo, qu'est-ce que cela signifie sinon qu'un homme s'appuie sur un autre parce que, dans tout le troupeau, personne n'a l'énergie de se tenir sur ses propres jambes. Dans votre longue théorie d'humbles et de pauvres pécheurs, on s'écrase, corps contre corps, pour avoir chaud. Oh ! qu'ils aient froid et gardent le respect d'eux-mêmes...

« " ' Je vous dirai quelque chose, Père Jacopo, continua-t-elle lentement. Tandis qu'auparavant, c'était le corps humain avec ses exhalaisons qui me déplaisait le plus, depuis, ici, à Rome, c'est le visage que je déteste à cause de la malhonnêteté et de l'hypocrisie que j'y lis. Dans la Ville, il n'y a qu'un visage honnête et il a quinze cents ans d'âge. '

« " Elle ne dit rien de plus, je la laissai et partis.

« " Mais quand je fus seul, dit pour finir le Père Jacopo, je me remémorai beaucoup de choses et une question se posa à moi à laquelle je ne puis répondre. C'est pourquoi je suis venu vers vous. Ne suis-je pas doublement fautif en laissant une femme hautaine et incroyante prendre part à la dévotion des humbles et des fidèles ? Est-ce que, ce faisant, je ne blasphème pas la loi sacrée et l'idée sacrée de communion ?

— Comme le Père Jacopo lui-même, dit le cardinal, il me fallut réfléchir avant de parler.

« " Mon Jacopo, lui dis-je enfin, sois sans crainte. Il n'est pas impossible que, dans la sagesse de ta simplicité, tu aies trouvé les plus sûrs moyens de faire obstacle au projet de cette femme que tu dis hautaine et incroyante. Je ne puis l'imaginer prenant place dans ta théorie d'humbles fidèles. Son *dégoût*[1] du contact humain est très profond ; elle ne serre la main de personne. Très probablement, cette grande dame a lu de la surprise dans l'attitude de quelqu'un à qui elle a donné la main, quand il a vu la taille de celle-ci. Et,

---

1. En français dans le texte. *(N.d.T.)*

115

mon ami, quelle poignée de mains pourrait-elle trouver dans tout Rome pour répondre à la sienne ?

« " Mais si, malgré tout, elle devait te prendre au mot, alors tu pourrais en toute confiance mettre la responsabilité du blasphème sur mon dos. Car je te le dis, Jacopo : il n'y aura pas de blasphème.

« " Il y a à Rome — et dans ce monde — tant de pauvres misérables qui hurlent et gémissent sur la misère du monde et sur leur propre misère comme sur un mal de dents et qui poussent des cris pour obtenir leur salut, comme ils réclameraient un cataplasme chaud — ou qu'on leur arrache leur dent — que l'on peut s'étonner de la patience du Seigneur. Mais l'être humain qui lance sincèrement de si mortels défis, non pas au Ciel, car le Ciel ne peut être défié, mais à sa propre nature, le Ciel ne l'abandonnera pas. Par l'intermédiaire de sa propre nature, il lui répondra.

« " Lady Flora a raison : elle est une noble femme et c'est elle qui transformera les choses qui la toucheront ou la frapperont — et non les choses extérieures qui la transformeront jamais.

« " L'affaire est maintenant entre les mains des pouvoirs suprêmes. Toi et moi, Jacopo, nous ne pouvons qu'attendre et voir. "

« Le Père Jacopo se laissa consoler par mes paroles : il me remercia et s'en alla.

« Je ne le revis pas. Quelque temps après notre conversation, j'appris que Lady Flora, conformément à ses projets, avait quitté Rome. Je regrettai vivement de ne l'avoir pas vue avant son départ car j'aurais été heureux de la remercier de sa très généreuse donation pour la basilique de Saint-Jean-de-Latran.

« Six mois plus tard, je sus que le Père Jacopo avait sollicité et obtenu le modeste poste de curé dans sa paroisse natale, loin de Rome, au Piémont. »

Ici le cardinal fit une longue pause.

« Le dernier chapitre — ou l'épilogue — de l'histoire que j'ai eu l'honneur de vous raconter, je le tiens de l'héroïne elle-même.

« Au printemps suivant, je fis une visite aux bains de Monte Scalzo à Ascoli.

« Que l'air, aux environs, est vif et doux à respirer ! Comme sa pureté est exquise ! Avec quelle noble force et quelle maîtrise il bleuit les montagnes lointaines. C'est le vrai pays de mon enfance. Le château austère, moyenâgeux, résidence de mon père, est très loin de là — mais la Villa Belvicino, douaire de ma mère, y est posée comme un nid d'hirondelles entre les longues pentes et d'immenses olivettes. Quand j'étais enfant, ma mère m'y emmenait souvent ; nous étions seuls tous deux et parfaitement heureux.

« A Monte Scalzo je rencontrai un vieil ami qui y prenait les eaux.

« L'infortune humaine qui conduit les gens à recourir à ces bains spéciaux est celle qui a été baptisée d'après le nom de la Déesse de l'Amour de nos ancêtres romains. Et le traitement que les bains leur offrent s'inspire du vieux dicton : *Hora cum Venere, decem anni cum Mercurio* [1]. Cependant ceux qui fréquentent ces bains ne disent jamais rien de leur intimité avec la Divinité, mais ils se questionnent très courtoisement les uns les autres sur leur érysipèle de la face, leur migraine ou leurs rhumatismes.

« Leur groupe était naturellement aimable, sans préjugés, libre, et je me sentais content et l'esprit à l'aise dans leur compagnie. Nous passions beaucoup d'heures à la table de jeu, d'autres étaient consacrées à la musique ou à des discussions philosophiques. Les propos animés roulaient aussi sur des amis et connaissances communes mais étaient toujours exempts de méchanceté.

1. « Une heure avec Vénus, dix ans avec Mercure. » *(N.d.T.)*

117

« Pendant cette saison, la mode s'était instituée parmi les dames et les messieurs de la station, de désigner les amis, présents ou absents, par des noms inventés, romanesques, souvent empruntés à la mythologie, à l'histoire ou à la littérature classique. Jusqu'à ce que le nouvel arrivant se fût habitué à la plaisanterie, elle pouvait lui causer quelque embarras.

« Une dame de la *coterie*[1], alors absente et sincèrement regrettée de tous, était désignée sous le nom de Diane ou, à d'autres moments, de Princesse Daire ou simplement Daire, et toujours avec une affection et un respect tout à fait exceptionnels. C'est pourquoi je fus surpris quand je compris que ce nom était en réalité une abréviation du mot " dromadaire ", ce qui me paraissait un curieux surnom pour une personne de haut rang — et qui, comme je l'appris —, avait passé la première jeunesse. Mais un membre de la société, orientaliste célèbre, entreprit en souriant de m'éclairer :

« " Ne pensez pas de mal de nous, Eminence, dit-il, car si nous nous permettons de nommer une amie que nous tenons en haute estime d'après une bête de charge un peu mal vue, cette appellation dérive d'une vieille et célèbre légende arabe :

« " Savez-vous, demanda l'Arabe à l'étranger, pourquoi le dromadaire, tandis qu'il porte ses rudes et lourds fardeaux, tient si haut la tête et la tourne de droite à gauche avec tant de dédain pour toutes les autres créatures ? Je vais vous en donner la raison. Allah, le Tout-Puissant, confia au Prophète quatre-vingt-dix-neuf de ses cent noms et ils sont tous inscrits dans le Coran. Le centième nom, il le garda caché, même du Prophète, et il n'est connu d'aucun être humain sur la terre. Mais le dromadaire le connaît.

---

1. En français dans le texte. *(N.d.T.)*

C'est pourquoi il regarde autour de lui avec orgueil et se tient à l'écart, conscient de sa supériorité en tant que dépositaire du secret d'Allah. Il se dit : '*Je sais le nom.*'

« " La dame dont nous parlons, ajouta-t-il, dans ses manières et dans son allure, manifeste l'orgueil d'un initié, du Gardien du Sceau. Et voilà pourquoi nous lui avons donné le nom qui vous choque. "

« J'étais aux bains depuis quelques jours quand, un soir, une dame entra dans la pièce et fut immédiatement entourée et saluée joyeusement. Mon orientaliste et les autres messieurs lui baisèrent galamment et respectueusement la main. La taille inusitée de la dame ne permettait aucune méprise : je reconnus, sur-le-champ, Lady Flora. Elle était devenue extrêmement mince et, de ce fait, paraissait encore plus grande. Elle n'avait plus son éclatante chevelure rousse, mais portait une perruque arrangée avec élégance. Sa robe de soie, coûteuse comme toujours, était garnie de rubans et de dentelles, arrangés avec discernement et goût.

« Son allure avait la même noblesse et la même franchise que lors de notre première rencontre et, au cours de la conversation de cette soirée, je constatai que son esprit était aussi vif et étincelant et qu'il s'y était en outre ajouté une gentille et délicate ironie dont je n'avais aucun souvenir. Pendant la soirée, la conversation du groupe, qui généralement effleurait tout ce qui existe entre le Ciel et la Terre, se porta, à deux reprises, sur des histoires d'amour. Lady Flora s'y joignit avec un tact charmant et de la gaieté ; rapidement et drôlement elle fit des citations de deux poètes. Hélas ! sa voix pleine, claire, harmonieuse des anciens jours avait disparu. Mais dans sa nouvelle voix, basse, cassée et rauque comme le croassement d'un vieux corbeau ou d'un cacatoès il y avait un enjouement nouveau avec une tolérance amusée et de la bienveillance à l'égard de la faiblesse humaine. Les vers osés de Zoram Moroni, elle les dit aussi librement qu'un jeune homme mais lorsqu'elle récita un sublime et émouvant poème d'amour, une rougeur profonde et délicate lui monta au visage.

« Et il y avait quelque chose de plus. Je n'éprouvais aucune surprise de ce que ses amis l'eussent nommée Diane. Quand auparavant, je m'étais préoccupé de Lady Flora, je me l'étais représentée, en esprit, comme une personne de haute naissance et de grande fortune, comme une dame anglaise et une grande voyageuse et comme un esprit égal ou supérieur au mien, mais toujours difficilement comme une femme. Maintenant, par la grâce de cette amitié avec les libertins de Monte Scalzo, elle avait changé : mystérieusement, elle était devenue du sexe des filles — une vieille fille.

« Quand ses yeux tombèrent sur moi, elle vint amicalement à ma rencontre pour me saluer et, presque tout de suite, s'informa du Père Jacopo.

« Lorsqu'elle apprit qu'il avait complètement abandonné Rome et vivait désormais au milieu de gens pauvres et simples, elle demeura silencieuse pendant un moment.

« " Pauvre Père Jacopo, dit-elle. Il avait entrepris de s'attaquer à des choses et à des gens auxquels il n'était pas né pour se mêler. Cependant, c'était un homme bon et j'espère, je crois, que maintenant, lui aussi, est heureux. "

« Je ne pouvais lui demander ce qui l'avait amenée à Monte Scalzo, mais cette pensée m'occupait l'esprit.

« Un soir nous étions assis sur la terrasse ouest et ensemble, dans le silence, nous observions l'air environnant se vider lentement de la lumière du couchant, la nuit remplir la vallée et les étoiles l'une après l'autre apparaître dans la voûte du ciel.

« — Quel vent doux et suave ! remarqua-t-elle.

« Notre conversation tomba sur la poésie et, tandis qu'elle se poursuivait, je nommai le poète anglais Swift.

« Elle ne dit rien sur le moment.

« — Je souhaiterais qu'il soit ici, dit-elle. J'ai souvent, ces temps derniers, eu le désir de lui parler. Un grand poète, mon ami, mais hélas malavisé d'attacher son noble esprit et son temps précieux à la question de la taille, alors que les personnes même authentiquement sottes savent que, dans notre univers, tout corps et toute âme sont infinis. *Du reste*[1], ajouta-t-elle, un instant plus tard, avec un petit sourire, j'aime le Doyen (et je joue cœur).

« Puis elle me raconta ce qui lui était arrivé après que j'eus vu le Père Jacopo pour la dernière fois.

« — La veille de mon départ de Rome, dit-elle, à une heure très avancée, je me fis conduire à Saint-Pierre. L'église était vide et presque obscure, les cierges brûlaient devant la statue de saint Pierre. Dans la pénombre, elle paraissait très grande. Je la regardai longtemps, sachant que c'était notre dernière rencontre. Alors que je me tenais debout depuis un moment, l'un des cierges clignota un peu — il sembla que le visage de l'Apôtre changeait, que ses lèvres remuaient faiblement et s'ouvraient. Un jeune homme en manteau brun entra dans l'église, me dépassa et baisa le pied de la statue. Lorsqu'il passa devant moi, je sentis une odeur de sueur et d'étable, une odeur de peuple. Je ne pris vraiment garde à lui qu'après qu'il eut passé devant moi, parce qu'il resta encore très longtemps la bouche collée contre le pied de saint Pierre. Finalement, il s'éloigna. Il était de complexion fine avec une grâce parfaite dans tous ses mouvements. Son visage, je ne l'ai jamais vu. Je ne sais pas, cardinal, ce qui, à ce moment, me poussa à imiter son exemple. Je fis un pas en avant et, comme lui, je baisai le pied de saint Pierre. Je pensais que le bronze serait froid comme la glace mais il était chaud de la bouche

1. En français dans le texte. *(N.d.T.)*

121

du jeune homme, légèrement humide, et cela me surprit. Comme lui, je tins longtemps mes lèvres contre le pied.

« " Un mois plus tard, alors que je me trouvais à Missolonghi, près de la baie de Patras, je découvris un ulcère sur ma lèvre. Mon médecin anglais, qui m'accompagnait, diagnostiqua sur-le-champ la maladie et me la nomma. N'étant pas ignorante, je connaissais ce nom.

« " Je me mis, Eminence, devant ma glace et je regardai ma bouche. Alors je me souvins du Père Jacopo. A quoi, me dis-je, ceci ressemble-t-il ? A une rose ou à un sceau ? " »

LA PAGE BLANCHE

Près de l'ancienne porte de la ville se tenait assise une vieille femme, couleur de café, voilée de noir, qui gagnait sa vie en racontant des histoires.

Elle disait :

« Vous désirez une histoire, charmant monsieur et charmante dame ? Bien sûr j'ai raconté beaucoup d'histoires, plus d'un millier depuis le temps où j'ai laissé des jeunes gens me raconter les histoires d'une rose rouge, de deux boutons de lis satinés et de quatre serpents joyeux, souples, à l'enlacement mortel. La mère de ma mère, la danseuse aux yeux noirs, peu avare de ses charmes, vers sa fin, ridée comme une pomme d'hiver et tapie sous un voile miséricordieux, s'est chargée de m'enseigner l'art de raconter des histoires. La mère de sa propre mère le lui avait appris et toutes deux étaient meilleures conteuses que moi. Mais cela est sans conséquence depuis qu'aux yeux des gens, elles et moi ne faisons plus qu'une et je me trouve fort honorée d'avoir raconté des histoires depuis deux cents ans. »

A ce moment, si elle a été bien payée et qu'elle soit dans de bonnes dispositions, elle poursuivra :

« Avec ma grand-mère, dit-elle, j'ai été à rude école. " Sois fidèle à l'histoire, me disait la vieille sorcière. Sois éternellement et inébranlablement fidèle à l'histoire. — Pourquoi, grand-mère ? — Est-ce que j'ai à te

123

donner des raisons, effrontée ? criait-elle. Et tu songes à être conteuse ? Quoi, tu veux devenir conteuse et j'aurais à te donner mes raisons ! Ecoute donc : lorsque le conteur est fidèle, éternellement et inébranlablement fidèle à l'histoire, c'est alors qu'en fin de compte, le silence se met à parler. Lorsque l'histoire a été trahie, le silence n'est plus que vide. Mais nous, les fidèles, quand nous avons dit notre dernier mot, nous entendons la voix du silence. Qu'une petite morveuse le comprenne ou non.

« " Qui, alors, continua-t-elle, raconte une plus belle histoire que n'importe qui d'entre nous ? Le silence. Et où peut-on lire une histoire plus profonde que sur la page la plus parfaitement imprimée du livre le plus précieux ? Sur la page blanche. Lorsqu'une plume d'une souveraine élégance, dans le moment de sa plus haute inspiration, a, de l'encre la plus rare, écrit son histoire, où peut-on lire une histoire plus profonde encore, plus délicieuse, plus joyeuse et plus cruelle que celle-là ? Sur la page blanche. " »

La vieille sorcière ne dit plus rien pendant un moment, elle pousse seulement un petit rire et mâchonne de sa bouche édentée.

« Nous, dit-elle, les vieilles femmes qui racontons des histoires, nous savons l'histoire de la page blanche. Mais nous répugnons un peu à la raconter parce qu'elle peut, auprès de ceux qui ne sont pas initiés, diminuer notre crédit. Cela ne fait rien, je vais faire une exception pour vous, mes charmants, mes beaux monsieur-dame au cœur généreux : je vais vous la raconter. »

A une grande hauteur, dans les montagnes bleues du Portugal, se trouve un vieux couvent de Carmélites, ordre illustre et austère. Jadis, le couvent était riche, les sœurs étaient toutes des dames de la noblesse et des miracles s'y produisaient. Mais, au cours des siècles, les femmes bien nées furent moins portées au jeûne et à la prière, les grosses dots n'enrichirent plus que chichement le trésor du couvent et aujourd'hui il n'y a plus que quelques humbles sœurs sans dot qui vivent dans une seule aile du vaste édifice croulant qui semble chercher à se confondre avec la roche grise. Cependant elles forment encore une communauté active et joyeuse. Elles tirent une grande joie de leurs saintes méditations et se donnent gaiement à la tâche particulière qui fit un jour, voici longtemps, très longtemps, obtenir au couvent un unique et étrange privilège : elles font pousser le lin le plus beau et fabriquent la toile la plus fine du Portugal. Le champ étendu qui est situé au-dessous du couvent est labouré par des bœufs aux yeux doux, blancs comme du lait, et les graines sont semées adroitement par des mains virginales, durcies par le travail, et qui ont de la terre sous les ongles. Quand, le moment venu, le champ de lin est en fleur, toute la vallée devient bleue comme l'air, ce qui est la véritable couleur du tablier que mit la sainte Vierge pour aller récolter des œufs dans le poulailler de sainte Anne avant le moment où l'archange Gabriel, d'un coup d'ailes puissant, descendit sur le seuil de sa maison, cependant que haut, très haut, une colombe, levant son col de plumes et les ailes vibrantes, se tenait dans le ciel comme une lumineuse petite étoile d'argent. Pendant ce mois, à plusieurs lieues à la ronde, les paysans lèvent les yeux vers le champ de lin et se demandent l'un à l'autre : « Est-ce que le couvent est monté jusqu'au ciel ? Ou bien nos bonnes petites sœurs ont-elles réussi à faire descendre le ciel jusqu'à elles ? »

En temps voulu, le lin est cueilli, teillé et sérancé, après quoi la fibre délicate est filée puis le fil tissé et, pour finir, la toile étendue sur l'herbe où elle blanchit, puis elle est lavée et relavée jusqu'au moment où l'on a l'impression que de la neige est tombée autour des murs du couvent. Tout ce travail est accompli avec précision et piété et avec telles aspersions et récitations de litanies qui sont le secret du couvent. Pour ces raisons, la toile de lin, bien arrimée sur le dos de petits ânes gris et la porte du couvent franchie, est envoyée plus bas, toujours plus bas vers les villes, d'une blancheur de fleur, lisse et douce comme l'était mon petit pied quand — j'avais alors quatorze ans — je l'avais lavé dans le ruisseau avant d'aller danser au village.

L'application, chers madame et monsieur, est une bonne chose et la religion est une bonne chose, mais le vrai germe d'une histoire vient de quelque lieu mystique situé en dehors de l'histoire. Ainsi le lin du couvent Velho tire son authentique valeur du fait que la toute première graine y fut apportée de Terre sainte par un Croisé.

Dans la Bible, les gens qui savent lire peuvent s'instruire sur les pays de Lecha et de Marescha où pousse le lin. Quant à moi, je ne sais pas lire et je n'ai jamais vu ce livre dont on parle tant. Mais la grand-mère de ma grand-mère, quand elle était petite fille, était l'enfant chérie d'un vieux rabbin et ce qu'il lui a appris a été gardé et transmis dans notre famille. Ainsi vous lirez dans le livre de Josué comment Aksah, la fille de Caleb, descendit de son âne et répondit à son père : « Bénis-moi. Maintenant que tu m'as donné la terre, donne-moi aussi la bénédiction des eaux vives. » Et il lui donna les sources supérieures et les sources inférieures. Et dans les champs de Lecha et de Marescha vécurent plus tard les familles de ceux qui façonnaient le plus fin de tous les lins.

Notre Croisé portugais, dont les ancêtres avaient été autrefois de grands fileurs de lin de Tomar, fut, alors qu'il chevauchait à travers ces mêmes champs, frappé par la qualité du lin et accrocha un sac de graines au pommeau de sa selle.

C'est de ces circonstances que tire son origine le premier privilège du couvent qui était de fournir des draps de noces à toutes les jeunes princesses de la maison royale.

Je vous dirai, chère madame et cher monsieur, qu'au Portugal on observe dans les vieilles et nobles familles une coutume vénérable. Le matin qui suit les noces d'une fille de la maison et avant que lui ait été offert le présent traditionnel, le chapelain ou le grand sénéchal présente, d'un balcon du palais, le drap de nuit et proclame solennellement : « *Virginem eam tenemus* — nous déclarons qu'elle était vierge. » Ce drap n'est, ensuite, plus jamais lavé ni utilisé à nouveau.

Cette coutume, consacrée par le temps, n'était observée nulle part plus strictement que dans la maison royale elle-même et, de mémoire d'homme, elle s'y est perpétuée. Depuis de nombreux siècles, le couvent montagnard, en reconnaissance de l'excellente qualité du lin qu'il fournit, a obtenu son second haut privilège : celui de recevoir en retour la pièce centrale du drap blanc comme neige qui porte le témoignage de l'honneur d'une mariée royale. Dans l'aile principale du couvent, qui domine un immense paysage de collines et de vallées, il y a une longue galerie avec un dallage de marbre noir et blanc. Sur les murs de la galerie, côte à côte, est accrochée une longue rangée de lourds cadres dorés, chacun d'eux orné d'un cartouche armorié, d'or pur, où est gravé le nom d'une princesse : DONNA CHRISTINA, DONNA INES, DONNA JACINTHA LENORA, DONNA MARIA. Et chacun de ces cadres enferme un carré découpé dans le drap de noces royal. Dans les traces pâlies que porte la toile, les gens de quelque imagination et de quelque sensibilité peuvent lire tous les signes du Zodiaque : Balance, Scorpion, Lion, Gémeaux. Ou bien, ils peuvent y découvrir des images tirées de leur propre univers spirituel : une rose, un cœur, une épée ou même le cœur percé d'un glaive.

Dans les anciens jours il arrivait qu'une longue et

127

imposante procession, riche en couleurs, se déroulât à travers le paysage de montagne d'une teinte de roche grise, montant vers le couvent. Des princesses de Portugal, qui étaient maintenant reines ou reines douairières dans des pays étrangers, des archiduchesses ou de grandes électrices avec leur suite magnifique, accomplissaient là un pèlerinage à la fois sacré et secrètement joyeux. Au-delà du champ de lin, la route s'élève en pente rapide. L'altesse royale devait descendre de sa voiture pour être transportée, pendant cette dernière partie du trajet, dans un palanquin qui avait été offert au couvent précisément à cette fin.

Plus tard, de nos jours encore, il arrive (exactement comme lorsqu'on brûle une feuille de papier et — une fois que toutes les petites langues de feu ont rampé le long du bord de la feuille pour aller mourir plus loin — qu'une dernière petite étincelle brillante apparaisse et se hâte sur leurs traces) qu'une très vieille demoiselle de haute naissance entreprenne le voyage au Convento Velho. Elle a été autrefois, il y a de cela très très longtemps, compagne de jeux ainsi que demoiselle d'honneur d'une jeune princesse de Portugal. Tout en cheminant vers le couvent, elle regarde autour d'elle la vue qui s'étend de tous côtés. A l'intérieur du couvent, une sœur la conduit à la galerie et au cartouche portant le nom de la princesse qu'elle a autrefois servie, puis, consciente de son désir de rester seule, prend congé d'elle.

Lentement, lentement, une foule de souvenirs défile dans la petite tête vénérable et déplumée sous la mantille de soie noire et qui les salue amicalement en signe de connaissance. L'amie loyale, la confidente, repasse en esprit la vie conjugale de la jeune femme de haut rang avec le royal époux qu'elle s'est choisi. Elle fait le compte des événements heureux et des déceptions — couronnements et jubilés, intrigues de cour et guerres, naissance des héritiers du trône, mariages de princes et de princesses plus jeunes, ascension ou déclin de dynasties. La vieille demoiselle se rappelle comment autrefois on avait tiré des présages des marques relevées sur la toile ; aujourd'hui elle est en mesure de comparer la réalité aux présages, soupire un peu et sourit un peu. Chaque morceau de toile avec son cartouche armorié a son histoire à raconter et chacun a été placé là par fidélité à l'histoire.

Mais au milieu de la longue rangée, une toile est accrochée qui diffère des autres. Son cadre, aussi beau et aussi lourd que les autres, porte le cartouche doré avec la couronne royale aussi fièrement que les autres. Mais sur ce seul cartouche aucun nom n'est inscrit et à l'intérieur du cadre, la toile de lin est, d'un bout à l'autre, blanche comme neige : une page blanche.

Je vous demande, à vous braves gens qui voulez entendre raconter des histoires : regardez cette page et reconnaissez la sagesse de ma grand-mère et de toutes les vieilles conteuses d'histoires. Car, avec quelle éternelle et inébranlable fidélité ce morceau de toile a-t-il été inséré dans la rangée des autres ? Devant lui, les conteurs d'histoires eux-mêmes se voilent la face et restent muets. Car le papa et la maman de sang royal qui autrefois ordonnèrent que cette toile fût encadrée et suspendue, s'ils n'avaient pas eu la tradition de fidélité dans leur sang, auraient pu y manquer. C'est devant ce morceau de pur lin blanc que les vieilles princesses de Portugal, les reines, les veuves et reines mères, celles qui possèdent la sagesse du monde, le sentiment du devoir, et qui ont longuement souffert — ainsi que leurs vieilles et nobles compagnes de jeux et demoiselles d'honneur — sont le plus souvent demeurées immobiles. C'est devant la page blanche que les religieuses — vieilles et jeunes — et la Mère Abbesse elle-même tombent dans la malédiction la plus profonde.

*Nouveaux contes
gothiques*

LES CARYATIDES,
HISTOIRE INACHEVÉE

I

Par un après-midi d'été, dans les années quarante du siècle dernier, deux équipages et une paire de chevaux de selle faisaient halte dans la clairière d'une forêt, près de Sarlat, en Dordogne. Les cochers et les valets d'écurie se tenaient auprès des chevaux à qui ils donnaient des morceaux de pain. L'un des équipages avait quatre chevaux, l'autre était un léger et élégant petit phaéton. L'un des chevaux de selle était noir, l'autre gris.

Un petit ruisseau traversait la clairière. Près de l'endroit où les équipages s'étaient arrêtés il devenait plus large et plus profond et les berges herbeuses étaient défoncées par les troupeaux qui venaient boire.

Le ciel était haut et bleu; sur toute l'étendue du large horizon, des nuages s'élevaient immobiles, gris et délicatement rosés, présageant un orage pour le lendemain. Mais l'après-midi était clair et beau. Le petit ruisseau sortait gaiement du bosquet dont le feuillage sombre était traversé de gouttes de soleil pareilles à un semis d'or et, ici, dans la clairière, il réfléchissait les teintes bleues et grises du ciel d'été aussi fidèlement qu'un miroir.

Parmi ceux qui étaient venus en voiture ou à cheval, deux dames et deux nourrices s'occupaient à baigner dans le ruisseau trois jeunes enfants, parlant fort et riant. Les vêtements des enfants étaient éparpillés sur l'herbe avec les ombrelles des dames jetées à la renverse, aussi jolies qu'un massif de fleurs. Les jeunes femmes avec leurs minces corsages et leurs jupes volumineuses étaient elles-mêmes semblables à des pivoines sur leur tige fragile, gracieusement jetées, la tête en bas, au bord du ruisseau.

La mère des trois enfants, grande et svelte jeune femme au visage étroit et aux grands yeux sombres pareils à des étoiles, un mouchoir de dentelle noué autour de la tête, tenait dans l'eau son petit garçon nu et gourmandait une vigoureuse jeune femme en costume de paysanne de la province qui, pieds nus au milieu du ruisseau, se disposait à recevoir l'enfant. Le petit garçon regardait sa mère de ses grands yeux, très sceptique sur cette entreprise et se demandant si les femmes avaient vraiment résolu de le faire entrer dans l'eau.

Les deux plus grands enfants, petites filles de cinq et six ans, l'une blonde et l'autre brune, couraient en riant le long du ruisseau, leurs cheveux entièrement pris dans des bigoudis de papier. L'une d'elles cueillait les fleurs rose foncé et velues du chanvre sauvage qui poussait sur les berges, l'autre pataugeait dans le ruisseau, s'aplatissant de temps à autre sur le ventre, battant l'eau des pieds.

La seconde jeune femme qui, pour conduire son élégant phaéton, avait mis une jolie robe écossaise fort à la mode et coupée un peu comme un costume de jeune cavalier, marchait le long de la berge comme une poule avec ses poussins, plaisantant avec les enfants, un mouchoir contre la bouche. C'était une amie d'école de la jeune mère, veuve d'un voisin, venue de chez elle pour participer à la promenade en forêt.

Cependant les deux hommes du groupe, qui étaient le mari et le jeune frère de la dame brune, avaient ensemble gagné lentement l'extrémité de la clairière. Ils étaient voisins et s'étaient donné rendez-vous pour s'entretenir d'un problème de mitoyenneté qu'avait un peu modifiée un changement survenu dans le cours du ruisseau. Pendant que les femmes, mettant l'occasion à profit, avaient préparé un pique-nique dans les bois, ils parlaient braconnage en attendant l'arrivée du vieux garde-chasse qu'on avait convoqué. Une troupe de bohémiens et de braconniers leur causait beaucoup de soucis depuis quelque temps.

— Si seulement, disait Philippe, le plus âgé, nous pouvions nous débarrasser de la veuve du meunier de Masse-Bleue ; je me rappelle la première fois où je l'ai vue, il y a huit ans, quand elle était encore enfant. Je l'ai rencontrée dans la forêt et comme elle était une petite fille d'une grâce singulière, j'ai essayé de l'arrêter et de la faire parler. Il me semble réellement aujourd'hui, quand je pense à cette scène, que je levais ma canne sur une petite vipère lisse qui essayait de s'enrouler autour d'elle — vraiment, elle sifflait contre moi en se déplaçant de droite à gauche.

Tandis qu'il parlait, le vieux garde arriva, accompagné de deux chiens tachetés à poil long. Il lui fallait traverser le ruisseau et quand il atteignit le milieu, il enleva sa casquette. Ils longèrent la berge ensemble et quittèrent la douce lumière de la clairière pour l'ombre verte et fraîche de la forêt. Après qu'ils eurent discuté de la question du cours d'eau, Philippe posa quelques questions au vieil homme sur les bohémiens. Le visage du vieux serviteur se rembrunit.

— Si seulement, dit-il, nous pouvions nous débarrasser de la veuve du meunier de Masse-Bleue. C'est une étrange chose que ce vieux meunier ait épousé une bohémienne et toute la bande est aussi fournie qu'une bobine de fil à tisser. Quand un serpent montre la tête tout le corps ne tarde pas à suivre. Ils savent tous qu'elle les abritera s'il leur arrive de l'ennui et elle a beaucoup de pensionnaires là-bas au vieux moulin.

Il jeta un regard vers Philippe, n'osant pas — au sujet des bohémiens — donner libre cours à des pensées nourries par une longue vie de lutte, car il savait que la jeune maîtresse du château étendait sur la tribu une main protectrice. Dans les limites du domaine, les bohémiens jouissaient d'une situation privilégiée. Bien qu'ils ne fissent qu'aller et venir et n'eussent pas de domicile fixe, un certain nombre d'entre eux se reconnaissaient et étaient reconnus par les maîtres de Champmeslé comme résidant sur la propriété. Ils causaient beaucoup d'ennuis mais cependant leurs maîtres n'avaient permis à personne d'intervenir comme il s'agissait d'ennuis qui leur fussent strictement personnels.

— Dites-moi, Claude, dit Philippe pensivement, croyez-vous que ces gens-là aient quelque chose à faire avec la disparition du vieux père Bernard ?

Le garde s'essuya le visage.

— Aussi vrai que Dieu existe, dit-il, ils sont responsables de sa mort. Mais quant à dire qu'ils l'ont tué, cela le démon seul le sait. Voilà comment cela s'est passé :

« Ces gens-là, qui ne croient pas en Dieu, n'attendent pas davantage Son Heure. Et quand ils sont fatigués de la vie, ils la finissent comme il leur plaît. Ils creusent une tombe dans la forêt et, avant le lever du soleil, ils s'y rendent avec leurs fils et leurs amis, quelques-uns d'entre eux jouant des airs de flûte et ils s'y couchent. Ils s'étendent une peau de chèvre sur le visage et quand le soleil se lève les autres comblent la tombe avec de la terre. Les fils restent allongés sur place sans manger ni boire, le visage contre terre jusqu'à ce que le soleil se couche car ils ne croient pas que, dans sa tombe, le vieil homme soit mort avant ce moment. Alors ils s'en retournent, ayant enterré leur père, mangent et boivent et n'y pensent plus.

« On a dit qu'ils avaient enterré de cette manière une vieille femme qui venait d'un pays de l'Est et je pense, en effet, qu'elle était la grand-mère de la veuve du meunier. Le père Bernard en avait entendu parler lui aussi et il était terrifié qu'un fait aussi sacrilège ait pu avoir lieu sur le territoire de sa paroisse.

« Je lui dis : " Que parmi ces gens-là, les Vivants soient enterrés ou que les Morts choisissent d'aller et de venir, c'est tout de même pour moi. Quand cela se passe dans ma forêt cela ne me plaît pas, mais beaucoup de choses se passent dans une forêt qui peuvent ne pas vous plaire. "

« Alors il est allé les voir : " Père Bernard, lui ont-ils dit, vous autres gens d'ici vous nous chassez d'un endroit à l'autre, vous nous mettez à l'amende, vous nous battez, vous nous jetez en prison et vous nous pendez.

« " Allez-vous, maintenant, nous disputer aussi un peu de terre que nous nous mettons dans la bouche ? Attendez un peu et vous-même vous courrez après nous et vous nous demanderez de vous enterrer pour la paix de votre âme. "

« Peu de temps après, arriva le moment de l'année où ils s'en allaient et je n'en ai plus vu un seul pendant longtemps. Maintenant vous savez, monsieur, que le père Bernard, qui était un homme pieux, n'était pas instruit et avait de la difficulté à lire. A dater de ce moment, il s'est mis à lire toute la journée et à emporter partout son livre avec lui. Un jour que j'étais sorti — c'était le jour du marché à Sarlat et on menait les cochons à la foire — j'ai trouvé le père Bernard sur un côté de la route, tout pâle et haletant.

« " Que croyez-vous, Claude, me demanda-t-il, qui vient de passer devant moi ? Vous ne le devinerez jamais : les porcs de Gadarène, le troupeau entier. C'est qu'ils peuvent surgir comme toutes les autres choses dont parle l'Ecriture et que les gens les ont envoyés ici. Les démons sont encore en eux, mais maintenant ils sont fatigués de s'incarner dans des porcs et ils cherchent quelqu'un en qui ils pourraient entrer. Il est dur qu'un vieil homme comme moi doive désormais être jour et nuit dans les montagnes et s'écorcher aux rochers. "

« Je ne lui ai rien répondu, rien. Que peut-on dire sur des faits tirés du Livre saint ?

« Deux semaines plus tard, je l'ai de nouveau rencontré. " Est-ce que ces gens ne vont pas bientôt revenir, Claude ? m'a-t-il demandé, quand seront-ils de retour ? "

« Ce n'est que le mardi de cette même semaine qu'il a disparu complètement et nul ne l'a plus revu. Et vous vous souviendrez, monsieur, que comme a été aperçu pour la dernière fois près du moulin, ils exploraient le barrage avec leur filet. Deux petits enfants de bohémiens se tenaient là : " Draguez avec une herse " disaient-ils. »

Le vieil homme se tut, prenant Dieu à témoin au fond de lui-même, et il se signa.

— Mais, Claude, dit son maître en souriant légèrement, ils ne peuvent avoir affaire avec le malheur arrivé au pauvre père Bernard. Vous me dites vous-même qu'à ce moment-là ils étaient loin.

— Oui, ils n'étaient certainement pas ici, dit le vieil homme avec une haine profonde. Ils s'en étaient bien gardés, les rusés démons. Mais qu'a-t-elle besoin la nuit à Masse-Bleue d'actionner la roue du moulin quand elle n'a pas de grain à moudre ? Est-il normal qu'elle fasse tourner l'eau et la roue pour rien — juste pour se moquer d'eux ? Demandez-le-lui vous-même, monsieur. »

Voyant la jeune femme à la robe écossaise s'avancer vers eux, les hommes changèrent de conversation et le garde enleva de nouveau sa casquette.

— Est-ce que j'interromps une conversation importante ? demanda-t-elle en souriant. Childérique m'envoie vous demander de venir boire un verre de vin

138

avec nous, à vous aussi, Claude, ajouta-t-elle en faisant un signe de tête au vieil homme.

Ils remontèrent jusqu'à l'endroit où la jeune mère, ayant fini de baigner ses enfants et encore rouge de l'effort, ordonnait à ses serviteurs d'étendre une nappe sur le gazon et d'apporter du vin et des verres. Le palefrenier tira de la voiture des paniers de cerises d'un ton orange foncé tachées d'écarlate et d'autres noires, sous la peau desquelles brillait le sang rouge. Un peu plus loin on avait servi aux enfants, sur une couverture, du lait et des gâteaux et ce régal inhabituel les rendait silencieux.

La conversation roula sur les chevaux. Ils étaient tous éleveurs de chevaux dont ils faisaient commerce — et fins cavaliers. Childérique avait renoncé à la chasse après la naissance de son petit garçon. Elle avait perdu sa mère quand elle était encore toute petite et ne voulait pas courir le même risque pour ses enfants. Mais cela avait été pour elle un grand sacrifice et le cheval demeurait à ses yeux ce qu'est la bouteille pour le vieil ivrogne repenti. Aussi sa paire de chevaux de train n'était qu'un pis-aller. Elle la conduisait aujourd'hui pour l'entraîner, dans l'espoir de la bien vendre à un très riche voisin récemment installé dans la province. La vieille noblesse locale s'était entichée de cet homme, le premier de tous ceux qu'elle connût à avoir été capable de faire fortune, et elle fondait beaucoup d'espoirs sur lui.

— Sans aucun doute, Delphine, dit Childérique à son amie, tu pourrais vendre Paribanu à M. Tutein pour mon compte. Pour ce qui est des manières de la bonne société tu es son bréviaire et tu n'as qu'à lui dire qu'un véritable gentilhomme se reconnaît toujours à son timonier de gauche.

La jeune veuve rougit légèrement.

— Si je dois vraiment avoir l'honneur de jouer les Mentors auprès de M. Tutein-Télémaque j'aurais trop de scrupule pour le conduire tout droit dans les bras de Circé. Il faut que tu l'invites à ta soirée d'anniversaire à Champmeslé et que tu l'ensorcelles toi-même.

Ils se mirent à parler de cette soirée qui devait être donnée dans une semaine en l'honneur du vingt-cinquième anniversaire de Childérique. Childérique et son mari se levèrent pour aller voir les enfants, laissant les deux autres parler de diverses dispositions à prendre pour cette fête, qui devaient être pour elle une surprise.

Tout en marchant Childérique pressait légèrement le bras de son mari et dit à voix basse : « On a tendu un piège. »

Elle projetait d'unir son frère à son amie. Que la jeune veuve fût de cinq ans plus âgée que l'époux choisi constituait, pensait-elle, une heureuse circonstance. Elle avait elle-même six ans de plus que le jeune homme et il lui eût déplu qu'une très jeune fille exerçât dans la vie de celui-ci une influence dont elle eût été jalouse. Son esprit s'attardait avec plaisir à l'idée de montrer au jeune couple un service vert en porcelaine de Sèvres qui, près de cent ans plus tôt, était arrivé à Champmeslé en même temps qu'une jeune mariée originaire d'Azat, le propre domaine de Delphine. Elle fut sur le point de faire part de cette idée à son mari mais elle se retint, craignant de le voir rire de cette vieille habitude qu'elle avait d'anticiper sur le cours des événements.

La nourrice taquinait le petit garçon en le repoussant sur la couverture chaque fois qu'il essayait de se lever ; l'enfant hoquetait de rire et son rire était clair comme le tintement d'une clochette. A la vue de son père, il poussa un cri de joie aussi fort que celui de la vigie de Colomb du haut de son mât lorsqu'elle aperçut le continent nouveau. Le jeune homme le hissa sur ses épaules et l'enfant contempla d'un air majestueux le vert paysage qui s'étendait à ses pieds et ses grandes sœurs, soudain si petites.

Les enfants dont les parents se sont beaucoup aimés

acquièrent devant la vie un courage inconnu de ceux qui sont le fruit de froides étreintes. Ils sont pareils à ces chérubins du vieux Relievi, représentés chevauchant des lions, éperonnant le seigneur tout-puissant du désert de leurs petits talons roses et tirant sur sa crinière sombre. Les dangereuses puissances de la vie ont veillé autour de leurs berceaux, le lion a été leur gardien et leur ami et lorsqu'ils le rencontrent dans la vie, ils reconnaissent en riant, l'ancien compagnon de leurs jeux.

— Sur quoi prêchait Claude ? demanda Childérique à son mari. Je pense que c'était sur les Bohémiens.

— Il y en a tant maintenant, dit Philippe, il voudrait que nous les chassions de la propriété et il me dit que M. Tutein l'a fait de son domaine.

— Oui, M. Tutein, dit-elle avec dédain, que sait-il d'eux ? Grand-maman m'a dit un jour qu'en 93 ils ont caché grand-papa poursuivi par les soldats quand il était revenu chez lui pour voir sa femme. A cette époque la famille de M. Tutein était très probablement du côté des soldats de la Montagne. Quand j'étais petite fille, je souhaitais souvent être une petite bohémienne et voyager avec ma tribu. Tu n'as jamais éprouvé cette envie ?

— J'ai fait mieux. J'ai vécu cette vie, dit son mari. Quand, étant enfant, je vivais au Canada avec mon père, j'avais des Peaux-Rouges pour amis et je passais de longs moments avec eux. C'étaient de braves gens, ils étaient gentils pour moi et m'ont appris beaucoup de choses. Ces bohémiens me les rappellent parfois. Elle est curieuse, par exemple, l'histoire de la jeune femme du moulin. Je connaissais une vieille Indienne que sa tribu considérait comme une sorcière. Elle avait cent ans et était horrible à voir. Pourtant ces deux femmes se ressemblent. Je me suis demandé si c'est la marque des sorcières qu'elles ont en commun. Un vieil Indien m'a raconté que lorsqu'une femme s'est une fois livrée à la sorcellerie, rien au monde ne peut plus l'en détourner, ni l'amour ni les enfants ni la volonté. Je me suis demandé...

Il s'arrêta.

— Je sais, dit Childérique, on t'a raconté qu'un jour le vieil Udday, son père, avait jeté sa malédiction sur mon père et sur tous ses descendants. Mais ma mère les aimait.

Avec elle cela finissait toujours ainsi. Sa pitié pour la mémoire de sa mère disparue ne souffrait pas la discussion.

— Et d'ailleurs, cria-t-elle, où est-elle cette malédiction jetée sur moi, où est-elle ?

Elle enleva en riant son petit garçon des épaules de son père, joua avec lui et lui souffla dans la figure.

— Où est-elle, notre malédiction ?

— Childérique, cria de loin Delphine qui était assise sur l'herbe, il faut que je rentre sinon je serai en retard. Les deux vieilles sœurs De Maré viennent jouer aux cartes et il faut que je cueille l'Abbé en passant pour faire le quatrième.

— Et pourquoi pas M. Tutein ? demanda Childérique.

— Oh Dieu ! dit Delphine, les vieilles dames ne voudraient jamais croire qu'un homme qui n'appartient pas à la vieille noblesse puisse s'empêcher de faire des renonces.

On se sépara ; la première, Delphine, monta dans son phaéton. Depuis l'orée jusqu'au profond du bois, elle agita sa main qui tenait le fouet. Ses couleurs gaies furent avalées par l'ombre épaisse.

Childérique monta avec sa famille dans le landaulet et donna l'ordre au cocher de diriger les chevaux sur le chemin du retour. Le petit garçon s'assoupit sur les genoux de sa nourrice.

— Donnez-le-moi, Marie, dit la mère.

A peine fut-il installé dans ses bras qu'il tomba endormi contre la poitrine de sa mère, ses boucles brunes brillant autant que les cerises noires qu'on leur avait servies. Elle s'absorba dans le plaisir que lui causait la pression de ce petit corps ferme contre le sien et resta silencieuse, songeant à la lutte qu'elle avait soutenue contre sa belle-mère avant d'obtenir de la vieille femme qu'elle consentît à la laisser élever elle-même ses enfants.

« Quels obstacles les gens dressent contre notre bonheur ! » pensa-t-elle.

Les deux cavaliers trottaient à une courte distance, derrière la voiture ; ici, dans la forêt, leurs chevaux étaient agacés par des taons et ruaient sur l'étroit chemin ; ils ne parlaient pas. Chevauchant son grand cheval le jeune homme roux, de haute taille et mince, poussait impatiemment sa monture, comme s'il ne pouvait supporter cette situation un moment de plus. Philippe avait l'œil fixé sur la voiture avec cet air d'attention vigilante qui le quittait rarement.

A son retour d'Amérique en France, neuf ans auparavant, ses voisins avaient été frappés et un peu effrayés par ses idées nouvelles et ses projets de réforme mais il était maintenant tout à fait assagi et paraissait s'être dressé lui-même comme une muraille ronde autour du petit univers de sa vie domestique. Il lui avait certes fallu quelque temps pour s'habituer à cette plénitude qui s'épanouissait autour de lui. Il lui semblait qu'il n'avait rien fait d'autre que de prendre possession d'une charmante jeune fille de sa province natale et que cette première démarche avait engendré, de toute part, la luxuriance de la vie, la variété des couleurs et des sons dans sa maison et dans son jardin, partout l'activité, le rire et les crises de larmes, le charme de jeunes vies et l'alternance de labeur et d'espoir — tout le système solaire de Champmeslé.

Il observa le profil de sa femme, assise dans la voiture et plongée dans la rêverie. Il reconnut l'expression pensive qui s'était emparée d'elle et le mouvement ondoyant de son être qui suivait le rythme de la lune comme les vagues au moment de la marée.

C'était comme si s'accumulait, petit à petit, dans le fond de son être une charge où son ardeur se ramassait dans un calme nouveau et dans une lucidité plus profonde. Il la sentait se retirer parfois loin de lui pendant un ou deux jours, mais ce n'était que pour revenir, rayonnante, comme d'une fuite dans un monde lointain d'où elle rapportait des fleurs fraîches pour orner la maison.

II

Le jeune maître de Champmeslé avait eu lui-même une destinée peu commune.

Il était né en Dordogne mais quand il avait atteint sept ans, son père avait quitté le pays et l'avait emmené vivre avec lui au Canada, au bord du fleuve Maskinongé qui appartenait de longue date à sa famille. L'enfant ne sut jamais très bien quels démêlés politiques et religieux avaient poussé son père à s'exiler. Sa mère était morte deux ans auparavant.

Pour certaines raisons son père adopta dans ce pays nouveau la dure et laborieuse existence d'un fermier et laissa les revenus de son capital s'accumuler en France pour entretenir et accroître les biens qu'il y possédait. On disait à Philippe qu'ils étaient riches, mais il ne sut jamais en pratique ce que cela voulait dire.

Il prit conscience de lui-même et du monde dans un pays neuf et rude. Toutefois la vieille province natale, ces mêmes collines et vallées, ces bois et ces vieilles villes, qui aujourd'hui l'entouraient, furent proches de lui pendant toute son enfance tout comme Dieu est à jamais présent chez un enfant élevé dans la piété. Son père avait aux lèvres les noms des anciens lieux et le petit garçon ne devait pas oublier comment les fleuves

144

y coulaient ni comment les routes y tournaient ; quels étaient les signes du changement des saisons et les liens de parenté qui unissaient les vieilles familles de fermiers ; les registres où l'on inscrivait les cerfs tués et les chevaux élevés en France étaient conservés dans la ferme canadienne. C'était le nom de Haut-Mesnil et des gens qui y vivaient, qui revenaient le plus souvent.

Son enfance solitaire dans un pays étranger, en compagnie d'un homme mélancolique, avait ainsi été éclairée par l'éclat d'arc-en-ciel venu d'une terre perdue mais promise.

Peu à peu, au cours de ces années, l'idée d'un retour en France s'empara de son père. La vie de l'enfant refléta alors le terrible conflit qui agitait l'âme de cet homme, d'ordinaire calme et maître de soi. Il le vit ayant perdu son équilibre, tourmenté, ébranlé jusqu'au tréfonds de son être. Les occupations quotidiennes furent délaissées et oubliées comme si elles n'avaient pas existé. L'agonie se prolongea pendant des semaines ; dix fois en une nuit son père décidait de partir puis y renonçait, ou bien il les voyait déjà en route, se réveillait, se retrouvait dans la maison du Canada et se désespérait. Ces éclats devinrent un rite qui revenait chaque année, une tempête d'équinoxe dans la vie du jeune garçon. Une chose le frappa : aussitôt qu'il était question de revenir en France, les noms de Haut-Mesnil et de ses habitants disparaissaient du vocabulaire de son père. Finalement, cette hantise disparaissait, toujours de la même manière, et le baron de La Verandryé ne revint jamais en France.

Quand il tomba malade, le tourment qui déchirait sa vie fut soudain effacé par l'idée et l'espoir que son fils irait en France quand lui-même serait mort. Pendant ses derniers mois, il parla longuement, avec une sorte d'espérance joyeuse que Philippe ne lui avait jamais connue, de tout ce que le jeune homme devrait y faire. Celui-ci le trouvait fiévreux dans son lit, attendant son retour pour lui expliquer comment on attrapait les carpes dans un étang de Champmeslé. Le dernier jour, les noms de vingt domestiques et des chiens lui vinrent en foule à l'esprit devant son fils attentif ; c'était comme si le monde de Champmeslé se précipitait à sa rencontre.

Six mois après la mort de son père, quand il eut réglé les affaires de leur domaine, Philippe se mit en route pour revenir chez lui.

Il éprouva pour la première fois un véritable sentiment de liberté à la vue de l'Océan mais, pendant une nuit de lune, alors qu'il se tenait sur le pont du bateau, dans l'ombre brune et transparente des grandes voiles, ce fut soudain comme si les eaux errantes, froides et grises lui parlaient, lui conseillant de ne pas partir et de faire demi-tour. L'impression ne dura pas mais il se la rappela longtemps.

A son retour en France, il oublia tout pendant un certain temps. La terre promise fit plus que tenir ses promesses. Quelque étrange que cela lui parût de se diriger vers sa maison, de rencontrer l'une après l'autre les collines bleues et les rivières et les villes et de les trouver tellement plus petites qu'elles ne l'étaient dans son souvenir (car au Canada le problème des distances avait été sérieux tandis que, dans la campagne française, fertile, aux routes lisses, tout semblait proche, la distance abolie, comme dans un rêve), les choses changèrent bientôt complètement d'une manière beaucoup plus étrange encore ; ce n'était plus lui-même qui agissait, il était accueilli et gouverné par quelque chose de plus fort que lui. Tout comme il était venu réconforter son père mourant, le pays venait à sa rencontre, l'entourait de ses bras, le soutenait. Il apprit que son père avait été aimé des gens, d'une façon que lui-même n'aurait jamais devinée ; ils parlaient de lui avec des sourires et des larmes. Ici une image nouvelle de l'homme solitaire se forma dans l'esprit de son fils.

Aujourd'hui encore, ce bonheur extraordinaire de sa

première année en France, un vieil air ou un parfum le restituait parfois à Philippe sans qu'il en eût conscience. Et quand il retrouvait ainsi, dans leur plénitude, les jours et les nuits de cette année-là, les amitiés, les chasses, les voyages, les repas et les rêves, tout cela distillé et absorbé d'un seul coup, le parfum le plus fort qui s'en dégageait, c'était toujours cette impression d'appartenir à quelque chose, d'y être entré et d'y être incorporé : celle d'une vie indépendante de lui-même où il jouissait d'une liberté plus parfaite encore que celle connue auparavant. Cette impression avait la douceur d'une première étreinte amoureuse. A l'état conscient, il ne pouvait jamais la faire renaître, elle avait trop peu duré.

Le moment venu, il se rendit à Haut-Mesnil. Là, il trouva les choses bien changées car le maître de maison était mort, la veuve était sa seconde femme que le père de Philippe n'avait pas connue ; l'actuel chef de famille, son fils, était un garçon de dix ans. La fille du premier mariage, dont le nom lui était familier, était dans un couvent à Périgueux. Cependant il fut accueilli à Haut-Mesnil avec autant d'empressement que partout ailleurs et, bien que l'endroit fût très différent du Haut-Mesnil des rêves de son enfance, il finit par s'y sentir davantage chez lui que dans toute autre maison. Tant il y a de pouvoir dans les objets inanimés, les maisons, les routes, les arbres et les ponts. Là aussi s'exerçait un pouvoir d'attraction particulier auquel, par la suite, il put donner un nom.

De la comtesse, il apprit une chose qui le surprit : c'était que les maîtres de Haut-Mesnil et de Champmeslé n'avaient pas vécu en bons termes. Cela n'affecta pas la bienveillance de la comtesse à son égard ; en fait, il semblait que cette dame se fût fait une règle de conduite de prendre, dans la vie, le contre-pied de son mari. C'est ainsi que, lors de son mariage, elle prit le parti de sa belle-fille contre lui et même, lorsque son propre fils se trouva en cause, et qu'on fit

147

beaucoup de bruit à son sujet, elle prit parti contre le père. Elle ne venait pas de Dordogne, mais de Genève. C'était une femme des plus bigotes, sèche, sans grande connaissance du monde ou des choses du cœur, dépourvue d'imagination et de la faculté d'aimer. La vie lui semblait morne et elle accueillait avec une gratitude passionnée les rares événements sortant de l'ordinaire qui fussent capables d'éveiller son imagination. Que son mari n'y soit jamais parvenu, c'était probablement la cause de sa rancune à son égard. Quant à son fils, dès sa naissance, il y avait échoué. Elle n'avait aucun goût du scandale, le monde du sentiment s'étendait trop loin au-delà de son domaine. La religion, dont elle avait attendu, sur la foi des plus hautes autorités, qu'elle la transporterait, avait souvent montré chez elle une fatale tendance à se dessécher en une poussière de principes moraux. Mais l'aventure, elle la goûtait. Lorsque Philippe parlait à la petite Childérique des Peaux-Rouges, de chasses à l'ours, ou d'expéditions en canoé, elle écoutait, aussi fascinée que l'enfant. Elle avait même une préférence marquée pour ces dernières histoires, car l'eau la terrifiait. Il y avait dans l'image de ce petit garçon qui avait grandi, sans mère, loin de la France, en compagnie de sauvages Peaux-Rouges, quelque chose qui touchait son cœur et en faisait sourdre l'un des rares petits courants de sensibilité qu'il renfermait. Philippe découvrait dans cette femme à l'esprit étroit, incapable d'amour, un rare talent pour l'amitié qu'à son égard elle conserva toute la vie durant.

Bien des choses à Haut-Mesnil s'expliquaient par l'étrange éclat que la mémoire de la comtesse Sophie, la mère de Childérique, répandait encore partout. Le souvenir de cette belle jeune femme semblait survivre dans toute la province, comme le rayonnement crépusculaire de sa forte vitalité. Les gens parlaient d'elle comme si elle vivait encore, on accablait Philippe d'anecdotes sur sa grâce et sa générosité, comme s'il ne pouvait être tenu pour un véritable enfant de la communauté avant qu'il eût partagé cette foi. Il apprit son goût curieux pour le déguisement qui lui permettait, telle une gentille Haroun Al-Rachid, de faire connaissance avec les pauvres et les proscrits du pays, vêtue du tablier de sa servante ou même habillée en garçon d'écurie car elle était une merveilleuse écuyère. Il apprit aussi les élans impulsifs de son cœur : trouvant la famille d'un pauvre fermier en train de se lamenter sur la mort de la mère et sur le sort d'un nouveau-né, elle avait retiré sa propre petite fille des bras de sa nourrice et déposé sur la poitrine de celle-ci l'enfant privé de mère. L'actuelle comtesse elle-même, qui n'avait jamais vu « Madame Sophie », avait pour cette créature fragile un sentiment particulier fait d'un mélange d'admiration et de pitié. Chez Childérique, alors qu'elle s'efforçait de lui inculquer les principes les plus stricts, elle affectionnait véritablement ces côtés imaginatifs et provocants de sa nature qui rappelaient la morte.

Lorsque Childérique arriva de son couvent, elle trouva ce jeune et nouveau voisin *persona grata* à Haut-Mesnil et si lié avec son jeune frère qu'au début elle ne l'aima pas. Dans la suite, Philippe se demanda si la belle-mère n'avait pas, avant le retour de la jeune fille, projeté — tant cela faisait partie de sa nature de toujours projeter quelque chose — d'unir le bon sens au romanesque en mariant sa belle-fille au plus grand domaine de la province en même temps qu'au frère de sang des Mohicans. Le cœur du jeune homme n'eut pas besoin d'encouragement : il était préparé à aimer cette jeune fille comme un champ, une fois labouré et hersé, l'est aux pluies de printemps. Virginale et généreuse, Childérique lui parut être, dès le début, l'incarnation de la France et de tout ce que, étant enfant, il en avait rêvé. C'était, par moments, comme s'il l'avait connue la première et que ce fût la campagne qui imitât la jeune fille pour la douceur et la grâce du cœur. Pour l'instant, la vieille femme et le jeune homme eussent-ils combiné ensemble les plans les plus adroits, la proie n'eût pas été, pour eux, d'une approche facile.

Childérique était, à ce moment-là, ivre de sa liberté, mais pas du tout de sa puissance. Enfant, elle s'était désolée de ne pas être un garçon ; par égard pour l'honneur de sa mère, elle s'indignait que sa belle-mère eût réussi, sans aucun effort, l'exploit que sa mère adorée n'avait pas su accomplir. Elle était aussi, à cette époque de sa vie, affligée d'être anormalement grande pour son âge. En face de ces deux tourments de son existence, elle adoptait la même attitude : elle avait, semblait-il, le sentiment que, puisque la vérité ne pouvait être dissimulée, le mieux était de l'afficher devant tout le monde. Aussi se redressait-elle de toute sa taille et se laissait-elle être en toute liberté une jeune fille qui se passe toutes ses fantaisies et se garde ouvertement de la compagnie des hommes. Malgré son éducation conformiste, elle était une Diane de Dordogne, une déesse bienveillante, mais qui possédait un arc et des flèches. Si elle s'était baignée, en forêt, dans son étang préféré, et avait vu Actéon s'approcher, couvert de sueur après la chasse, et la féliciter d'avoir choisi cet endroit pour se baigner, elle aurait été capable de l'inviter à la suivre à la nage. Mais si elle l'avait surpris en train de l'épier en cachette, elle n'aurait pas, à l'instar de la Déesse, lâché sur lui ses chiens féroces ou pris plaisir à le voir mettre en pièces. Elle n'avait pas le désir d'être désirée et le royaume féminin de l'amour, de ses transports et de la jalousie lui semblait trop étendu ; elle n'avait pas le moindre désir de tenir le sceptre. Telle une jeune cigogne qui estime qu'elle court très bien et ne se soucie pas de voler, il fallait l'attirer dans son élément propre. Mais une fois qu'elle s'y trouvait, elle faisait preuve de grands pouvoirs. Après le premier baiser et les premiers mots d'amour de Philippe, elle agita ses ailes et s'envola audacieusement ; ce furent, pendant leur lune de miel, un essor extasié et facile et, au fur et à mesure que les enfants étaient conçus et naissaient, autant de coups d'ailes majestueux.

Ils se marièrent au mois de juin et Philippe emmena sa jeune femme dans la voiture à quatre chevaux qu'il lui avait offerte en cadeau de noces, pour se rendre, comme dans un rêve, de Haut-Mesnil à Champmeslé. La maison où il la conduisit était plus modeste que sa vieille demeure à elle, car le manoir de Champmeslé avait été incendié pendant la Révolution. Depuis, la famille habitait une longue maison blanche, où logeait auparavant l'intendant du domaine. Mais elle était très bien située, entourée par les terrasses, les jardins et les bois de l'ancien château ; l'intérieur était riche de vieux objets de choix et de meubles modernes de bon goût.

Tout en haut de cette maison, sous le toit, il y avait une grande pièce claire, mais qu'obscurcissaient des volets clos. Une semaine après son mariage, le jeune époux, un peu étourdi de bonheur, tout en flânant dans cette maison où bien des coins lui étaient encore inconnus, monta jusqu'à cette pièce et, trouvant l'endroit plein de vieux meubles, de miroirs, de tableaux, de livres et de papiers, s'assit prêt à y perdre une demi-heure ; il parcourut de vieilles lettres dans la pénombre en les éparpillant autour de lui. A vrai dire, il cherchait quelque souvenir du petit Philippe qui avait erré dans cette même maison vingt ans auparavant et qui aurait pu laisser un reflet dans un vieux miroir terni et poussiéreux où personne, depuis, ne se serait regardé.

D'une vieille boîte d'écaille qu'on ouvrait en pressant sur un ressort, un paquet de lettres lié par un ruban bleu pâle lui tomba entre les mains. C'étaient des lettres d'amour, écrites par une dame à son amant, par la mère de Childérique au père de Phi-

151

lippe. Plus tard, il se rappela comment, les ayant regardées, il s'était aussitôt levé pour les détruire, lorsque son œil fut surpris par son propre nom.

La jeune maîtresse écrivait : « Votre intelligent et adorable petit Philippe qui, tandis que j'étais assise avec lui sur le banc du jardin et que j'avais fermé les yeux pour penser à vous, a mis sa petite main sur ma figure et a dit : " Allumez vos yeux, madame. " »

Voilà donc où était alors l'enfant de Champmeslé qui avait cessé, désormais, d'être solitaire : une jeune femme s'était assise avec lui dans un jardin, lui avait souri et avait transcrit ses mots d'enfant dans une lettre à son amant.

Il lut toutes les lettres de bout en bout, une fois seulement, mais il découvrit plus tard qu'il en connaissait de nombreux passages par cœur et qu'il aurait pu subir un examen sur la correspondance des amants disparus. La dernière lettre était un bout de papier chiffonné, qui différait aussi des autres par le style. Elle disait : « Cher baron de La Verandryé. Un mot seulement. Je regrette ce que je vous ai dit hier. Le porteur, le bohémien Udday, est chargé de mon message et vous le transmettra exactement ; je n'ai pas le temps de vous écrire, ne me sentant pas très bien. Au revoir. Au revoir. »

Philippe regarda la date : c'était le jour de la naissance de Childérique. Cette lettre était écrite pour abuser tous ceux entre les mains de qui elle pouvait tomber ; les amants s'étaient disputés et, incapable de supporter, en un tel moment, le poids de leur dissentiment, Sophie avait envoyé le bohémien, porteur d'un message oral et d'un petit billet l'accréditant.

Dès qu'il eut compris le sens des lettres, Philippe se leva et verrouilla la porte. C'était comme s'il avait découvert son père ici même, sans défense et exposé au danger.

C'était donc ici que se trouvait, depuis son enfance, le centre et le secret de son univers personnel et celui des vagabondages, de l'exil et de la mort de son père, enfouis pour finir dans le grenier de Champmeslé. Cette douceur et ce feu avaient précipité des êtres d'un côté et de l'autre de l'Océan. Il regarda autour de lui tant il ressentait avec force la présence de cet homme enseveli dans sa tombe de l'autre côté de la mer et de cette femme dans son mausolée de Haut-Mesnil. Comment était-il possible qu'il n'eût rien su jusqu'à présent ? Son cœur se serrait de douleur à la pensée de l'assistance et du réconfort qu'il aurait pu apporter à son père si seulement il avait compris que lorsque celui-ci disait « France », il pensait « Sophie ».

Il fit un paquet de toutes les lettres, les lia d'un même ruban, y mit le feu et les regarda flamber puis se réduire en cendres dans l'âtre froid.

Ainsi Childérique était l'enfant de son père. Il n'y avait là-dessus aucun doute ; la jeune mère passionnée avait instruit son amant du bonheur et du danger et elle était revenue maintes fois sur ce sujet. Cela lui sembla tout à fait naturel et la sympathie peu ordinaire, comme l'impression d'être en famille, qu'il éprouvait avec Childérique était réelle et prenait sa source dans leur sang. Il avait eu la sensation, lorsqu'ils avaient ri et plaisanté ensemble, d'être en compagnie de quelqu'un qu'il avait connu et aimé pendant toute sa vie et, maintenant, il comprenait aussi que, ce faisant, il avait joué avec son père enfant.

Il sourit à la pensée qu'ils étaient l'un et l'autre l'œuvre du même artiste. Il avait constaté, dans le tempérament de son père, un conflit profond entre son sens du devoir et les penchants violents et sauvages de son cœur. Lui-même était donc un produit de l'homme de devoir, de son respect et de sa résignation à l'égard des forces extérieures, mais Childérique était ce que son père pouvait faire lorsqu'on le laissait libre, là où il voulait être.

Tout à coup, la pensée de Childérique emplit si complètement la pièce qu'elle en chassa toutes les ombres et il se leva pour aller la rejoindre mais il se souvint qu'il avait fermé la porte à clé. Il fut submergé par une grande vague de terreur. Il lui sembla qu'il s'était séparé d'elle pour toujours. Cet Océan, gris et froid, qu'il avait contemplé du bateau, il l'avait placé entre lui et sa jeune femme qu'il venait, en bas, de serrer dans ses bras et qu'il avait laissée en train d'arranger des bouquets pour la maison.

Mort de peur, il ne put supporter le silence. « Père, cria-t-il, en portant les mains à sa tête et peu après, comme il n'y avait pas de réponse : Sophie, madame Sophie, qu'est-ce que j'ai fait ? » Pourquoi ne lui avaient-ils pas parlé au lieu de le laisser s'avancer au-devant de son malheur ? Pourtant, il savait maintenant que son père lui avait parlé : si seulement il avait compris ! Et il se rappela aussi que, la veille de son mariage, un pont s'était effondré au moment où il le franchissait à cheval et que sa vie avait été en danger. Pourquoi les morts ne l'avaient-ils pas alors aidé en le laissant mourir ? Ils l'avaient laissé ici, tout seul.

Il resta longtemps assis dans la pièce afin de prendre une décision. Une semaine plus tôt, pensa-t-il, il aurait pu lui parler ou partir sans jamais rien lui dire. C'eût été mieux ainsi. Maintenant, il ne pouvait plus rien faire. Finalement, avant de quitter de nouveau la pièce, il avait mis un sceau sur ses lèvres et sur son cœur ; elle ne devait jamais savoir que quelque chose s'était trouvé changé entre eux. Cela ruinerait, se dit-il, tout l'univers autour d'elle : la mémoire sacrée de sa mère morte, sa foi solide dans l'honneur et la vertu, sa joie et son espoir dans leur avenir. Dès lors, ne devait-il pas la préserver d'un tel désastre ? Au fond de son cœur il savait bien que toutes ces raisons ne comptaient pas et que le vrai motif de son silence était qu'il ne pouvait pas, ne voulait pas, supporter l'idée qu'elle pût penser avec horreur à son étreinte amoureuse.

Quand il se leva il la désirait si fort que ses bras et

154

ses mains lui faisaient mal. « Laissons faire le sort, pensa-t-il. Laissons-les même séparer nos âmes à jamais si cela s'est passé comme ils nous le disent. Nos corps, ils ne les sépareront. »

Cette pensée ne le quitta jamais, tandis qu'au cours des sept années suivantes la vie se poursuivait à Champmeslé et que sa propre existence s'épanouissait sur tous les plans. Leur demeure devint, autour de Childérique, un petit univers clos où régnait d'un bout à l'autre une seule route et un seul esprit. Les chevaux et les chiens, les domestiques, les meubles et les livres de la bibliothèque, les lilas de la terrasse, l'allée d'arrivée, le profil des toits lorsqu'on revenait dans le crépuscule finissant et les airs qu'elle jouait, toutes ces choses étaient liées entre elles et chacune faisait partie d'un plus vaste ensemble. Si elles venaient à être dispersées par une autre révolution, ou si leur cours ici-bas prenait fin, elles se rencontreraient à nouveau dans un autre monde et partout où deux ou trois d'entre elles se trouveraient réunies, elles se reconnaîtraient et s'écrieraient : « Tiens, voici encore l'une d'entre nous. Nous aussi, nous étions là-bas. Nous aussi, nous faisions partie de Champmeslé. »

Quand les deux premiers enfants vinrent au monde, Philippe se réjouit que ce fussent des filles. Il pensait qu'il ne serait pas convenable que le fruit d'un inceste continuât la lignée des La Verandryé.

Après la naissance de sa première petite fille, il était allé chez leur vieux médecin pour lui demander s'il existait un moyen de déterminer à l'avance le sexe des enfants. Le vieil homme se moqua de lui. « Oh ! Monsieur le baron, dit-il, vous êtes trop impatient. Ne refusez pas, pour la joie de la province, de nous faire pousser quelques roses à Champmeslé — avant de greffer le chêne. »

Childérique elle-même avait épié chez son mari le signe d'une déception possible, mais elle pensait que le charme des enfants avait conquis le cœur de leur père. Quand le garçon naquit, elle fit applaudir ce coup de maître par toute la maison et tout le domaine de Champmeslé.

Elle avait voulu que l'enfant portât comme premier prénom celui du père de Philippe et comme second celui de son père à elle. Mais ce double choix n'avait pas paru convenable à Philippe. « Laissons, pensait-il, chaque mort jouir désormais de la paix — plus ou moins méritée — du tombeau. »

Il se demandait souvent ce qu'il adviendrait de Childérique si elle venait aujourd'hui à savoir la vérité. Il imaginait qu'elle se retirerait dans un couvent, qu'elle jugerait devoir les quitter tous et se jeter dans les bras du Très-Haut pour se sauver. Ce n'était pas vraiment le sort personnel de Childérique qui occupait sa pensée, mais la transformation qu'un mot ferait subir à tout son univers. Il avait vu les feux d'herbes et l'espace noir et désert qu'ils laissent derrière eux : l'univers épanoui de Childérique en viendrait à ressembler à cela. Enfant, il avait été l'ami d'un vieil Indien, marchand de chevaux, qui l'avait assuré que dans le même temps où il était en train de vendre des chevaux sur la place du marché de Québec, il prenait aussi la forme d'un loup des bois, velu et vigoureux, qui chassait et dormait dans la montagne. Ainsi, pensait-il, la maison blanche de Champmeslé était en ce moment, à la fois, la fierté et le refuge du cœur de Childérique et, pour son esprit, la maison du crime contre la loi de Dieu, la maison de la honte. Les trois enfants, qui jouaient devant ses yeux sur la terrasse, étaient à la fois les fleurs et la couronne d'une race fière et ancienne et plus effrayants que les petits des loups des bois, rejetons sans nom du déshonneur. Et tel son ami Osceola qui, tandis qu'il pansait ses chevaux au poil luisant et tressait leurs queues, était aussi en train de trotter sur un sentier dans les bois ou de s'asseoir dans la neige en terrifiant par ses hurlements les juments et les poulains, il était lui-même à la fois la pierre angulaire et l'ennemi du bonheur de Childérique, celui qui le détruisait tout entier.

Au début de leur vie conjugale, cette découverte l'avait rendu un peu inconstant dans ses relations avec sa femme. C'est ainsi qu'il la quittait pour revenir mendier son amour, comme s'il croyait qu'ils devaient être bientôt séparés à jamais. Childérique, qui n'avait aucun moyen de le comparer à d'autres jeunes hommes amoureux, voyait là l'expression normale de la passion masculine, cela ne la troublait pas : son cœur ferme et plein de ressources aurait pu résister à une épreuve plus lourde. Parfois elle éprouvait une légère pitié pour lui parce qu'il était encore étranger à bien des choses qui lui semblaient fondamentales. Il ne se sentait à l'aise ni parmi les vieilles et absurdes chansons enfantines ni à l'office divin de l'église et c'est à peine s'il se souvenait de sa Première Communion.

Il y avait un trait dans le caractère de sa femme qui poussait Philippe à se demander s'il n'existait pas en elle un instinct qui en savait plus qu'elle-même. A son égard, bien qu'elle fût épouse dévouée et rayonnante d'amour, ses sentiments ressemblaient plus à ceux d'une sœur ou d'une camarade qu'à ceux d'une amoureuse, comme si elle avait su que l'amour qu'il lui portait était né avec lui et qu'elle le possédait par droit de nature. Beaucoup de femmes, il le savait, acquièrent leur domination sur leurs amants au prix de beaucoup de renoncement et se réduisent en servitude à chaque heure du jour pour détenir, triomphalement, pendant une heure de la nuit, le plus haut pouvoir de la vie et de la mort. Ce trait, chez une femme, l'avait toujours gêné, il se défiait à la fois de la servitude et du triomphe. Childérique était prête, pour mériter son approbation en tant que maîtresse de maison ou de mère, et son admiration pour sa sagesse, sa justice et sa vertu, aux plus grands efforts et à une forte dépense de persuasion. Pour être désirée et adorée de son mari, ce qui était l'essence de son bonheur à elle, elle n'eût rien donné du tout, comme si, de ce qui était inclus dans cette sphère, rien ne pouvait se trouver à vendre ni à acheter.

Mais, à l'égard du jeune seigneur de Haut-Mesnil, de six ans plus jeune qu'elle, elle faisait voir tous les traits d'une maîtresse passionnée et jalouse. Elle ne pouvait vivre sans son adoration et elle le flattait et le cajolait pour l'obtenir ; dans ses rapports avec lui, elle n'était jamais à court de coquetterie et d'habiles flatteries. Elle tirait vanité de la belle apparence de son frère et de la sienne propre lorsqu'il était près d'elle, elle était mélancolique quand il était mélancolique, tel l'un de ses propres chiens. Et, avec lui, elle était aussi capricieuse, zélée et attentive, froissée lorsqu'il la négligeait et continuellement sur le qui-vive à propos d'un rival possible, fût-il seulement l'un de ses amis de collège. Il était rare qu'elle se livrât spontanément à des démonstrations de tendresse à l'égard de son mari ; en revanche elle avait soin de se tenir près du jeune homme, le choyait et le caressait, lui prenant les mains et jouant avec ses doigts ou passant ses propres doigts dans ses mèches rousses.

III

Il y avait dans la forêt un grand chêne près duquel les routes bifurquaient et se dirigeaient l'une vers Haut-Mesnil, l'autre vers Champmeslé. C'est là que Childérique fit arrêter sa voiture pour dire adieu à son frère.

Mais le jeune homme, approchant d'elle son cheval, lui dit : « Je voudrais dîner à Champmeslé si tu le permets. J'ai quelque chose à te dire. » Elle lui sourit très tendrement. Cependant, pendant le dîner, elle décida de le renvoyer de bonne heure chez lui. Il attrapait facilement le rhume des foins et ce soir il avait l'air fatigué et agité, son visage était pâle, ses yeux et son nez rouges et enflés.

Après le dîner le frère et la sœur se promenèrent de long en large sur la terrasse. Le mari de Childérique les observait par la fenêtre de la bibliothèque, tout en fourrageant dans ses papiers et ses lettres.

D'ici un jour ou deux il allait faire son voyage annuel à La Rochelle où il devait régler les affaires de sa propriété canadienne et rencontrer, cette fois, des gens de là-bas qui s'en occupaient. Une lettre du Canada, reçue le jour même et non encore décachetée, était posée sur la table devant lui. Le couple déambulait sur la terrasse, apparaissant dans le champ de sa vision, puis s'en effaçant. Childérique avait dénoué ses cheveux, encore humides : les enfants l'avaient éclaboussée. Ces cheveux, très épais et doux, flottaient autour de son cou et de ses épaules au rythme de ses mouvements. Philippe se rappelait avoir vu des portraits de divinités avec pour cheveux des serpents, des rayons de soleil ou des éclairs zigzagants, et il admettait volontiers que la chevelure pût exprimer la personnalité. Quant à ces tresses sombres de Childérique, matière inerte que l'on pouvait couper ou brûler sans qu'elle le sentît, c'est seulement parce qu'elles étaient attachées en un point de sa tête, qu'elles se tordaient, brillaient et emplissaient l'air de leur parfum. Tandis que Childérique se retournait et se dirigeait vers Philippe, avec le soleil derrière elle, sa tête semblait enveloppée d'un voile sombre où couvaient des flammes rouges.

Le jeune homme resta quelque temps silencieux, les yeux fixés, non pas sur elle, mais loin au-delà, sur le paysage. Dans l'éclat du soleil couchant abondaient les couleurs crues et vives, les ombres s'étiraient, à l'est, sur tous les versants des collines et aux lisières des forêts. Au loin, la rivière serpentait, brillante, sous

159

les bouquets d'arbres et entre les berges couvertes d'ajoncs, puis à l'air libre. La sœur ne parlait pas non plus, elle avait cueilli une rose et de temps à autre y portait ses lèvres.

Tout à coup le jeune homme s'arrêta et dit :

— Souviens-toi de cela plus tard. J'aurais pu ne pas te le dire. Je ne l'ai dit à personne d'autre et je ne le dirai pas. Mais un jour, il y a longtemps, dans la forêt, je t'ai déclaré que je t'avouerais probablement tout ce que je faisais. Dans trois jours j'épouse la veuve du meunier de Masse-Bleue.

Sa sœur, croyant à quelque plaisanterie, écarquilla de grands yeux amusés au-dessus de sa rose. Mais, se heurtant à l'hostilité d'un regard glacé et injecté de sang, elle ne fit pas un geste et le regarda ; la coloration de son visage s'assombrit, virant lentement à l'écarlate foncé, ses yeux mêmes semblaient se mouiller sous le feu de son front et de ses joues. C'était comme si, découvrant dans une sombre forêt son frère assassiné et dépouillé, son premier sentiment eût été la honte de le voir nu. Bientôt le silence de sa sœur devint insupportable au jeune homme.

— Oui, dit-il, c'est la malédiction d'Udday. Nous sommes perdus. Mais je suis libre de me perdre si je le préfère, quoi que le monde entier et toi-même vous en disiez.

Elle fut mortellement blessée de l'entendre parler, sur le même ton, du monde et d'elle-même, mais elle n'osa pas s'abandonner à son émotion de crainte de tomber morte, ce qu'elle ne pouvait se permettre puisqu'elle était là pour lutter contre lui.

— Pourquoi, dit-elle, fixant du regard le visage de son frère, d'une pâleur d'agonie, pourquoi fais-tu cela ?

La question de sa sœur parut le calmer, il la regarda à son tour. Il lui avait si souvent confié ses lubies et ses difficultés pour s'assurer son appui à la maison, que ses paroles lui faisaient l'effet d'un appel de clairon auquel il ne pouvait se dérober. Au bout d'un instant il soupira profondément et il lui parla très lentement, d'une voix saccadée.

— Tu sais, dit-il, qu'il y a des gens qui vivent dans la lande et sur ces terres incultes où sont les vipères. Il n'en existe pas un qui n'ait été à un moment ou l'autre mordu par une vipère. Ils sont immunisés contre le poison ; non seulement ils n'en meurent pas comme nous, mais cela ne leur fait aucun mal. Tu sais, Childérique, combien, pendant toute ma vie, j'ai eu peur des vipères et des serpents, maintenant encore, quand mon regard les rencontre, j'ai l'impression que je vais mourir. Eh bien ! je voudrais moi aussi être invulnérable. Je vivrai avec les gens qui ne peuvent être atteints par les vipères, — et, après un silence, il ajouta — qui jouent avec elles et les font danser.

Le point faible de Childérique était de le comprendre si bien. Sa mère, pensa-t-elle, n'eût pas compris un mot de ce qu'il disait : elle eût, avec intrépidité, fait preuve à son égard d'un manque total de compréhension qui eût tout balayé, réduit à néant tout ce qu'il aurait dit. La connaissance profonde, fatale qu'elle avait, elle, de l'esprit de son frère, lui donnait l'impression d'un poids attaché à son cou. Cependant, elle dédaigna de faire semblant de ne pas comprendre. Elle savait que tout leur passé commun se trouvait derrière ces paroles. Elles faisaient surgir un fourmillement d'images où lui et elle parcouraient ces bois, ces landes ou ces marais dont il parlait et où, enfreignant les ordres de leur mère et de leur nourrice, ils s'étaient égarés. Ils y avaient vu des vipères et cherché les loups dont ils savaient qu'ils avaient vécu là, bien des années auparavant. Ils étaient partis à la recherche d'autres choses aussi, des dangers et des horreurs du monde. Elle avait, à l'époque, stimulé ce garçon délicat, indignée par sa timidité, et elle avait triomphé lorsque, en fin de compte, elle avait forcé sa témérité. Les dangers qu'ils avaient courus avaient

161

causé un vif plaisir à Childérique. Mais sur quelle route courait maintenant son extravagant petit chien ? Elle ne pouvait pas le suivre et ne le laisserait pas s'enfuir.

— Ah, vraiment, cria-t-elle, tu parles comme un homme ! C'est vraiment ce que doit faire le seigneur de Haut-Mesnil : aller chez les gens de la lande apprendre à faire danser les vipères, la sorcellerie et la trahison ! C'était ainsi que vous partiez, au vieux temps, pour apprendre les mœurs des Turcs et des Infidèles et que vous laissiez les femmes garder votre terre. Mais nous ? Ne pouvons-nous pas avoir aussi envie de connaître le goût du poison et de dormir la nuit dans les bois ?

Ses propres paroles la surprirent, elles se précipitaient spontanément à ses lèvres. Que disait-elle ?

— Ne pourrions-nous pas, nous aussi, continuat-elle, épouser, pour notre plaisir, quelqu'un qui saurait faire danser les vipères ? Pourtant nous ne l'avons pas fait. Nous n'avons pas oublié notre honneur, ni l'honneur de nos maisons. Quand vous êtes partis, il n'y a pas une, non, pas une, des femmes de Haut-Mesnil qui ait déshonoré leur nom, le nom de notre père. Est-ce donc toujours le rôle des femmes de soutenir les maisons comme ces figures de pierre qu'on appelle des caryatides ? Et vas-tu aujourd'hui, seigneur de Haut-Mesnil, renverser sur ta tête et sur la mienne et sur les têtes de nous tous, toutes les pierres de notre grande maison ?

Il la regarda avec une curiosité étrange, froide et dure.

— Quoi, vous ? répéta-t-il. Vous les femmes des grandes maisons qui portez les maisons sur vos bras ? Vous croyez être, maman et toi, ce qu'il y a de plus précieux au monde entier, mais, si c'est vrai, peut-être est-il alors plus facile de fabriquer des objets précieux avec de la pierre qu'avec de la chair et du sang.

Childérique poussa un profond soupir. Elle supportait mieux d'entendre son frère la comparer à sa mère plutôt que, comme il l'avait fait, au reste du monde : elle aimait sa belle-mère qui lui inspirait beaucoup de respect.

— Vous nous maudissez, dis-tu, lorsque nous vous quittons, continua le jeune homme, mais en quoi cela nous regarde-t-il puisque vous ne pouvez jamais abaisser vos bras ? Vous savez ce que vous voulez, c'est un avantage pour vous. Mais nous, que voulons-nous ? Personne ne songe à cela. Notre père n'a jamais aimé maman ; comment l'aurait-il pu puisqu'elle était faite de pierre, une caryatide, comme tu dis, de la maison de Haut-Mesnil ? Pourquoi devrais-je désirer plus de pierres encore, un fils en pierre avec un cœur en pierre qu'il faut briser avec un marteau et jeter sur la route ? Un fardeau, voilà ce dont vous voulez nous charger toujours, un fardeau. Au diable ! cria-t-il dans un accès de fureur enfantine, si les plus belles choses du monde sont en pierre, nous devons être libres d'aller jouer avec celles qui sont moins belles.

Elle était aussi furieuse que lui et il lui sembla qu'une sorte d'immense ombre noire, d'une profondeur telle qu'elle n'en avait jamais connue, l'investissait insensiblement de tous côtés. Mais elle parla avec calme :

— Quand tu étais un nourrisson, dit-elle, et que nous étions ensemble dans la forêt, je regardais Rose-Marie t'allaiter et lorsque le lait coulait du coin de tes lèvres, je souhaitais être moi aussi une grande personne comme elle pour pouvoir t'allaiter. Je pense maintenant qu'il aurait mieux valu que je presse le jus des noix de galle dans ta petite bouche de façon que tu ne grandisses jamais pour nous couvrir de honte. Comment as-tu pu te détourner à ce point de la voie que nous suivions autrefois ? Que t'a donné la sorcière du moulin, cria-t-elle, pour t'obliger à m'oublier ?

— Qui ? demanda-t-il, en la fixant du regard

comme s'il avait oublié ce dont ils étaient en train de parler.

A son tour, elle le regarda avec mépris.

— La sorcière du moulin, dit-elle.

Comme si ces mots eussent contraint les pensées du jeune homme à retrouver le calme, il baissa les yeux et son visage torturé se détendit lentement comme sous la caresse d'une main.

— Je ne sais pas, dit-il, mais elle sait.

L'ombre et la douleur cernaient maintenant sa sœur de toutes parts.

— Allons-nous-en ensemble, s'écria-t-elle, toi et moi. Nous dormirons dans les marais, nous parcourrons les landes. Ne serons-nous pas bientôt immunisés tous les deux contre le poison des vipères ? Viens.

Il se redressa et la regarda pendant quelques instants. Puis il soupira profondément.

— Childérique, dit-il, rêves-tu toujours de moi ? La nuit, je veux dire, quand tu dors ?

— Si je rêve de toi ? demanda-t-elle. Non.

— Non, tu ne rêves pas de moi, dit-il avec une émotion profonde, amère. Mais moi, vois-tu, dans mes rêves, il n'y a qu'au moulin que tu ne sois jamais allée. Quand je rêve du moulin, quand je me vois au moulin, tu n'y es jamais. Je suis allé au moulin, je l'ai choisi, il est trop tard maintenant pour revenir en arrière. Il est trop tard maintenant pour que toi et moi nous partions ensemble. Je souhaite désormais, poursuivit-il très lentement, que tu ne penses plus jamais à moi. J'aimerais être certain que tu ne penseras plus jamais à moi.

Pendant une seconde, les genoux de Childérique fléchirent sous son ample jupe, comme si elle voulait s'agenouiller devant lui, mais son mouvement prit une autre direction. Elle se jeta contre lui, enveloppant le corps mince dans ses bras avec l'énergie d'une mère qui protège son enfant ou d'une femme qui se noie et elle posa ses yeux brillants sur le visage du jeune homme.

— Oh! mon frère, mon plus cher amour, s'écria-t-elle, je ne te laisserai jamais partir. Ne penses-tu pas que j'en sais plus que toi, que je peux aussi t'ouvrir un monde nouveau? Oh! je peux moi aussi t'apprendre les danses, le mystère et aussi la magie.

Tout en parlant, elle leva la main et lui prit le menton.

Le jeune homme devint d'une si mortelle pâleur au contact de cette main, qu'il lui fit peur; il recula d'un pas et comme elle le suivait, d'un geste vigoureux de ses mains, il se libéra de son étreinte.

— Non, ne fais pas cela, dit-il, Simkie m'a tenu, me tient de cette façon-là.

Sa sœur resta sur place, aussi blanche que lui. « C'est la dernière fois, pensa-t-elle, que je l'aurai tenu dans mes bras. » Brusquement il s'éloigna.

A ce moment, il arriva à Childérique quelque chose d'étrange, de terrible et qu'elle n'avait jamais ressenti. Elle se vit elle-même distinctement, comme avec ses propres yeux. Elle se vit debout, devant la maison, avec ses cheveux dénoués; elle se vit même devenir de plus en plus petite sur la terrasse, à mesure qu'il s'éloignait d'elle.

Le jeune maître de Haut-Mesnil partit rapidement, faisant trotter son cheval dans la longue avenue plantée de tilleuls odorants. Mais, au moment où il approchait de la route, il se dit : « A cette allure je serai rentré dans trois quarts d'heure », et il tira sur ses rênes. Il voyait devant lui le long salon cramoisi, sa mère penchée sous sa lampe qui, pour l'accueillir, levait la tête au-dessus de son point de croix. Il respira profondément et, quittant la route, dirigea son cheval vers un étroit sentier qui traversait les bois; une demi-heure après il déboucha à l'air libre puis dans les landes.

Il allait lentement à présent, descendant la pente

qui menait de la forêt à la campagne découverte, à travers un fourré d'orties, de framboisiers et de géraniums, puis un profond taillis de fougères qui s'écrasaient sous les sabots du cheval. Le bruit des branches qui se brisaient et l'odeur forte et amère lui montèrent à la tête et au cœur; il lui sembla que tel était son destin : écraser et détruire tout sur son passage. Lorsqu'il sortit du taillis, la vaste lande s'étendait devant lui.

Le soleil venait de se coucher, l'air était plein d'or clair. La bruyère n'était pas encore fleurie, mais les longues collines portaient dans l'obscurité une douce promesse de floraison. Sur l'étendue de la lande sombre flottait une ligne de poussière dorée faite de l'herbe sèche qui, à travers la campagne, montait de l'ornière des chariots.

Dans l'esprit du jeune homme qui poursuivait sa route, plongé dans une méditation profonde, passa la maxime que répétait souvent à son sujet, en plaisantant, son vieux précepteur suisse : *Homo non sum, humanum omne a me alienum puto*. Il se demandait ce que les êtres humains appellent « humain ». Il lui semblait que pesait sur lui une malédiction, celle des êtres qui l'aimaient et, en retour, exigeaient de lui de l'amour alors qu'il ne pouvait ni ne voulait aimer. Il pensa à sa mère qui, depuis sa petite enfance, avait toujours espéré, grâce à lui et à son amour pour elle, enrichir un peu sa propre vie. A ses amis de collège qui avaient eu pour lui de l'affection et avaient souhaité qu'il en eût pour eux. Il le regrettait pour eux tous. Mais tout cet amour était pareil aux supplications des vampires aux larges ailes qui vous demandent votre sang et vous offrent en retour, avec de profonds soupirs, leur propre sang chaud et épais.

Il chevauchait au flanc d'une longue pente qui se dirigeait du nord au sud et il fut soudain frappé de voir à l'est, sur une colline parallèle, plus basse, sa propre ombre et celle de son cheval, qui l'accompa-

gnaient, droites, immenses, tel un cavalier géant
s'allongeant sur l'horizon aussi loin qu'il le pouvait.

— Dieu, se dit-il, oh Dieu! protégez le monde
contre moi.

Le soleil se coucha et du même coup les collines, où
ses derniers rayons obliques avaient fait briller une
douce lueur gris pourpre, se refroidirent et s'obscurci-
rent brusquement comme l'acier tiré du haut four-
neau. Le monde devint indescriptiblement sombre et
sévère. Aussitôt après, une chouette le survola à coups
d'ailes silencieux.

Il essaya de suivre son vol dans l'air transparent
comme du verre. Il se rappela la joie que la vue du
grand oiseau de nuit apportait toujours au cœur de
Childérique. « Je compte comme un grand coup de
chance, comme un grand bonheur de voir une
chouette », lui avait-elle dit. Il lui avait demandé si
elle croyait que les oiseaux étaient des présages de
bonheur. « Je ne sais pas, disait-elle, je pense que c'est
en soi un grand bonheur de les voir. »

Au moment même où il pensait à cela, son oreille
perçut le son d'une musique, des notes de flûte dans le
lointain. Son visage changea. Il fit tourner la tête à son
cheval et descendit en suivant la ligne de poussière,
vivante et dorée, désormais éteinte, vers le moulin de
Masse-Bleue.

En bas, il avança rapidement à travers les longues
traînées de brouillard laiteux qui s'élevaient le long
des prés humides, du bord de la rivière. En contrebas,
l'herbe était encore d'un vert brillant. Au milieu d'un
pré, droit en face de lui, il y avait une barrière peu
visible dans le noir. Il dédaigna de l'ouvrir, fit un peu
reculer son cheval et le poussant en avant, il sauta
par-dessus. Dans la pénombre la chose était risquée et
avait affolé le cheval ; lui-même se sentit réchauffé et
réconforté d'avoir réussi. Un fort parfum de baies et

167

de myrtes sauvages contracta ses narines. Les étoiles apparurent une à une.

IV

La dame de Champmeslé émergea de l'ombre de la forêt, vers la route blanche, et s'avança sur le pont qui conduisait du barrage du moulin au moulin lui-même. L'odeur des eaux courantes et des herbes aquatiques était fraîche et calmante. Le silence de midi était absolu. Pas une âme aux alentours et la chaleur tombait lourde comme du plomb ; tout le paysage en était assombri, comme vu à travers d'épaisses lunettes bleues. Il régnait une sorte d'ombre jusque dans les nuages blancs qui couronnaient les hauteurs. Childérique franchit le pont. Personne ne savait qu'elle était ici et cette pensée était, en elle-même, stimulante : cela ne lui était pas arrivé depuis son mariage. Elle avait, pendant toute la nuit, souffert une grande angoisse et, à présent, si elle hésitait, ce n'était ni par crainte ni par irrésolution, mais seulement pour reprendre son souffle. Envahie par la colère, elle était partie de la haute terrasse de Champmeslé, tel un de ces grands nuages blancs qui fondaient parmi le tonnerre et les éclairs sur le Moulin de Masse-Bleue. Mais ce silence de mort, ces eaux douces précipitant sous ses pieds leur cours rapide étaient-ils avec elle ou bien avec la veuve du meunier, avec qui se liguaient-ils ?

La veuve du meunier ouvrit la porte du moulin et apparut sur le seuil, comme si elle attendait Childérique. Elle essuyait contre le bas de sa jupe ses bras ronds maculés de farine. Les femmes de sa tribu, Childérique le savait, souriaient souvent d'un sourire

168

aimable et enjôleur, mais elles ne riaient que dans le triomphe ou l'amour.

La bohémienne, qui avait dix-huit ans, était plus forte que Childérique et de lignes plus rondes, singulièrement agile dans ses mouvements. Elle était pieds nus et n'avait sur elle qu'une chemise et une robe de coton bleu décoloré, étroitement serrée. Bien que deux fois mariée et veuve, ici, dans sa maison, elle portait son épaisse chevelure divisée en deux nattes entre lesquelles, à l'endroit de la nuque, se dressait — signe de force — une grosse mèche rebelle.

Au voisinage de ce jeune corps, ferme et frais, la fureur de Childérique la reprit : elle sentit dans ses mains le désir de saisir cette belle gorge ronde et ambrée et d'étrangler cette créature qui la défiait mais, à la pensée de la toucher, elle éprouva une mortelle nausée, comme si elle avait devant elle un serpent, et cette dernière impression fut le plus forte.

— Vous venez me voir, ma charmante dame, dit la bohémienne, et vous avez fait tout ce chemin dans la chaleur de midi. Plaise à Dieu que vous ne le regrettiez pas. Entrez, entrez maintenant.

Elle tint la porte ouverte et, tandis que Childérique était sur le point d'entrer, elle baisa la paume de sa propre main et la posa prestement, pendant un instant, sur le seuil.

A l'intérieur de la salle du vieux moulin de bois, l'air confiné était plus chaud que celui de dehors. Une raie de poussière dorée et lumineuse, tombant de la fenêtre étroite, traversait la pièce. La femme du meunier avait tiré du four les pains frais : ils étaient rangés sur les rayons le long du mur. Elle transporta, à l'intention de sa visiteuse, une chaise à trois pieds au milieu de la pièce. Childérique s'assit, car la fatigue et le vertige s'étaient emparés d'elle. « J'aimerais autant, pensa-t-elle, m'asseoir dans un nid de vipères. »

— On m'a informée, dit-elle lentement, qu'ici, suivant votre vieille habitude, tes chiens sont de nouveau devenus enragés.

La bohémienne la regarda fixement d'un œil clair, attentive comme un enfant.

— C'est ton affaire, dit Childérique, mais tu n'as pas le droit de mordre quelqu'un qui ne fait pas partie de ta meute. Toi, tu as ensorcelé le jeune maître de Haut-Mesnil. Va-t'en. (En prononçant le nom de son frère elle se cramponna des deux mains au siège de sa chaise.) Va-t'en », répéta-t-elle. On lui avait dit — elle se le rappelait — que le meunier, vieux et dévot, avait coutume de donner le fouet à sa jeune femme. « Cet être, se dit-elle, est habitué à plus de brutalité que je ne peux même le concevoir. » Elle chercha à se remémorer les anciens châtiments dont, quand elle était enfant, on lui avait montré les instruments à Haut-Mesnil.

La bohémienne soupira et prit une attitude qui lui était familière, debout sur un seul pied, tenant dans la main son autre cheville nue. « Ah ! ah ! dit-elle, comme on parle durement, durement. Ah ! finissez, vous brisez le cœur de la pauvre fille, vous ma belle dame. »

Childérique la regarda avec dureté, elle sentit, sous son grand chapeau d'été, son propre visage devenir brûlant. L'air de la pièce, empli de l'odeur de la farine et du pain frais, lui était lourd à respirer. Elle était en ce moment en proie à une idée bizarre. Elle se rappelait comment, étant enfant, on l'avait emmenée voir la Reine, quand celle-ci avait traversé Périgueux, et comment, en regardant la cérémonie, elle avait pensé : « Tout ce qui arrive, arrive parce que c'est le bon plaisir de la Reine. » Même quand il avait commencé à pleuvoir, la petite fille avait senti que s'il pleuvait, c'était parce que la Reine l'avait permis, parce que la pluie faisait plaisir à la Reine. En ce moment, devant la jeune bohémienne, l'idée oubliée depuis longtemps lui revenait à l'esprit. « Cette

femme, se dit-elle, est contente de tout ce qui arrive »,
et cela lui sembla une étrange trahison du destin.
« Mais, mon Dieu, qu'a donc cette Simkie ? Pourquoi
est-elle comme une reine, cette souillon aux pieds
nus ? Sont-ce en réalité les reines et les bohémiennes
qui ont tout ce qu'elles désirent et nous seulement, les
femmes des grandes maisons et des domaines, qui
devons peiner pour soutenir le monde ? » Les mots de
l'Ecriture lui revinrent à l'esprit : « Et nous savons
que toutes les choses travaillent ensemble pour le bien
de ceux qui aiment. » Sa pensée se troubla à l'évocation du nom qui avait surgi dans son esprit. Pouvait-il
en être du Diable comme il était de Dieu ? Donnait-il
la même récompense à ceux qui l'aimaient ? « Oui, se
dit-elle, c'est ainsi. C'est parce que Simkie est vraiment une sorcière qu'il y a en elle cet extraordinaire
contentement, qui est comme celui d'un enfant. C'est
le bonheur de la sorcière, celui pour quoi elle se vend
au Diable. » Et quelque part au fond de ce bonheur,
comme au fond du barrage du moulin, elle vit la
condamnation de la sorcière, l'atroce tristesse de son
destin.

— Etes-vous Dieu, belle dame ? demanda la bohémienne en la dévisageant. Est-ce à vous de diriger le
monde ?

— Oui, dit Childérique de toutes ses forces. C'est à
moi de diriger le monde ici, à Champmeslé. Dieu lui-
même m'y a placée pour le faire. Vous savez cela
aussi, vous tous. Prenez garde à moi.

— Mais que peut-on faire, maîtresse, dit la jeune
femme en balbutiant, d'une voix lente, sur le ton
traînant et doucereux de sa tribu, le ton des diseuses
de bonne aventure. Que peut-on faire ? Si j'ai vraiment ensorcelé le maître de Haut-Mesnil, comment
puis-je maintenant défaire ce que j'ai fait ? Vous-
même, vous savez bien que les jeunes gens poursui-
vent les femmes qui ont les cheveux longs, qui leur
parlent doucement, qui s'amusent avec eux. Si c'est

seulement cela, dites-le, ma charmante dame, car vous savez qu'une jeune femme peut se faire délaisser par un jeune homme qu'elle a attiré à elle. Mais s'il y a eu des charmes et de la magie et si le Diable m'a aidée — quoi ! le Diable est en ce moment encore à l'œuvre et vous et moi nous ne pouvons pas l'arrêter. Nous ne le pouvons certainement pas, ma chère, chère maîtresse.

Elle était à bout de souffle à force d'avoir parlé de cette façon prenante et elle se tut comme si elle avait attendu une décision.

— Oui, dit Childérique d'une voix rauque, tu l'as ensorcelé, tu l'as attiré à toi par des sortilèges, tu le sais bien.

A ces mots, la bohémienne commença à vaciller et à s'agiter, comme si elle souffrait : tous ses mouvements avaient une grâce fascinante.

Il vint à l'esprit de Childérique que son frère avait tenu la jeune fille dans ses bras. Une douleur la traversa, l'inquiétude la saisit. Elle détourna puis abaissa le regard. Au même moment, comme si l'idée d'un rapport humain plus amical et plus doux, survenant dans cette atmosphère sévère, la tempérait, la dureté terrible que, pendant ces vingt heures, elle avait ressentie comme une souffrance jusque dans ses entrailles, sembla se relâcher. Comme souvent, quand elle était brusquement et profondément remuée, ses pensées allèrent à sa mère, elle se rappela la bienveillance qu'elle montrait sur ses terres à l'égard des étrangers.

— Simkie, dit-elle, en regardant de nouveau la bohémienne et en l'appelant pour la première fois par son nom, délivre mon frère de cette magie, je te pardonnerai et je ne te ferai aucun mal.

Simkie se tordit les mains.

— Oh madame, dit-elle, on ne plaisante pas avec le Diable. Nous devons, vous et moi, recourir à une magie plus puissante pour briser le pouvoir de celle qui a été employée.

— Oui, oui, dit Childérique. Si tu as jeté un sort, tu dois être capable d'en jeter un autre.

Au même moment, elle pensa : « Qu'est-ce que je suis en train de dire ? Comment cela a-t-il pu germer dans mon cerveau ? J'ai sûrement la fièvre. »

— Et pourquoi le ferai-je ? demanda Simkie. Si mon Maître m'épouse, je dormirai dans un lit de soie. Pourquoi déferai-je mon ouvrage ? Que me donnerez-vous pour cela ?

Childérique ne put répondre, elle resta muette. « Pour sauver l'honneur, pour l'honneur de Haut-Mesnil. » Ces mots avaient été fortement inscrits dans son cœur pendant toute la journée. Mais elle avait honte de les dire à la bohémienne. Elle ne pouvait lui dire qu'en réalité elle était ici, sur l'ordre de sa mère, pour sauver le jeune héritier de Haut-Mesnil qu'elle était coupable de ne pas soutenir et, qu'au service de leur maison, la force et le courage de la morte la soutenaient.

Elle chercha dans sa tête quelque chose à promettre à la sorcière.

— Que cela soit fait pour rien, dit Simkie, et elle soupira. Qui sait, qui sait, je pourrai trouver ma récompense, d'une certaine manière, en vous servant encore. Répétez seulement ce que vous m'avez dit, que ni vous ni aucun des vôtres ne me ferez de mal dans l'avenir.

— Non, cela nous ne le ferons jamais, dit Childérique.

— Mais, maintenant, que doivent être les mots magiques, madame ? demanda la bohémienne. Que dois-je demander au Démon des Eaux s'il veut bien venir à nous ? Pourquoi doit-il venir ?

Childérique sentit de nouveau le sang lui monter au visage.

— Pour que, dit-elle, pour que le maître de Haut-Mesnil change entièrement...

— Non, non — la bohémienne l'interrompit vivement en mettant un doigt sur ses lèvres — les noms ne doivent jamais être prononcés. Cela est contraire aux règles de la magie. Non, attendez, je vais parler pour vous et vous me direz si je dis bien ce qu'il faut, si cela est à votre convenance. Ce doit être, continua-t-elle au bout d'un moment, en parlant très lentement, les yeux baissés, un charme pour détourner complètement le cœur de votre frère, du fils de votre père, de la femme qu'il aime en ce moment et dont il pense faire sa femme. Ce doit être un charme qui les sépare tous deux pour toujours, avec l'aide de l'hôte que nous avons appelé.

— Oui, dit Childérique en regardant la bohémienne en face.

Simkie resta de nouveau plongée, pendant un moment, dans une profonde réflexion.

— Cela peut se faire, dit-elle enfin, mais pas maintenant. Pour cela, il faudra que vous reveniez. Venez à cette heure-ci, demain, et ce sera à vous de dire les mots car si j'ai prononcé une fois une formule magique, je ne peux pas, moi-même, parler contre elle. Et vous devrez amener avec vous...

Ici elle s'arrêta. Elle parut changer et s'alourdir. Elle avait perdu toute l'agilité de ses muscles et de ses mouvements, elle paraissait épuisée comme une femme qui porte un enfant.

— Madame, dit-elle après un long moment, vous devrez amener votre petit garçon pour nous aider à faire la magie. Un enfant mâle, qui a en lui une communauté de sang avec vous, qui prononcera la formule magique et dira à propos de qui nous la prononçons. Ce sang, madame, un sang si noble est précieux pour la magie.

Childérique se dit : « Mon petit garçon ? Comment puis-je l'amener ici, si personne ne doit le savoir ? Il

174

faudra que je le porte tout le long du chemin à travers la forêt, sauf dans les endroits où il pourra courir un peu. »

L'idée en soi la charmait : il était rare qu'elle eût l'enfant pour elle sans les gouvernantes. « Mais, que pourrais-je leur dire, pensa-t-elle, pour m'en aller sans que personne le sache ? »

Simkie vit qu'elle hésitait.

— Allons, allons, dit-elle, en parlant toujours sur le même ton lourd et traînant, comme si un poids eût pesé sur elle. Vous n'avez pas tout à fait confiance en Simkie ? Allons, je vais vous montrer un peu de magie pour vous donner confiance, un peu seulement pour aujourd'hui.

Troublée, Childérique regarda autour d'elle.

— Venez par ici, dit la bohémienne, et elle ouvrit la porte qui donnait sur la salle du moulin.

Childérique s'arrêta un moment sur le seuil. Elle avait maintenant besoin de son courage. Ce n'était pas qu'elle s'effrayât de ce qui pouvait lui arriver dans cet endroit, mais elle sentait le caractère fatal de ce pas unique qui la tirait d'une vie jusqu'ici claire comme le jour, pour l'engager dans le jeu des puissances inconnues. Ce qui la fit, une seconde plus tard, poursuivre sa marche, ce ne fut pas son courage mais son amour du danger. L'inconnu l'attirait. Et elle voulait désormais en savoir plus en fait de sorcellerie.

Tout, dans le grand et vieux bâtiment, était tortueux, de guingois et, pour aller de cette salle à l'autre, il y avait trois hautes marches à gravir. L'immense pièce qui enfermait la roue était plus ancienne que le reste du moulin, entièrement construite en bois, noircie par l'âge. La pièce était sombre, les carreaux des fenêtres verts et tapissés de toiles d'araignée. Ici, il faisait très froid subitement. La pièce avait une atmosphère particulière due à la présence de l'eau ; dès le seuil son souffle allait au-devant de vous. La rivière coulait sous les épaisses lames du plancher.

Childérique sentit à la fois la fraîcheur et l'humidité, son visage et ses mains embués comme une coupe d'argent se remplissant sur-le-champ d'eau glacée. Elle suivit la bohémienne à travers la pièce. C'était là que les bohémiennes, disait-on, dansaient et chantaient, la nuit. Le parquet était égalisé et poli par les sacs qu'on y traînait, par le balayage des grains et par les pas qui le foulaient depuis deux siècles.

« Cette pièce, se dit Childérique, était la seule où, dans les rêves de son jeune frère, elle ne fût pas entrée. Bien, maintenant, elle y était. Si, dans ses rêves futurs, elle devait encore ne pas s'y trouver, les rêves seraient faux, ils ne s'accorderaient pas avec la réalité.

Au milieu de la salle s'élevaient les cloisons de bois qui enfermaient la roue du moulin.

— Nous allons faire appel, dit la bohémienne, à la magie de la roue qui est la plus honnête de toutes les magies. Viens ma petite roue, ma pleine lune, je vais te libérer : tu auras toute la rivière pour te faire tourner et pas de grain à moudre.

Ses pieds nus ne firent aucun bruit lorsqu'elle s'approcha pour libérer la roue. Elle fit effort pour peser sur le lourd verrou et mit la roue en branle. D'un seul coup, la pièce s'anima. De haut en bas, une centaine de petites voix chuchotèrent, gémirent, le bois cria et se plaignit, le lourd métal chanta et gronda, derrière toutes ces voix s'élevèrent le mugissement de la roue et le clapotis de l'eau.

La sueur avait envahi tout le visage de la bohémienne et Childérique, qui se tenait à présent près d'elle, fut de nouveau frappée par sa transfiguration soudaine. Elle se traînait péniblement, elle avait la figure durcie et vide d'une femme sur le point d'accoucher. Childérique se sentait calme maintenant et ferme, avec le corps léger, comme lorsqu'elle était enfant. Elle était victorieuse finalement de son adversaire, prostrée devant elle, elle était même entrée, avec tous les honneurs de la guerre, au cœur des fortifications de l'ennemi. Dans le triomphe, son cœur était prêt au pardon et battait fortement.

La bohémienne laissa ouverte la porte du logement de la roue :

— Regardez en bas, dit-elle.

Childérique s'avança, en se tenant à la rampe, dans l'étroit couloir qui longeait la roue. Elle fut subitement aspergée de tous côtés par une délicate pluie de gouttes fraîches. L'eau se moquait d'elle. A ce moment, elle pensa pour la deuxième fois : « Comment puis-je être aussi folle ? Il n'y a rien d'autre ici que de l'eau. »

A la vérité, elle dut attendre longtemps avant que quelque chose d'autre se révélât à ses yeux. A ce moment, ce fut comme si, sous l'effet d'une brusque secousse, sa position avait changé, elle ne regardait plus en bas ou bien il n'y avait plus, au monde, de haut et de bas. Dès lors, et tout d'un coup, le bruit, autour d'elle, se transforma, il prit un sens, il parla.

Devant elle se développa un grand réseau d'étincelles rouges et ardentes. D'abord, cela tourna comme une roue, puis se fixa dans une sorte d'immobilité, mais ce que c'était, elle n'aurait pu le dire. De temps à autre l'obscurité se faisait, certaines lumières s'éteignaient. Une étrange odeur qui l'inquiéta et un nouveau bruit, un grognement ou un grattement, tournèrent autour de sa tête.

Maintenant, elle voyait de nouveau les choses clairement. Les étincelles ne se détachaient pas sur un fond obscur, elles constituaient elles-mêmes le fond, celui d'un ciel du soir, flamboyant. Les lignes noires et les bandes qui le zébraient, étaient les basses branches d'un bois de sapins. Ces branches étaient mortes et nues parce qu'elles avaient poussé si serrées que la lumière ne les atteignait pas.

Les grandes formes qui s'agitaient parmi les arbres, c'était une troupe d'énormes sangliers noirs dont certains étaient tout près d'elle. Ils étaient tous très affairés, grognant, fouillant la terre, se battant les uns contre les autres, se raclant le flanc et le dos contre les troncs puissants des sapins. Une laie avec son petit passa devant elle. Un vieux et terrible sanglier, armé de défenses redoutables, se retourna et fixa sur elle ses petits yeux rouges ; craignant qu'il ne la charge, elle recula en arrière. Tout avait disparu. Elle se trouvait de nouveau dans le moulin, étourdie et hors d'haleine.

Elle se vit elle-même dévisager la bohémienne avec un singulier plaisir.

— Qu'est-ce que cela ? Qu'est-ce que tout cela ? demanda-t-elle.

— C'était la vieille forêt de Haut-Mesnil, répondit la veuve du meunier. C'était exactement l'endroit où s'élève aujourd'hui la grande maison.

Charmée et ravie, Childérique se tourna de nouveau vers la roue. Elle ne se demanda pas plus longtemps ce que tout cela signifiait ni pourquoi la bohémienne le lui montrait. Elle éprouvait seulement une extase profonde devant ce nouveau monde qui s'ouvrait à elle. Si quelqu'un avait tenté de l'entraîner loin de la roue, le chagrin lui eût dérangé l'esprit. L'eau écumait maintenant sous les augets de la roue.

— Regardez encore, dit la sorcière.

De nouveau le bruit changea, cette fois devint plus faible, comme musical. Un grand calme, doux et frais, passa sur Childérique.

Avant que le paysage se montrât, elle sut qu'il était beau : c'était de nouveau le bois et l'image était sombre, elle pouvait en mesurer la profondeur, distinguer les troncs des arbres — au vert plus lumineux de l'herbe — et seulement les taillis. C'était, soit après le coucher du soleil, soit très tôt le matin avant son lever. Juste en face d'elle, il y avait une vaste étendue d'eau au-dessus de laquelle flottait une brume légère et laiteuse. A faible distance, elle entendait les canards sauvages parmi les joncs. Tout autour d'elle était confus. On eût dit d'un grand bouquet de feuillages

178

réfléchi dans un épais miroir d'argent. Mais elle-même — pour voir tout cela — devait être au niveau de la surface de l'eau limpide qui affleurait son menton et elle se rappela, pendant un instant, la libellule posée sur une large feuille verte qu'elle avait regardée, du pont du moulin. Quel plaisir profond c'était que d'être ainsi, assise sur l'eau.

Dans la pénombre, sur la berge, elle vit remuer une silhouette qui d'abord la surprit. C'était celle d'une femme vêtue de blanc mais, comme elle était enveloppée dans un châle sombre, la partie supérieure de son corps se confondait avec ce qui l'entourait, la jupe blanche balayant le sol et semblant animée d'un mouvement propre. Cela amusa Childérique, elle battit des mains. Mais, tandis que la dame s'avançait dans la clairière, elle distingua nettement sa petite tête brune, ses boucles arrangées *à la coup de vent* [1] et une grande vague de tendresse et de fierté souleva tout son être. Elle connaissait cette dame, qui était-elle ? Aussitôt après, elle reconnut les lieux : c'était la lisière du parc de Haut-Mesnil et elle vit aussi, au même moment, le reflet d'une étoile, la première ou la dernière de la nuit d'été, frissonner à la surface laiteuse de l'eau. Dans le bois, il y avait un banc, la jeune femme s'y assit et s'appuya au dossier, la tête entre ses mains.

Soudain, Childérique remarqua un changement dans le miroir de l'étang : il se brisa pour former un grand réseau de petites rides découpées et lumineuses et qu'était-ce que cela ? Elle le comprit aussitôt après : les canards avaient été dérangés par quelque chose et s'élançaient vers elle à travers les eaux ; dans la pénombre, elle pouvait voir, non pas leurs corps roux, mais seulement les longues lignes que dessinait, à la surface, leur fuite précipitée. Elle se dit : « Ici

1. En français dans le texte. *(N.d.T.)*

179

c'est le commencement de l'été, les jeunes canards sauvages n'ont pas encore de plumes. » Mais qu'est-ce qui les avait dérangés ? Un jeune homme s'avança dans le sentier de la forêt venant du côté opposé, dans la direction de la dame, se hâta vers elle et la prit dans ses bras ; elle s'abandonna à son étreinte.

Au moment où la dame se livrait aux transports de son amant, Childérique la reconnut. C'était sa mère, la belle Sophie chérie, plus jeune qu'elle ne l'était elle-même et resplendissante de beauté et de bonheur. « Oh ! chère maman, pleura-t-elle, prunelle de mes yeux, je vous vois enfin. » Le jeune homme devait être son père, beaucoup plus jeune qu'elle ne se le rappelait, exactement comme était Philippe quand il venait de rentrer en France. « Sa mère, se dit-elle, était sortie pour aller à la rencontre de son père dans le parc. » Childérique ne se souvenait de son père que comme d'un homme froid, revenant silencieux des travaux du domaine ou de la chasse. Comme elle s'était trompée sur son compte ! Voilà comment il avait été, aux anciens jours. Elle constata que ces deux êtres ne désiraient rien d'autre au monde qu'eux-mêmes : ils s'enlaçaient, ils pressaient leurs visages l'un contre l'autre, leurs mains se cherchaient et se nouaient, la femme prit le visage de l'homme entre les siennes et se perdit dans sa contemplation. De nouveau ils s'abîmèrent l'un dans l'autre et se confondirent dans la pénombre. Ces gestes étaient tous si familiers pour Childérique que c'était, à la vérité, comme si elle avait vu dans une glace, plus jeunes et plus beaux, Philippe et elle-même. On lui avait dit souvent qu'elle ressemblait à sa mère et sûrement son père avait eu quelque chose de la beauté de Philippe ou bien c'était seulement que tous les jeunes gens se ressemblent dans l'amour. Elle se rappelait qu'un soir, un mois peut-être après son mariage, elle était allée elle-même à la rencontre de son mari dans la forêt et qu'il lui avait fait l'amour, presque à son corps défendant. A cette époque il l'avait parfois inquiétée par la violence de son amour pour elle. On eût dit qu'il n'y avait pas un moment à perdre, que la mort menaçait de les séparer tous deux. Maintenant elle savait que tel était précisément le comportement de son père et de sa mère.

Si, dans la vie réelle, elle était tombée sur un couple d'amants comme ceux-ci, elle eût détourné les yeux. Pas ici — bien qu'elle se sentît le sang aux joues. Pas ici, avec sa propre mère, dans ce monde de douce sorcellerie. Ici tout avait un sens et une force plus profonds et la mère et la fille pouvaient bien servir les dieux la main dans la main. Elle ne regrettait pas non plus que sa mère ne se retournât pas et ne la regardât pas, bien qu'au premier moment elle en eût éprouvé le brûlant désir. La confidence et l'intimité en étaient plus charmantes, c'était comme cela devait être.

L'image s'obscurcit comme si ses yeux s'étaient remplis de larmes. Elle se retrouva, cramponnée à la rampe humide du couloir, dans le moulin. La veuve du meunier était devant elle, des gouttes de sueur perlant dans ses sourcils. Childérique soupira profondément en se rendant compte que les visions s'étaient toutes enfuies.

— Je vous ai montré des images vraies, dit la bohémienne avec effort.

— Oui, oui, répondit Childérique, en se tordant les mains, comme la femme du meunier l'avait fait auparavant.

— Je vous en montrerai davantage demain, dit Simkie.

— Oui, demain, demain, dit Childérique, en sentant combien le temps serait long jusqu'à demain et combien il serait rempli d'impatience.

A présent elle marchait lentement, s'arrêta sur le seuil pour jeter un dernier regard sur la salle et pour écouter une dernière fois la musique de la roue à eau.

— La roue a tourné pour vous, madame, dit la bohémienne, l'eau qui l'a fait tourner est déjà loin et ne reviendra pas pour la faire tourner dans l'autre sens.

Sur le pont, Childérique s'arrêta. Elle pensa : « Combien de choses j'ai apprises depuis mon dernier passage ici ! Combien je suis plus instruite ! »

Elle regarda autour d'elle et fut surprise du changement survenu sur la terre et dans l'air. Le ciel avait pâli comme si on l'avait blanchi, lavé de toute sa riche couleur bleue à tel point que les grands nuages légers qui y avaient paru, sans avoir eux-mêmes changé de couleur, flottaient comme de sombres grumeaux, couleur d'ardoise, sur un fond de métal blanc. Il faisait froid. Des rafales de vent se ruaient à travers les arbres qui se balançaient et s'inclinaient. La poussière de la route tourbillonnait en minces spirales.

Tandis qu'elle avançait à travers la forêt, de lourdes gouttes de pluie tombèrent de la cime des arbres, tièdes dans l'air froid. Elle entendit le tonnerre au loin, mais aucune averse ne suivit. Il y avait probablement un gros orage dans le lointain. Elle-même, qui s'était précipitée vers le moulin, avançait maintenant avec difficulté, bien qu'elle voulût se hâter, telle une abeille vers sa ruche portant à travers la pluie — lourd et un peu instable sur son aile — le poids des douceurs récoltées dans les landes et les jardins.

Dans l'obscurité du sentier de forêt, il lui sembla sentir la présence proche d'un jeune amant et quand les petites branches et les plantes grimpantes accrochèrent sa robe, ce fut comme si elle avait dû s'arrêter pour lui accorder le temps d'un mot tendre ou d'un baiser. Elle pensa à son mari et, pour la première fois de sa vie, elle se sentit submergée par le désir de son étreinte. Elle calcula combien il faudrait de temps jusqu'à ce qu'elle pût être dans ses bras et des images d'étreinte physique fondirent sur elle de tous côtés — comme des taons sur la route étroite —, embrasèrent son visage et firent fléchir ses genoux.

A l'endroit où le sentier forestier rejoignait la route

de Champmeslé, s'élevait bizarrement un mûrier sauvage vieux et tordu. Elle s'arrêta près de l'arbre pour réfléchir et pensa : « Cette terrible et délicieuse langueur qui rend mes membres si lourds, qui met comme du miel sur ma langue et se répand si doucement dans toutes mes veines, cela peut-il être un poison, une drogue ? Le jus de pavot cause-t-il un trouble de ce genre ? » Elle se rappela avoir parlé à son jeune frère du goût délicieux des poisons et fut surprise de sa propre science. Elle pensa : « Je n'arriverai jamais à la maison », et fut étonnée quand, immédiatement après, elle vit devant elle la maison blanche de Champmeslé.

Son mari, qui, de la fenêtre, l'avait vue s'approcher, sortit pour venir à sa rencontre.

— Où avez-vous été ? lui demanda-t-il.

Childérique respira avec peine.

— Oh, ne me posez pas de questions, s'écria-t-elle.

— Pourquoi ? dit-il, et frappé par son aspect, il ajouta : Ma chère, vous n'êtes pas bien. — Il lui prit la main. — Avez-vous la fièvre ? lui demanda-t-il.

— Quelle idée, dit-elle. Je me suis hâtée pour revenir à la maison. Je frissonne un peu.

Elle était elle-même effrayée de ce qu'à la vue de son mari elle ressentît une déception et une impression d'insécurité. C'était comme si la maison et le jardin de Champmeslé et toute la vie qui l'attendait ici, étaient pâles et froids comparés au monde de la sorcellerie, de même que le paysage était pâle et froid comparé à la terre et à l'air qui brûlaient une heure plus tôt. La chaleur et la couleur avaient-elles quitté son mari vivant pour rester avec les amants de sa vision, avec même les animaux apparus sur un ciel ardent et dans une forêt d'il y a mille ans ?

— D'où venez-vous ? demanda-t-il de nouveau.

— Oh pourquoi continuez-vous à me questionner, cria-t-elle, quand j'aurais mieux aimé mourir que de vous le dire. Je viens du moulin, de chez la veuve du meunier, la fille d'Udday. Mais vous, vous ne savez rien de tout cela.

— Si, dit-il, je sais qui est Udday. Qu'aviez-vous à faire là-bas ?

— Oh, elle en sait mille fois plus que nous, dit Childérique.

Elle lui prit la main, impatiente de se prouver à elle-même qu'il était, après tout, l'amant du sentier de la forêt, mais la laissa retomber en le dévisageant. Cette main lui semblait changée et chaude, elle brûlait ses doigts froids. Il lui avait demandé si elle avait la fièvre, mais, lui, ne l'avait-il pas ?

— Vous êtes complètement trempée, dit-il, en mettant sa main sur les épaules et la poitrine de Childérique. Soyez raisonnable pour une fois et enlevez vos vêtements. Il faut vous coucher, ma chère ; hier soir déjà, vous paraissiez fiévreuse.

De sa fenêtre Childérique, loin de penser à changer de vêtements, regarda l'horizon et, au premier plan, la silhouette — petite — de son mari. Il s'était avancé jusqu'au bord de la terrasse et se tenait là, les mains dans les poches, parfaitement tranquille. Dans le tourbillon de toutes ses pensées, elle trouva le temps de se demander à quoi il pouvait songer. « Il marche là-bas, se dit-elle à elle-même, comme une sentinelle. Il pense : l'orage va-t-il venir par ici ? J'ai bien fait de rentrer mon blé. La foudre va-t-elle tomber dans la forêt de Champmeslé ? »

En le suivant des yeux, son cœur s'attendrit, des larmes se pressèrent contre ses paupières tandis qu'elle marchait de long en large à travers sa chambre.

ÉCHOS

Au cours de ses errances, Pellegrina Leoni, la diva qui avait perdu la voix, s'en vint dans une petite ville de montagne non loin de Rome. Cela se passait au moment où elle avait fui Rome et son amant, Lincoln Forsner. La grande passion qu'il lui portait menaçait de la placer et de la maintenir fermement dans une existence bien établie et stable. Elle arriva vers le soir dans une charrette, tirée par un cheval et une mule, qui avait transporté dans la plaine des châtaignes et de la laine et, au moment de payer, s'aperçut qu'elle n'avait pas emporté d'argent. Elle ne s'inquiéta pas, ne s'étant jamais beaucoup souciée des questions d'argent. Elle savait, de plus, que son ami le Juif Marcus Cocozza ne tarderait pas à découvrir sa demeure et lui fournirait tout ce dont elle avait besoin. A la main gauche elle portait une bague ornée d'un gros diamant : elle l'enleva et la remit au charretier.

On était en automne ; la nuit tomba soudain et l'air léger de la montagne fraîchit tout à coup ; la voyageuse crut y sentir le souffle de la neige. Autour d'elle les maisons s'effacèrent comme si elles se repliaient sur elles-mêmes et disparaissaient du monde.

Pellegrina suivit la rue avec à la main le petit sac de voyage préparé en hâte. A Rome, derrière des murs cuits par le soleil et au milieu du tourbillon continuel

185

des conversations et de la musique, une nourriture lourde et sucrée et le vin bu en abondance l'avaient fait grossir. Elle dut s'arrêter pour reprendre son souffle et, en se reposant, elle apprécia comme un bonheur le froid et l'isolement des lieux. Elle pensa : « Voici une ville qui sort de l'ordinaire : on se sent disposée à y rester. » Un moment plus tard elle s'aperçut qu'après son départ précipité et son voyage, elle avait faim. Enfant, elle avait souvent eu faim et maintenant le léger malaise qu'elle ressentait à l'estomac la faisait redevenir cette féroce fille au pied léger qui avait reniflé les odeurs de nourriture dans l'air du soir, en même temps seule de la solitude des très jeunes êtres et étrangement sûre d'elle. Elle pensa : « Il faut que je trouve un endroit pour dormir cette nuit. Ce soir, je vais avoir à mendier le pain et le couvert aux gens de cette ville. »

Elle s'aperçut que, depuis plusieurs minutes, elle suivait les pas d'une silhouette gigantesque, celle d'un homme en manteau. Il ralentit sa marche et s'arrêta devant une petite boulangerie ouverte sur la rue et où une lampe à huile brûlait sur le comptoir. Elle le rejoignit et se tint immobile. Avant de pénétrer dans le cercle lumineux, l'homme soupira profondément ; dans l'obscurité, on ne pouvait l'identifier. Mais quand la lumière l'atteignit, elle vit que c'était un très vieil homme, lourd de corps ; son visage n'était pas ridé, mais durci et comme poli, tel un vieil os jauni, et ses yeux étaient pâles. Avec l'imagination d'une fillette de douze ans, elle pensa : « C'est un marin mort qui a séjourné longtemps dans l'eau. Il se tient debout parce qu'on lui a fixé un poids aux pieds comme il est d'usage avec les marins morts. Mais il se balance encore un peu dans le courant. »

En effet l'homme se tint devant le comptoir de la boutique, aussi tranquille et patient qu'aurait pu l'être un mort jusqu'à ce que la femme du boulanger au teint rubicond se retourne derrière la lampe, s'aperçoive de sa présence et, sans commentaires inutiles, comme s'il s'agissait d'une vieille habitude, prenne un pain sur l'étagère, l'essuie de son bras nu et le lui tende. Le vieil homme, sans souffler mot non plus, prit le pain, mit une petite pièce sur le comptoir et poursuivit sa route. « Bonne nuit, Niccolo », dit la femme du boulanger. « Bonne nuit », répondit-il d'une voix sans timbre.

Pellegrina était fille d'un boulanger et savait que dans une boulangerie il peut rester du pain de la veille que l'on donne aux mendiants. Mais, comme elle ne pensait jamais au passé, elle poursuivit sa route. C'est qu'aussi bien dans le visage et dans le maintien du vieil homme il y avait un anonymat proche du sien. Si, en ce moment, elle ajoutait sa propre solitude à celle de cet homme, ne pourraient-ils, ensemble, atteindre un rare, un remarquable sommet de solitude ? Elle pressa un peu le pas.

— Pardonnez-moi, dit-elle, je n'ai rien mangé aujourd'hui et je n'ai pas d'argent. Je viens de vous voir acheter un pain à la boulangerie. Voudriez-vous, par pitié pour les pauvres de cette terre, m'en donner un morceau ?

Le vieil homme se tourna vers elle ; il était si désemparé de se voir adresser la parole qu'elle sourit. La vieille habitude qu'elle avait de charmer tous ceux qu'elle rencontrait s'empara d'elle à nouveau, dans cette rue de village perdu où elle mendiait son pain.

— Je ne demande rien de plus, dit-elle de sa voix sourde et insinuante. Beaucoup de gens, m'a-t-on dit, sont heureux d'avoir un morceau de pain pour souper. Je ne demande rien d'autre. Si un plat de viande vous attend chez vous, je ne demande pas à le partager.

À ces mots, l'homme qui était resté immobile devant elle leva brusquement le coude comme pour porter un coup ou bien se couvrir la face.

— Ne me frappez pas, dit-elle doucement, vous et moi ne pouvons-nous être amis ? Ne craignez pas que je reste trop longtemps avec vous. Je suis une femme qui va toujours plus loin.

Après un silence, le vieil homme dit :

— Venez avec moi.

Ils marchèrent côte à côte, à travers tout le village ; ils arrivèrent à la maison du vieillard qui se trouvait au bout d'une rue étroite, écartée, que longeait un petit mur.

Le vieillard s'arrêta et ouvrit la porte de sa cabane.

— Attendez, dit-il, je vais allumer une mèche. Le plus souvent je m'assieds dans l'obscurité, mais pour vous ce soir j'allumerai une veilleuse.

Elle se tenait sur le seuil pendant qu'il écartait les cendres de l'âtre, soufflait sur les braises et, d'un tison, allumait la mèche suiffée. « Approchez-vous du feu », dit-il d'une voix lente et enrouée, lui désignant la seule chaise de la pièce. Se refusant à occuper le siège de son hôte, elle avança un escabeau de bois près de l'âtre. Le vieillard prit une lourde clé accrochée à un clou et ferma la porte.

— Comment se fait-il, demanda-t-elle, que vous laissiez votre porte ouverte lorsque vous êtes sorti et que les voleurs peuvent venir et que vous la fermiez à clé lorsque vous êtes rentré ?

Le vieillard la regarda, puis détourna les yeux :

— C'est ainsi que je fais, dit-il.

L'odeur fétide des chèvres et des moutons imprégnait la petite pièce qui n'était séparée de l'étable que par une demi-porte. Elle entendait les animaux qui, dans l'obscurité, remuaient et mâchaient. La pièce était si basse que la tête du vieillard de haute taille effleurait les poutres du plafond.

Peu à peu la lueur de la mèche, jointe à celle du feu, chassa les ombres de la pièce, et, à cette lueur, le vieil hôte observa longuement son invitée. Une belle dame, habillée de soie noire, lui avait dans la rue demandé un morceau de pain et dans sa chambre s'était assise sur un escabeau.

Enfin il demanda :

— Pourquoi, madame, êtes-vous venue dans cette ville ?

— Je suis venue dans cette ville, répondit Pellegrina, parce que je n'avais pas la moindre raison d'y venir. Et c'est toujours de cette façon que je voyage.

Le vieillard dit :

— J'ai entendu parler de bien des sortes de gens. J'ai entendu parler de malheureux, de lunatiques qui courent sans raison d'un endroit à un autre. On ne doit pas se moquer d'eux mais leur donner un abri et du pain. Cependant je ne sais pas si vous êtes de ceux-là.

— Non, dit Pellegrina, je ne suis pas de l'espèce des lunatiques et vous, comme tous les autres, vous êtes en droit de vous moquer de moi. Mais, voyez-vous, Niccolo, certains voyageurs sont attirés par un but qu'ils ont devant eux comme le fer est attiré par l'aimant. D'autres sont poussés par une force qui se trouve derrière eux de la même façon que la flèche est projetée par la corde.

— C'est en quelque sorte, dit gravement le vieillard, le voyage du voyageur chassé et poursuivi.

— Oui, dit Pellegrina, mais vous autres marins dites aussi : Courir par vent arrière ou par bon vent.

— Pourquoi, demanda-il, m'appelez-vous marin ?

Elle répondit :

— J'ai l'habitude d'observer les faits et gestes de mes amis. Votre démarche est celle d'un marin et vous avez les yeux du marin habitué à regarder au loin.

— Et quels sont vos amis, madame ? demanda-t-il.

— Tous les gens sont mes amis, dit Pellegrina, je n'ai pas un ennemi au monde.

Le vieillard se tut de nouveau et, par deux fois, soupira aussi profondément qu'il l'avait fait dans la rue devant la boulangerie.

— Il y a soixante-cinq ans que je n'ai vu la mer, dit-il.

— Cela fait longtemps, Niccolo, dit-elle. Cependant, du haut de ces montagnes, vous pourriez sûrement revoir la mer.

— Oui, dit-il, je pourrais la voir. Si je marchais pendant deux heures sur la piste qui se trouve derrière la maison, je la verrais. Quand j'ai eu cette maison, après en avoir construit la cheminée et le toit, je montai pendant deux heures et j'arrivai en terrain plat d'où je voyais la mer — grise.

— Tout de même. dit-elle, quelle prise elle avait sur vous, pour vous jeter si haut. Vous avez vécu dans la même maison pendant soixante-cinq ans, Niccolo, et cependant vous êtes un voyageur de ma sorte. Et tandis que ceux qui voyagent en se dirigeant vers un but voyagent en craignant de ne pas l'atteindre (hélas ! je viens de laisser un malheureux jeune homme qui, longtemps encore, courra vers un but qu'il n'atteindra jamais et, Niccolo, ce jeune homme s'appelait Lincoln) — nous qui courons vent arrière, nous pouvons être sans crainte car qu'avons-nous à craindre ? C'est pourquoi vous ne devez pas avoir peur de moi, pas plus que je n'ai peur de vous.

— Je ne sais pas, dit-il après un silence, comment il se fait qu'un voyageur, à la fois chassé et poursuivi, puisse paraître aussi joyeux.

Pellegrina répondit :

— C'est comme cela : la joie est mon élément. C'est pourquoi je désire aussi pouvoir ce soir vous apporter de la joie.

— De quelle façon m'apporteriez-vous de la joie ? demanda-t-il, surpris et comme irrité.

— C'est comme cela, répéta-t-elle. De même qu'il m'est interdit de rester longtemps au même endroit, de même le souvenir m'est interdit. Mais vous, mon ami, qui êtes libre de vous rappeler les choses, repassez ces dernières soixante-cinq années ou même dix ou quinze ans de plus et dites-moi si vous y trouvez une heure où vous avez été heureux ?

— Il n'est pas bon de se rappeler les choses, dit-il.

— J'ai oublié, dit-elle, ce que c'est que se rappeler les choses.

— Et je ne me souviens pas d'heures comme celles dont vous parlez, dit-il.

Il se recueillit longuement. A la fin, et comme si au bout d'une lourde chaîne rouillée il le tirait d'un puits profond, il ramena un souvenir. Quand il était un tout petit enfant au milieu de ses frères et sœurs, il lui semblait que le soir, leur mère, après avoir mis au lit tous ses enfants, avait chanté pour eux.

— Je n'aime pas beaucoup, dit-il en regardant devant lui, écouter les gens parler. Peut-être est-il préférable de les entendre chanter. Peut-être me donneriez-vous de la joie, comme vous dites, si vous vouliez bien chanter pour moi.

— Je voudrais bien le faire, cher Niccolo, dit-elle, mais malheureusement je ne puis chanter.

Dès lors Niccolo ne pouvait penser à rien d'autre qui lui eût donné de la joie. Mais il lui souvint qu'outre le pain, il avait dans sa maison des oignons, du fromage, du vin et il les apporta.

— Je n'ai eu, dit-il, pendant les années dont je vous ai parlé, personne qui soit venu dans ma maison ; je n'ai jamais partagé un repas avec qui que ce soit. Je ne sais plus rompre le pain. Faites-le à ma place.

Elle fit comme il le demandait et lui tendit la moitié de la miche.

— N'est-ce pas une belle main, lui dit-elle, au moment où il lui prit le pain de la main. Les bouches de bien des fous l'ont baisée.

— Je n'aime pas toucher les gens, dit-il. Je n'aime pas les mains.

— Mais je romps le pain avec vous, dit-elle. Je devrais, je crois, dire les grâces comme j'ai entendu le faire : « Seigneur, devrais-je dire, venez-nous en aide afin que, le cœur content, nous puissions pourvoir aux besoins de notre chair que vous avez destinée à la gloire de la résurrection. »

191

— Mais c'est un mensonge, dit le vieillard ; il n'y a pas de résurrection de la chair. Ou bien, dites-moi, madame, comment pourrait revivre la chair qu'ont mangée les poissons ?

Pellegrina lui sourit :

— Je ne suis pas prêtre, Niccolo, dit-elle, mais admettons que je le sois. Je vous répondrais alors que les poissons muets sont, eux aussi, de saintes créatures de Dieu et que notre chair, s'ils la mangent, se trouve confiée à leur garde jusqu'à ce que Dieu en décide autrement ; en attendant elle se trouve bien et en sûreté avec eux.

Le vieillard resta silencieux tout en mâchant ses oignons.

— Et si, demanda-t-il tout à coup, un homme a mangé la chair d'un autre homme ? Si un mauvais homme, un garçon sans rien de bon en lui, a mangé la chair d'un brave et saint homme ? Et bien des années ont passé en sorte que cette chair ne fait qu'une avec la sienne. Comment cette chair pourrait-elle ressusciter ?

— Hélas, Niccolo, dit Pellegrina. La vie est dure et, autour de nous, il se passe dans le monde de tristes choses. Cependant je puis vous dire que le Seigneur aime plaisanter et qu'un *da capo* — ce qui veut dire recommencer la même chose — est une de Ses plaisanteries favorites. Il peut avoir désiré qu'un marin soit fixé au sommet d'une montagne, comme l'était Noé dont le nom commence par la même lettre que le vôtre. Il est bien triste qu'au lieu de la feuille d'olivier je ne puisse vous offrir qu'une brindille de laurier, toute desséchée. Pour compenser, je vous dirai que l'Arche échouée sur son rocher peut fort bien s'être moquée des minces épaves du Déluge, flottant de place en place.

— Vous ne m'avez pas répondu, dit-il, et il la regarda fixement.

— Dans mon cœur je vous ai répondu, dit-elle, mais

je vais vous répondre de nouveau. Hélas, Niccolo, j'ai deviné cela lorsque dans la rue vous avez levé la main dans ma direction — pour frapper ou bien pour vous voiler la face — au moment où j'ai prononcé devant vous le mot de viande. Autour de nous il arrive dans le monde de vilaines choses. J'ai entendu parler de naufragés dans un bateau et l'un d'eux pouvait être un brave et saint homme, et l'autre pouvait être un garçon n'ayant rien de bon en lui qui ne vit pas d'autre moyen de sauver sa vie que de manger la chair de son compagnon mort.

— Oui, cela s'est passé aussi, dit Niccolo après un temps. Nous étions deux qui avions quitté le navire dans une chaloupe, moi-même et le vieil aumônier du navire le *Durkheim*, tous les deux seuls pendant une longue suite de jours, sur une longue suite de vagues grises. Et quand mon compagnon mourut, je n'ai vu d'autre moyen de survivre que de le manger. Je ne voulais pas toucher sa figure et je ne voulais pas défaire ses vêtements. Sa main gauche se trouvait en dessous de son corps. J'ai mangé la chair de sa main droite. Dans la soirée du même jour, j'ai été recueilli par un navire espagnol.

« Je n'ai jamais dit à personne, dit-il après un autre silence, ce que je viens de vous dire. Si en partant vous dites cela aux gens de la ville, ils me chasseront de ma maison et de la montagne à coups de pierres.

— Et alors, dit-elle, je n'aurai pas de maison à vous offrir comme vous m'avez offert la vôtre.

— Allez-vous le leur dire ? demanda le vieil homme, ses yeux pâles fixant le visage de Pellegrina.

Ces mots l'attristèrent si fort qu'elle laissa aller sa tête et que ses longs cheveux tombèrent en avant.

— Je vous ai dit que j'étais votre amie, répondit-elle. Suis-je quelqu'un à toujours trahir mes amis ?

— Je n'ai pas d'amis, dit Niccolo. Je ne connais pas les manières des amis. Allez-vous dire à vos amis ce que je viens de vous dire ?

— Non, dit-elle, c'est à vous que je vais dire quelque chose. Quand l'heure de la résurrection viendra, la main droite de ce brave homme, l'aumônier du navire, vous saisira par les cheveux — et c'est pour cela, Niccolo, que vous les avez conservés si longs et si drus — ou vous prendra aux entrailles et aux tripes pour vous élever avec lui. Et devant vous, vous verrez la chair, dont la pensée vous a poursuivi dans les ténèbres, rayonnante comme le soleil.

— D'où savez-vous cela ? demanda-t-il.

— Je suis venue de loin, répondit-elle, et j'ai loin à aller. Je ne suis qu'une messagère dépêchée pour un long voyage afin de dire aux hommes qu'il y a de l'espoir dans le monde.

— Alors... êtes-vous un ange ? demanda-t-il.

— J'ai été un ange, répondit-elle, mais j'ai laissé mes ailes se dessécher et tomber et, comme vous voyez, je ne peux plus quitter le sol. Cependant vous verrez aussi que je peux encore flotter un peu d'un point à un autre. Mais ne parlons plus de moi. Parlez-moi plutôt du naufrage. Et plus vous pourrez m'en dire là-dessus, Niccolo, plus vous me causerez de joie.

Après un temps, le vieillard se mit à raconter sa longue histoire avec les arrêts et les mots qui ne venaient pas de l'homme qui a perdu l'habitude de parler, avec aussi la mémoire précise des détails d'un homme dont la pensée a ressassé un même sujet, interminablement. Le *Durkheim* prit feu et sombra, en haute mer, au sud du Cap. L'équipage gagna les canots. Au dernier moment le mousse traîna le vieil aumônier à travers les flammes et la fumée et se jeta avec lui dans un dernier canot oublié. Dans ce canot tous deux avaient connu la plus grande détresse, et un matin, l'aumônier mourut.

Pendant ce récit, Pellegrina qui, venant du froid de l'extérieur, s'était rapprochée du feu sur son escabeau, fut prise de somnolence. Cependant, quand le récit fut terminé et que le narrateur eut sombré à nouveau dans le silence, elle le pria de lui en dire davantage sur sa vie. Niccolo lui dit lentement, et toujours par à-coups, qu'il avait été un garçon sauvage et que, tout enfant encore, il avait cassé le nez de sa petite sœur avec un caillou. Comme il racontait sa vie à bord des navires et dans les ports, elle lui demanda s'il avait jamais aimé.

— Non, dit-il, quand le *Durkheim* sombra, je n'avais que quinze ans. Je n'avais jamais embrassé de fille. Et plus tard j'ai pensé que ma bouche était chose trop succulente pour que je la donne aux embrasseuses.

A la fin, Pellegrina, referma les yeux à deux reprises.

— Niccolo, mon ami, dit-elle, je pourrais passer toute la nuit assise ici à vous écouter. Mais ce long voyage m'a fatiguée et j'ai besoin de sommeil. Montrez-moi un endroit où je puisse m'étendre pendant deux heures.

Niccolo la regarda, regarda autour de la pièce et se leva de sa chaise. Il n'y avait pas de lit dans la pièce, seulement un grabat fait de peaux de chèvres, sur le sol.

— Je n'ai que ce lit à vous offrir, dit-il, et vous devez être habituée à un lit de soie. Mais couchez-vous ici et n'ayez pas peur de moi, je ne vous ferai aucun mal.

— Et où dormirez-vous, vous-même ?

— Je ne dors jamais pendant toute une nuit d'affilée, répondit-il en soupirant, je me réveille plusieurs fois, je sors et je vais voir si les vents soufflent du sud ou du nord, de l'est ou de l'ouest, puis je reviens. Je veillerai au feu en sorte que la pièce ne sera pas froide lorsque vous vous éveillerez demain.

Après son lit moelleux de Rome, le contact des peaux de chèvres étendues sur le sol dur plaisait à Pellegrina. Mais voyant le vieillard souffler sur son feu, elle se rappela tous les niais qui avaient partagé ce lit et sentit de nouveau combien la solitude de Niccolo était semblable à la sienne.

— Non, dit-elle, couchez-vous ici, à côté de moi. Vous m'avez dit que je ne devais pas avoir peur de vous. La mèche achève de se consumer, ne vous occupez pas du feu et étendez-vous pour dormir aussi tranquillement qu'au temps où, petit enfant, vous reposiez auprès de votre mère qui chantait pour vous.

Laborieusement, le vieillard lui obéit, d'abord à genoux, puis allongé. Pendant un temps bref et d'une façon imprécise, le visage de Lincoln, qui le dernier s'était étendu auprès d'elle, traversa l'esprit de Pellegrina : « Pourquoi la pitié des humains, se demanda-t-elle en repoussant cette image, doit-elle toujours me sucer la moelle des os ? »

Elle dit dans l'obscurité :

— Niccolo, mon petit garçon, je sais que tu as volé des pommes, cassé le nez de ta petite sœur et mangé de la viande d'homme. Mais il n'y a rien qui nous sépare quand même et nos deux têtes peuvent reposer sur le même oreiller.

Un mouvement puissant et silencieux traversa l'énorme et rude corps masculin proche du sien : c'était comme si à l'intérieur, les os commençaient à se rompre. Il leva un bras et le laissa tomber lourdement à travers la poitrine de Pellegrina. La grosse tête suivit le bras, il l'enfonça dans la fraîche chevelure et, plus bas, dans la douceur du sein, pendant un instant, tel le nourrisson qui cherche le sein maternel et se presse contre lui. Dès que se relâcha le spasme de son corps et qu'il se détacha d'elle, il s'endormit. Un peu plus tard, elle dormait également. Deux ou trois fois durant la nuit elle s'éveilla, entendit son ronflement grave et profond.

Quand elle se réveilla il faisait jour : elle regarda autour d'elle pour voir où elle se trouvait. Une bassine d'eau fraîche était placée près de la couche ; elle se lava la figure, se donna un coup de peigne. A ce moment le vieillard revint avec un pot de lait de chèvre chaud en lui souhaitant le bonjour.

Elle le regarda tout en buvant :

— Maintenant je vais m'en aller, Niccolo, dit-elle, je vous remercie du pain et des oignons, du vin, du lait et du toit.

— J'aimerais mieux que vous restiez, dit-il.

— Ne parlez pas ainsi. Ces paroles me blessent les oreilles, et ne les ont déjà que trop blessées.

— Quels mots dois-je donc employer pour ne pas les blesser ?

— Si vous êtes mon ami, dit-elle, si vous souhaitez me venir en aide, vous répondrez à la question qui me rend la vie intolérable.

— Si je peux, je répondrai.

— Dites-moi s'il me faut aller à droite ou à gauche.

Il réfléchit à la question.

— Et si je vous le dis, suivrez-vous mon avis ? demanda-t-il. Prendrez-vous la peine de vous dire, lorsque vous vous dirigerez vers l'endroit où vous irez, que vous y serez parvenue et que vous vous y assiérez : « Niccolo m'a dirigée par ici. »

— Oui, répondit-elle. Maintenant Niccolo, vous à qui il est permis encore de vous souvenir, ajoutez votre poids à celui des forces qui me poussent en avant. Cela me fera du bien où que j'aille et quels que soient les endroits où je m'asseye pour me reposer de penser : « C'est la direction indiquée par Niccolo. »

Il retourna de nouveau la question dans sa tête.

— Vous êtes une dame, dit-il, pas habituée à marcher dans la montagne. Bientôt vous désirerez vous asseoir dans une maison. Mais quelle que soit la maison où vous entrerez, les gens vous demanderont qui vous êtes. Et vous ne direz pas qui vous êtes.

— Je ne puis dire qui je suis.

— Je ne connais qu'une maison, dit-il après un temps, où les gens puissent aller sans que personne leur demande qui ils sont.

— Quelle est cette maison ? demanda-t-elle.

— C'est une église, dit-il.

197

Elle rit.

— Fréquentez-vous les églises, Niccolo ?

— Non, répondit-il. Il y a soixante-cinq ans que je ne suis pas entré dans une église. Mais quand j'étais enfant, ma mère m'y menait, et quelquefois dans les ports, l'aumônier du navire m'emmenait avec lui.

— Et alors, quelles sortes de maisons sont ces églises ? demanda-t-elle encore.

— Ce sont des maisons étranges, dit-il, car on les appelle les maisons de Dieu, cependant les portes sont toujours ouvertes aux gens et pour eux il y a des sièges à l'intérieur. Et là quelqu'un attend les arrivants. Son nom est Jésus et le Christ, les deux noms, et Il est Dieu et homme en même temps.

— Hélas, dure destinée, dit-elle. Moi aussi j'ai entendu parler de Lui. Il aurait été bon de Lui parler car Il était courtois au plus haut point et disait aux gens des choses qu'ils auraient dû être heureux d'entendre. Il disait : « Soyez donc parfaits. » Et je vous dis, Niccolo, qu'il n'est pas un chanteur au monde qui ne brûle d'entendre prononcer ces mots. Cependant Il a beaucoup souffert, encore plus que nous. Car en Sa qualité de Dieu Il a connu le terrible entêtement de l'Homme, ce qui peut bien être incompréhensible pour un Dieu. Et en sa qualité d'homme, il a connu aussi le terrifiant caprice de Dieu, incompréhensible pour l'Homme.

— Chut, fit le vieillard, visiblement épouvanté. Vous ne devez pas parler ainsi. Des paroles comme les vôtres sont réputées hérésie et si les gens de la ville les entendaient, ils vous jetteraient la pierre, à vous aussi.

— Non, Niccolo, dit Pellegrina, j'ai dit ces choses à Dieu, je puis aussi bien les dire aux hommes.

— Ne croyez pas cela, dit Niccolo de plus en plus effrayé. On peut prendre avec Dieu beaucoup plus de libertés qu'avec les hommes. Et parce qu'Il est Dieu, ce faisant, on L'honore même.

— Nous n'allons pas nous disputer à propos de

théologie, Niccolo, dit-elle. Dites-moi plutôt si l'église dont vous parlez est à droite ou à gauche.

Le vieillard prit la clé à son clou, ouvrit la porte, sortit avec son invitée de la nuit pour lui expliquer quel chemin prendre. Il tombait une bruine fine. Pellegrina, tout en écoutant le vieillard, releva sa jupe de la main gauche pour descendre le sentier boueux.

Quand Niccolo eut fini de lui donner ses indications, il se tut.

— Vous m'avez dit la nuit dernière, déclara-t-il enfin, que les bouches de bien des imbéciles avaient baisé votre main.

— Oui, dit-elle, bien des bouches folles, pleines de frivolité et de flatterie.

Le vieillard tâtonna pour chercher la main droite de Pellegrina et la porta à ses lèvres.

— Et, dit-il, ma bouche, que vous avez amenée à vous dire la vérité, a maintenant baisé votre main.

— Adieu, dit-elle.

— Adieu, madame, dit-il.

C'était un dimanche matin et la fête du Rosaire. Dans le plus haut du ciel mouillé, les cloches s'ébranlaient : ceux qui allaient à l'église portaient des parapluies et ici et là, dans les rues étroites, se cognaient les uns aux autres. Pellegrina fit route avec eux et atteignit la petite place où l'église était située. Sous le porche, elle s'arrêta un instant : devant elle, malgré les cierges, la nef paraissait sombre. Mais elle se rappela que, pour une fois, elle avait reçu un conseil sur la direction à prendre et qu'elle n'avait qu'à le suivre.

Les enfants de chœur entonnèrent le Kyrie et, assise sur sa chaise, Pellegrina commença à sentir le froid du lieu et autour d'elle les odeurs des vêtements mouillés et des corps humains : elle souhaita que l'office prît fin.

Mais comme à l'offertoire s'arrêtait le braiement aigu et innocent des jeunes voix, un timbre pur lança les premières notes du *Magnificat*. Toute seule, lâchée par les autres voix et les laissant derrière elle, la voix enfantine monta jusqu'à la voûte de l'église pour en rejaillir de plus belle.

Un instant plus tard, une dame de l'assistance tombait à genoux, la tête sur le rebord du *prie-Dieu*[1]. Près d'elle quelques femmes s'agitèrent, la croyant atteinte d'un mal subit, puis, la voyant en robe de soie, se dirent : « Une grande pécheresse, venue dans notre église du vaste monde extérieur, s'est abattue sous le poids du péché », et elles se rassirent.

Mais aucun poids n'avait frappé Pellegrina. Son corps s'était détaché d'elle tel un vêtement en même temps que son âme s'élevait avec le chant. Elle connaissait cette voix : celle de la jeune Pellegrina Leoni.

En entendant les premières notes elle n'en avait pas cru ses oreilles. Elle avait levé la main pour arrêter le chant. Puis au moment du « Désormais toutes les générations m'appelleront bienheureuse », elle avait été pénétrée par le son et le timbre, remplie d'une immense joie. Elle avait nagé dans la lumière. Puis elle s'était écriée dans son cœur : « O douceur, douceur de la vie, je salue ton retour. » Puis encore, elle avait éclaté de rire. Comprenant qu'il était inconvenant de rire dans une église, elle porta son mouchoir à son visage et quand elle le retira, il était trempé de larmes.

Longtemps même après que le jeune chanteur eut terminé sa partie, alors que l'âme de Pellegrina réintégrait lentement son corps, elle resta à genoux. Au moment où, enfin, elle leva les yeux et regarda autour d'elle, le prêtre avait lu le dernier Evangile et l'église était presque vide. Mais une petite fille avec deux longues tresses noires et qui s'était assise à sa

1. En français dans le texte. *(N.d.T.)*

gauche restait à côté d'elle, inquiète à l'idée que la belle dame inconnue était morte peut-être. Comme Pellegrina se levait lentement, ses yeux rencontrèrent ceux de l'enfant et si rayonnante de bonheur était la figure de la femme que celle de l'enfant, tel un reflet dans un miroir, s'épanouit en un sourire.

— Qui a chanté le Magnificat ? demanda Pellegrina.

— C'est Emanuele, répondit l'enfant d'une voix basse et douce.

— Qui est Emanuele ? demanda Pellegrina.

— Emanuele est mon frère de lait, dit la petite fille.

A ce moment, le groupe des enfants de chœur sortant de l'église passa devant elles deux. La petite fille désigna l'un d'eux. « Voici Emanuele », souffla-t-elle. Pellegrina essaya de voir le visage qu'on lui montrait mais tout dansait devant ses yeux. Il passa et sortit.

La petite fille restait à côté d'elle.

— Comment t'appelles-tu ? lui demanda Pellegrina.

— Isabella, répondit l'enfant.

— Je reste encore un moment, Isabella, dit Pellegrina. J'ai été prise de vertige il y a un instant, je ne sais pourquoi.

L'après-midi du même jour Pellegrina se logea en ville chez une vieille fille nommée Eudoxia, dernier rejeton d'une famille qui avait vécu pendant deux cents ans dans cette même maison haute et étroite. Eudoxia était dentellière. Quand elle fut seule à habiter dans la maison, qu'elle eut les jambes trop raides pour monter l'escalier, elle coucha et fit sa cuisine au rez-de-chaussée où était la boutique. L'étage supérieur restait vide, meublé de vieux lits et de vieux sièges, rongés aux vers, et fanés. Des fenêtres de cet étage, on jouissait d'une vue étendue sur les pentes des montagnes voisines et de la plaine à leur pied.

Une semaine durant, Pellegrina s'assit devant ces

fenêtres et regarda au-dehors. Bien des pensées lui traversaient la tête. Elle se disait : « Il est étrange que j'aie su, dès mon arrivée ici, que cette ville était un endroit où l'on pouvait faire halte. » Et un autre jour, se souvenant du groupe des garçons du village parmi lesquels Isabella lui avait désigné le chanteur du *Magnificat :* « Ainsi tu as, ô voix que j'ai perdue, élu domicile en une jeune poitrine, la poitrine d'un petit paysan des montagnes auprès duquel j'aurais pu passer en voiture sans le remarquer, quand, à flanc de coteau, il gardait les chèvres de son père. Les dieux se déguisent, les rusés, et, quand il leur convient, revêtent la peau de chèvre ou celle du mouton. »

Le gros chat gris de la propriétaire avait pris Pellegrina en affection et venait s'étendre sur le rebord de sa fenêtre : il décidait même la vieille fille à grimper les étages. Pour Eudoxia, sa pensionnaire avait pris le nom de signora Oreste et expliqué qu'elle était veuve d'un professeur de chant à Rome, célèbre dans le monde entier, qui, en son temps, avait donné des leçons à la fois aux grands chanteurs et aux princes et avait parcouru l'Europe, de cour en cour. A présent, ajoutait-elle, elle relevait de maladie et, sur l'avis des médecins, s'était arrêtée dans cette ville de montagne en raison de l'excellence de son air et de son eau ; peut-être, quelque jour, rendrait-elle le nom de la localité aussi célèbre que celui de son mari.

Au bout d'un certain temps, Pellegrina s'enquit d'Emanuele. La vieille femme aborda le sujet avec une solennité inattendue. Emanuele, dit-elle, était un tison tiré du feu. Son père, qui était un cousin éloigné d'Eudoxia, et sa mère, originaire de Milan, avaient autrefois été propriétaires d'une ferme à quelque distance de la ville. Il y avait douze ans de cela, alors que le garçon n'était qu'un bébé, une chute de rochers avait écrasé la maison, les étables et les communs, le mari et la femme avec leurs deux petites filles ; les ânes, le bétail, les chèvres, tout avait péri. Le frère cadet de la femme, qui habitait avec la famille, avait eu les deux jambes broyées sous les pierres. Mais dans la matinée l'enfant avait été trouvé au milieu des ruines, indemne et criant de faim. Un vrai miracle. En des temps très anciens, expliqua Eudoxia, la ville avait possédé un prêtre qui opérait des miracles et dont les habitants avaient voulu faire un saint. Une délégation avait accompli le long voyage de Rome pour voir le Pape à ce sujet mais il n'en était rien sorti. A travers ce récit, Pellegrina comprit qu'il subsistait de cette époque une amertume dans le cœur de la ville en même temps que l'attente mystique d'une réparation. Nombreux étaient ceux qui croyaient que l'enfant avait été épargné et élu par la Providence pour accomplir de grandes choses, et que la ville n'avait pas perdu tout espoir de posséder un saint, né sur son territoire. Pietro Rossati, le podestat, veuf et homme pieux, avait pris le petit garçon chez lui et l'avait élevé avec son unique enfant. Emanuele, pensait Eudoxia, deviendrait peut-être prêtre. Peut-être, aussi, épouse-rait-il la fille de Pietro. Dans ce cas il ferait un mariage au-dessus de sa condition, mais Pietro ne refuserait pas la main de sa fille à un époux choisi par la main de Dieu. Et Eudoxia montrait du doigt l'endroit où s'élevait la ferme détruite.

Quand la vieille femme fut partie, Pellegrina regarda ce même endroit.

« On m'a raconté, pensa-t-elle, l'histoire du Phénix qui se consume lui-même dans son nid et dont l'œuf unique est couvé par le soleil car il ne peut jamais y avoir au monde plus d'un Phénix : c'est une vieille histoire. Mais Dieu apprécie le *da capo*. Il y a douze ans, ce garçon était encore un bébé ; il peut être né au moment même où brûlait l'Opéra de Milan. Est-ce que cet incendie aurait, en réalité, été allumé par ma propre main ? Et la mort dans les flammes du vieux Phénix et la naissance radieuse du jeune oiseau ne seraient-elles qu'un seul et même événement ? »

Ainsi elle allait recouvrer sa voix des anciens jours et la rendre aussi parfaite qu'elle l'avait été autrefois. Elle allait apprendre à chanter au jeune Emanuele.

Elle savait qu'elle n'aurait devant elle que peu de temps. D'ici trois ou quatre ans, en effet, la voix se casserait. Avant cette époque la voix de Pellegrina serait entendue à nouveau dans le monde dans ce *da capo* céleste que l'on appelle aussi la Résurrection. Le Chris lui-même — elle s'en souvint — lorsqu'il s'était levé de Son tombeau, n'avait vécu que quarante jours parmi Ses disciples, mais c'est avec ces quarante jours que le monde entier avait bâti Sa religion. Le public, loges dorées, parterre et galeries, une fois de plus entendrait Pellegrina chanter. Il témoignerait de ses propres oreilles du miracle et sur ce miracle bâtirait l'espoir du salut. Elle-même, se demandait-elle, ne serait-elle pas le premier soir de l'apparition d'Emanuele, bien cachée dans une galerie, vieille femme inconnue en châle noir, cadavre dans le tombeau assistant à sa propre résurrection ?

Elle se demanda encore : « Ai-je voyagé pendant treize ans non pas, comme je l'ai dit à Niccolo, en fuyant mais en réalité en me dirigeant à vol d'oiseau vers le but ? »

Lentement et soigneusement, de même qu'aux anciens jours, quand avec le conseil de Marcus Cocozza, elle avait appris et fait sien un rôle nouveau, ainsi elle s'était mise à la tâche et elle travaillait. Ce dernier rôle qui lui était confié par le directeur du Théâtre était le plus beau de tout le répertoire, en lui-même chose divine. Pour ce rôle elle ne devait se permettre ni négligence ni repos. Peu importait qu'elle mourût au terme de la rémission qui lui était ainsi accordée.

Elle fit venir un piano de Rome. On l'apporta par la même charrette — attelée d'un cheval et d'une mule — qui l'avait elle-même amenée à la ville. Il fallut dévisser les pieds pour monter l'instrument dans l'escalier et cela fit sensation dans toute la rue. Elle regarda le piano pendant quelques instants puis frappa une touche. Les jours suivants, elle se remit à en jouer et, pour l'entendre, il se formait un attroupement sur la terrasse, derrière la maison.

Elle attendait toujours, assise dans son logement. Elle, de nature peu modeste, se trouvait intimidée à l'idée d'affronter l'enfant de l'église qui possédait sa propre voix et elle se préparait à cette entrevue en chassant de sa nature toute dureté indigne de cette voix retrouvée.

A la fin de la semaine, elle se décida à agir et, dans tout ce qu'elle ferait, à se conduire en personne raisonnable.

Elle écrivit au podestat qu'elle lui ferait visite, mit une jolie robe et un chapeau et se rendit à sa maison. Elle lui indiqua son nom et sa situation comme elle l'avait fait avec Eudoxia, lui dit qu'elle avait entendu son fils adoptif chanter à l'église et qu'à titre gracieux, elle offrait pendant la durée de son séjour au village de prendre l'enfant comme élève. Car, dit-elle, ce serait une bonne chose pour lui, s'il devait devenir prêtre, de bien chanter à l'église. Elle parla avec l'aisance légère d'une grande dame de Rome et le podestat l'écouta à la manière réservée et respectueuse d'un villageois. Mais en raison de l'importance que sa démarche avait à ses propres yeux, Pellegrina se demanda si, au plus profond de son propre esprit, le père adoptif d'Emanuele ne sentait pas qu'ils venaient tous deux de conclure un accord pour la possession d'un vase d'élection. Elle lui fit promettre d'amener l'enfant chez elle.

Ainsi Pellegrina et Emanuele se rencontrèrent-ils dans la pièce où se trouvait le piano. Pendant les premières minutes elle parla sans le regarder, s'appuyant de la main sur la table et gardant les yeux fixés sur Pietro. Quand enfin elle tourna son regard vers celui qui avait vécu si intensément dans sa pensée et qui y avait existé à la fois en tant que voix chantante et divinité, elle s'aperçut que c'était un enfant. Il avait la figure ronde et claire, les yeux bleus, une énorme chevelure noire, il était solidement bâti avec de longs bras et des mains courtes et il se tenait droit. Il était — elle le sentit — moins intimidé par elle qu'elle ne l'était par lui.

Mais quand après avoir parlé à Pietro pendant un moment, elle regarda l'enfant plus longuement, elle fut envahie d'une douce et profonde satisfaction. Elle savait qu'avant de commencer ses leçons il lui faudrait déterminer si la poitrine de son élève était assez large, sa bouche assez grande, son palais assez haut, ses lèvres assez douces et sensibles, sa langue souple, ni trop longue ni trop courte. Elle voyait maintenant que sur tous ces points, le jeune chanteur qui se tenait devant elle était sans défaut. Sa poitrine était comme un panier d'osier rempli d'herbes et de légumes, son cou était une forte colonne. Elle-même sentit se gonfler ses poumons à elle et lui communiquer le souffle et sa langue à lui dans sa bouche à elle. Peu après, elle le fit parler, le força à la regarder dans les yeux ; elle éprouva, comme souvent auparavant, le pouvoir de sa beauté et de son esprit sur un jeune mâle ; elle eut dans le cœur un cri de triomphe : « J'ai imprimé ma griffe sur lui. Il ne m'échappera plus. »

Au cours de cette première entrevue, elle frappa quelques notes sur le piano et les fit reprendre par son élève. Le son de la voix l'émut aussi profondément qu'il l'avait fait dans l'église mais, cette fois, elle y était préparée ; la voix tomba comme la pluie sur un labour desséché. On prit jour pour la première leçon d'Emanuele et l'homme et l'enfant, la casquette à la main, descendirent l'escalier.

Après la seconde leçon, Pellegrina pensa : « Je suis comme un virtuose qui se sert d'un instrument unique — il le connaît à fond, ses doigts ne font qu'un avec les cordes et il le reconnaîtrait entre mille ;

cependant il ne peut évaluer l'ampleur de ses possibilités, et il doit être préparé à tout. »

A la fin de la troisième leçon, Emanuele, au moment
de partir, s'arrêta sur le seuil et se tint droit, les yeux
fixés sur Pellegrina, mais sans souffler mot.

— Veux-tu me demander quelque chose ?
demanda-t-elle.

Il secoua la tête comme s'il se répondait à lui-même.

— Non, dit-il, non pas vous demander quelque
chose. Vous dire quelque chose.

— Alors, dis-le-moi, dit-elle.

— Je sais qui vous êtes, dit-il.

— Qui je suis ? demanda-t-elle.

— Vous n'êtes pas la signora Oreste, de Rome. Vous
êtes Pellegrina Leoni.

Ces mots que, pendant treize ans, Pellegrina Leoni
avait redoutés plus que la mort, dans la bouche de
l'enfant avaient maintenant perdu leur amertume.

Elle dit :

— Oui, c'est moi.

— Je le savais, dit-il. Luigi, le frère de ma mère, m'a
parlé d'elle. Il ne parlait d'elle à personne d'autre. Il
avait été à son service dans sa propriété près de Milan
et il disait : « Les gens croient qu'elle est morte mais il
n'en est pas ainsi car Pellegrina Leoni ne peut mourir.
Et je la reverrai. » Plus tard il m'avait encore parlé
d'elle et dit : « Non, je sais maintenant que je me suis
trompé. Je ne la reverrai jamais. Mais toi, tu la
verras. » Il m'avait expliqué comment je pourrais la
reconnaître : « A sa démarche. Et à ses mains longues.
Et à sa gentillesse envers le petit peuple et les pauvres
gens. Et quand tu la verras, pense à moi. » J'ai pensé à
Luigi, maintenant qu'enfin vous êtes venue ici, vers
moi.

— Luigi, répéta Pellegrina. A ce moment elle
s'aperçut avec surprise que l'interdiction de se souvenir était levée quand elle se trouvait avec Emanuele.
Oui, Luigi a été à mon service. Il riait, tous mes

207

domestiques riaient. Quand je rentrais de l'Opéra il mettait mes fleurs dans l'eau. Je revois sa figure maintenant, riant au-dessus de monceaux de roses. En effet Emanuele tu lui ressembles un peu : mais c'est un secret entre nous trois.

— Non, dit l'enfant, Luigi est mort. Maintenant c'est moi qui serai Luigi. Et personne d'autre que moi ne le saura.

Dans le cours des mois suivants deux sortes de bonheurs oubliés revinrent chez l'exilée et, jour après jour, s'épanouirent en elle.

Le premier de ces bonheurs était que le dur travail était une fois de plus revenu dans son existence. Car Pellegrina était, par nature, une vieille femme laborieuse, robuste, infatigable et, dans les jours où elle était encore libre de choisir, l'oisiveté lui avait paru abominable. Après tant d'années où son seul souci avait été de ne pas laisser de traces sur le sol qu'elle quittait, il lui était permis à nouveau aujourd'hui d'y enfoncer profondément les pieds, de tirer son fardeau. Le travail lui guérissait le cœur et le libérait.

Les leçons, la préparation de celles-ci, lui prenaient le plus clair de ses journées et la tenaient éveillée la nuit. Les difficultés mêmes qu'elle rencontrait étaient pour elle une source d'inspiration et elle riait toute seule en se rappelant ce qu'autrefois Marcus Cocozza avait dit d'elle : « Devant elle, la peine se change en joie. Elle a le cœur dur comme la meule d'un moulin, celle d'en dessous. Elle a les narines qui soufflent le feu et de sa bouche il sort une flamme. » Encore ne rencontrait-elle pas de bien grandes difficultés. L'instrument s'abandonnait sans réserve entre ses mains. Par moments, cette docilité lui causait même quelque inquiétude, comme le signe d'une nature trop molle. « Mets-toi bien dans la tête, Emanuele — ainsi le mettait-elle en garde — que seuls les métaux durs rendent un son. »

Elle ne se préoccupait plus de la brièveté du répit.

Car ici, dans les montagnes, le temps lui-même était comme l'air d'une matière plus riche que dans la plaine, et plus elle en donnait, plus elle en avait. Il arriva qu'Emanuele amena chez elle la petite Isabella. Elle parlait avec l'enfant et jouait avec elle et l'heure de la leçon n'en était pas abrégée. La vieille Eudoxia commença à se sentir fière de sa locataire riche et distinguée ; elle en parla abondamment à ses amis, présenta quelques-uns d'entre eux à Pellegrina et la grande dame de Rome trouva le temps de parler à tous avec gentillesse. Des explications qu'Eudoxia lui donna sur ses voisins et sur leurs parents, Pellegrina retint que depuis plusieurs siècles les habitants de la petite ville se mariaient entre eux. Quand elle les connut mieux, elle s'aperçut qu'ils étaient devenus tous semblables. Le crâne de plus en plus étroit et le visage de plus en plus inexpressif. Beaucoup d'entre eux étaient atteints d'un léger strabisme. Un jour le vieux curé, louchant lui aussi, vint lui rendre visite : il parla avec éloquence des besoins de ses pauvres et de ses malades et, en descendant l'escalier, le vieil homme éprouva l'amer regret de ne pas avoir demandé le double à une personne si riche et si prête à donner.

Une fois, elle aperçut Niccolo dans la rue, marchant à pas lents et égaux, dans ce même manteau qu'il portait le jour où elle l'avait vu pour la première fois. Mais il ne la vit pas.

Le second bonheur qui, dans cet ample décor de montagnes, échut à Pellegrina fut son amour pour son élève. Il y avait dans cet amour à la fois de l'adoration, du triomphe et une tendresse infinie.

Obsédée par son désir de donner, elle agissait avec l'enfant appelé à profiter de ses dons comme une lionne avec son petit. Ses mains ne pouvaient quitter les cheveux épais d'Emanuele, elle les tirait et les enroulait autour de ses doigts. Elle lui serrait la tête de ses bras, l'appuyait contre sa poitrine. Pellegrina n'avait jamais rêvé d'avoir des enfants à elle mais, il y a de cela longtemps, elle avait plaisanté avec Marcus Cocozza à l'idée du grand oiseau chanteur entouré d'une nichée de petits braillards, le bec ouvert. Maintenant elle pensait : « Il est donc dit que c'est dans ce village de montagne que je m'établirai nourrice. Quels étranges nourrissons ! Un vieux requin édenté et un jeune cygne. » Puis, une quinzaine plus tard, l'enfant avait grandi à ses yeux, il était devenu son jeune frère, le Benjamin chéri à élever dans la splendeur d'Egypte. Pendant cette période fraternelle elle fut frappée par une nouvelle ressemblance de famille entre lui et elle ; dès le début ils n'avaient eu qu'une seule voix et maintenant que cette voix envahissait toujours plus l'être entier d'Emanuele, ses traits prenaient avec ceux de Pellegrina une ressemblance émouvante. Il grandit encore et elle se dit : « Dans trois ans nous deux ne ferons plus qu'un et tu seras mon amant, Emanuele. »

A plusieurs reprises un détail dans le caractère de l'enfant l'intrigua ou la contraria : son goût pour le rire. Elle était elle-même une personne rieuse et Marcus Cocozza lui avait cité Homère parlant de la déesse Aphrodite qui aime le rire. Elle en inventait ou elle en trouvait les occasions. Emanuele, lui, riait sans raison apparente et, semblait-il, sans pouvoir s'arrêter, telle une boîte à musique emballée. Parfois ce fou rire éclatant la charmait, tel le gazouillis exubérant de l'oiseau perché sur la branche, mais, à d'autres moments, quand chaque mot d'elle ou de lui-même provoquait son rire, elle lui faisait les gros yeux et lui disait : « Cesse de rire, c'est bête. Cela ne veut rien dire et cela te transforme en clown », ajoutant à part soi : « Es-tu l'idole ou... l'idiot du village ? »

L'enfant s'abandonnait à sa tendresse comme il s'abandonnait à son enseignement, sans surprise ni réserve. Malgré la sauvagerie de leurs embrassements, il demeurait toujours en eux une grande dignité et un profond respect mutuel ; donner et recevoir était le rite mystique et l'initiation.

Une fois, à la fin d'une leçon, elle pensa : « S'il venait à mourir maintenant, je mourrais avec lui. » Au même instant il tomba à genoux devant elle, leva les yeux vers son visage et dit : « Si vous veniez à mourir, je mourrais aussi. »

N'empêche, il lui arrivait de se demander jusqu'à quel point elle connaissait son élève. On retrouvait toujours dans le comportement d'Emanuele et dans son attitude envers son entourage la grandeur de cette conviction dans laquelle il avait été élevé : que dans son milieu il était le Choisi et l'Elu. Chez un être aussi jeune cela était étrangement impressionnant et émouvant. Venaient ensuite son don et son sentiment exceptionnels de la musique, la profonde, l'extraordinaire musicalité de sa nature. Celle-ci contenait-elle davantage, elle n'en savait rien, ni si elle l'eût souhaité.

Elle avait entendu la voix de l'enfant avant de connaître son histoire ; à ses yeux, dès le début, les deux n'avaient fait qu'un, et sa carrière de chanteur lui avait paru une vocation. Mais elle en vint à douter qu'il en fût ainsi pour lui-même. Il était possible qu'il eût accueilli n'importe quel appel de l'extérieur avec la même innocence et la même sincérité et qu'il se fût ingénument attendu à être reçu avec des fanfares quelle que fût la carrière choisie. Un jour qu'il avait chanté avec une suavité, une pureté particulière, il lui dit qu'il voulait une flûte aux clés d'argent.

Pendant ces mois de travail et d'amour où elle faisait de son élève un être sans âge, Pellegrina, elle-même, devenait sans âge avec lui. A certaines heures, elle paraissait voûtée, fanée, infiniment sage, telle une grand-mère, à d'autres, elle avait le visage d'une jeune fille de dix-sept ans.

Un jour elle parla à Emanuele de la grandeur et de la gloire qui l'attendaient. Bien que depuis le jour où il

211

lui avait dit qu'il savait qui elle était, aucun d'eux n'eût prononcé le nom de Pellegrina Leoni, elle lui avait cependant parlé librement du passé, avait comparé sa voix à la sienne et son travail au sien à l'époque où on lui avait appris le chant. Mais il arriva que ce jour-là la petite Isabella était présente, aussi ce fut d'une manière impersonnelle qu'elle parla des triomphes d'un grand chanteur, de son pouvoir sur les puissants de la Terre et de l'or et des fleurs jetés à ses pieds. Elle raconta aux enfants comment le public enthousiaste avait dételé les chevaux de la voiture d'un chanteur bien-aimé, et s'y était attelé pour la traîner à travers la ville. Elle vit que ces perspectives sur son avenir fascinaient et égayaient l'enfant, mais qu'en fait elles ne signifiaient pas grand-chose pour lui. Il ne connaissait pas les grandes villes qu'elle lui citait, c'est à peine s'il comprenait ces mots de princes, de cardinaux et de cours; cette localité montagnarde représentait pour lui le monde, c'était là qu'il entendait remplir sa destinée. Sur Isabella les paroles de Pellegrina portaient davantage : elle devenait pâle en les entendant et son œil noir se dilatait. Peut-être, pensait Pellegrina, la petite fille s'alarmait-elle à l'idée d'une grande dame emmenant avec elle son frère de lait loin de son propre univers. « Mais qu'on la laisse aller avec lui, pensait Pellegrina. Qu'on la laisse le suivre partout où il ira. Son innocence et sa grâce feront sensation dans toutes les cours d'Europe. »

Afin, désormais, de donner à Isabella le goût de ces cours, Pellegrina para pour elle une grande et belle poupée. Elle acheta à Eudoxia de la dentelle et des rubans de soie et fit de la robe de la poupée une réplique de celle qu'elle-même portait dans le plus beau de ses rôles. Autrefois elle avait été habile dans les travaux d'aiguille et aujourd'hui elle couvrait la robe à traîne d'une poupée de cire de perles et de paillettes, telles des étoiles sur un ciel d'hiver et, pour finir, elle surmonta sa tête d'une grande couronne dorée. Elle se préparait à faire chercher Isabella et à lui remettre la poupée. Au moment où elle s'employait à bien fixer la couronne, la petite fille frappait à la porte. Elle n'était jamais venue seule jusque-là. Elle était grave et avant de parler elle lissa les plis de sa jupe avec la main.

— Je suis venue, madame, pour vous dire adieu, dit-elle. Car je m'en vais loin.

— Où vas-tu, Isabella ? demanda Pellegrina avec étonnement.

— A Greccio, répondit Isabella.

Pellegrina sourit à l'idée que Greccio fût loin car elle voyait cette ville de ses fenêtres. Mais Isabella poursuivit gravement en l'informant qu'à Greccio elle avait une tante qui était religieuse et que les religieuses de Greccio tenaient une école de filles. Elle désirait entrer dans cette école. « Et quand je serai assez grande, dans cinq ans, annonça-t-elle, je deviendrai religieuse aussi.

— Religieuse ? s'exclama Pellegrina. Qu'est-ce qui te donne envie de devenir religieuse ?

— Je serai religieuse, dit Isabella, afin de pouvoir prier pour quelqu'un pendant toute la journée.

— Pour qui ? demanda Pellegrina.

— Pour Emanuele, répondit Isabella.

Pellegrina laissa ses mains retomber sur la poupée qu'elle tenait sur ses genoux.

— Comme tu as raison, dit-elle, comme tu as raison, Isabella. C'est la seule chose à laquelle je n'avais pas songé : que quelqu'un doive prier pour lui. Cela l'aidera certainement. Tu es plus sage que moi.

Elle leva la poupée et la plaça sur la table.

— Regarde, dit-elle, j'ai fait une poupée pour qu'elle aille à Greccio avec toi. Beaucoup de mon amour l'accompagnera maintenant que je sais que tu vas prier pour Emanuele.

Isabella laissa la poupée sur la table sans la toucher

mais sous ses longs cils, ses yeux, telles des gouttes noires, glissèrent de la couronne aux petits souliers. Elle poussa un long soupir d'adoration.

— Peut-être, dit-elle tristement, qu'on ne me permettra pas d'avoir une poupée avec moi à Greccio, une grande et belle poupée comme celle-là.

— Mais ne vois-tu pas, demanda Pellegrina, que ce n'est pas une poupée ordinaire ? C'est sainte Cécile, patronne de la musique, avec une couronne céleste sur la tête. Grâce à elle tous les cœurs humains sont élevés et bénis.

Isabella ne bougea toujours pas mais ses yeux allèrent de la poupée au visage de Pellegrina.

— A Greccio, dit l'enfant, je ne prierai pas seulement pour Emanuele.

— Pour qui d'autre vas-tu prier, Isabella ? demanda Pellegrina.

La petite fille se déroba :

— L'autre jour, dit-elle, quand vous avez raconté à Emanuele tout ce qui arrivait de beau aux grands chanteurs, et les cadeaux qu'on leur offrait et les milliers de personnes qui les aimaient, je me suis dit que peut-être vous décriviez si bien tout ça, parce que cela vous était arrivé à vous-même.

— Non, dit Pellegrina, doucement, toutes ces choses, ma chère enfant, ne me sont jamais arrivées à moi-même. Car je ne sais pas chanter. J'ai seulement connu beaucoup de ces chanteurs célèbres, c'est pourquoi j'en parle.

— J'ai pensé, madame, poursuivit la petite fille, qu'après avoir vu et connu toute la gloire du monde vous êtes venue ici, dans notre ville, pour retrouver votre âme et pour la sauver. C'est pourquoi j'ai décidé qu'à Greccio, lorsque je prierai pour Emanuele, je prierai aussi pour votre âme.

Pellegrina entoura l'enfant de ses bras.

— Oui, Isabella, dit-elle. Tu as raison. Prie pour mon âme.

Un instant après, elle demanda :

— Emanuele sait-il que tu vas t'en aller et que tu veux être religieuse ?

— Je le lui ai dit, répondit Isabella.

— Et alors que t'a-t-il répondu ? demanda Pellegrina.

Isabella recommença à remuer ses pieds et détourna un peu la tête :

— Il a dit comme vous, répondit-elle de la même petite voix triste : que c'était bien. Que c'était sage.

Vers cette époque il commença à faire froid dans la ville, les jours diminuèrent et le matin et le soir les nuages pesèrent lourdement autour des sommets. Pellegrina prit froid et pendant quelques jours fut si enrouée qu'elle ne put parler. Mais elle se consola en pensant : Isabella prie pour moi.

La mollesse particulière qui existait dans la nature de son élève et qui, par moments, avait inquiété Pellegrina, se manifestait en particulier par la crainte de la souffrance physique, crainte qu'elle ignorait. Cela ne lui déplaisait pas puisque rien chez l'enfant ne risquait plus de lui déplaire. Elle ne pouvait s'empêcher toutefois de combattre cette lâcheté. Un jour qu'elle jouait avec sa main, elle lui dit : « Je vais te piquer de la pointe de mon aiguille le bout de trois de tes doigts jusqu'à ce que de chacun je tire une goutte de sang et tu ne dois pas retirer ta main. » Emanuele la regarda, les yeux dolents et les lèvres tremblantes, mais il réussit à garder la main ferme. Une par une elle essuya les gouttes de sang puis, après avoir regardé les trois petits points écarlates, elle porta le mouchoir à ses lèvres.

Le jour suivant Emanuele ne se présenta pas à sa leçon. Pellegrina se demanda ce qui avait pu lui arriver, mais elle ne le fit pas chercher car la volonté de l'enfant était sa loi. Elle resta assise près de sa fenêtre en faisant un petit travail de couture et en méditant : « C'est quand même un bonheur d'être assise ici et de l'attendre. »

Quand il revint, le lendemain, il semblait s'attendre à une question au sujet de son absence et comme elle ne venait pas, il dit : « Hier j'étais malade. » Il pâlit en prononçant ces paroles.

Cependant il exécuta ses gammes avec plus de sentiment qu'auparavant ; sa voix, jugea-t-elle, avait pris un son nouveau, plus profond. Une fois de plus, elle fut saisie du respect ou de la crainte qu'elle avait déjà éprouvés et, comme lors de leur première rencontre, elle s'assit pendant quelques instants en silence.

— Sais-tu, mon petit Emanuele, dit-elle enfin, que maintenant tu chantes avec ma propre voix ? Cela est mon grand secret : en te le disant j'ai le cœur qui me monte aux lèvres. Tu as pris dans ta poitrine la voix de Pellegrina Leoni et, en vérité, jusqu'à maintenant, Pellegrina Leoni elle-même ne savait pas à quel point cette voix était belle.

Elle était incapable de dire s'il avait écouté son éloge avec une attention nouvelle et plus profonde ou bien s'il n'avait pas entendu un seul mot de ce qu'elle lui avait dit.

Mais quand il fut sur le point de partir, il s'arrêta sur le seuil comme il l'avait déjà fait une fois et lui demanda :

— D'où teniez-vous votre anneau d'or ?

— De quel anneau d'or parles-tu, Emanuele ?

— De l'anneau d'or que vous avez donné à Camillo, le charretier, quand il vous a amenée ici.

Elle se souvint de la bague et il lui vint à l'esprit que, tandis qu'elle avait fait de nombreux dons à la vieille Eudoxia, à ses amis et aux pauvres du curé, elle n'avait jamais rien offert à Emanuele et elle se demanda si, dans son cœur, le petit paysan n'avait pas l'ardent désir de posséder quelque chose.

— Oh ! j'ai eu bien des bagues, Emanuele, dit-elle,

et d'autres choses aussi. Aimerais-tu avoir une bague ?
ou bien une montre en or ? Ou bien aimerais-tu des
boutons d'argent pour ta veste ? Je t'en trouverai.

— Non, répondit le garçon, je ne veux pas de bague,
de montre en or, ni de boutons d'argent non plus. Mais
Camillo croyait que vous lui aviez donné seulement
une babiole, un jouet pour s'amuser. Et la semaine
dernière, à Rome, il a montré la bague à un de ses
amis qui est orfèvre et son ami lui a dit que la bague
valait autant que toute sa maison. Vous avez donné de
l'or aussi au père Jérémie. Ici, personne ne possède
rien de semblable. Et s'il y avait quelqu'un qui
possédât de telles choses, il ne les donnerait pas,
comme vous. D'où aviez-vous cet or ?

Pellegrina, nous l'avons dit, ne s'était jamais beaucoup préoccupée de ces questions d'argent. Elle jugea
la question sotte et fut embarrassée pour y répondre :

— Je t'ai dit que j'étais une femme riche. J'ai un
ami qui me donne tout ce que je désire.

Le garçon hocha la tête.

— Mais votre ami, dit-il, n'est jamais monté ici
pour vous voir. Personne ici ne l'a vu.

— Non, il n'est pas venu ici, dit-elle. Mon ami ne se
montre pas beaucoup.

— Est-ce que je le verrai ?

— Non, tu ne le verras pas. Mais mes amis sont ses
amis. Dis-moi ce que tu désires et je lui dirai de te
l'envoyer.

— Je ne veux rien de lui, dit le garçon.

Mais il n'était pas encore parti. Il regardait lentement autour de lui. Ses yeux s'arrêtèrent sur un objet
puis sur un autre. A la fin il la regarda, elle.

— Qu'est-ce que tu regardes ?

— J'étais en train de regarder cette pièce, répondit-
il, et tous les objets qui sont ici. La lampe verte et le
piano. Je pensais à tous ces objets.

— Et que pensais-tu de ces objets ? demanda-t-elle.

— Je pensais, dit-il, qu'ici j'ai été heureux.

217

Dans sa bouche les mots paraissaient si étrangement ceux d'un adulte qu'ils la firent rire. Lui, qui d'ordinaire était si sensible à la moquerie, il ne réagit même pas.

— Plus heureux, dit-il, qu'en d'autres endroits. Je pense que c'est ici que j'ai entendu ma propre voix me venir d'ailleurs. Je ne sais pas d'où.

Pendant les trois jours qui suivirent il ne revint pas. Cette fois elle fut inquiète, se demanda s'il n'était pas vraiment tombé malade. Le quatrième jour, de bon matin, elle quitta sa maison pour se mettre à sa recherche.

Elle se rendit chez le podestat où on lui dit que l'enfant n'était pas malade, mais que ces derniers jours il était sorti souvent et que tel était encore le cas en ce moment. Elle se rendit à la maison de la sœur de Pietro où elle savait qu'il allait fréquemment, mais il n'y était pas non plus. Elle gagna un petit square où elle l'avait vu une fois jouer à la balle avec d'autres garçons : des garçons jouaient bien à la balle mais il n'était pas parmi eux. De là elle se rendit aux maisons de deux ou trois de ses amis dont elle connaissait les noms par lui, mais il n'était chez aucun d'eux. Elle ne pouvait abandonner sa recherche, mais elle marchait au hasard. Dans ces montagnes elle était redevenue svelte et de pied léger ; quand elle était petite fille, son pas avait été toujours plus rapide que celui des autres personnes ; c'est ainsi qu'elle marchait maintenant et, son peigne étant tombé de sa tête, ses longs cheveux s'étaient dénoués et flottaient derrière elle.

Tout à coup, dans les faubourgs de la ville, elle tomba sur lui. Il se tenait immobile, le dos à moitié tourné de son côté, regardant au loin. Dès qu'elle le vit, l'ordre et la bonté reparurent sur la terre ; elle s'arrêta pour s'en pénétrer. Au même moment, et alors qu'elle était sur le point de l'appeler par son nom, il se retourna d'une manière inattendue et s'éloigna, d'abord lentement, puis en hâtant le pas. Elle courut derrière lui à la même allure.

Le pâle soleil argenté de l'hiver se montrait au ciel ; à sa lueur, des tons d'un gris changeant apparaissaient peu à peu sur les murs des maisons qui entouraient Pellegrina et, plus bas, sur la campagne. Le cache-col du jeune fuyard éclatait en tache rouge sur ce tableau glacé.

Tout à coup la menue silhouette qu'elle avait devant elle se déroba dans une rue latérale à pente raide, terminée par des marches de pierre. Elle l'avait presque rattrapé, mais dans l'escalier, ses jupes, longues et amples, lui étaient une gêne et elle s'arrêta.

— Emanuele ! cria-t-elle. Arrête-toi. C'est moi.

En entendant le son de sa voix, l'enfant se mit à courir.

L'idée lui frappa l'esprit que, pour quelque raison inconnue, il la fuyait vraiment. Bien qu'il n'eût pas détourné la tête, il l'avait sentie approcher et pris la fuite, et Pellegrina Leoni avait traversé la ville à la poursuite d'un élève qui faisait l'école buissonnière. A cette idée elle se mit à rire sur place.

— Non, non, descends Emanuele, lui cria-t-elle d'une voix à demi étouffée par le rire. Descends et rentre avec moi.

Emanuele se retourna et lui fit face. Il essaya de parler mais, ou bien il était essoufflé par sa marche rapide ou bien l'émotion le paralysait, il n'émit aucun son.

Elle se demanda si elle ne l'avait pas un peu surmené ou effrayé. Il n'était pas aussi résistant qu'elle. Il s'en fallait de beaucoup qu'il eût le cœur dur comme la meule d'un moulin. Il lui fallait être prudente, il fallait attirer l'oiseau.

— Mon très cher enfant, viens ici près de moi.

Ainsi l'appela-t-elle, sa voix voilée se faisant séduisante, insinuante comme un instrument à cordes.

— Nous jouerons ensemble aux jeux les plus merveilleux. Eudoxia m'a trouvé du velours pour te faire un joli costume neuf. J'ai la flûte avec les clés d'argent, j'ai des chansons et des airs nouveaux à te faire chanter. Des danses.

En entendant cela, il retrouva sa voix.

— Non, cria-t-il. Non, non et non. Et ce sera toujours non, je vous le dis, quoi que vous essayiez de me faire faire.

Elle resta sans voix. Elle le regarda pour bien saisir son visage et elle ne le reconnut pas ou ne fut pas certaine que c'était là le visage de l'enfant à qui elle donnait des leçons. Ce visage paraissait tout aplati, les yeux mêmes étaient comme effacés et disparaissaient à moitié dans la mollesse du visage, pâles comme les yeux d'un aveugle sous les sourcils embroussaillés. C'était une figure de petite vieille :

— Non, hurlait-il, dans la fureur triomphale de sa voix retrouvée, et elle sentit dans ses propres mains que les deux mains de l'enfant étaient durement crispées. Je sais ce que vous êtes. Vous êtes une sorcière. Vous êtes un vampire. Vous voulez boire mon sang.

Il s'arrêta comme terrifié par ses propres paroles, puis il cria encore :

— Vous avez sucé mon sang sur votre mouchoir, je l'ai vu de mes yeux. Vous avez eu de l'or, des diamants, la flûte avec des clés d'argent. Vous avez vendu votre âme au Diable, pour avoir tout ça.

Elle voulait tourner ces mots en plaisanterie. On se dit parfois ce genre de choses, entre amants.

— Oh non, Emanuele, cria-t-elle à son tour. De ma vie je n'ai jamais rien vendu. Ce que mon ami le Diable a eu de moi, il l'a eu pour rien.

La réponse tomba de très haut :

— Cela revient au même pour moi. Vous voulez mon sang, tout le sang qui est en moi. Les sorcières vivent éternellement en buvant le sang des enfants.

Maintenant vous voulez mon âme pour la donner encore au Diable.

Luigi me l'a dit, continua-t-il. Il m'a dit que vous ne pouviez mourir, que vous étiez immortelle. Tout le monde pensait que vous étiez morte mais vous n'étiez pas morte. C'est que vous aviez trouvé un autre garçon dont vous aviez bu le sang.

Il s'arrêta puis poursuivit :

— C'est vrai que vous êtes vieille. Mais à quoi bon ? puisque les sorcières vivent jusqu'à cent ans, jusqu'à trois mille ans.

Comme cette fois elle ne répondit rien, son silence arrêta le discours d'Emanuele. Pendant un moment il resta comme mort et ferma les yeux.

Puis il s'écria :

— Un jour j'ai pensé que je mourrais si je devais vous quitter. Maintenant je sais que je mourrais si je revenais avec vous.

Elle se tenait aussi immobile que lui, car dans cette longue lamentation qui la condamnait et la congédiait, la voix d'Emanuele avait résonné comme elle aurait résonné quand Pellegrina en aurait finalement fait ce qu'elle devait être. C'était avec la voix de Pellegrina Leoni, la lamentation de Didon, l'héroïque sacrifice d'Alceste.

De nouveau le garçon ouvrit les yeux et la regarda fixement. Il avait atteint un endroit d'où il ne pouvait plus monter davantage, car la marche était barrée par une clôture de pierres percée d'une porte. Pendant une minute il se tint immobile, bête sauvage aux abois, puis, près de lui, il fouilla parmi les pierres de la clôture, en souleva une et la pressa contre sa poitrine.

— Si vous ne restez pas là où vous êtes, cria-t-il, je vous jetterai cette pierre.

Elle, cependant, ne voulait ni ne pouvait rester là où elle était. Dans l'espoir sauvage et aveugle que la lutte pourrait encore se terminer par un baiser, elle releva, avec deux doigts, le devant de sa jupe et, comme si elle avait dansé, fit un léger pas en avant. Tandis qu'elle accomplissait ce mouvement, Emanuele lança violemment la pierre. Pellegrina l'avait déjà vu lancer très habilement des pierres. Ce devait être le terrible tourbillon de son esprit qui rendit cette fois sa main moins sûre ou lui fit mal calculer la distance. La pierre effleura la tête de Pellegrina et sa chevelure épaisse amortit quelque peu le coup. Cependant il la fit chanceler, elle fléchit sur un genou, sentit son sang humide et chaud lui couler sur le front et l'œil gauche.

Avant qu'elle pût se relever, une seconde pierre lui tournoya aux oreilles.

Alors elle se mit en colère. Elle ne s'était pas mise en colère pendant les treize années creuses qui s'étaient écoulées depuis sa fuite. A présent, en une fraction de seconde, elle se trouva rajeunie du double. Elle exprima son indignation dans le dialecte de son village natal, ardente au combat comme une petite fille qui lutte contre un garçon qui use de coups défendus.

— Tu n'es qu'un rustre, cria-t-elle, tu n'es qu'un méchant petit paysan. Alors tu jettes des pierres maintenant. Et tu me mordras aussi n'est-ce pas si je t'attrape.

Sais-tu à qui tu jettes des pierres ? continua-t-elle. Mille personnes, le pape, l'empereur, des princes, des gondoliers et des mendiants accourront si seulement j'élève la voix et viendront ici, pour me venger de toi, espèce de fou !

Elle reprit son souffle.

— Oui, je suis une sorcière, cria-t-elle, une grande sorcière, un vampire aux ailes de chauve-souris. Mais qu'est-ce que tu es toi qui n'oses même pas descendre jouer avec une sorcière ? Un lâche, voilà ce que tu es. Tu dois vraiment t'asseoir sur ta belle âme comme une belle demoiselle sur son pucelage avec tous tes idiots d'amis qui louchent, assis en rond autour de toi et qui prient pour ton salut éternel. La seule personne parmi eux qui savait ce qu'est qu'une âme, tu l'as chassée. Je te le dis : tu vas être empoisonné par ton âme, c'est une dent gâtée, arrache-la.

Elle aurait voulu poursuivre, elle aurait été heureuse de le faire, à présent qu'elle avait retrouvé ses forces et que son sang bouillait. Mais elle s'arrêta net car son oreille avait perçu sa propre voix. Ce qui aurait dû être le rugissement d'une lionne n'était que le sifflement d'un jars et une douleur dans sa gorge et dans sa poitrine. Pendant une minute, elle s'appuya de la main contre le mur qui se trouvait près d'elle, puis elle fit demi-tour et descendit.

A la seconde marche son pied heurta la pierre qui avait été lancée contre elle. Elle la ramassa, la frotta contre l'écorchure de son front et, se retournant encore une fois, la jeta légèrement de sorte qu'elle tomba aux pieds du garçon qui l'avait lancée.

— Tiens, garde-la, dit-elle, il y a dessus le sang de Pellegrina Leoni.

Elle s'en retourna par les rues et son esprit était muet comme sa gorge. En route elle fourragea dans sa chevelure et s'en servit pour essuyer le sang de son visage. Enfin elle s'arrêta. Elle regarda autour d'elle pour reconnaître la rue, puis la traversa jusqu'à un angle où il y avait une auge en pierre, basse, abreuvoir pour les ânes et le bétail — et s'y assit. Une fois de plus un ciel de plomb avait couvert la ville ; il soufflait un vent léger et froid.

Pellegrina resta longtemps assise sur l'auge et bien des pensées lui passèrent par la tête.

Elle pensa tout d'abord :

« J'avais raison. J'avais raison quand je disais à Niccolo que la joie était mon élément. Les gens de cette terre, qui ont profondément connu la souffrance et la crainte, me vaincront à tous les coups. Je ne peux pas me défendre contre eux. » Un à un elle revit les visages des gens de la ville. Ici c'était le visage d'Eudoxia ridé par le souci et par les ennuis ; là ceux

223

des voisins d'Eudoxia, tendus, anxieux, et la figure cireuse du curé de la paroisse, inexpressive et stupide, comme s'il avait été aveugle. « La joie peut leur venir, se dit-elle, pendant une heure ou deux, par surprise, mais aucun d'eux ne se sent habité par elle. » La pensée de la majorité écrasante des malheureux sur terre l'assiégeait. « Je ne peux pas lutter contre eux tous, se dit-elle, ils sont trop nombreux. »

Elle pensa ensuite :

« Emanuele s'est trompé, il a eu tout à fait tort. Mais on ne saurait l'en blâmer. On m'a parlé du sang qu'une personne donne à quelqu'un d'autre. Mais lui n'en a jamais entendu parler. Pour lui, cela veut dire boire le sang. Il m'a vue sucer son sang sur mon mouchoir et il a fui devant moi, craignant pour sa vie. Mais il est difficile, dans ce cas précis, de dire celui qui donne et celui qui reçoit. Tu aurais dû savoir, Emanuele, que je n'aurais pas porté ces gouttes de ton sang à ma bouche si je n'avais pas ardemment désiré te donner tout mon propre sang. »

Elle se fit encore cette réflexion.

« Et alors peut-être ne s'est-il pas tellement trompé. Ou bien, Pellegrina, peux-tu honnêtement jurer que toi-même, que l'on a si souvent suppliée de rester, qui as été retenue, poursuivie, tu n'as pas aujourd'hui trouvé plaisir à être celle qui poursuivait ? »

Elle s'aperçut à ce moment que dans la rue, des gens la dépassaient ou venaient en sens inverse et il lui sembla qu'on la dévisageait avec chagrin ou crainte. Elle se souvint qu'elle portait sur le front la marque de Caïn. Elle se rappela aussi les paroles de Niccolo disant que si les gens savaient ce qu'elle pensait, ils lui jetteraient des pierres. Elle trempa ses longues tresses dans l'eau de l'auge et s'en servit pour se laver la figure. « Mais la marque restera, se dit-elle, il faut que je me lève et que je m'en aille. Car être lapidé, ce doit être bien pénible. » Il lui revint à l'esprit que le soir de son arrivée en cette ville, elle s'était dit que c'était un endroit où l'on pouvait rester. « Mais je me trom-pais », pensa-t-elle.

Elle voulait, avant de se lever et de s'en aller, penser encore une fois à Emanuele. Ce serait, elle le savait, la dernière, car en se séparant de lui elle devait de nouveau renoncer au souvenir. Elle se tenait assise en regardant l'eau de l'auge mais elle revit le visage d'Emanuele au moment où il l'avait levé pour lui dire que si elle mourait, il mourrait aussi et quand, tel un taurillon furieux, il l'avait baissé en lui jetant la pierre. La pitié des humains doit-elle à tout jamais me sucer la moelle des os ? cria-t-elle au fond de son cœur.

Elle pensa enfin :

« Oh mon enfant, mon cher frère et mon cher amoureux, ne sois pas malheureux et ne crains rien. Tout est fini entre toi et moi. Je ne peux pas te faire de bien et je ne te ferai pas de mal. J'ai été trop audacieuse en me risquant à jouer sur une harpe éolienne de mes mains humaines. Je demande pardon au vent du nord et au vent du sud, au vent d'est et au vent d'ouest. Mais tu es jeune. Tu vivras pour valoir plus que je ne vaux, moitié plus et pour te prouver à toi-même que tu es l'Elu. Tu peux vivre pour donner à ta ville un saint prêtre de son cru. Tu chanteras aussi. Seulement, mon cher cœur, tu devras travailler dur pour désapprendre ce que tu as appris de moi. Il te faudra prendre grand soin, quand tu chanteras l'évan-gile, de ne pas y introduire des effets de *portamento*.

« Et la voix de Pellegrina Leoni, conclut-elle en mettant un terme au long déroulement de ses pensées, ne sera plus jamais entendue par personne. »

En se relevant de l'auge, elle se demandait : « Irai-je à droite ou à gauche ? »

Elle se souvint de Niccolo qui s'était donné la peine de lui donner son avis sur ce point et elle se dit que cette fois encore, elle devait lui obéir et se rendre à l'église. Car, dans une église, elle se souvint qu'il le lui avait dit, on ne lapide personne.

Elle jeta encore un regard circulaire pour trouver la route de l'église puis s'y engagea.

Elle s'était attendue à trouver l'église vide. Mais ce jour-là était un dimanche, comme le jour de sa première visite ; quand elle souleva la lourde portière de cuir, elle vit que derrière il y avait du monde. C'était la dernière messe du jour, une messe basse. Sans faire de bruit, elle s'assit près de la porte et bientôt elle en vint à penser qu'elle avait déjà repris la route et que cette tranquillité n'était qu'une halte.

Cependant les communiants qui s'étaient rendus à l'autel revenaient, reprenaient leur place. Pellegrina lança un coup d'œil sur le visage de sa voisine, une très vieille femme, pour voir si, en ce lieu, elle lui inspirait quelque crainte. Ce visage était totalement inexpressif, mais Pellegrina s'aperçut que les lèvres ridées et les gencives édentées remuaient et mâchonnaient un peu comme elle avalait l'hostie.

« Vous aussi, Niccolo, pensa-t-elle, m'avez dit la vérité le soir où nous avons parlé. On peut prendre avec Dieu beaucoup de libertés qu'on ne saurait prendre avec les hommes. On peut se permettre beaucoup de choses envers Lui qu'on ne saurait se permettre envers l'Homme. Et parce qu'Il est Dieu, ce faisant on L'honore encore. »

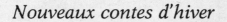

Nouveaux contes d'hiver

UNE HISTOIRE CAMPAGNARDE

Il y avait un sentier forestier qui longeait le mur de pierre à la lisière ouest d'un bois. A l'extérieur du mur, la campagne s'étendait calme et dorée, déjà marquée par l'automne. Les vastes champs étaient vides. La moisson rentrée, on n'avait laissé que les râtelures rassemblées çà et là, en meules basses. A quelque distance, sur un chemin de campagne, une charrette, portant son dernier chargement, roulait vers la grange dans un nuage de poussière dorée. Au loin, les bois étaient bruns et verts, au nord et au sud, avec de légères, de sobres touches d'or ou de roux qu'y avait mises le soleil des longs jours d'été. Vers l'ouest, les bois étaient d'un bleu sombre et, de temps à autre, un éclair bleu colorait aussi les champs là où un vol de ramiers s'élevait des chaumes. Le long du mur, le dernier chèvrefeuille, sur ses tiges pendantes, exhalait son ultime parfum ; déjà la ronce avait des feuilles écarlates et les mûres étaient noires. Mais dans ses profondeurs, la forêt était encore verte, voûte estivale qui devenait lumineuse et aussi prometteuse que les frondaisons de mai quand les rayons du soleil de l'après-midi la traversaient. Le sentier montait puis s'abaissait, serpentant le long des pentes boisées. Il faisait un crochet vers le mur, comme s'il voulait relier la campagne découverte au monde de la forêt,

229

puis se repliait en arrière comme par crainte de livrer un secret.

Un jeune homme, tête nue, en tenue de cheval, et une jeune femme en robe d'été blanche, suivaient le sentier. La robe de la jeune femme, drapée à la grecque comme celle d'une dryade, la ceinture serrée juste au-dessous des seins, balayait légèrement le sol et, tandis qu'elle marchait, le bas de sa robe fit rouler une faîne sèche de l'an passé comme le fait d'un galet, une petite vague jouant sur la plage. Ses yeux noirs sous les longs cils coulaient des regards aimants et heureux vers ce paysage boisé, comme une jeune maîtresse de maison qui parcourt les aîtres et constate que tout y est en ordre.

Ils marchaient lentement, à leur aise. Ils étaient chez eux dans ce bois, et lui appartenaient. Leur vêtement, leur allure montraient bien qu'ils étaient le jeune châtelain et la jeune châtelaine de cette île verdoyante, belle, fertile.

A l'endroit où le sentier s'élançait pour franchir le mur vers les champs, elle s'arrêta et regarda au loin. Son compagnon, qui s'arrêta avec elle, eut le sentiment non pas de regarder de ses propres yeux la vue qu'ils avaient devant eux, mais seulement d'apprendre d'elle la réalité et la signification de ce paysage qui, à travers son esprit et ses yeux à elle, devenait infiniment beau, plus beau qu'il n'était vraiment, un poème silencieux. Elle ne se tourna pas vers lui, elle le faisait rarement, de même qu'il était très rare qu'elle ébauchât une caresse à son adresse.

Ses formes et son teint, le flot noir de son opulente chevelure, la ligne de ses épaules, les longues mains, et les genoux minces étaient autant de caresses. Son être tout entier, sa nature même étaient faits pour enchanter, et elle n'aspirait à rien d'autre au monde.

Sur le sentier, à travers le bois, il avait réfléchi au problème de la vocation de l'homme, maintenant il pensait : « La vocation de la rose est d'exhaler son parfum, c'est pour ce parfum que nous plantons des roses dans notre jardin. Mais d'elle-même une rose exhale un parfum plus délicieux que celui que nous pourrions lui demander. Elle n'aspire à rien d'autre au monde. »

— Que penses-tu que tu ne me dis pas ? demanda-t-elle.

Il ne répondit pas sur-le-champ et elle ne répéta pas sa question mais, gravissant le sommet du sentier — usé et doux au pied — qui passe le mur, elle s'abrita un instant les yeux de la lumière avec la main, puis s'assit à l'endroit où elle s'était tenue debout, joignant les doigts autour de ses genoux. De très loin sa robe, captant le soleil, paraissait une fleur blanc doré sur fond vert. Il s'assit à l'ombre des arbres d'où ses regards pouvaient contempler la silhouette de la jeune femme. Ici, à la lisière du bois, l'air était clair et chaud, la lumière d'une plénitude en dehors du temps, le chaume exhalait généreusement une odeur suave. Un papillon bleu pâle vint se poser à côté d'elle sur la pierre cuite par le soleil.

Il ne voulait pas rompre ce moment de bonheur dans la forêt et il resta silencieux.

— Je pensais, dit-il enfin, aux gens d'autrefois qui vivaient ici avant nous et qui ont défriché et labouré cette terre. Ils ont dû recommencer leur travail maintes et maintes fois. Dans les temps très anciens, ils ont dû combattre les ours et les loups, puis les pirates et les envahisseurs Wendes et, plus tard, des maîtres impitoyables. Mais à supposer qu'ils surgissent de leurs tombes un jour de moisson comme aujourd'hui et parcourent du regard les champs et les prairies étalés devant nous, ils estimeraient tout de même que ça en valait la peine.

— Sûrement, dit-elle, levant les yeux vers le ciel bleu et les nuages. Avec tous ces loups et tous ces ours, la chasse devait être superbe.

Elle avait la voix aussi claire qu'un chant d'oiseau,

avec un rien de l'intonation dialectale des insulaires, comme une mélodie. Elle parlait comme en jouant.

— Et ils oublieraient aujourd'hui le mal qu'on leur a fait.

« Oh oui ! il y a si longtemps... » ajouta-t-elle.

Elle souriait légèrement à elle-même.

— Toi, tu es en train de penser à ur. paysan, si tu parles des torts de quelqu'un.

— Oui, je pensais à un paysan.

— Et pourquoi déterres-tu tes paysans de jadis pour les emmener promener avec nous dans le bois ?

— Je pourrais te le dire.

— Tu es un homme intelligent, avisé, instruit, Eitel, reprit-elle. Ta terre est mieux cultivée, mieux entretenue que celle de tes voisins. On parle de toi, des réformes que tu as introduites, de tes inventions. Le Roi lui-même a déclaré qu'il souhaitait qu'il y eût plus d'hommes comme toi dans le pays. Tu penses plus au bien-être de tes paysans qu'au tien propre. Tu as passé des années dans les pays étrangers pour y étudier de nouvelles méthodes de culture, la possibilité d'améliorer le sort des paysans, de le rendre plus heureux. Et pourtant, tu parles d'eux comme si tu avais contracté une formidable dette à leur égard.

— Il se peut que j'aie encore une dette envers eux.

— Je me souviens, dit-elle pensivement, qu'un jour, lorsque nous étions tous deux enfants et que nous marchions ensemble dans les bois — exactement comme aujourd'hui — tu m'as parlé des exactions commises, dans les temps anciens, contre les paysans, au Danemark. J'étais plus âgée que toi, mais tu parlais avec tant de gravité que j'en ai oublié mes poupées. Je n'étais pas loin de croire que le Seigneur devait avoir décidé de refaire complètement notre monde et que tu étais un des anges choisis par lui pour l'assister dans cette tâche.

— C'était toi l'ange, je suppose, dit-il en esquissant

232

un sourire, puisque tu avais la patience d'écouter divaguer un garçon solitaire.

Ils restèrent assis un moment en silence, songeant à ce temps-là.

— Aujourd'hui, dit-elle, j'en sais un peu plus sur le monde et je ne pense pas qu'il puisse être refait — pas à notre époque. J'ignore encore s'il est plus injuste qu'il y ait sur la terre à la fois des nobles et des paysans que des gens qui sont beaux et d'autres qui sont laids. Ne puis-je brosser mes cheveux sans m'affliger à la pensée des femmes qui ont le cheveu rare et terne ?

Il regarda ses longues boucles soyeuses et se souvint de les avoir bien souvent dénouées et enroulées autour de ses doigts.

— Mais pour toi, continua-t-elle, c'est ta faute si pauvreté et détresse existent. C'est comme si tu étais attaché par une corde à ces paysans d'autrefois dont tu me parlais.

— Oui, dit-il, il se peut que je leur sois attaché par une corde.

Elle demeura un long moment silencieuse, les mains toujours jointes autour de ses genoux.

— Si j'avais été la femme d'un paysan, dit-elle d'une voix basse et soyeuse, tu ne m'aurais pas prise ?

Il ne répondit pas. Il était à la fois surpris et ravi de constater une fois de plus qu'elle était essentiellement dépourvue de respect humain. Elle rougissait facilement, de joie ou de fierté, jamais pour s'être sentie coupable. Et c'était pour cela, songeait-il, qu'il trouvait la paix auprès d'elle comme auprès d'aucun autre être humain. Il avait entendu dire, il avait lu, et il savait par sa propre expérience que l'amour d'un homme pour une femme ne survit pas longtemps à la possession. Pourtant il y avait deux ans qu'il était l'amant de cette jeune femme, la femme de son voisin. La petite fille qui vivait là-haut, dans la maison du mari à qui le bois appartenait, était sa fille à lui. Et son désir comme sa tendresse étaient plus forts aujourd'hui qu'il y avait deux ans, à tel point qu'il lui fallait se retenir pour ne pas l'attirer à lui ou s'agenouiller à ses pieds, lui baiser les mains dans un sentiment de gratitude ensemble violent et doux. Il en serait toujours ainsi, il le sentait, dussent-ils atteindre un âge reculé, l'un et l'autre. Et ce n'était pas de sa beauté, ni de sa douceur qu'elle tenait ce pouvoir sur lui, source à la fois de bonheur et de souffrance. Mais de ce qu'elle ne connaissait ni honte, ni remords, ni rancune. Au bout d'un instant, il se rendit compte qu'elle venait d'exprimer la vérité.

— Toi et les tiens, dit-il enfin d'une voix changée, basse comme celle de la jeune femme, vous n'avez jamais fait de mal à ceux dont la vie vous était confiée. Ta famille, tes ancêtres ont vécu en bonne intelligence avec les paysans sur leur terre, et avec cette terre elle-même.

— Ma famille et mes ancêtres devaient être comme les autres, dit-elle. Papa avait un caractère ! Lorsqu'il s'était mis quelque chose en tête, il fallait l'exécuter : raisonnable ou non, peu importe.

— Mais le nom de vos ancêtres, dit Eitel, n'était pas maudit par ceux qui vous servaient. Vos paysans chantaient en moissonnant leurs champs.

Elle retourna la question dans sa tête.

— Est-ce que vous avez rentré l'orge ? demanda-t-elle.

— Oui, il en reste encore un peu dans le champ le plus bas et dans l'Enclos de Madame.

— Toi, dit-elle après un nouveau silence, ça ne te ferait pas grand-chose, je pense, qu'ils chantent ou ne chantent pas en moissonnant. Je me suis souvent posé une question, Eitel. Tes travaux et tes voyages, et toutes tes études, qu'y as-tu gagné ? Ils ont fait de toi un étranger parmi les tiens. Tu n'as pas spécialement pitié de tes amis malheureux au jeu ou malheureux en amour. Et quand tu leur vends un cheval, tu sais quel prix leur demander et tu t'y tiens. Mais quand tu discutes avec un paysan, tu te crois obligé de lui donner le cheval pour rien, il me semble. Et malgré ça, tu n'as pas beaucoup d'amour dans le cœur pour les paysans, non plus.

« Ces gens d'autrefois, poursuivit-elle lentement, ces anciens seigneurs terriens que tu ne parviens pas à oublier — peut-être qu'ils éprouvaient plus de plaisir que toi à vivre au milieu de leurs serviteurs. Ils sentaient que c'étaient *leurs* gens et ils partageaient leurs distractions. Ils se réjouissaient de voir leurs paysans plus avenants et plus malins que ceux du voisin. Mais toi, Eitel, tu ne veux même pas que ton propre domestique te touche. Tu t'habilles et tu te déshabilles sans son aide, tu montes à cheval seul et tu sors seul, avec ton chien et ton fusil. Voyons, lorsque tu as remis sa dette à ton vieux fermier, et qu'il a voulu te baiser la main, tu ne l'as pas laissé faire, et j'ai dû lui donner la mienne pour ne pas le décevoir. Ce n'est pas par amour des paysans que tu te tortures l'esprit et ne t'accordes aucun repos. C'est pour l'amour d'autre chose. Quoi ? je n'en sais rien.

— Non, tu te trompes, dit-il. J'aime cette terre qui est la mienne, j'en aime le moindre arpent. A l'étranger, dans les grandes villes, j'étais malade de désir pour ce sol et cet air.

— Je sais, dit-elle, que tu aimes cette terre comme si c'était ta femme. Tu n'en es pas moins seul pour autant. Oui, Eitel, je me demande, ajouta-t-elle avec un léger accent, pitié ou moquerie dans la voix, je me demande si, dans toute ta vie, tu as jamais aimé un autre être humain que moi.

Il se le demandait. Elle-même, songea-t-il, où qu'elle aille, a toujours trouvé quelque chose à aimer.

— Si, reprit-il, j'ai aimé très profondément un être humain — il y a de cela très, très longtemps. Mais tu as raison quand même. Ce n'est pas par amour pour mes serviteurs et pour mes paysans que je me torture l'esprit, comme tu dis, et que je ne m'accorde aucun repos. C'est par amour pour quelque chose d'autre, qui s'appelle la Justice.

— La Justice, répéta-t-elle avec surprise, et elle se tut. Eitel, dit-elle enfin, nous deux, nous n'avons pas de raison de nous tourmenter à propos de la Justice. Le destin est juste, Dieu est juste. Il n'a certainement pas besoin de toi et de moi pour donner à chacun son dû. Et nous autres, les vivants, nous n'avons pas besoin de juger.

— Pourtant, nous nous en chargeons. Puisque nous prenons bien sur nous de condamner à mort... Est-ce que tu as jamais su que mon père a fait mettre quelqu'un à mort ?

— Ton père ?... un paysan ?

— Oui, un paysan.

— Il me semble qu'on me l'a dit, dit-elle, lorsque j'étais petite fille.

— On te l'a dit, Ulrikke, dit-il. On t'a dit un conte d'enfant pour petite fille. Mais, pour moi, c'était une autre histoire. Il s'agissait de mon propre père.

— Il me semble que je me souviens de ton père, qu'il me prenait sur ses genoux et jouait avec moi. Pourtant ce n'est guère possible. Mais maman m'a souvent parlé de lui. Il était beau, brave et très gai. Bon cavalier, et il n'avait peur de rien, comme toi.

— Mon père est mort avant ma naissance. Cela m'a toujours semblé signifier qu'il avait, dès le début, voulu me donner tout ce qu'il avait entre les mains.

— Il n'y a pas de quoi se plaindre, fit-elle en souriant.

— Il n'y a pas de quoi se plaindre, répéta-t-il lentement. Tu penses à sa terre et à sa fortune. Cet héritage a grandi avec moi pendant que j'étais mineur. Mais il m'a laissé davantage. Sa propre culpabilité et celle de ses pères, cette ombre obscure qu'ils projetaient partout où ils passaient — cela, aussi c'est un héritage qui peut avoir continué de croître jusqu'à ce jour.

— Jusqu'à ce jour ? demanda-t-elle.

Il perçut une note de ressentiment dans sa voix : cette heureuse journée passée ensemble, assombrie par de vieilles ombres impénétrables. Son cœur souffrit un peu à cette pensée.

— Ecoute, dit-il, je ne t'ai jamais parlé de mon père. Aujourd'hui, si tu veux bien m'écouter, j'aimerais te parler de lui.

« Je n'ai jamais vu son visage, ni entendu sa voix. Cependant, dans mon petit univers, lorsque j'étais enfant, il était toujours avec moi. Son portrait accroché au mur montrait le visage d'un bel homme, courageux, gai, et les gens de mon entourage ont dû me parler de lui comme l'avait fait ta mère, car qui donc dénigre auprès d'un enfant le père qu'il a perdu ? Comment donc est-il arrivé que ce père disparu soit devenu pour son petit garçon une sombre figure, un fantôme qui plane au-dessus de lui, enveloppé du manteau noir du crime, des ténèbres et de la honte, terrible ? Pourtant je n'ai jamais eu peur de lui. C'est ainsi, je crois, que cela se passe avec les enfants : les adultes leur parlent des trolls, des farfadets ou du loup-garou, l'enfant se familiarise avec le troll, et, à sa manière, se l'approprie. Dans cette paisible maison, peuplée de femmes aimantes, mon père et moi nous nous appartenions l'un à l'autre et s'il était un personnage terrible, je l'étais aussi.

« En grandissant, et alors que de moi-même ou guidé par mon précepteur je me suis mis à raisonner de façon plus abstraite, mes idées sur un ordre moral dans l'Univers, sur le Bien, le Mal, la Justice se sont rassemblées autour de sa figure, comme si elles venaient effectivement à moi à travers lui. C'est alors que j'ai compris la nature de nos rapports. Il avait un droit sur moi, et je devrais faire quelque chose pour lui : il réclamait de moi que je paye sa dette.

« Ayant lu à cette époque l'histoire d'Oreste, je compris combien sa tâche à lui avait été plus aisée que la mienne puisqu'il avait à venger un père vertueux. Tandis que j'apprenais le catéchisme, les mots qui se gravaient dans mon esprit étaient ceux-ci : " Je suis en mon père et mon père est en moi. "

« Finalement, il y a cinq ans, quand j'ai eu dix-huit ans et que la terre et la fortune m'ont été remises, quand je fus connu dans le monde non pas comme *Monsieur Eitel*, mais sous le nom de mes ancêtres, mon devoir m'est apparu clairement. J'ai résolu de partir pour l'étranger et d'y étudier comment rendre plus heureux les habitants de mes terres.

« Voilà ce que j'ai pensé, Ulrikke, poursuivit-il. La religion chrétienne nous apprend notre devoir envers nos frères et notre prochain, ceux qui vivent autour de nous aujourd'hui. Elle nous invite à soutenir la cause des abandonnés, des pauvres et des persécutés. A l'origine, c'étaient des artisans et des pêcheurs qui la prêchaient.

« Mais il y a une autre religion qui ne parle pas du frère et du prochain, mais des pères et des fils. Elle affirme que nous avons une dette envers le passé et nous invite à défendre la cause des morts. De cette religion, le gentilhomme est le prêtre. Pourquoi sommes-nous nobles et portons-nous de vieux noms ? Pourquoi la terre a-t-elle été remise entre nos mains ? Afin que le passé et les morts puissent compter sur nous. Mon frère, mon prochain, après tout, si je le frappe il peut me rendre les coups, et les opprimés que nous voyons autour de nous, trop durement traités, peuvent se révolter. Mais si nous ne sommes pas là, qui s'occupera du passé ? Et quels sont donc ceux qui seront abandonnés, pauvres et réellement persécutés, sinon les morts ? Pourquoi portais-je le vieux nom de mes pères, nom connu dans le pays depuis des siècles, si ce n'est pour que, du fond de sa tombe, mon père, qui ne peut se fier à nul autre, puisse se fier à moi.

« Rompre avec le passé, dit-il très lentement, comme pour lui-même, l'anéantir, est le crime le plus affreux contre les lois du monde. C'est montrer de l'ingratitude, c'est renier sa dette. C'est un suicide : on se supprime soi-même en supprimant le passé. J'ai entendu dire ou j'ai lu quelque part, ajouta-t-il en souriant légèrement, qu'une chose n'est pas vraie avant qu'elle n'ait vingt ans d'âge — presque le mien. Je ne vais pas, au moment où je suis devenu, sincèrement, ce que je suis, couper mes racines, me transformer en ombre, en néant.

« Tu me dis, continua-t-il, que ce n'est pas par amour de mes gens que je travaille. Tu as raison. Car, ce faisant, j'accomplis la tâche de mon père. Je souhaite qu'un jour il puisse dire à cet homme auquel il a fait du tort : " Maintenant, Linnert, ta mort est rachetée. " Je ne sais qui m'a rapporté, voici très longtemps, que pendant les onze dernières années de sa vie, les paysans de mon père ne prononçaient pas son nom, et qu'en parlant de lui, ils lui donnaient d'autres noms de leur invention. Je souhaite que, quelque jour, ils l'appellent de nouveau par son nom en disant : " Le fils de cet homme s'est bien comporté envers nous, Il a été juste à notre égard. "

« Il ne peut y avoir, dit-il un peu plus tard, il ne peut y avoir aucun attachement sincère entre eux et moi tant qu'ils ont peur et se méfient de l'existence de mon père en moi. Et je ne peux leur permettre de me toucher tant que je sais qu'ils se contractent devant le sang qui coule dans mes veines. Lorsque j'aurai acquitté la dette de mon père, il sera temps pour moi de leur tendre les mains pour qu'ils les baisent. »

— Pourtant, dit Ulrikke, je ne pense pas qu'aucune des familles des environs craigne le nom de ton père ou son sang. Si tu n'avais déjà été parti pour l'étranger alors que nous étions tous deux si jeunes, je pense que papa et maman auraient été heureux de nous voir mariés. On m'a dit en effet qu'ils en avaient parlé avant même ta naissance.

Il devint silencieux, arrêté une fois de plus dans le cours de ses pensées par sa mystérieuse légèreté de cœur. Les mots qu'elle prononçait le ramenaient en Allemagne à l'époque où, cinq ans auparavant, des lettres de chez lui l'avaient informé du mariage d'Ulrikke. Jusqu'alors, il avait eu la certitude qu'ils s'appartenaient l'un l'autre, il avait été trop innocent pour connaître ou mesurer les forces qui s'étaient mises en jeu pour emporter Ulrikke.

Plus tard, après son retour au Danemark, il avait compris. La mère d'Ulrikke, beauté et *bel esprit*[1] célèbre en Europe, s'était avisée, à l'époque, que sa fille avait dix-neuf ans, qu'elle était charmante et gracieuse et, soit qu'elle en fût jalouse, soit dans une crise de violente tendresse maternelle, soit pour épargner à sa fille l'expérience d'une carrière aussi tumultueuse que la sienne, l'avait hâtivement mariée à un homme âgé. Pendant quelques instants il se rappela ces sombres nuits où la tête sur son oreiller, à la fois mouillé et brûlant, il avait tempêté contre les Dieux, s'était représenté la compagne de jeux de son enfance comme la figure centrale d'un groupe classique, la vierge vêtue de blanc sur l'autel du sacrifice à une puissance inhumaine.

Mais la victime expiatoire était aujourd'hui assise dans le bois, toujours vêtue de blanc, et parlait du désastre de leur vie comme s'il se fût agi du destin tragique d'un héros ou d'une héroïne de roman. Longtemps, il demeura silencieux, le timbre de la voix d'Ulrikke lui résonnant encore aux oreilles.

— Et maintenant, demanda-t-elle, l'histoire de ton père et du paysan ? Je ne me la rappelle pas bien. Tu pourrais me la raconter.

1. En français dans le texte. *(N.d.T.)*

— Je n'en ai jamais parlé à personne, répondit-il.

— Qui donc te l'a racontée ?

Il fouilla dans sa mémoire et s'aperçut avec surprise qu'il ne pouvait répondre.

— Je ne me souviens pas qu'on me l'ait jamais racontée. J'ai dû l'entendre alors que je n'étais qu'un très jeune enfant.

— Mais elle t'est toujours restée dans l'esprit. Le moment est venu, pour moi, de l'écouter, ici même dans ce bois.

Il fallut à Eitel un certain temps pour exhumer des souvenirs si profondément enfouis en lui. Lorsqu'il se mit enfin à parler, les mots lui vinrent lentement et plus d'une fois, au cours de son récit, il dut s'arrêter pour rassembler ses idées.

— Il y avait, commença-t-il, sur la terre de mon père, un paysan nommé Linnert. Il était issu d'une très vieille famille paysanne qui nous avait toujours appartenu et l'on croit que la ferme de ses ancêtres se trouvait, il y a bien des siècles de cela, à l'endroit même où est aujourd'hui construite notre maison, et que ses fondations existent toujours, profondément enfouies dans le sol. A travers les âges, ces paysans avaient tous été des hommes beaux, habiles et sûrs, et bien des histoires avaient couru sur leur extraordinaire force physique. Pour ces raisons, ma famille était fière d'eux, comme l'étaient de leurs paysans ces anciens seigneurs dont tu parlais tout à l'heure ; cependant aucun d'entre eux n'avait jamais servi dans notre maison. Ce Linnert était né la même année que mon père et, mon père n'ayant ni frère ni sœur, le petit paysan était devenu son camarade de jeux. En réalité, continua-t-il lentement, je serais bien incapable, en te racontant mon histoire, de te dire pourquoi les événements ont pris ce tour. J'ai cherché à trouver une explication. Je me suis demandé s'il pouvait y avoir, à ce qui est advenu, quelque profonde raison cachée. J'ai même imaginé qu'une femme était au centre de l'affaire. Car les filles de cette vieille race de paysans avaient des yeux immenses et des lèvres rouges, les jeunes hommes étaient courageux et chastes et mon père était un garçon vigoureux qui pouvait avoir jeté les yeux sur quelque jolie fille de son domaine. Mais je n'ai rien découvert de la sorte, rien du tout. Je ne peux en poursuivant mon récit que constater que les choses se sont passées de cette façon — que ce fut ainsi...

« Il y eut à une certaine époque, reprit-il, au sud du château et surplombé par ses fenêtres, un pré où les paysans menaient paître leur bétail avec celui de mon père. Plus tard, ils cessèrent d'y conduire leurs troupeaux et mon père fit inclure ce pré dans son propre parc.

« Or, un été, la pluie vint à faire défaut, l'herbe se dessécha et les paysans perdirent beaucoup de bétail. Mon père lui-même dut faire rentrer les jeunes bêtes pour qu'on les nourrisse à l'étable, et, par erreur, ses vachers emmenèrent un jeune taureau noir de petite taille appartenant à Linnert. Le lendemain, Linnert vint au château réclamer son taurillon. Lorsque la réclamation parvint à mon père, celui-ci se mit à rire. Linnert, déclara-t-il, était un malin qui accusait de vol le premier vacher de son maître, afin d'augmenter son troupeau. Il fallait le récompenser de son esprit inventif. Aussi, mon père fit-il sortir de son étable un superbe jeune taureau et le fit remettre à Linnert. Et il pria ses gens d'informer Linnert qu'il avait retrouvé son taureau. Mais le paysan refusa de l'emmener, affirmant que l'animal n'était pas le sien et il attendit pendant toute la journée auprès de l'étable qu'on lui rendît son taureau.

« Le lendemain, mon père fit mener un autre beau et jeune taureau au troupeau de Linnert, et une fois de plus fit dire au paysan par ses vachers qu'ils lui ramenaient son taureau. Mais la tentative échoua comme la première fois. Linnert revint avec le taureau au bout d'une corde.

« — Ce gros et jeune taureau n'est pas à moi, dit-il. Il faut qu'il y ait une justice sur terre. Mon petit taureau n'était pas moitié aussi gros que celui-ci, pas moitié aussi beau. Rendez-moi mon petit taureau noir.

« Et, comme la veille, il demeura dans la cour de la ferme tard dans la soirée, attendant son taureau.

« A cette époque, mon père possédait un magnifique taureau adulte, acheté fort cher dans le Holstein, mais l'animal était vicieux et avait encorné un homme qui en était mort. Les voisins avaient averti mon père qu'il lui faudrait s'en défaire, mais il leur avait répondu qu'il avait encore sur son domaine des gens capables de manier un taureau. Il demanda à trois de ses hommes — moins nombreux ils n'auraient pas osé se charger de la besogne — de mener le taureau à l'étable de Linnert en lui portant un message.

« — Si celui-ci, fit-il dire au paysan, est l'animal que j'ai pris indûment, le voici ramené chez toi avec mes excuses. Mais si ce n'est pas le tien et si tu es assez grand pour savoir qu'il y a une justice sur terre, tu seras sûrement assez fort pour me le ramener dimanche soir.

« Car l'anniversaire de mon père tombait le dimanche suivant et, selon son habitude, il donnait un grand dîner où étaient conviés gentilshommes et dames des environs. Et il pensait qu'il n'était pas impossible que Linnert ramenât le taureau au château, sous les yeux des invités.

« C'était au mois d'août. Depuis une semaine il faisait une chaleur étouffante. Dès le dimanche matin, tandis qu'on poudrait mon père, les gens s'écrièrent dans la cour de la ferme : « Voici Linnert qui arrive à cheval sur le taureau de Holstein ! » Mon père courut à la fenêtre et vit ce qu'il n'avait jamais vu. Linnert, après avoir franchi la porte de la ferme, débouchait dans la cour du château à califourchon sur le taureau comme si celui-ci avait été un cheval. Le taureau était

243

couvert de poussière et d'écume, ses flancs se soule-
vaient et s'abaissaient comme une paire de soufflets et
le sang coulait de ses naseaux. Mais Linnert, portant
haut la tête, était assis très droit sur son dos. Il amena
sa monture devant le grand escalier de pierre au
moment où mon père franchissait la porte d'entrée, sa
tête à moitié poudrée.

« — Tu es un bon cavalier, cria mon père. Je te ferai
rebaptiser, car un nom de paysan ne te convient plus.
Il faudra te nommer comme celui qui amena vivant
dans le Péloponnèse le taureau sauvage de la Crète ! —
Il descendit une marche et ajouta : Mais pourquoi
viens-tu aujourd'hui ? Je t'avais prié de venir demain
lorsque j'aurai chez moi, pour t'admirer, la fine fleur
de l'île.

« — Je pensais, répondit Linnert, que lorsque ton
taureau et moi-même nous nous serions fait voir de
toi, nous n'aurions plus besoin de personne d'autre.

« Mon père descendit les dernières marches.

« — Eh bien ! ceci ressemble aux jeux de nos plus
jeunes années, dit-il, je vais boire une coupe de vin
avec toi, Linnert, et tu remporteras chez toi la coupe
d'argent pleine de rigsdalers.

« — Et ce sera l'un de nos derniers jeux, je pense,
dit Linnert.

« Là-dessus, il fit faire volte-face au taureau pour
traverser la cour en direction de l'étable. Mon père
rentra afin qu'on finît de lui poudrer les cheveux.

« Mais, une heure plus tard, le vacher vint de
l'étable et annonça que le taureau était mort. Pendant
qu'il l'installait dans sa stalle, le sang s'était mis à
couler plus abondamment de ses naseaux, il avait
fléchi sur les genoux et, au bout de quelques instants,
avait posé la tête sur le sol, et il était mort.

« — Et que fait Linnert, demanda mon père, que
j'ai attendu ici pour qu'il vienne boire avec moi ?

« Le vacher dit que Linnert, comme la dernière fois,
attendait dans la cour de la ferme.

« Mon père fit amener Linnert devant lui.

« — Tu as chevauché mon taureau jusqu'à ce qu'il en crève, dit-il. C'est une action dont on parlera pendant cent ans. Si ce taureau t'appartient, c'est ta propre affaire, et la viande et la peau sont à toi. Mais si ce taureau est mien, tu devras me le payer. A qui de nous deux, ce taureau appartient-il ?

« — Ce n'était pas mon taureau, répondit Linnert, et je ne suis pas venu ici pour obtenir un taureau, mais pour obtenir justice.

« — Tu me fais honte, Linnert, dit mon père, car je pensais que j'avais en toi non seulement un homme fort, mais aussi un homme avisé. Mais voici que tu me dis que je t'ai donné plus que ton dû et cependant tu continues à me demander ce que je ne peux pas te donner, sachant que cela ne peut pas se trouver sur terre. Maintenant je te demande pour la dernière fois : A qui de nous deux appartient ce taureau ?

« — Ce grand taureau était à toi et c'est le petit taureau noir qui est à moi, répondit Linnert.

« — Tu l'auras voulu, dit mon père. Donc tu as tué mon meilleur taureau et tu vas devoir me le payer. Et puisque tu aimes tant monter à cheval, tu y monteras encore une fois aujourd'hui.

« La jument de bois qui n'avait pas servi depuis bien des années était encore devant la grange. Mon père y fit monter Linnert. C'était une journée chaude et, au cours de l'après-midi, la chaleur augmenta encore. Lorsque l'ombre de la grange atteignit la jument de bois, mon père la fit traîner au soleil. »

Eitel fit une pause.

— Mon père, répéta-t-il, la fit traîner de l'ombre au soleil.

« Mon père, dit-il, reprenant son récit, avait l'habitude de faire une promenade à cheval, l'après-midi, dans les champs. Cet après-midi-là, comme il passait devant la jument de bois et l'homme juché dessus, il tira sur les rênes de son cheval.

« — Dis-le, Linnert, dit-il. Quand tu te souviendras que le taureau était à toi, mes hommes te descendront.

« Linnert ne répondit pas un mot, mon père le salua du chapeau et sortit à cheval de la cour.

« Une fois de plus, en revenant de sa promenade, il s'arrêta devant la jument de bois.

« — En as-tu assez, Linnert ? demanda-t-il.

« — Oui, je crois que j'en ai assez, répondit le paysan.

« Alors mon père le fit descendre de la jument de bois.

« — Eh bien ! lui demanda-t-il, vas-tu te mettre à genoux pour me baiser la main et me remercier de ma mansuétude ?

« — Non, cela, je ne le ferai pas, répondit Linnert. Mon petit taureau noir, je pouvais le toucher et le sentir, mais de ta main je ne sens nulle pitié.

A l'instant même, l'horloge de l'écurie sonna six coups.

« — Eh bien, remettez-le en selle, dit mon père, et laissez-l'y jusqu'à ce qu'il se fende en deux.

« Comme le crépuscule tombait, poursuivit Eitel, mon père se mit à la fenêtre et vit que le paysan était tombé, face contre terre sur les madriers.

« — Va, Per, dit mon père à son valet, et fais ramener Linnert.

« Le valet revint :

« — Ils ont ramené Linnert, dit-il. Il est mort.

« On trouva que le taureau avait encorné Linnert et lui avait cassé deux côtes. Il y avait du sang répandu sous la jument de bois.

« Cette histoire se propagea, on en parla, elle causa quelques ennuis à mon père. Car les choses n'étaient plus, de son temps, ce qu'elles avaient été à l'époque de mon grand-père ou de mon arrière-grand-père où les maîtres pouvaient faire ce que bon leur plaisait de leurs serviteurs. Une plainte parvint devant le Roi lui-même. Mais mon père n'avait pas su que Linnert avait reçu un coup de corne du taureau. De sorte que, finalement, la chose en resta là. »

— Voilà ce qui s'est passé, dit Eitel. Je t'ai raconté l'histoire que tu voulais connaître.

Les deux jeunes gens restèrent silencieux pendant un moment.

— Et cette histoire, demanda-t-elle, s'est déroulée bien des années avant ta naissance ?

— Oui, dix ans avant.

— Pourquoi est-ce aujourd'hui qu'elle t'est revenue à l'esprit ?

— Je peux te le dire. J'y ai pensé aujourd'hui parce que j'ai appris ce matin que le petit-fils de Linnert avait été condamné à mort pour le double meurtre d'un garde et de son fils et qu'on doit lui trancher la tête à Maribo, demain, à midi.

Elle tressaillit.

— Le pauvre homme ! dit-elle. Mais quel rapport cela a-t-il avec ton père et le paysan ? reprit-elle après un silence.

— Je vais te raconter la suite de l'histoire, dit Eitel.

« Comme tu le sais, ma mère était une femme douce et bonne envers tous. Sans doute cette histoire l'avait-elle tourmentée, bien qu'elle eût eu lieu dix ans avant son mariage.

« Il advint que, vers l'époque où je vins au monde, la fille de Linnert, qui nourrissait un enfant au sein, devint veuve. Les paysans, comme vous le savez, se marient jeunes et Linnert, lorsqu'il mourut, était déjà marié depuis dix ans. Il se peut que ma mère se soit souvenue, à ce moment, de cette vieille histoire. En effet elle fit venir la fille de Linnert qui avait le même âge qu'elle — dix-neuf ans — et l'engagea comme nourrice pour son enfant. On m'a dit que ses amies avaient mis ma mère en garde, craignant que Lone n'eût conservé le souvenir de la mort de son père et ne se montrât dure envers l'enfant de l'homme à qui je

247

devais la vie. Ma mère leur répondit qu'elle avait trop confiance dans la nature humaine pour craindre quoi que ce soit de la sorte. Si cette réponse était belle, il n'est pas moins beau que sa confiance n'ait jamais été trahie. Je t'ai dit, tout à l'heure, que j'avais aimé, en dehors de toi, un seul être humain. C'était à cette femme, à Lone que je pensais.

— Vit-elle encore ? demanda Ulrikke. C'est en pensant à elle, à cette pauvre femme, que tu souffres ?

— Oui, répondit-il, autant que je sache, elle vit toujours. Elle est restée avec nous jusqu'à ce que j'aie eu sept ans, puis on m'a donné un précepteur. C'est alors qu'elle s'est remariée avec le pasteur de notre paroisse et, plus tard, elle l'a accompagné à Fünen. Oui, c'est en pensant à elle que je souffre aujourd'hui.

« Comme je te le disais, je ne fais, en parlant de Lone, que poursuivre mon histoire. Lone était bien traitée chez nous, elle avait de bons vêtements et une jolie chambre près de celle de la femme de charge. Elle était la servante préférée de ma mère. Lone, autant qu'elle le pouvait, témoignait sa reconnaissance à ma mère. Les deux jeunes veuves, la maîtresse et la servante, étaient, je le crois, sincèrement dévouées l'une à l'autre. Lorsque ma mère mourut, on dit que Lone resta une semaine sans dire un mot, si profonde fut sa douleur. A cette époque, les amies de ma mère étaient revenues sur le sentiment de défiance que la paysanne leur avait autrefois inspiré. Si j'étais devenu si vigoureux, c'était, disaient-elles maintenant, au lait de Lone que je le devais ; c'était la vigueur de Linnert qu'elle transmettait à l'enfant qu'elle nourrissait, et moi aussi je pourrais un jour rentrer à la maison monté sur un taureau. Voici longtemps que je n'avais pensé à Lone — aujourd'hui j'ai pensé à elle. Elle ne me quittait pas puisque ma mère était trop délicate pour me garder auprès d'elle et je me la suis représentée comme une grosse poule étendant sur moi ses ailes chaudes et protectrices ;

248

quand j'étais malade elle s'asseyait près de mon lit, me préparait d'étranges simples doux-amers. Je me rappelle les chansons qu'elle me chantait, les contes de fées qu'elle me racontait. Car, dans sa famille, on avait le don de la poésie ; les jeunes hommes composaient des ballades tandis que les vieilles femmes conservaient la tradition des mythes et des légendes de l'île.

— Toi et moi nous lui devons beaucoup de reconnaissance, dit doucement Ulrikke.

— Oui. Mais il y a un autre personnage dans cette histoire et qui, lui, n'a pas de raisons d'être reconnaissant à qui que ce soit, car les heureuses années de mon enfance ne furent pas heureuses pour le fils de Lone.

— Son propre fils ?

— Oui, celui dont la vie se termine demain à Maribo. Je ne sais que peu de chose de lui. Il se peut même que Lone n'ait jamais prononcé son nom devant moi : elle l'avait appelé Linnert, d'après le nom de son père. Aujourd'hui j'ai demandé à des gens des renseignements sur lui et j'en ai appris davantage sur son compte. Lone, m'a-t-on dit, l'avait éloigné d'elle. Elle était loyale dans l'accomplissement de ses devoirs et il se peut qu'elle ait craint d'y mettre moins de zèle si elle conservait son propre fils auprès d'elle.

« Encore enfant, il est devenu berger dans une ferme où les domestiques mouraient de faim et étaient rongés de vermine. Plus tard, on l'a mis en apprentissage chez un garde. C'est ce qui a causé sa perte car il a appris à se servir d'un fusil et c'est ainsi qu'il a commencé à braconner. J'ai appris qu'il a toujours été un garçon sauvage, adonné à la boisson et batailleur. Pour finir, le voilà assassin et on va l'exécuter.

« C'est à cause de ce garçon qu'aujourd'hui j'ai fait sortir de leurs tombes ces paysans d'autrefois et qu'ils nous accompagnent au bois. Ou bien, il se peut qu'ils aient surgi eux-mêmes de la tombe et soient venus avec nous, pour la raison que mon frère de lait est si près de les y rejoindre.

« Tu croyais, me disais-tu, reprit-il en souriant légèrement, que le Seigneur, s'il créait un monde plus juste, pourrait daigner me choisir pour l'aider. Mais maintenant je croirais plutôt que le Seigneur a eu le dessein, à travers tout cela, de me faire comprendre qu'une injustice, une fois commise, ne peut être réparée. Ma mère, en engageant la fille de Linnert dans la maison et en se faisant une amie de cette paysanne, a voulu racheter une injustice, mais le seul bien qui en ait résulté a été de priver l'enfant de cette femme du lait de sa mère. J'ai rêvé qu'avec ma propre vie, et mon propre sang — un sang plus noble malgré tout — je pourrais laver le sang qui a coulé sous la jument de bois. Mais la conclusion de tout cela est la suivante : demain, à Maribo, ce même sang coulera encore. Toute ma vie, j'ai senti que mon père était un prisonnier chargé de culpabilité et de haine et j'ai cru que le moment viendrait où je l'entendrais me dire : " Il est bien que tu n'aies libéré. " Mais, maintenant, quand ces mots seront-ils prononcés ?

— Eitel, dit Ulrikke, nous ne pouvons le dire. Il se peut qu'il existe une autre justice que la nôtre qui, en fin de compte, règle équitablement toutes choses.

— Le crois-tu ? dit-il, puis, un moment plus tard : Ecoute ceci : ce matin, la rumeur s'est répandue que le prisonnier s'était échappé de sa prison. Je pensais qu'il pourrait venir à moi pour me maudire, moi et la mémoire de mon père. S'il était venu — s'il vient ce soir — puis-je le réconforter avec les paroles dont tu te sers pour essayer de me réconforter : « Il se peut qu'il existe une autre justice que la nôtre qui, en fin de compte, règle équitablement toutes choses » ?

Une fois de plus, un long silence régna. Au milieu de ce silence le petit claquement répété, rapide, d'un pivert s'éleva tout à coup dans un arbre proche.

— Je connais celui dont tu parles, dit Ulrikke.

Eitel s'arracha au cours de ses pensées.

— Tu le connais ? demanda-t-il, surpris.

— Oui, dit-elle. A une certaine époque nous avons été amis. J'étais une fille de treize ans et lui en apprentissage chez notre garde-chasse. Je crois que c'est ce même garçon car il s'appelait bien Linnert. J'étais seule à la maison cet été-là. Maman était à Weimar. Lui et moi nous allions souvent ensemble dans le bois. Nous cherchions des nids d'oiseaux, il m'a appris à imiter le chant du coucou pour appeler l'oiseau à moi et le brame du cerf. Personne ne le savait. Je me souviens d'un jour où, la jupe relevée, j'avais suivi avec lui, la main dans la main, tout le cours du ruisseau depuis l'endroit où il pénètre dans le bois jusqu'à celui où il en sort. Il était fort et ses mouvements étaient légers et il avait les cheveux les plus doux et les plus épais qui soient. Un jour, poursuivit-elle, et, à l'évocation de ces souvenirs, sa voix devint claire et joyeuse, il était tombé d'un arbre et s'était écorché la figure plutôt que de lâcher le nid de pigeon rempli d'œufs que je voulais avoir. Nous sommes descendus vers le ruisseau pour qu'il lave le sang de sa blessure : et alors, tout d'un coup, il est tombé comme frappé à mort. Je me suis assise, sa tête sur mes genoux, ici même, dans le bois.

Elle resta plongée dans ses pensées, regardant au loin.

— Je lui ai donné un baiser lorsqu'il s'est réveillé, dit-elle. Sa peau était douce comme la mienne. Je lui ai dit : « Ne coupe jamais tes cheveux et ne te laisse jamais pousser la barbe. »

Tout en parlant ainsi, on eût dit qu'elle tenait une fleur devant son visage. Le parfum de cette fleur causait à Eitel un étrange petit pincement de jalousie. Il la regardait, se pénétrait d'elle, de son attitude. De ces lèvres rouges, il avait reçu cent baisers. Et voici que douze ans plus tôt, l'enfant perdu, sanglant, en avait reçu un, lui aussi. Demain, la tête qui avait reposé sur les genoux d'Ulrikke serait tranchée par le bourreau ; il la saisirait pour la montrer à la foule, par cette même et belle chevelure qu'il avait dû ne jamais couper.

— Lorsque j'imaginais, dit-il, que l'heure viendrait où je pourrais dire : « Maintenant, Linnert, la rançon de ta mort a été payée », je pensais à l'homme que mon père a tué. Je ne savais rien du jeune Linnert. Je me dis maintenant que ce moment ne viendra jamais et qu'au contraire ce jeune homme portera condamnation contre moi.

Elle se tourna vers lui, en lui offrant, par ce seul mouvement, tout son visage, ses sombres yeux souriants et ses lèvres frémissantes.

— Contre toi, s'écria-t-elle, alors que je t'aime !

Elle se laissa glisser du mur, dans ses bras, comme une fleur emportée par le vent. Ils restèrent étroitement enlacés et l'instant se referma sur leurs têtes, comme une vague qui emporte le passé et l'avenir. Elle lui mit légèrement deux doigts sous le menton et lui souleva le visage.

— O toi, défenseur du passé, dit-elle. Bientôt, bientôt, toutes ces choses qui nous entourent seront choses du passé. Bientôt, bientôt, je serai la pauvre vieille grand-mère Ulrikke qui est désormais au cimetière mais qui autrefois avait l'habitude de rencontrer son amant au bois. Et son amant l'y aimait-il ?

— Ah ! s'il l'aimait ! lui murmura Eitel, dans les cheveux. Le Ciel pour lui, c'était entre ses bras.

— Hélas ! murmura-t-elle une fois de plus.

Il y avait un rire et un soupir dans son chuchotement. Ainsi souriaient et soupiraient les célèbres beautés de ce grand monde dont elle faisait partie par la naissance mais qu'elle n'avait jamais connu, fleur poussée dans l'ombre. Dans les bras de son amant, elle imitait pour rire les héroïnes que sa mère révérait et copiait.

— Mon cœur soupire ?

— Hélas, le Ciel ! Les gens comme toi n'iront jamais en Paradis, tu ne seras heureux qu'en Enfer.

Ce fut à lui maintenant de l'obliger à lever son visage :

— Que veux-tu dire, ma douce ? demanda-t-il.

Elle le regarda dans les yeux, solennelle et malicieuse :

— Ah ! oui, murmura-t-elle de nouveau, là tu y serais en paix pour tout oublier de ta justice. Car là, rien de pire que l'enfer lui-même ne pourrait t'arriver. Et là, personne n'y serait plus mal que toi.

Une fois de plus, elle posa son visage sur l'épaule d'Eitel. Il voulait répondre mais qu'elle fût si près de lui avec le poids léger de son corps contre le sien lui fit perdre le fil de son discours. Les silencieuses profondeurs de la forêt qui l'entourait et son propre silence à elle, si près de son cœur, bientôt se confondirent pour lui et, irrésistiblement, il s'y laissa sombrer.

Un moment plus tard, elle dit : « Je dois partir », et elle se recoiffa.

Elle avait insisté pour nourrir elle-même son plus jeune enfant, la fille de son amant, et maintenant l'enfant la tirait vers elle par d'invisibles liens.

Tandis qu'elle remettait son peigne, elle dit :

— Tu sais que ma mère est chez nous ?

Il dit :

— Je t'accompagne jusqu'à la barrière.

Ils cheminèrent ensemble, heureux, sans rien dire. A la barrière, elle se retourna vers lui :

— Rappelle-toi, dit-elle, sur un ton à la fois impérieux et suppliant — ses yeux s'emplirent de larmes au moment de leur séparation — que tu dois vivre.

Lui qui restait appuyé à la grille dans l'ombre verte et sombre, suivit des yeux la blanche silhouette qui marchait légèrement et rapetissait... « Pense-t-elle le moins du monde à moi ? » se demandait-il.

Le vaste parc qui entourait la maison jouxtait la forêt, dont les arbres aux cimes altières se faisaient plus rares, par degrés, pour laisser la place aux pelouses, aux bosquets, aux allées de graviers et aux parterres de fleurs. La propriétaire du jardin suivit le chemin qui menait à la maison.

Le soleil de l'après-midi et l'ombre se partageaient le jardin. Des asters rouge foncé ou violets brillaient dans les parterres. Deux aides-jardiniers ratissaient les allées; le vieux chef jardinier aperçut de loin sa maîtresse, enleva sa casquette et s'approcha pour lui montrer un grand dahlia écarlate et jaune qu'il avait lui-même obtenu en serre et auquel il voulait donner son nom. Elle admira la fleur qu'elle épingla sur son écharpe. Près du grand perron qui donnait sur le jardin, son petit garçon quitta la main de sa nurse et courut vers elle. Pendant qu'elle le soulevait dans ses bras, il prit la fleur brillante. Elle le taquina, lui chatouillant le visage de la fleur puis éloignant celle-ci hors de portée. Quand il se mit à bouder, elle le pressa contre elle, lui tapota la joue, lui tira les cheveux. Mais elle ne l'embrassa pas, ses lèvres appartenaient encore à la forêt. Elle le tendit à sa nurse et s'éloigna rapidement, impatiente de parvenir à son but.

En pénétrant dans l'appartement de sa mère, une heure plus tard, elle vit que les rideaux étaient tirés, les tables et les chaises couvertes d'une masse de vêtements éparpillés et que sa mère elle-même, en proie à une violente agitation, arpentait le parquet de long en large, telle une lionne en cage. Un instant, la femme la plus âgée dévisagea la plus jeune, comme horrifiée à sa vue; puis elle s'avança vivement vers elle, s'abandonna complètement et se mit à gémir. Ulrikke parcourut la pièce des yeux, cherchant la cause du désespoir de sa mère. La belle Sibylla avait revêtu une longue amazone flottante de velours noir et un court manteau de drap vert qu'elle n'avait pu boutonner.

— Oh! Rikke, s'écria-t-elle, je suis devenue vieille.

D'un mouvement brusque et emporté, elle se tourna vers sa propre image dans la longue glace dépolie accrochée au fond de la pièce sombre. La glace lui renvoyait l'image de boucles emmêlées et d'un visage gonflé par les larmes. D'un ton accusateur, la femme de chair et de sang cria à son image d'une voix basse et rauque : « J'étais belle. »

En général, Ulrikke trouvait des mots de réconfort quand sa mère pleurait sur la perte de sa beauté. Cette fois, elle ne dit rien, mais se borna à serrer dans ses bras la forme désolée, la pressant si fort que sa mère ne pouvait continuer à se regarder dans la glace.

— Si au moins j'étais devenue mince, gémit Sibylla sur le sein de sa fille. Si j'étais devenue un squelette et un crâne, un *memento mori* pour la foule vulgaire qui refuse de penser au temps et à l'éternité ! Je pourrais encore leur inspirer un sentiment ! Et, en entrant dans une salle de bal, je pourrais encore faire jaillir d'eux tous, des étincelles : des épigrammes, des poèmes, des exploits héroïques — et — oh ! — la passion aussi. Je pourrais au moins leur inspirer de l'horreur, Rikke, et j'accepterais d'inspirer de l'horreur. Mais je suis grosse.

Le mot fatal, effectivement prononcé, la frappa de mutisme pendant quelques instants.

— Ce n'est pas la mort — elle reprit son thème, parlant cette fois lentement et solennellement. Ce n'est pas la mort que je personnifie pour eux. C'est la déchéance et la décrépitude. Odieuse pléthore dans ce corps de proportions parfaites naguère. Il y a trop de ces bras, de ces hanches, de ces cuisses — de cette poitrine ! Rikke, ma poitrine fait rire les gens.

« Si c'était un être humain qui m'avait fait cela, s'écria-t-elle soudain, j'aurais pris ma revanche ; j'aurais fait se lever tous ceux qui m'ont adorée pour me venger d'une telle cruauté. Car, représente-toi un peu ce que cela signifie : on prend une jeune femme heureuse, innocente, confiante et, lentement, très lentement, on lui arrache les dents, les cheveux, on lui décolore les yeux, on lui déforme le corps, on lui crevasse la peau, on lui casse la voix et on la met bien en évidence aux yeux de tout le monde, comme si elle était toute nue. « *Voilà la belle Hélène*[1]. » Ce n'est pas bien, ce n'est pas juste ! Mon Dieu, il n'y a pas de justice sur terre !

La lionne vieillissante avait tiré les rideaux parce que la poudre et le rouge ne suffisaient plus à cacher le déclin de sa beauté. Elle qui avait aimé l'éclat du soleil, l'éclat des bougies et celui de la surprise ou de l'adoration dans le regard qui rencontrait le sien, à présent, telle une bête traquée, elle fuyait toute lumière, elle allait se tapir dans une pièce sombre et, dans le noir, elle imaginait follement son avenir parmi les aveugles. Toujours dans les bras de sa fille, elle se penchait en arrière, le corps entièrement noué. Elle éprouva la chaleur et la force du jeune corps si près du sien, ferma les yeux, cherchant avec effort le moyen de sortir de sa misère. Ses amies, d'autres dames de son âge, trouvaient un réconfort, elle le savait, dans la jeunesse et le bonheur de leur fille. Lui était-il possible de faire la même chose ? La réponse ne se fit pas attendre : non ! Elle devinait qu'Ulrikke avait un amant et jusqu'à ce jour, elle s'était demandé si l'harmonie d'une idylle juvénile la distrairait de la laideur de ses histoires de cœur personnelles, orageuses, incertaines. La réponse, cette fois encore, lui vint aussitôt : non ! Dans sa détresse croissante, elle se demanda si c'était la punition pour avoir, cinq ans auparavant, délibérément sacrifié le bonheur de la jeune fille afin de retarder un peu sa propre condamnation.

« Et aurais-je alors, se demanda-t-elle dans le fond de son cœur, renoncé à ces cinq ans de répit ? » Une

1. En français dans le texte. *(N.d.T.)*

fois encore, la réponse vint, inexorable : non ! non !
« Si c'était à refaire, les choses étant ce qu'elles
étaient, je le referais. Je ne pouvais rien faire d'autre.
Ainsi — que Dieu me vienne en aide ! — je ne pouvais
pas. » Le conte du vampire, qui obtient un délai de vie
supplémentaire en buvant le sang de jeunes enfants,
lui traversait l'esprit. Egarée, elle souleva la main de
sa fille, planta la dent dans un doigt mince et fin, puis,
frappée d'horreur, elle laissa retomber la main. Elle
ouvrit de grands yeux vitreux, ces yeux célébrés jadis
par les plus grands poètes, et elle regarda fixement
Ulrikke.

— Oh ! tu ne sais pas, murmura-t-elle, ce que c'est
que d'avoir été aimée avec passion, avec ce qu'un
homme a de plus fier en lui ! Et puis, à la fin, d'être
aimée par pitié. Toi aussi, ajouta-t-elle — l'œil fixé sur
le visage de sa fille —, toi aussi, tu ne m'aimes que par
pitié !

Ulrikke continuait à la caresser doucement. A travers son esprit, telle l'ombre du nuage sur un plan
d'eau, passait l'ombre de cette souffrance, de cette
crainte qui semble devoir assombrir toute existence
humaine. Dans les sauvages lamentations de sa mère
serrée contre elle, elle entendait l'écho des cris furieux
de sa petite fille une heure plus tôt, du monologue
mélancolique de son amant dans le bois et, enfin, de
l'amère solitude, au loin, de son compagnon de jeux,
condamné. Tous, tant qu'ils étaient, semblaient souffrir et redouter. Fallait-il donc tant souffrir et tant
redouter sur cette terre ? La mort était-elle toujours
triste et redoutable ? Pour la première fois de sa vie,
elle prit conscience qu'elle aussi mourrait. Mais tandis que la mort devait apparaître à autrui comme un
sombre océan sans fond, elle l'imaginait une eau peu
profonde où elle pourrait s'avancer, la jupe levée et le
visage calme.

« Quelle oie je suis, pensa-t-elle, de me laisser aller à
ces sottes songeries ! »

— Oh ! quelle oie vous êtes, ma petite maman, dit-elle à sa mère en relâchant son étreinte. Vous êtes tout aussi belle aujourd'hui que vous ressemblez à la déesse Junon que lorsque vous étiez mince comme un roseau. Allons, votre corset est trop serré. Laissez-moi lui donner un peu de jeu.

Comme si les traits de la dame se fussent trouvés liés par le cordon de soie que sa fille était en train de relâcher, ils se détendirent subitement et un petit sourire enfantin anima ce visage. Avec la torture physique, qui cessait, la souffrance de l'esprit se fit brève et l'espoir inonda le cœur de la vieille dame. Elle pouvait encore être aimée !

De nouveau elle souleva la main d'Ulrikke pour l'effleurer de ses lèvres.

— Ah ! chère maman, dit Ulrikke, si vous et moi allions aujourd'hui nous baigner au même endroit, là où la rivière fait un coude, comme lorsque j'étais petite fille, les cinq saules pleureurs qui s'y trouvent se pencheraient comme autrefois pour baiser vos blanches épaules. Regardez, ajouta-t-elle, en détachant la fleur de son écharpe et en la fixant au revers du manteau vert, cette fleur que le vieux Daniel m'a donnée c'est un nouveau dahlia qu'il a obtenu en serre : personne, dans l'île, n'en possède un pareil. Il vous prie de le laisser lui donner votre nom, « Sibylla », parce qu'il est si beau et si grand... Regardez-vous, maintenant, regardez Sibylla ! Vos yeux sont plus fidèles que ce mauvais miroir.

Venant de la forêt, Eitel rentra à cheval en traversant les chaumes. Lorsqu'il arriva sur ses terres, il mit son cheval au petit galop et lui fit sauter les petites meules de râtelures.

Il baignait encore dans le bonheur de la rencontre dans la forêt — tranquillement, comme une truite dans un ruisseau, entre deux pierres, se maintient en équilibre par de très légers mouvements des nageoires. Ses yeux parcouraient le paysage. A cette heure, le vol de canards sauvages commençait à barrer le bas du ciel de ses lignes fines ; de grands nuages légers, rosés, s'amoncelaient à l'horizon ; très loin, vers l'ouest, une ligne bleu sombre marquait la rencontre de la mer et du ciel. Ses oreilles percevaient des bruits lointains : roulement d'une charrette sur la route ; cris de vachers ramenant leurs bêtes. Mais il ne voulait penser qu'à elle.

Il se rappela comment lorsque, trois ans plus tôt, lui et elle s'étaient retrouvés, ils avaient rêvé de l'époque où elle serait de nouveau libre et où ils pourraient s'appartenir l'un à l'autre aux yeux de tous. Maintenant, il ne savait plus si, cet instant venu, il serait plus heureux qu'il ne l'était. Il y avait dans leur intimité secrète une infinie douceur. L'aimer, songea-t-il, c'était pour lui comme se laver le visage et les mains ou comme plonger dans une rivière claire et au débit régulier dont l'eau se renouvelait sans cesse, et il était juste que son chemin vers la rivière et l'endroit même de son bain fussent dérobés au monde entier.

Lorsqu'il aperçut, au-dessus des arbres, le grand toit et les fiers pignons de sa maison, il ralentit son cheval fumant. Il ne prit pas la grande et imposante avenue de tilleuls qui conduisait à la cour d'honneur, mais l'avenue, plus étroite, de peupliers qui menait à la ferme. Là des épis, de la paille, des chardons, restes de la moisson, remplissaient les ornières profondes et s'accrochaient jusque dans les hautes branches des peupliers.

A l'intérieur de la maison, dans la longue bibliothèque, la lumière du crépuscule filtrait à travers les fenêtres comme la lumière de l'après-midi avait filtré à travers la cime des arbres pour atteindre l'endroit où ils s'étaient assis ensemble. Les vieux parquets de chêne brillaient dans cette lumière comme de sombres troncs dans la forêt, les cadres dorés des portraits, les couleurs de la soie et du velours devenaient vivants et lumineux comme des branches d'arbres, des feuillages et des mousses. Ce profond éclat du jour finissant, c'était son sourire tremblant au moment de leur séparation, sa compassion et la promesse d'une nouvelle rencontre.

Il attendait, sous peu, la visite d'un vieil érudit de Copenhague, un prophète de nouvelles réformes, et attendait avec impatience les entretiens qu'ils auraient ensemble. Quand il eut terminé son dîner, il dit au jeune valet allemand qu'il avait ramené de Hanovre qu'il ne fallait pas le déranger et descendit de la bibliothèque plusieurs gros volumes pour étudier les questions qu'il aurait à examiner avec son invité. Dans l'embrasure de la fenêtre, il pouvait encore lire à la dernière lueur du jour et il s'assit avec un livre sur les genoux et d'autres livres sur l'appui de la fenêtre.

Pendant qu'il lisait, son valet entra dans la pièce pour poser sur la table un chandelier à trois branches et, debout auprès de la table, annonça :

— Il y a dehors une personne qui demande à parler au gnädiger Herr.

Son maître ne leva pas les yeux de son livre.

— Il est tard, dit-il au bout d'un moment.

— C'est ce que j'ai dit moi-même, répondit le valet. Mais cette personne est venue à pied en grande hâte et ne veut pas être renvoyée.

Eitel ferma son livre et resta de nouveau silencieux.

— Alors, introduisez-le, finit-il par dire.

— C'est une femme, gnädiger Herr, dit Johan. Elle m'a dit que son nom était Lone Bartels. La gouvernante semble la connaître et m'assure qu'elle a été autrefois en service dans la maison.

— Une femme, dit Eitel, Lone Bartels, faites-la entrer !

A ce moment il entendit la vieille gouvernante parler à voix basse à quelqu'un derrière la porte. Celle-ci s'ouvrit et sa visiteuse entra.

Près de la porte, elle fit une révérence et resta

debout. Elle n'était pas vêtue comme une paysanne mais portait un bonnet blanc et un tablier de soie noire sous lequel elle cachait ses mains. C'était une femme lourde, avec une peau pâle, comme farineuse, la femme d'un desservant de paroisse qui n'avait pas eu besoin de faire les gros travaux. Elle regarda droit vers lui.

Il avait tout de suite éprouvé un profond soulagement et de la joie en apprenant le nom de sa visiteuse à cette heure tardive. Mais maintenant que ses yeux rencontraient ceux de Lone, il fut, contre toute raison, saisi d'une sorte d'appréhension froide, mortelle, qui lui fit dresser les cheveux sur la tête. Ce n'était pas là une mère désespérée qui venait plaider pour la vie de son fils, c'étaient les vieux âges sombres, l'éternité, la destinée elle-même qui entraient dans la pièce.

Il fut terrifié par sa propre terreur. Ce fut seulement après un long silence qu'il fit un pas vers la femme qui se tenait devant lui. Et lorsque la lumière des bougies ne se trouva plus entre lui et elle, il reconnut le visage, autrefois si familier — et chéri, pendant son enfance, plus que tout autre visage humain. Presque sans savoir ce qu'il faisait, il la prit dans ses bras, il sentit que le grand corps doux les remplissait et respira l'odeur de ses vêtements. C'était comme si — hier — il avait reposé sur son sein.

— Alors tu es venue vers moi, Lone, dit-il, surpris du son de sa propre voix qui résonna presque comme la voix d'un enfant.

— Oui, dit la femme. Maintenant je suis venue.

Elle parlait comme au vieux temps, lentement et à voix basse. Ils se dévisagèrent mutuellement.

— C'est bon que tu sois venue, dit-il.

— Je souhaitais voir mon cher maître, dit-elle.

— Non, Lone, dit-il. Ne m'appelle pas maître. Appelle-moi Eitel comme aux vieux jours.

Une faible rougeur envahit lentement le pâle visage

de Lone. Mais elle resta immobile, les lèvres serrées, le regard très clair.

— Comment ça va, Lone ? demanda-t-il.

— Maintenant, tout va bien pour moi, dit-elle, en respirant profondément. Maintenant que je vous revois.

Le ton de dévotion familière de sa voix lui alla au cœur. Et au même moment, il s'expliqua la terreur subite qu'il avait éprouvée au moment de son arrivée. C'était elle — il le savait maintenant — qui, il y avait longtemps, longtemps, lui avait raconté l'histoire de son père et de Linnert.

Etait-elle venue aujourd'hui pour lui donner le moyen de racheter la faute ? Pendant un moment il resta aussi immobile qu'elle. Il s'accorderait quelques minutes pour lui parler comme il faisait lorsqu'il était enfant, avant de la laisser lui adresser sa tragique requête.

— Tu aurais dû venir plus tôt, dit-il. Pourquoi depuis tant d'années n'es-tu pas venue me voir, Lone ?

— Non, répondit-elle. Il n'y avait pas de raisons à cela. Je savais que tout allait bien pour vous. — Ses yeux brillants ne quittaient pas le visage d'Eitel. — J'attendais, dit-elle, après une brève pause, d'apprendre que vous étiez marié.

— Cela t'aurait-il fait plaisir, Lone ? demanda-t-il.

— Oui, cela m'aurait fait plaisir, répondit-elle.

Les pensées d'Eitel s'éloignèrent puis revinrent à elle.

— Mais j'ai eu, chaque année, des nouvelles de vous, dit-elle.

— Tu en as eu ? demanda-t-il.

— Mais oui, répondit-elle. J'ai su que vous aviez été très loin, dans des pays étrangers. Un jour, le tisserand d'ici est allé à un mariage à Fünen et il m'a dit que vous étiez devenu un homme très savant. Et, il y a deux ans, vous êtes venu vous-même à Fünen et vous avez acheté une paire de chevaux à Hvidkilde.

— Oui, dit-il, en cherchant à se souvenir. J'ai acheté deux chevaux de trait, des chevaux bais.

Il la conduisit vers un petit canapé près du mur, sous les portraits de son père et de sa mère, et s'assit à côté d'elle, sa main dans la sienne.

— Ah ! vous avez toujours aimé les chevaux, dit la femme. Quand vous étiez un petit garçon, où que vous alliez, vous emmeniez avec vous un cheval de bois.

— Eh oui, Lone.

— Dans ce temps-là vous et moi nous avons parcouru ensemble à cheval des lieues et des lieues, dit-elle, et elle sourit légèrement sans desserrer ses lèvres ridées. Ce n'était rien pour nous de galoper jusqu'à la maison du conseiller à Maribo. Je fabriquais tous vos chevaux avec du cuir et de la laine et des bouts de ruban de soie.

— Oui, dit de nouveau Eitel, en pensant à ces lointaines chevauchées comme si, en fouillant sa mémoire, il pourrait retrouver les noms de ses chevaux. Personne ne faisait cela aussi bien que toi.

Pendant un moment, ils restèrent tous deux silencieux, la main dans la main. Il pensa : « Mais c'est de son fils qu'elle a l'intention de me parler. »

— Vous vouliez les garder avec vous au lit, dit Lone, afin qu'ils puissent écouter, eux aussi, quand je vous racontais une histoire.

— Tu savais beaucoup d'histoires, Lone, dit-il.

— Vous les rappelez-vous encore ? demanda-t-elle.

— Je crois que oui... C'est seulement ce matin, dit-il au bout d'un moment, que j'ai entendu parler de ton fils, Lone.

Elle remua un peu sur son siège mais ne parla pas tout de suite.

— Oui, maintenant il va mourir, dit-elle enfin.

Cette résignation calme et ferme le remua comme si lui-même et cette humble mère pleuraient ensemble son enfant.

— J'ai pensé à lui pendant toute la journée, dit-il.

J'ai songé à demander sa grâce au Roi à Copenhague. J'aurais volontiers été à Copenhague pour cela, Lone.

— Vous auriez fait cela volontiers ? dit-elle.

— Mais il a tué un homme. Je crains que cela ne serve à rien de demander pour lui la clémence du roi.

— Oui, il a tué deux hommes, dit Lone.

— Alors il vaut peut-être mieux pour lui, dit Eitel, qu'il expie son crime. Ainsi personne ne pourra plus avoir de rancune à son égard.

— Non, dit-elle. Personne alors ne pourra plus avoir de rancune à son égard.

— Mais je peux obtenir pour toi l'autorisation de le voir demain matin dans la prison, dit-il.

— Cela n'est pas nécessaire, dit-elle.

— Alors, tu l'y as déjà vu ? demanda-t-il.

— Non, dit Lone. Je ne l'y ai pas vu.

— Ils n'ont pas été justes avec toi, dit Eitel. Ils auraient dû vous laisser vous voir et parler ensemble. Mais j'irai avec toi à Maribo et je veillerai à ce que cela soit fait. Nous irons demain matin, toi et moi.

— Nous avons aussi été à Maribo, dit la femme, quand nous faisions ensemble nos randonnées à cheval.

Eitel ne savait pas comment poursuivre. « Ai-je oublié, se dit-il, la manière dont fonctionne l'esprit simple et profond d'une vieille paysanne ? Ou bien, imagine-t-elle qu'elle doit me parler des jours anciens pour m'inciter à l'aider ? »

— En souvenir de cela, Lone, dit-il doucement, ne devrais-je pas te conduire à Maribo afin que tu puisses voir ton fils ?

Une fois de plus elle attendit un peu avant de répondre :

— Je ne l'ai pas vu depuis vingt ans, dit-elle.

— Depuis vingt ans ? demanda-t-il, surpris.

— Oui, dit-elle, il y a vingt ans que je l'ai vu pour la dernière fois.

— Pourquoi ne l'as-tu pas vu depuis vingt ans? demanda-t-il après un silence.

— Il n'y avait pas de raison pour que je le voie, dit-elle.

Sa voix était si basse qu'il n'était pas sûr qu'elle eût parlé.

— Comment se fait-il, demanda-t-il, que ton fils ait été si mauvais?

— Cela devait être ainsi, je pense, dit-elle.

— Mais tu aurais pu aller le reprendre quand tu t'es mariée et que tu as eu une maison à toi, dit-il. Etait-ce ton mari qui t'empêchait de le faire?

— Non, le pasteur m'aurait laissé faire comme je voulais, dit Lone.

— Ne l'as-tu jamais aidé, demanda Eitel à voix basse comme elle, lorsqu'il a été en difficulté?

— Non, répondit la femme.

Une pénible inquiétude, mêlée de chagrin, le fit se lever de son siège. Les propres mots dont il s'était servi avec Ulrikke lui revinrent à l'esprit avec plus de précision, maintenant qu'il était assis auprès de cette mère, gauche et fermée. Il était donc vrai qu'en même temps que son lait il avait sucé, de cette poitrine paysanne, l'amour maternel lui-même.

— Tu aurais dû le faire, Lone, dit-il lentement. Il a été seul et sans ami. J'aurais dû moi-même me souvenir de lui avant aujourd'hui. Tu étais aussi bonne pour moi que si j'avais été ton propre enfant. J'aurais dû épauler ton fils.

— Il n'y avait pas de raison pour que vous le fassiez, dit Lone.

Il alla à la fenêtre mais il sentit ses yeux qui le suivaient et il revint vers elle. Il pensa : « Quand j'ai su qu'elle était là, j'ai cru qu'elle était venue pour me juger. Mais il est plus dur encore qu'elle soit venue pour m'absoudre. »

— Pourtant il est encore ton fils, Lone, dit-il. Si graves que soient ses fautes.

— Non, dit Lone.

Une sorte de réprobation triste se mêla à sa compassion pour la femme. Il pensa : « Elle ne peut pas rejeter tout cela sur moi. » Il lui parut qu'il devait, à tout prix, réveiller dans le cœur de la mère une espèce d'amour pour son fils condamné.

— Tu es une femme, Lone, dit-il. Tu dois te souvenir du temps où tu le portais. Il est l'enfant qui a grandi dans ton sein, même aujourd'hui qu'il a perdu sa vie.

— Non ce n'est pas ainsi, dit-elle. C'est vous qui êtes mon enfant.

Il était si profondément absorbé dans ses propres pensées qu'il n'entendit pas tout de suite ce qu'elle disait. Ce fut seulement lorsqu'une fois de plus, il vit ses yeux fixés sur lui qu'il comprit ses paroles.

— Moi ? dit-il, et quelques secondes plus tard : De quoi parles-tu, Lone ?

— Eh bien ! maintenant je vais dire la vérité, dit Lone.

— La vérité ? dit-il.

— Oui, dit-elle. Linnert est le fils du maître. J'ai emmené l'enfant et j'ai mis le mien à sa place, quand j'étais nourrice là-haut.

La porte s'ouvrit et le valet d'Eitel entra avec le vin du soir, comme il avait coutume de faire quand son maître veillait pour lire. Il posa le plateau d'argent sur la table, regarda son maître, puis la femme et sortit.

Lorsque la porte se fut refermée derrière lui, Lone se leva et resta debout devant Eitel.

— Je peux faire le serment devant Dieu et devant les hommes, dit-elle, que ce que je viens de vous dire est la vérité.

— Tu ne sais pas ce que tu dis, dit-il.

— Si, je sais ce que je dis, dit-elle. Je me souviens bien du temps où je vous portais et du temps où vous grandissiez dans mon sein. Car vous êtes mon enfant.

Il pensa : « L'angoisse et la détresse ont troublé sa

266

raison », et il attendit un peu pour trouver les mots qu'il convenait de lui dire.

— C'est un vieux conte pour les enfants que tu me racontes, Lone, dit-il. Le conte des substitutions, si vieux qu'on en sourit. En me le racontant, tu cherches à aider ton fils. Mais tu te trompes, je ferai sans cela ce que je peux pour lui.

— Ce n'est pas pour l'aider que je vous le raconte, dit-elle. Moi, qu'on lui coupe la tête ou non, cela m'est égal.

— Alors, pourquoi me le racontes-tu ? demanda-t-il.

— Jusqu'à avant-hier je n'étais pas sûre, répondit-elle lentement, qu'il devait mourir. Quand je l'ai su, j'ai pensé : « Maintenant, cette histoire arrive à sa fin », alors je suis venue pour vous voir encore une fois.

— Pourquoi désirais-tu me voir encore une fois ? demanda-t-il.

— Je voulais voir jusqu'à quel point vous étiez un grand homme et un homme heureux, répondit-elle.

Il n'y a personne au monde, poursuivit-elle, qui ait eu connaissance de cela, sauf moi-même. Et maintenant, vous le savez aussi. Le pasteur n'en a jamais rien su. Je ne le dirai pas à notre pasteur sur mon lit de mort. Mais aujourd'hui je suis venue vous dire comment tout cela est arrivé.

— Non, tu ne me diras rien, dit-il. Tout cela n'est que ce que tu as rêvé, ma pauvre Lone.

Il se dressa devant elle.

— Je n'ai personne au monde à qui en parler, dit-elle, sauf vous. J'ai attendu vingt-trois ans pour le faire. Si mon histoire n'est pas dite maintenant, elle ne le sera jamais.

Elle sortit ses mains de dessous son tablier et le lissa lentement suivant un geste qui lui était familier quand, étant enfant, il se montrait entêté et qu'elle le raisonnait.

— Mais si c'est votre désir, poursuivit-elle, que je
m'en aille sans en dire davantage, je peux le faire.

Il resta silencieux pendant un moment.

— Non, dit-il, tu peux parler pour soulager ton
cœur. Je t'écouterai.

Il s'assit dans le fauteuil, près de la table, mais la
femme resta debout.

— Ah! alors je vais commencer, dit-elle très lentement, et je n'oublierai rien.

« C'est le premier soir où je suis venue ici que j'ai
échangé l'enfant du maître contre le mien. L'enfant
d'ici était né trois jours après le mien. Il était petit et
criait beaucoup. Je me suis assise près de son berceau
et j'ai chanté pour lui jusqu'à ce que je l'aie endormi.
Puis je me suis levée et, dans la chambre, j'ai confec-
tionné une poupée avec un coussin et des rubans de
soie tout juste comme plus tard je confectionnais des
chevaux pour vous et je l'ai couchée dans le berceau et
j'ai fermé les rideaux. J'ai dit à la femme de chambre
de notre gracieuse dame que j'allais rentrer chez moi
pour prendre mon châle du Dimanche et deux tabliers
neufs à moi, mais qu'elle devait laisser l'enfant seul
pendant ce temps-là car il avait bu et se tiendrait
tranquille. Mais j'ai pris l'enfant avec moi sous mon
manteau, bien au chaud, et je pouvais le faire parce
qu'il était tout petit. Dans l'escalier de l'aile ouest, j'ai
rencontré la gouvernante et elle s'est arrêtée pour me
parler et m'a demandé si j'avais beaucoup de lait.

« — Oui, ai-je répondu, l'enfant que je nourris au
sein va profiter et ne criera pas.

« Mais je me disais à moi-même pendant que nous
nous tenions là debout, que si l'enfant se mettait à
pleurer c'en était fait de moi. Mais il n'a pas pleuré,
pas cette fois-là.

« J'ai couché l'enfant dans mon vieux berceau à la
maison, mais vous, je vous ai pris et je vous ai caché
dans un panier que j'ai emporté avec moi et je vous ai

268

enveloppé de mon châle du Dimanche et de mes deux tabliers.

— Non, l'interrompit Eitel. Ne parle pas ainsi. Ne te sers pas, en disant ton histoire, du mot *vous*.

Lone resta immobile et le regarda :

— Voulez-vous dire, demanda-t-elle, que je ne dois pas parler de vous ou de ce que j'ai fait pour vous ?

— Si tu veux me raconter ton histoire, dit Eitel, raconte-la comme n'importe quel autre conte d'enfant.

Lone retourna le problème dans sa tête et reprit :

— Alors j'ai mis mon propre enfant, mon fils, dans le panier et j'ai marché jusqu'à la maison et j'ai dû m'arrêter de temps à autre car mon propre marmot était plus lourd que l'autre. La lune était pleine, aussi on voyait clair tout le long de la route. Le lendemain matin, j'ai dit aux servantes de la maison que l'enfant n'était pas bien et que personne ne devait entrer dans la chambre et, de cette façon, je suis restée seule avec lui pendant une semaine. Notre gracieuse dame m'a fait appeler chaque jour au pied de son lit pour que je puisse lui dire comment allait l'enfant et je lui ai dit que l'enfant allait bien. Elle m'a demandé si je désirais aller chez moi pour voir mon propre enfant, mais je lui ai répondu que je l'avais déjà éloigné de la maison pour l'envoyer chez des gens de ma famille.

« La semaine suivante, poursuivit-elle, le baptême devait avoir lieu. Ce jour-là, beaucoup de gens du grand monde sont venus au château et la vieille comtesse de Krenkerup a porté l'enfant sur les fonts baptismaux. J'ai été conduite à l'église dans la même voiture qu'elle, une voiture à quatre chevaux, je tenais l'enfant sur mes genoux et c'est seulement sous le porche que je le lui ai passé. Et lorsque j'ai entendu mon fils baptisé Eitel, d'après le père du maître, et Johann August, d'après le maître lui-même — au nom du Père, du Fils et du Saint-Esprit —, je me suis dit à moi-même : " Maintenant, ce qui a été fait ne peut être défait. " »

A ces derniers mots, la femme rougit légèrement comme de fierté et de satisfaction triomphante.

— Et pourquoi désirais-tu que cela soit ? demanda Eitel.

Lone posa sa main droite sur la table :

— Pour la raison suivante, dit-elle. Lorsque Madame m'a fait chercher pour nourrir son enfant et que j'ai traversé la cour de la ferme, j'ai passé devant la jument de bois.

— La jument de bois ? dit Eitel.

— Oui, dit Lone, elle était encore là, devant la grange. Notre gracieuse dame avait voulu la faire enlever, mais le maître avait dit non. Je n'étais jamais, avant ce jour-là, montée jusqu'au château, mais comme je passais devant la jument de bois, à côté du laquais de Madame qu'on avait envoyé me chercher, je me suis rappelé comment, lorsque j'avais moi-même dix ans, on avait ramené mon père de là. Et le soir du jour où mon enfant a été baptisé dans l'église, quand tous les invités élégants ont été partis et la maison dans l'obscurité, je suis retournée auprès de la jument de bois. J'ai posé ma main droite sur ce bois dur, comme je viens de la poser sur votre table, et j'ai parlé à mon père mort et je lui ai dit : " Maintenant ta mort a été vengée, Linnert. "

« Et maintenant, me croyez-vous ? demanda-t-elle.

— Non, je ne te crois pas, répondit-il, je ne pourrais pas te croire même si je le voulais.

Lone soupira profondément, regarda autour de la pièce et de nouveau le dévisagea :

— Ça, c'est la seule chose à laquelle je n'avais jamais pensé, dit-elle lentement et tristement, que lorsque je vous raconterais mon histoire, vous ne la croiriez pas. Je m'étais imaginé que, vous-même, vous vous souviendriez comment je vous avais porté de notre maison à la maison du maître.

Elle resta debout, plongée dans ses pensées.

— La maison du pasteur à Fünen, poursuivit-elle, je n'y ai jamais vécu réellement. Il me semblait que j'étais tout le temps ici avec vous. Mais ce n'était pas dans cette grande maison du maître que nous vivions ensemble. C'était dans notre vieille ferme, la maison des vieux parents qui est loin, en dessous. Là-bas, je vous tenais dans mes bras et nous parlions gentiment ensemble. Est-ce bien cela que vous me dites maintenant : que vous n'avez jamais été là-bas ?

— Tu le sais bien toi-même, lui répondit-il, que je n'ai jamais été là-bas.

Une fois encore, elle resta silencieuse.

— Il y eut cependant une autre personne, dit-elle, qui, à l'époque, devina quelque chose et qui pourrait certifier mon histoire. C'est la femme qui s'était chargée de l'enfant du maître et qui l'a gardé avec elle. Maren des marais.

— Maren des marais, répéta Eitel, j'ai entendu parler d'elle, je l'ai vue une fois. C'était une bohémienne, toute noire d'aspect, et on disait qu'elle avait tué son mari.

— Oui, dit Lone, c'était une mauvaise femme. Mais elle savait tenir sa langue.

— Où est-elle maintenant ? demanda-t-il.

— Elle est morte, répondit Lone.

Eitel se leva de son fauteuil :

— Et si dans ton histoire tout le reste avait été possible, dit-il, aurait-il été possible, Lone, qu'une femme bonne comme toi ait pu se conduire ainsi à l'égard d'une amie qui avait confiance en toi, à l'égard de ma mère ?

Lone fit un pas vers lui et bien qu'elle continuât à le regarder droit dans les yeux, elle parut perdre un peu le sens de la direction.

— Est-ce que même maintenant vous appelez notre gracieuse dame votre mère ? demanda-t-elle.

Comme elle s'approchait, il recula un peu et elle le suivit lentement de la même manière, à demi aveugle.

— Me fuyez-vous maintenant ? demanda-t-elle.

Il s'arrêta en comprenant qu'en effet il avait bien eu l'intention de fuir la femme qui était devant lui.

— Lone, dit-il, il fut un temps où tu m'étais plus chère que tout autre être humain. En ce moment il me semble que tu pourrais me l'être encore, oui, aussi chère que si tu étais, en effet, ma propre mère. Ou que je pourrais t'avoir en horreur comme l'une de ces sorcières auxquelles croient les vieilles gens, qui se repaissent d'un crime contre nature — comme une femme folle de méchanceté qui souhaiterait me rendre fou comme elle.

Alors lui et la femme demeurèrent debout face à face.

— Et n'y aura-t-il pas de justice sur terre ? demanda-t-elle enfin.

— Oui, il y aura de la justice sur terre, répondit-il.

— Mais la justice, poursuivit Lone d'une voix basse et gémissante, la justice, pour vous et moi, ne peut pas signifier que lorsque je vous ai porté à la maison, au péril de ma vie, afin de tout vous donner, c'étaient la maison et les gens de là-haut qui s'emparaient de vous et faisaient de vous l'un des leurs. La justice, poursuivit-elle plaintivement, le corps plié en deux comme sous l'effet d'une grande souffrance, ne peut pas signifier que je ne puisse jamais une seule fois vous appeler mon fils et jamais une seule fois vous entendre m'appeler Mère.

Eitel resta debout, fixant des yeux ce visage qui frémissait de douleur.

« J'ai perdu la tête, pensa-t-il. J'ai parlé durement à une vieille paysanne affligée qui s'était réfugiée chez moi. J'ai dit que je devais détester et craindre la femme d'un vieux pasteur de Fünen. »

Il s'approcha de Lone et lui prit la main.

— Oui, ma pauvre Lone, dit-il, tu peux m'appeler

ton fils et m'entendre t'appeler Mère. Nous l'avons fait si souvent, il y a des années. Et rien n'a changé, depuis, entre toi et moi.

Lone, très lentement, de sa main droite, lui caressa maladroitement le bras, du poignet à l'épaule et de l'épaule au poignet, puis elle laissa retomber sa main.

— J'ai fait un long trajet pour vous voir ce soir, dit-elle.

— Et je n'ai pas pris soin de toi, Lone, dit-il. J'aurais dû te faire donner quelque chose à manger et à boire. Maintenant, je vais te faire servir. Tu coucheras ce soir dans ta propre chambre. Et demain, ajouta-t-il, après un silence, comme je l'ai déjà dit, j'irai avec toi à Maribo. Tu en reviendras avec moi et tu resteras chez moi aussi longtemps qu'il te plaira.

Il se tenait debout, sa main dans la sienne. Pensivement il sentait au fond de lui-même une répugnance à mettre fin à cet entretien d'une si pénible confusion. Alors, il entendit une voix qui criait tristement : « Jamais plus, jamais plus. » Il recula un peu le moment de la séparation.

— A cette heure de la nuit, Lone, dit-il, il m'arrivait souvent de me réveiller d'un cauchemar. Alors tu chantais pour moi jusqu'à ce que je me rendorme. Je me souviens aussi, maintenant, que l'un des chevaux que tu avais fabriqués pour moi était fait de soie rouge avec une crinière de franges dorées venant d'un des manteaux de cour de mon père et qu'il s'appelait Guldfaxe.

— Oui, c'était son nom, dit Lone.

Les yeux de Lone fixaient toujours les siens mais c'étaient maintenant des yeux sans expression, des yeux d'aveugle.

Après un long silence, elle murmura :

— Puissiez-vous bien dormir.

— Et toi aussi Lone, petite mère, dit-il.

Il écouta ses pas s'éloigner dans le corridor.

Quand le bruit eut cessé, il saisit sur la table le lourd

chandelier, s'approcha du portrait de son père accroché au mur et éleva le chandelier de façon à éclairer complètement le visage souriant.

— Eh bien, mon père, dit-il, avez-vous entendu cela ? Vous étiez un gentilhomme beau, courageux, gai. Qu'en serait-il maintenant si le conte d'enfant que la vieille femme du pasteur nous a raconté avait été vrai ? Vous auriez vu ainsi le petit-fils du domestique que vous aviez lésé et tué, mettre sa vie, ses pensées et même son bonheur à votre service pour laver votre nom et effacer votre faute. Cela vous apparaîtrait-il comme le bon mot de la fin de toute l'affaire, comme une belle extravagance ? Serait-ce de cela que vous riez maintenant ?

Il était encore dans la même position, élevant le chandelier dans sa main, quand la porte s'ouvrit derrière lui une nouvelle fois et que sa vieille gouvernante entra sans bruit.

Mamzell Paaske avait fait partie de la maison de son père avant son mariage, et elle avait le privilège de pouvoir entrer dans la chambre du fils sans être annoncée, lorsqu'elle avait des questions d'importance à communiquer ou à examiner.

Dans son jeune temps, elle avait été une beauté et de tous les coins de l'île elle avait reçu des demandes en mariage, mais elle avait refusé de renoncer au célibat. En vieillissant, elle était devenue extrêmement pieuse. Il y avait encore dans sa très petite et délicate figure un charme pathétique et elle était légère et gracieuse comme une dame de haut rang. En ce moment, elle était profondément remuée et s'essuyait les yeux avec un petit mouchoir replié.

« Une autre vieille femme, pensa Eitel en reposant le chandelier. Celle-ci peut avoir deux fois l'âge de la première. Se peut-il qu'elle m'apporte un message deux fois plus étrange ? »

Il l'invita à prendre un siège et elle s'assit sur le

bord d'une chaise, sa vieille tête tremblant et branlant un peu sans discontinuer.

— Mon Dieu, comme c'est triste, comme c'est lamentable, commença-t-elle.

— Que voulez-vous de moi ? demanda-t-il.

— Mon Dieu, c'est à Lone que je pense, dit Mamzell Paaske. Ainsi Lone est revenue à la maison une fois encore, après tout cela. Le chemin pour monter jusqu'ici a, cette fois-ci, été dur pour elle. Elle était si fière, ici, aux jours anciens dans les belles robes que Madame lui donnait. Cher maître, pourrez-vous, maintenant, obtenir la grâce de son pauvre et malheureux fils ?

— La grâce, répéta Eitel tout à ses propres pensées. Non, Mamzell Paaske, je crains que cela ne se puisse pas.

— Oui, je comprends, je vois, dit la vieille gouvernante, la Justice doit suivre son cours. Et il a été pris sur le fait, m'a-t-on dit, et condamné à mort par les juges vénérables et éclairés eux-mêmes.

D'un autre côté, Lone s'est bien conservée, je dois dire, continua-t-elle. Elle a coulé des jours faciles avec le pasteur. Je me le rappelle bien, c'était un homme paisible bien qu'un peu regardant. Vous savez, cher maître, qu'il est quelque peu apparenté aux Paaske. C'est dur pour lui que son beau-fils en soit arrivé là.

— Que voulez-vous de moi ? lui demanda-t-il de nouveau.

— Ne le prenez pas en mauvaise part, cher maître, dit-elle. Je désirais en apprendre un peu plus sur ce grand malheur et sur la pauvre Lone.

— Vous auriez pu lui parler vous-même, dit-il.

Elle essuya sa petite bouche avec son mouchoir.

— Je n'ai pas osé le faire, dit-elle. Vous savez vous-même que, par moments, Lone a la tête un peu dérangée.

— Je ne l'ai jamais entendu dire, dit-il.

— Mais c'est cependant ainsi, dit Mamzell Paaske,

et de nouveau elle hocha la tête. Nous savions bien tous, dans la maison, qu'elle n'était pas comme les autres. Ils étaient tous bizarres dans sa famille. Au village, on vous dira que dans l'ancien temps, il y avait des sorcières parmi eux. Lone a toujours été une bonne servante, et fidèle pour Madame et pour vous-même, Monsieur. Mais à la pleine lune, elle n'était pas elle-même.

— A la pleine lune ? répéta Eitel.

— Oui, à la pleine lune, comme ce soir, dit-elle. Elle racontait alors bien des choses étranges et se faisait croire.

— Je connaissais aussi Linnert, ajouta-t-elle au bout d'un moment.

— Vous le connaissiez ? demanda-t-il. De quoi avait-il l'air ?

— Oh ! ils étaient tous beaux, répondit-elle. Mais tous bizarres. Ils ne voulaient pas accepter le monde comme il est.

— Cependant, ma mère devait avoir bonne opinion d'eux, dit-il, puisqu'elle a pris Lone dans sa maison quand je suis né.

— Non, non, pas au moment où vous êtes né, cher maître, dit-elle. C'est seulement après votre baptême et quand on s'est aperçu que la première nourrice n'avait pas assez de lait que Madame a envoyé chercher Lone.

— Après le baptême ? Vous vous en souvenez comme d'une chose sûre et certaine, n'est-ce pas ?

— Oh ! cher maître, dit-elle, comment pourrais-je ne pas me rappeler avec certitude tout ce qui s'est passé dans le bon vieux temps ? C'étaient les jours heureux où tout m'était confié dans la maison. Le beau linge, l'argenterie, le Chine et la verrerie, même les objets offerts par le Roi aux dames et gentils-hommes de la maison. Et en ce qui concerne aussi les serviteurs, c'était moi qui les engageais ou les renvoyais. Oui, votre première nourrice, Mette Marie, c'est moi qui l'ai engagée et, plus tard, Madame n'étant pas assez bien pour s'occuper des choses, c'est moi qui ai découvert qu'elle avait trop peu de lait, et qui l'ai renvoyée. Alors Lone est montée ici pour être votre nourrice.

— Etiez-vous aussi ici, demanda Eitel quelques instants plus tard, à l'époque où Linnert a ramené le taureau et qu'il est mort ?

— Oui, dit Mamzell Paaske, j'étais ici aussi. Et, à mon humble manière, je désirais que mon cher maître le relâche. Mon cher et noble Seigneur, lui ai-je dit, ne poursuivez pas cette affaire. Il se peut que cela finisse dans le sang.

Ils restèrent tous deux immobiles, un instant.

— Vous étiez ici, dit alors Eitel, quand mon père avait mon âge. Est-ce qu'à cette époque, c'était un homme dur ?

— Non, non, dit-elle. Mon Seigneur était un beau et joyeux gentilhomme, jamais il n'était dur. Mais il s'ennuyait. Les grands seigneurs s'ennuient, c'est là leur malheur, tout comme les paysans ont leurs soucis et leurs tracas dans la vie. Moi, grâce à Dieu, j'ai eu de la chance. Je ne me suis jamais ennuyée et je n'ai pas eu non plus de soucis ni de tracas.

— Soignez bien Lone cette nuit, dit Eitel après un nouveau silence. Ne la laissez manquer de rien maintenant que dans sa détresse, elle est venue chez moi.

Mamzell Paaske avait regardé au loin, en pensant au temps dont elle avait parlé. Maintenant elle tourna le visage autour de lui avec un petit mouvement d'oiseau.

— Impossible, cher maître, Lone est partie.

— Partie ? répéta-t-il.

— Oui, certes, elle est partie, dit la vieille femme.

— Quand est-elle partie ? demanda-t-il.

— Juste après vous avoir quitté, répondit-elle. Je l'ai rencontrée dans l'escalier, mais c'est à peine si elle a voulu me dire un mot. Et puis elle s'est éloignée.

— Où est-elle allée ? demanda-t-il de nouveau.

— Oh ! Je ne le lui ai pas demandé, répondit-elle. Je pensais qu'elle allait essayer d'atteindre Maribo cette nuit même et que ce serait pitoyable de lui poser des questions.

— Elle avait fait un très long trajet, dit Eitel. Ne désirait-elle pas se reposer ?

— C'est ce qu'elle a fait, dit Mamzell Paaske. Lorsqu'elle a pris congé de moi, elle a dit : « Maintenant il n'y a rien de plus à faire pour moi, je vais prendre mon repos. »

— Vous n'auriez pas dû la laisser partir ce soir, dit-il.

— C'est ce que j'ai pensé moi-même, cher maître, dit-elle. Mais Lone a toujours voulu n'en faire qu'à sa tête. On n'aimait pas se mettre en travers de ses volontés.

Elle s'aperçut que la nouvelle avait fait impression sur son jeune maître et resta assise pendant encore un moment, jouissant de sa propre importance. Mais comme il ne reprenait pas la parole, elle se leva.

— Eh bien ! bonsoir alors, mon cher maître, dit-elle. La grâce de Dieu soit avec nous tous. Puissiez-vous bien dormir.

— Et vous aussi, dit-il. Il est tard, trop tard pour vous.

Elle hocha la tête en signe d'amical assentiment.

— Oui, dit-elle, il est tard, trop tard.

Mais lorsqu'elle se fut levée, elle s'attarda. Elle fixa ses yeux clairs sur le visage d'Eitel, avança sa petite main et toucha l'ourlet de son veston.

— Mon bon et noble seigneur, dit-elle, mon cher maître Johann August. Ne vous attardez pas à cette affaire. Il se peut que cela finisse dans le sang.

Elle tourna sans bruit la poignée de la porte.

Eitel, pour la seconde fois, prit le chandelier sur la table, s'approcha du portrait de son père et se tint debout, immobile devant lui. Il demeura ainsi jusqu'à ce que le chandelier lui pesât au bras, alors il le remit en place. Pendant un long moment, les deux visages, le portrait et le vivant, se regardèrent les yeux dans les yeux.

— Nous avons tout entendu vous et moi, dit enfin Eitel, et cela ne change rien. Une femme bonne, fidèle, a mis tout son cœur à venger une injustice d'une façon plus hideuse que l'injustice elle-même. A cette heure, la vengeance a été consommée. J'étais votre fils mais elle m'a fait le sien. Nous-mêmes, mon père, et ces gens qui sont les nôtres, nous avons profondément enfouies dans le sol des racines trop étroitement mêlées pour pouvoir jamais nous libérer les uns des autres.

Il s'approcha de la fenêtre et regarda dehors. La nuit était claire et froide comme le deviennent les nuits à la fin de l'été. La pleine lune, derrière la maison, jetait l'ombre du château sur la large douve en contrebas qui, devant les fenêtres, s'élargissait pour former un lac et où les feuilles larges et plates des nymphéas inscrivaient une sorte de mosaïque. Aussi loin que s'étendait l'ombre, l'eau était foncée comme de l'ambre sombre mais plus loin, au clair de lune, la nappe d'eau se couvrait d'une brume délicatement argentée. De l'autre côté, une épaisse rosée argentait aussi la pelouse du parc, où ces petites taches sombres étaient des canards sauvages endormis. Un sentiment de profonde satisfaction le parcourut quand il se souvint que la moisson était rentrée.

Le paysage immobile sous le clair de lune évoquait l'idée d'une parfaite harmonie qu'il fallait trouver quelque part dans le monde. Ses pensées allèrent à Ulrikke et s'attardèrent sur elle pendant un long moment. Quelques heures plus tôt, il l'avait tenue dans ses bras. Bientôt il pourrait l'y tenir de nouveau. Toutes ces choses entre elle et lui appartenaient au passé. Car, de ce qui était arrivé ce soir, de ses deux conversations avec deux vieilles femmes, chacune d'entre elles ayant, à sa façon, la tête un peu dérangée, il ne pouvait lui parler. Il pensa à sa petite fille qu'il avait à peine vue, depuis le peu de jours qu'elle vivait. « Il était heureux, pensa-t-il, que cet enfant fût une fille. En grandissant elle ressemblerait à Ulrikke. Les femmes, se dit-il à lui-même, ont une autre sorte de bonheur que nous et une autre sorte de vérité. » L'image d'Ulrikke petite fille, d'elle et du prisonnier dans les bois à Maribo, lui revint une fois de plus à l'esprit. Elle ne lui apportait pas de chagrin, c'était comme s'il avait été un vieil homme satisfait de les laisser tous les deux jouer ensemble sous les verts ombrages, pendant que lui-même poursuivait une autre route, longue et solitaire.

Comme il s'éloignait de la fenêtre, ses yeux rencontrèrent, posés sur la table, les livres que peu auparavant il avait descendus de la bibliothèque dans l'intention de les consulter. Il les replaça un par un sur les rayons qu'il parcourut des yeux, allant d'une bibliothèque à l'autre. Beaucoup de connaissance humaine et de sagesse se trouvaient contenues dans les grands livres aux lourdes reliures. Y en avait-il qui eussent quelque chose à lui dire ce soir ?

Enfin, à l'extrémité de la pièce il trouva sur un rayon un vieux livre de contes de son enfance ; il le prit et le posa sur la table. Il le laissa s'ouvrir au hasard et, debout, éclairé par la lumière des bougies, il lut jusqu'à la dernière ligne une de ces vieilles histoires.

Il était une fois, au Portugal, racontait-elle, un jeune roi fier et impétueux. Un jour vint le voir un vieux chevalier qui avait autrefois conduit à la victoire les armées de son père. Le roi le reçut avec de grands honneurs. Mais lorsque le baron se trouva devant son suzerain, il leva le bras sans un mot et frappa le roi au visage. Saisi par une colère telle qu'il n'en avait jamais éprouvée, le jeune roi fit jeter l'offenseur au plus profond de son donjon et dresser l'échafaud.

Mais, pendant la nuit, le roi réfléchit et fit le compte des grands services que ce même vieux chevalier avait rendus à son père. Si bien que le matin de bonne heure, il fit quérir son vassal, éloigna ses courtisans, et lui demanda la vraie raison de l'affront qu'il lui avait fait subir.

— Mon Seigneur, dit le guerrier aux cheveux blancs, je vais vous en donner le motif. Autrefois, quand j'étais un jeune homme comme vous l'êtes aujourd'hui, j'avais un vieux domestique qui pendant toute sa vie avait fidèlement servi ma famille. Un jour, dans un accès de colère injuste, j'ai frappé mon serviteur au visage. Mon domestique est mort depuis cinquante ans. J'ai cherché, mais je n'ai jamais trouvé les moyens de racheter mon soufflet. Finalement j'ai décidé que le meilleur moyen de le faire serait de frapper le visage de l'homme qui, plus que tous les autres, avait le pouvoir de me rendre le soufflet. C'est pour cette raison, mon seigneur, que j'ai frappé votre visage royal.

— En vérité, dit le roi, maintenant je vous comprends. Vous avez choisi pour donner votre gifle le visage de votre roi, de l'homme le plus puissant que vous connaissiez. Mais si votre bras avait été assez long, c'eût été le visage de votre Dieu Lui-même, qui distribue équitablement récompense et châtiment, que vous eussiez atteint.

— C'est exact, dit le vieil homme.

— En vérité, répéta le roi, votre gifle est alors l'hommage le plus vrai que j'aie jamais reçu d'un vassal. Et je vais vous répondre moi-même d'une manière aussi vraie. Je vous répondrai d'abord à la manière d'un roi.

En disant ces mots il détacha de son ceinturon son épée à la garde d'or, la tendit au baron et dit :

— Prenez ceci, mon bon et fidèle serviteur, comme un témoignage du pardon et de la gratitude de votre roi. Et, continua-t-il, je vous répondrai en second lieu

281

et conformément à votre désir, à la manière de Dieu Tout-Puissant. Je vous dis alors que je ne peux étancher la soif de justice qui est dans votre âme. Car je ne changerai pas ma propre loi. Jusqu'à l'heure où vous retrouverez de nouveau votre vieux serviteur dont vous avez frappé le visage, vous porterez avec vous, où que vous alliez, le poids de votre honte. Jusqu'à cette heure-là, vous serez dans votre château montagnard, à côté de votre femme et dans le cercle de vos enfants et petits-enfants, ou dans les bras d'une jeune maîtresse, seul pour toujours, l'homme le plus seul de mon royaume.

Par ces mots le jeune roi du Portugal congédia son vieux vassal.

Eitel remit le livre sur le rayon et s'assit dans son fauteuil près de la table, le menton dans la main.

« Seul pour toujours, répéta-t-il mentalement. L'homme le plus seul du royaume. »

Pendant longtemps son esprit vagabonda de tous côtés.

« Le prisonnier de Maribo, pensa-t-il enfin, est aussi seul que moi. J'irai le voir. »

Tandis qu'il prenait cette décision, il se sentit comme un homme qui, ayant perdu son chemin dans les bois et les landes, rencontre une route. Il ne sait pas où elle conduit, si c'est au salut ou à la mort, mais il la suit parce que c'est une route.

« Maintenant, se dit-il, maintenant, enfin, je vais dormir cette nuit.

« Lui seul, parmi tous, continua-t-il en pensée, m'aidera à dormir cette nuit. Pendant toute cette longue soirée, j'ai constamment craint ou espéré que le bruit de son évasion de la prison était vrai et je l'ai attendu. Il est inutile de l'attendre plus longtemps. J'irai demain à Maribo. »

De bonne heure, le mercredi matin, le vieux cocher du château reçut l'ordre d'atteler la voiture. Un peu plus tard, on lui dit d'atteler la voiture fermée. Le vieil homme était troublé ; son jeune maître n'avait pas l'habitude de se servir, par beau temps, de la voiture fermée. Mais, un peu plus tard, il reçut de nouveau un contrordre ; il devait atteler la nouvelle et légère voiture découverte, venue de Hambourg.

« Qu'a donc Eitel aujourd'hui ? se demanda-t-il. Jamais auparavant je n'ai reçu de lui, en une seule matinée, trois ordres contradictoires. »

Le pied sur le moyeu, Eitel hésita à prendre les rênes lui-même, puis il les passa au vieil homme.

— Conduis vite, lui dit-il, jusqu'à ce que nous entrions dans la ville de Maribo. Puis, avance lentement dans la rue.

Il pensa : « Je n'essaierai pas, aujourd'hui, de dissimuler mon visage aux gens. »

Il faisait plus froid que la veille, et le paysage était moins riche en couleurs et en lumière. Le vent soufflait de la mer. Avant le soir il y aurait peut-être de la pluie. Dans les champs, les mouettes volaient sans arrêt. Le bruit des roues de la voiture passa d'un roulement doux à un roulement plus bruyant lorsqu'elle quitta la grand-route pour le pavé de Maribo.

Eitel fit arrêter devant le Palais de justice. Tandis qu'il se trouvait sur le perron de pierre, on l'informa qu'il trouverait le juge dans son bureau, et l'horloge, au-dessus de sa tête, frappa huit coups.

Le juge, le vieux conseiller Sandøe, qui sortit en hâte pour venir à sa rencontre, était un petit fonctionnaire rigide de la vieille école, qui portait encore la petite perruque à queue.

D'aussi loin que les gens de la ville pouvaient s'en souvenir, il était resté dans son paisible bureau de Maribo, mais cette condamnation-ci était sa première condamnation à mort. Cela le rendait conscient de sa propre importance en même temps que cette idée était, pour lui, curieuse et troublante. A présent, il était réconforté à la pensée d'en discuter avec un jeune gentilhomme qu'il connaissait depuis sa naissance.

Il devint silencieux, couvrant sa lèvre supérieure de sa lèvre inférieure, lorsque Eitel lui demanda de voir le condamné dans sa cellule et de s'entretenir seul à seul avec celui-ci.

— Cet individu, dit-il, semble n'avoir gardé rien d'humain. Il a passé plus d'années de sa vie dans les bois et les landes que dans une maison. Je suppose qu'il n'a jamais aimé aucun être humain. Je tiens de notre bon pasteur Quist, qui lui a sacrifié beaucoup de son temps, qu'il n'en sait pas plus sur le mot « Dieu » que sur la loi et la justice. *Verba mortuo facta.*

Il raconta comment son prisonnier, lorsqu'il fut pris en flagrant délit, s'était défendu avec la force la plus extraordinaire et avait jeté trois hommes à terre avant d'être arrêté. Le conseiller l'avait fait enchaîner mais, même dans cet état, il le considérait encore comme dangereux.

— Sa mère était ma nourrice, dit Eitel. Elle est venue me voir hier soir. Si quelque chose peut être encore fait pour lui, je voudrais que ce soit fait.

— Pour lui ? dit le vieil homme. Cette personne n'a pas assez de compréhension de ce qui lui arrive pour s'en préoccuper. Il semble inimaginable qu'il puisse avoir un dernier vœu à formuler. Il est cependant vrai que, ce matin, il a demandé que ses cheveux ne soient pas coupés avant qu'il monte sur l'échafaud — et qu'on le fasse raser. Par pitié pour un homme qui doit mourir à l'aube, j'ai fait chercher le barbier. Mais un souhait de ce genre exprime-t-il du remords ou un désir de s'amender ?

— Je désire le voir, dit Eitel.

— Qu'il en soit donc ainsi, dit le conseiller. Il se peut que nous devions faire d'autant plus appel à nos sentiments humains que les hommes sont tombés plus bas. Nous irons vers lui au nom du Seigneur.

Il envoya chercher le geôlier et précédés par celui-ci,

le vieil homme et le jeune gentilhomme descendirent un long corridor blanchi à la chaux, puis quelques degrés de pierre. Le geôlier tourna la lourde clé dans la serrure.

— Attention, dit le conseiller, à la marche derrière la porte.

La petite pièce où ils pénétrèrent était percée, très haut dans le mur, d'une étroite fenêtre grillée. Le sol en pierre était couvert de paille. A Eitel qui arrivait de sa randonnée à travers le clair paysage, la cellule parut presque noire.

Le condamné était assis sur un banc si bas que ses mains, enchaînées entre les genoux, s'appuyaient sur le sol. Il tenait sa tête brune baissée si bien que ses longs cheveux sombres pendaient devant son visage. Il avait les vêtements en lambeaux, une manche de veste arrachée et les pieds nus. A l'entrée des visiteurs il ne fit pas le plus léger mouvement.

— Levez-vous, Linnert, dit le conseiller. Voici un noble gentilhomme qui désire vous voir.

Il énonça avec beaucoup de dignité le nom d'Eitel, plus pour honorer celui-ci que le prisonnier.

Pendant un moment, Linnert resta assis comme s'il ignorait qu'on lui eût parlé. Puis il se mit debout sans lever la tête ni les yeux, et se rassit exactement dans la même position qu'auparavant.

Le conseiller lança à Eitel un bref coup d'œil pour confirmer son idée que le cas d'un tel individu était sans espoir.

Aux yeux d'Eitel, cette saleté et cette dégradation étaient si haïssables que, l'eût-il voulu, il n'eût pu faire un pas de plus vers cet homme. Au bout d'un moment, il s'avisa que ce voleur et ce meurtrier, du même âge que lui, ravagé par la vie sauvage d'un hors-la-loi, amaigri et tanné par le soleil et le vent, était admirablement construit, avec des membres élancés, une chevelure opulente. Il sentit que ce corps devait être dur et souple, chaque muscle et chaque nerf aguerri et exercé au maximum. Dans les mouvements du prisonnier, lorsqu'il s'était levé puis rassis, il y avait eu une grâce et une harmonie extraordinaires et une sorte de joie de vivre obstinée. Dans son immobilité retrouvée, on sentait tout le calme de l'animal sauvage qui peut rester plus profondément immobile qu'aucun animal domestique. Pour Eitel, c'était comme si, dans ses bois, il était tombé sur un renard et se tenait maintenant immobile pour le surveiller.

Il remarqua que les poignets du prisonnier étaient gonflés et à vif à cause de leurs chaînes de fer et un sentiment pénible lui oppressa la poitrine à la vue de ce bel animal sauvage pris au piège.

— Ayez l'obligeance de lui enlever ses chaînes pendant que je lui parle, dit-il au conseiller.

— Cela est peu indiqué, répondit le vieux magistrat et il ajouta en allemand : L'homme est encore exceptionnellement fort et il est probablement désespéré. Vous risquez d'exposer votre vie.

— Non, enlevez-lui ses chaînes, dit Eitel.

Après quelque hésitation, le conseiller fit signe au geôlier d'ôter la chaîne des poignets du prisonnier. Elle résonna bruyamment en tombant sur le sol de pierre. Linnert étira les bras le long de ses côtes, et lentement il bâilla ou gronda comme un homme tiré de son sommeil.

— Laissez-nous seuls, dit Eitel.

Le conseiller lança un dernier regard aux deux hommes qu'il allait laisser seuls.

— J'attendrai derrière la porte avec cet homme, annonça-t-il à voix basse et, suivi du geôlier, il quitta la cellule.

Eitel se tenait debout et regardait celui qui allait mourir. « Je dois lui parler, pensait-il. Serai-je capable de le faire parler ? En ce qui me concerne, je peux avoir devant moi un demi-siècle pour dire ce que je veux. Mais lui, ce qu'il a à dire doit être dit avant midi. Et, quand j'y pense, une fois midi passé, que trouverai-je moi-même à dire pendant cinquante ans ? »

Linnert était assis aussi tranquille qu'auparavant. Eitel n'était pas sûr qu'il se rendît compte que l'un de ses trois visiteurs était resté quand les autres étaient partis.

— Sais-tu qui je suis, Linnert ? demanda-t-il enfin.

Pendant une minute, le prisonnier garda un silence de mort. Puis il jeta un regard oblique sous ses longs cheveux et Eitel fut surpris de voir combien, dans ce visage sombre, les yeux étaient clairs.

— Ouais, je te connais bien assez, dit Linnert, et au bout d'un moment, il ajouta : Et tes bois aussi et ce grand marais à l'ouest que tu as comblé.

Il parlait le dialecte de l'île avec un si fort accent qu'Eitel avait quelque difficulté à le comprendre. Dans la bagarre, quand il avait été capturé, il avait eu la lèvre supérieure fendue et une dent cassée ; il tirait sa bouche de côté et bredouillait en parlant et pendant toute la durée de l'entretien, il hésita un peu après chacune des questions d'Eitel comme s'il lui avait fallu se remettre la bouche d'aplomb avant de parler.

Sa réponse n'avait pas été faite sur le ton du défi ou de la raillerie, bien qu'il dût avoir conscience qu'était claire, aux yeux d'Eitel, la façon dont il avait acquis cette intime connaissance de ses bois et de ses marais. Cette réponse tombait plutôt comme une confidence légère, enjouée, entre familiers échangeant des nouvelles. C'était exactement de cette façon, se dit Eitel, que, dans un sentier de forêt, le renard fait au fermier qu'il croise, un court, mordant et amusant compte rendu au sujet de sa basse-cour.

— Ta mère, dans le temps, a été ma nourrice, dit Eitel.

Une fois de plus, Linnert hésita un peu, puis demanda sur le même ton insouciant que précédemment :

— Comment s'appelle-t-elle maintenant ?

287

— Elle s'appelle aujourd'hui Lone Bartels, répondit Eitel. Il y a de nombreuses années elle a épousé le pasteur de la paroisse. Toi, Linnert, tu es mon frère de lait.

Frère, le mot résonna dans son esprit.

— Vraiment ? dit Linnert.

Il resta silencieux pendant un moment puis ajouta :

— Je n'ai pas tété beaucoup de lait à ces mamelles-là.

— Je suis venu aujourd'hui pour voir si je pouvais t'aider de quelque manière que ce soit, dit Eitel.

— En quoi as-tu à m'aider ? demanda le prisonnier.

— N'y a-t-il rien que je puisse faire pour toi ? demanda Eitel.

— Non, dit Linnert. Je pense qu'ici ils m'aideront en tout.

Pendant le silence qui suivit, le prisonnier cracha à deux reprises par terre et enfouit la salive dans la paille. Pas plus que la remarque qu'il avait faite, ses gestes ne comportaient moquerie ni hostilité à l'égard du visiteur ; ils n'étaient rien d'autre que quelque simple jeu ou passe-temps auquel le visiteur — s'il en avait le désir — pouvait s'associer.

A la fin, Linnert lui-même, après avoir redressé sa bouche, relança la conversation.

— Oui, il y a une chose, dit-il, pour laquelle tu peux m'aider si tu veux. J'ai une vieille chienne, elle est à moi. Elle n'a qu'un œil. Elle est attachée chez le charron à Kramnitze. Elle n'est pas faite pour être attachée. Tu pourrais envoyer un de tes gardes pour la tuer.

— Je ferai amener ta chienne chez moi et je m'en occuperai, dit Eitel.

— Non, dit Linnert. Elle n'est bonne pour personne sauf pour moi. Mais ce serait bien si tu voulais la tuer toi-même, et quand tu l'emmèneras avec toi pour le faire, parle-lui.

Au bout d'un instant, il dit :

— Elle s'appele Rikke, d'après le nom de quelqu'un.

Eitel mit lentement la main devant sa bouche puis la laissa retomber.

— En échange je vais te dire quelque chose, dit soudain Linnert. Tu as un couple de loutres, que personne ne connaît sauf moi, dans le ruisseau de ton moulin. Un matin de bonne heure, l'hiver dernier, j'ai vu que la glace avait fondu sur l'herbe autour de l'entrée de leur trou. Depuis je les ai tenues à l'œil. J'y allais de temps en temps cet été et je restais assis auprès d'elles toute la journée. J'ai remarqué que les vieilles loutres apprenaient à nager à leurs quatre petites. Maintenant ils sont gros, ils ont une belle fourrure. Le trou est sous la rive, à l'est : il sera facile pour toi de les y prendre.

— Parfait, dit Eitel.

— Ah ! mais tu dois te rappeler, dit Linnert, que leur repaire est à l'endroit où la rivière fait un coude près du cinquième saule.

— Oui, dit Eitel. Je me rappellerai. Depuis que j'ai entendu parler de toi, j'ai toujours pensé à ton destin dans la vie, dit-il après un silence. Les miens ont eu des torts envers les tiens et il ne doit pas en aller de même pour toi. Aujourd'hui je voudrais te rendre justice si cela était en mon pouvoir.

— Justice ? dit Linnert avec étonnement.

A ce moment précis, Eitel entendit l'horloge au fronton du Palais frapper lentement, et comme pensivement, neuf coups et il se demanda si Linnert lui aussi comptait ses coups.

— T'a-t-on jamais dit, Linnert, demanda-t-il, que le château s'élève là où s'élevait autrefois la ferme des tiens et qu'il avait été construit dessus ?

— Non, je n'ai jamais entendu dire cela, dit Linnert.

Il y eut un long silence dans la cellule et Eitel suivait en esprit les aiguilles de l'horloge poursuivant lentement leur tic-tac. A la fin, Linnert lança un bref regard comme pour se rendre compte si son visiteur était encore là.

— Linnert, dit Eitel, ta mère est venue me voir hier soir pour me raconter une curieuse histoire. Elle m'a dit qu'au temps où elle était nourrice au château, elle avait envoyé au loin l'enfant du maître et mis le sien à sa place.

Un nouveau silence.

— C'est vrai ? demanda alors Linnert. Il doit y avoir longtemps de cela.

— Oui, dit Eitel, il y a de cela vingt-trois ans. Une époque où aucun de nous ne savait qui il était.

Linnert resta assis, immobile, et Eitel n'aurait pu dire s'il l'avait ou non entendu.

— Etait-ce vrai ce que la femme t'a dit ? demanda-t-il enfin.

— Non, dit Eitel, ce n'est pas vrai.

— Non, ce n'est pas vrai, répéta Linnert. — Soudain avec la même sorte de gaieté rusée qu'auparavant : Mais si cela avait été vrai ?

— Si cela avait été vrai, dit lentement Eitel, alors toi Linnert tu serais aujourd'hui à ma place. Et moi — qui sait ? — à la tienne.

Linnert sembla une fois de plus résolu à demeurer sur le banc, les yeux à terre, et Eitel pensa : « Maintenant tout est-il réglé ? Puis-je partir à présent ? »

A ce moment, le prisonnier se leva et se dressa tout droit face à face avec son visiteur, ce qui fit remuer la lourde chaîne contre son pied. Ce mouvement soudain, inattendu, accompli légèrement et sans bruit, témoignait d'une si extraordinaire vigueur qu'il avait, à tous égards, l'allure d'un geste d'attaque conduit de façon à ne pas donner à l'adversaire le temps de se défendre.

Les deux jeunes gens, dressés l'un tout contre l'autre, étaient de la même taille ; pour la première fois depuis le début de leur entretien, ils se dévisageaient avec le dessein réfléchi d'éprouver leurs forces. Une lumière étrange, cruelle, se répandit sur le visage de Linnert.

— Alors ils auraient été à moi, dit-il, les cerfs et les lièvres et les perdrix que j'ai tués dans tes champs et dans tes bois?

— Oui, dit Eitel, alors ils auraient été à toi.

Les pensées du prisonnier semblaient s'enfuir loin de la petite cellule sombre vers ces champs et ces bois dont il avait parlé.

— Et c'est à moi alors que tu aurais dû, dit-il, de pouvoir sortir avec ton fusil dans une quinzaine de jours quand les perdreaux auront des plumes et, ensuite, dans trois mois quand les traces des bêtes seront visibles sur la neige, et d'imiter le cri du cerf pour en attirer un dans tes bois au printemps prochain?

— Oui, dit Eitel.

Tandis que Linnert se tenait sans bouger, les yeux dans ceux d'Eitel, qui était plongé entièrement dans ses propres pensées, le sang lui monta par deux fois au visage en vagues profondes et obscures. Il sembla à Eitel que peu de temps auparavant, il avait regardé un visage qui ressemblait à celui-ci. Etait-ce le dur éclair de triomphe dans le visage de Lone qui ici, dans l'ombre de la mort, s'adoucissait en un sourire?

Tout d'un coup le prisonnier rejeta sa tête en arrière en chassant ses longs cheveux loin de son front. Il leva sa main droite, une main maigre, noire, avec de la terre et du sang collés sous les ongles, dont Eitel trouva l'odeur nauséabonde.

— Alors, veux-tu, lui demanda-t-il, te mettre à genoux pour baiser ma main; et remercie-moi de te pardonner.

Pendant un moment, Eitel resta debout devant lui. Puis il fléchit un genou sur le sol de pierre dans la paille où Linnert avait craché et toucha de ses lèvres la main tendue.

Linnert retira très lentement sa main, l'éleva très doucement jusqu'au sommet de son crâne et l'enfonça profondément dans ses cheveux. Il tordit sa bouche gonflée, dans un sourire ou une grimace.

— Ça vous mord la peau, dit-il. C'est bien à toi de m'avoir fait enlever ces liens.

SAISON À COPENHAGUE

La saison d'hiver à Copenhague, à l'époque de cette histoire, pendant l'année mil huit cent soixante-dix, s'ouvrit avec les grandes cérémonies de la Cour pour le nouvel An et se termina le huit avril, avec la célébration de l'anniversaire du roi Christian IX. (Le roi chevaleresque et fin cavalier était connu dans la haute société comme le beau-père de l'Europe, car il était père de la charmante Alexandra, princesse de Galles, et de la gracieuse et spirituelle Dagmar, future impératrice de toutes les Russies.)

Sous le rapport de la température, la caractéristique de la saison était qu'elle incluait l'équinoxe de printemps. C'est ainsi qu'elle commença avec une journée de sept heures et une nuit de dix-sept, avec de la gelée blanche sur les toits aux tuiles rouges de la ville et le bruit des pelles à neige sur les galets, avec le patinage dans les fossés de la citadelle, avec des parties de traîneaux à la lueur des torches, avec des manchons, des chutes, et des chaussures fourrées. A l'époque où se terminèrent les jours du carnaval de février et où des mariages légitimes et de secrètes aventures amoureuses, des rivalités distinguées et de grandes intrigues battirent leur plein, les jours s'allongèrent, tous les pavés séchèrent subitement et gaiement sous le soleil et la brise de printemps. Et avant la fin de la saison, il y eut des violettes dans les gazons secs, des chatons veloutés pour les promeneurs des vieux remparts de la ville et, le soir, des ciels d'un vert transparent comme une vitre.

Ce qui, sous l'angle de la vie sociale, marqua principalement la saison, ce fut l'invasion de la ville par la noblesse campagnarde.

Dans les rues et sur les places, les magnifiques palais gris et rouges, aveugles et muets au moment de Noël, s'animèrent, ouvrirent leurs fenêtres. On les nettoya, on les chauffa de la cave au grenier et pendant les nuits de fêtes, ils rayonnèrent, à travers les rangées de grandes fenêtres aux rideaux roses ou écarlates, sur le monde extérieur sombre et froid. Les lourdes grilles aux grands barreaux s'ouvrirent largement devant des paires de chevaux fougueux, amenés par mer du Jutland, et de toutes les îles, conduits par les cochers marmoréens portant bonnet de fourrure et assis sur le siège des landaus et coupés.

Dans les rues, les habitants de Copenhague reconnaissaient les voitures luisantes aux couleurs des livrées. C'étaient les attelages des Danneskiold, des Ahlefeldt, des Frijse et des Reedtz-Thott se rendant à la Cour ou à l'Opéra, ou bien les uns chez les autres, faisant jaillir des pavés de longues étincelles et ayant tous, au front de leurs chevaux, la pièce de métal scintillante réservée aux familles nobles. Les grandes maisons retrouvèrent leur voix ; tout au long de la nuit d'hiver, elles ruisselèrent de valses ; des noctambules attardés flânèrent, se frottèrent les mains et écoutèrent : ici on dansait.

Une petite chanson nouvelle circulait aussi dans l'air des rues, car les gentilshommes campagnards de haut rang et portant de grands titres conservaient quelque chose du dialecte de leur province natale et, pendant la saison, sur les promenades, aux foyers des théâtres et dans les salons de la Cour résonnait l'écho des accents gais et sonores du Jutland, de la Fionie et du Langeland, sortant de poitrines moulées dans d'élégants uniformes ou portant des plastrons à jabots amidonnés. Des jeunes bourgeoises — on distinguait, à vue d'œil, les jeunes filles de la campagne au teint clair, droites et souples, fraîches fleurs profondément enracinées dans le sol, intrépides sous le vent ou la pluie, disciplinées et comiques, cavalières souples et danseuses infatigables, jeunes oursonnes fraîchement émoulues de leurs tanières et sortant, pour compenser, à l'avance, par trois mois d'une existence de conte de fées à la lumière des bougies, les longs mois d'automne, de chevauchées sous la pluie, de travaux d'aiguille le soir et de couchers tôt.

Avec cette conquête de la ville par la campagne, la féminité, l'univers des femmes avait surgi comme une vague et inondé Copenhague.

Normalement l'atmosphère spirituelle de la ville était masculine et cela depuis cinquante ans. La capitale du Danemark possédait la seule Université du pays comme le principal évêché de son Eglise et, autour de ces vénérables institutions, des philosophes érudits et brillants, des théologiens et des esthètes se réunissaient pour résoudre de profonds problèmes et se livrer à d'étincelants entretiens. Il y avait moins de vingt ans de cela, cette société avait eu l'occasion de s'aiguiser l'esprit à celui de Maître Søren Kirkegaard ; il avait encore des adversaires qui le discutaient. Depuis le temps où le pays avait obtenu sa constitution, le Parlement résidait à Copenhague. La défense des valeurs intellectuelles reposait sur les fils d'Adam. Eve, on la trouvait penchée sur son coussin de dentellière ou ses comptes de ménagère ou en train d'arroser les pots de fleurs des fenêtres. Elle était l'ange gardien pur et modeste du foyer, le blanc était sa couleur mentale, ses grandes vertus étaient plutôt passives qu'actives : innocence, patience, ignorance totale de ces démons du doute et de l'ambition qui étaient censés tourmenter le cœur des maris. Les dames de la bourgeoisie riche étaient des femmes solides et sensées, qui réglaient avec conscience les problèmes domestiques et mondains à l'intérieur d'une sphère restreinte d'idées. Il n'y avait à Copenhague ni bohème ni muses de plus ou moins haut rang. Une grande et éblouissante actrice avait été, pendant deux générations, l'idole du public, mais mise au pied du mur, elle avait opté, et elle était devenue la glorieuse martyre de l'honorabilité. C'est seulement dans la petite communauté des riches Juifs orthodoxes que des femmes autoritaires exerçaient un mécénat artistique depuis cinquante ans.

Dans les grandes maisons de campagne, il en allait tout autrement. Les fils des grands propriétaires fonciers, à l'exception de ceux qui avaient embrassé la carrière diplomatique, étaient gens de plein air, s'intéressant avant tout à la chasse, aux réserves de gibier sur leurs domaines, aux chevaux, au bon vin, aux arbres, à la culture et aux jolies femmes. C'étaient des voyageurs, qui se sentaient chez eux à Paris ou à Baden-Baden, mais qui revenaient au pays, semblables à ce qu'ils étaient au moment de leur départ. Ils acceptaient d'être considérés comme d'une espèce plus grossière que celle de leurs femmes, étant donné que cela les dispensait de lire, ce qu'ils détestaient, et les laissait libres de prendre leur plaisir là où ils le trouvaient. En même temps, des gouvernantes françaises, anglaises et allemandes élevaient à domicile les sœurs de ces jeunes gens. Ces demoiselles prenaient des leçons de piano, de chant et de peinture, étaient envoyées en France pour y finir leurs études, et elles s'entretenaient en lisant des romans français et en jouant les compositeurs à la mode. La vie religieuse dans les grandes propriétés était exclusivement du domaine des femmes ; alors que les hommes n'acceptaient d'assister à l'office qu'aux jours de grandes fêtes, elles se faisaient conduire régulièrement à l'église le dimanche et quand le pasteur dînait au château, c'était la maîtresse de maison qui l'entretenait de sujets religieux et même théologiques. Dans un milieu où la femme est regardée comme le soutien de la civilisation et de l'art, on a tendance à se montrer un peu moins exigeant sur le chapitre de sa vertu. Les jeunes filles de la campagne pouvaient encore être strictement surveillées mais le mariage les affranchissait, le plus souvent très jeunes. Une maîtresse de maison spirituelle et charmante, quelle précieuse ressource pour le château ! On pardonnait une faute accidentelle, et de vénérables vieilles dames, très versées dans la généalogie, déclaraient avec indifférence que le troisième ou le quatrième enfant d'une grande maison provenait en réalité du domaine voisin.

Dans un monde où la légitimité est la loi primordiale et le principe premier, la femme acquiert une valeur mystique. Elle est beaucoup plus qu'elle-même et remplit l'office du prêtre qui seul, parmi les fidèles, est investi du pouvoir de transformer le vin de la terre commune en ce fluide suprême qu'est le sang sacré. La jeune mère noble, à l'époque et dans la sphère de cette histoire, était la gardienne du nom à transmettre solennellement aux âges à venir (et ni son attitude ni ses manières n'indiquaient qu'elle savait ou qu'elle ignorait que, selon Rome, elle aurait pu réussir sans son Seigneur et Maître ce que celui-ci ne pouvait réussir sans son secours). Les jeunes filles nobles étaient d'impertinents petits prêtres en herbe ; les vieux et sages gentilshommes les saluaient prudemment et avec grâce, car, peut-être un jour les retrouveraient-ils archevêques.

Ainsi le beau sexe ouvrait la saison à la ville et, pendant trois mois, Copenhague mettait de côté sa culotte noire pour revêtir sa robe de bal. De vieilles dames venues de leur château campagnard ouvraient leur salon, arènes des rencontres mondaines, et fixaient leur jour de réception, ces bornes jalonnant la semaine. Dans la rue, on ne remarquait les équipages que s'ils portaient une dame de la plus haute société, flottant sur les nuages, de même qu'au théâtre le public du parterre ne se montrait plus du doigt d'éminents personnages noirs appartenant au sexe masculin, mais tournait ses regards vers les nombreuses fleurs de toutes les couleurs, douces et vivaces. Les fleuristes en vogue recevaient des commandes pour envoyer des bouquets à droite et à gauche. C'était comme si la ville avait été bombardée de roses.

Le monde où les envahisseurs du Copenhague hivernal se mouvaient et pensaient était le monde du nom. Pour un gentilhomme, le nom était l'essence de l'être, cette part immortelle de lui-même qui devait continuer à vivre alors que d'autres parties moins hautes ne seraient plus. La personnalité, le talent, on était censé les laisser aux êtres d'un autre milieu. Ce qui tenait d'autant moins debout que, en réalité, c'est à la campagne qu'on en trouvait les traits les plus authentiques. Les citadins avaient été formés à marcher et à raisonner dans une seule direction donnée ; les habitants des grands domaines, eux, chevauchaient encore à travers champs et bois, se déplaçaient librement dans tous les sens. Ils avaient grandi dans une demeure solitaire, avec les voisins les plus proches à plusieurs heures de marche, semblables non à des arbres de la forêt mais à des arbres de parcs ou de plaines avec de l'espace autour d'eux et le droit d'exprimer leur nature particulière. Là, certains d'entre eux épanouissaient de larges et généreuses frondaisons tandis que d'autres se contournaient dans de monstrueuses attitudes, nœuds et excroissances des plus surprenants ; et c'était dans les grandes maisons de campagne des provinces lointaines qu'on se trouvait face aux spécimens d'espèces disparues depuis longtemps ailleurs et qu'on pouvait s'entretenir avec de vieux gentilshommes comparables aux mammouths ou aux plésiosaures, avec de vieilles dames pareilles à l'oiseau dodo. La noblesse rurale étant toutefois rien moins qu'encline à l'introspection, n'en démordait pas, et acceptait avec bonne humeur l'Oncle Mammouth ou la Tante Dodo, ces consanguins préhistoriques.

Une épithète particulière, les caractérisant, était attachée aux noms de la plupart des familles nobles du Danemark : les « pieux » Reventlow, les « sévères et fidèles » Frijse, les « joyeux » Scheel, et la société était d'accord avec le jeune descendant d'une vieille maison, convaincue qu'en s'en tenant aux caractéristiques de sa famille — s'agît-il simplement d'une chevelure rousse —, il faisait preuve d'une nature loyale. Un jeune homme portant un nom ancien mais dépourvu de toute illusion quant à son physique ou à ses dons, demandait la main d'une beauté brillante, fièrement — ou humblement — confiant en la valeur de son véritable soi. Le gentilhomme campagnard, à la ville aussi bien que sur ses terres, marchait, parlait, montait à cheval, dansait ou faisait la cour aux femmes en incarnant son nom.

La terre allait de pair avec le nom, les grandes fortunes et les bonnes choses de ce monde. Tout cela était hérité, destiné à être transmis par héritage. L'ancienne classe possédante avait entendu citer, avait, certes, vu de ses propres yeux, des gens capables de faire fortune eux-mêmes ; mais elle n'avait jamais complètement admis un fait qui présentait à ses yeux toutes les apparences d'un acte choquant de création volontaire, qui constituait une atteinte à la loi d'un Univers où la vie elle-même est, de toute évidence, héritée. Que l'on pût venir au monde sans être escorté d'un héritage quelconque était une idée si déplaisante qu'elle en paraissait presque inconvenante : mourir sans laisser derrière soi le moindre héritage était une triste affaire. Des vieilles filles de grande noblesse campagnarde épargnaient, à longueur de vie, sur le modique revenu hérité, les petites sommes qui, un jour, feraient peut-être retour au fonds familial, leur donnant droit de reposer dans le caveau de famille, avec les honneurs convenables.

Dans ce monde des noms et de la famille, le bonheur ou le malheur de chacun, aussi longtemps qu'il n'affectait pas le nom, était accepté avec philosophie. La mort de l'individu comportait ses rites solennels comme étant le dernier acte d'un triste « *passus* » à l'arbre généalogique. L'extinction d'un vieux nom, en revanche, était un événement pénible, et même inexplicable, devant lequel les têtes se découvraient et les yeux se tournaient, un instant, vers le ciel. Le beau nom danois était maintenant dans l'au-delà ; hors de portée de cet être douteux : l'individu, il avait atteint l'ultime, austère, inviolable noblesse du récif de corail. Mais n'avoir pas de nom, c'était n'être rien.

La génération actuelle ne peut s'imaginer à quel point, aux yeux des classes aristocratiques du passé, elles constituaient elles-mêmes la seule et unique réalité de l'Univers. Aux clients et aux protégés les plus intimes, on permettait d'exister en tant que suite et, en cette haute qualité, un sobriquet faisait, à tout prendre, une sorte de nom. Pendant la saison, aussi, les habitants de Copenhague, au théâtre, dans la rue, apparaissaient en tant que fond et auditoire. Mais les grandes masses grises de l'humanité, celles des individus sans nom, grouillant au-dessous et autour, restaient invisibles. L'idée de la pseudo-existence terrestre d'un tel monde, en train de se débattre et de lutter contre la pénurie, était à la rigueur acceptable pour l'esprit. Mais que devenaient-ils, ceux-là, quand ils mouraient, ne laissant derrière eux rien d'autre que du néant ? Cette répugnance avec laquelle, lorsque de temps à autre il s'y voyait forcé, le monde des noms tournait les yeux vers le monde des sans-noms, c'était l'horreur du vide.

La noblesse campagnarde restait indéfectiblement loyale au Roi et à sa Maison. Il y avait eu une époque dont on se souvenait encore mais dont il était préférable de ne pas parler, où le mariage morganatique du roi Frédéric avait tenu les dames éloignées de la cour. A présent, celles-ci revenaient en rangs serrés, comme des abeilles aux ailes d'argent regagnant la ruche, pour rendre hommage à une Famille royale de luxe solide et de vie familiale exemplaire. La vieille aristocratie affichait même son loyalisme un peu au-delà de ce qu'elle éprouvait — dans le même esprit qui présidait au rite du mariage : quiconque honore sa femme s'honore soi-même. Car, dans le fond d'elle-même, elle savait que ses propres prétentions sur le sol, le climat, la température du Danemark, ses forêts, son gibier, sa langue et ses coutumes étaient mieux fondées que celles d'une Maison Royale dont les membres parlaient encore danois avec l'accent allemand.

Cité dans une vallée du Jutland ou de Fionie, le nom de la nouvelle dynastie eût sonné moins haut que les vieux patronymes danois.

Ce monde tout entier, à l'époque de l'histoire qui va suivre, approchait de sa fin. Déjà il avait un pied dans la tombe. Cependant, en cette onzième heure — comme il arrive souvent à la onzième heure pour les personnes ou les nations —, il s'ornait d'une floraison luxuriante, comparable à celle des débuts. La campagne danoise venait de remplacer la culture des céréales par l'élevage. La prospérité se répandait dans les villages, dans les domaines fleurissait un luxe ignoré depuis trois siècles.

Bref, au sein de ce monde, l'histoire qui va suivre tourne autour de deux familles qui, quoique intimement liées par le sang, étaient cependant, du point de vue social, encore très éloignées l'une de l'autre.

L'une des deux était, à l'époque, à peu près unanimement reconnue comme la première du pays. Elle régnait sur de si vastes étendues que son domaine était devenu un véritable royaume : grandes forêts renfermant des daims et des cerfs, champs et prés où serpentaient de clairs ruisseaux, étangs et lacs à l'eau dormante, qui reflétaient le ciel. Sept cents fermes, constituant un fief héréditaire, étaient situées à la lisière des forêts et au pied des hauteurs du domaine ; sur ses collines quarante-deux bonnes églises luthériennes montaient pieusement la garde. Au-dessus des grands arbres du parc, les tours aux toits de cuivre du château captaient les rayons dorés du soleil levant et du soleil couchant. Les siècles avaient si bien soudé la terre et le nom l'une à l'autre, que personne ne savait si la terre appartenait au nom ou le nom à la terre. C'était pour le nom que tournait la roue du moulin de la rivière, pour lui que le soc de la charrue ouvrait le sol profond derrière les chevaux patients au poil dru. Le Seigneur s'en venait au trot de son cheval, avec ses intendants, inspecter le travail et surveiller la moisson. Il appelait par son nom le laboureur et quelquefois ses chevaux et, sur la foi du laboureur et des chevaux, estimait qu'une chose faite une fois constituait une raison suffisante pour la recommencer. Il changeait de tenue suivant les époques — naguère à cheval sous une perruque carrée, plus tard sous une perruque à queue, enfin en haut-de-forme à couvrenuque. Il était le centre inamovible, plus ou moins brillant, d'un système solaire qui ne pouvait pas plus être sans lui, qu'il ne pouvait, lui, être hors de ce système. Cent rouets filaient pour le nom dans les chaumières et la châtelaine venait en attelage à quatre faire le compte du travail et donner de nouveaux ordres, pompeuse et raide sous la poudre et le bustier, mince dans ses draperies grecques ou volumineuse sous le châle et dans sa crinoline — elle aussi, par moments, se rappelait le nom des enfants bouche bée dans la petite pièce obscure.

Le seigneur des lieux qui, à l'époque de cette histoire, exerçait une paternelle surveillance sur les arbres, les animaux et les gens de son domaine et présidait la table imposante du dîner, le comte Théodore Hannibal von Galen, était un homme à la stature droite, bien proportionné et, suivant la tradition familiale, un peu lourd de mouvements comme d'intelligence, sincèrement patriote et d'esprit patriarcal. Sa femme, la comtesse Louise, talentueuse et ambitieuse, avait été d'une beauté remarquable et méritait et appréciait encore les compliments. Elle était un arbitre du goût et des bonnes manières. Au château il y avait deux enfants pour le service et la gloire du nom, un fils de vingt-quatre ans, le beau, le séduisant, l'aimable Léopold, chef idôlatré et envié de la *jeunesse dorée*[1] du Danemark, et une fille de dix-neuf ans : Adélaïde.

On l'appelait « la Rose du Jutland » comme si la péninsule entière — des dunes du Skague aux pâtures du Friesland — s'était employée à produire cette fleur unique, odorante et fragile. La rose se balançait en pliant sous la brise, pleine de jeunesse et séduisant ingénument par sa couleur et son parfum, mais elle fleurissait sur une colline excessivement haute. Elle avait la voix mélodieuse d'un oiseau, mais parlait presque toujours sans l'élever, car elle n'avait jamais eu besoin de hausser le ton pour voir accéder à ses désirs. Toute sa vie, elle avait eu droit à ce qu'il y a de meilleur en fait de vêtement, nourriture, vins, literie, chevaux, chiens familiers, par droit de naissance et parce qu'on sentait que rien d'autre n'eût été seyant à sa brillante et libre personnalité.

Tel promeneur dans les forêts de son père, entendant claquer les sabots du cheval de la jeune fille sur le sentier et la voyant passer accompagnée d'un noble et jeune soupirant et le valet d'écurie derrière elle, la suivant des yeux, restait ébloui un peu comme s'il eût regardé de face le soleil. Légère comme la feuille, en

---

1. En français dans le texte. *(N.d.T.)*

amazone sur son grand cheval, elle n'en portait pas moins sur elle tout le poids des champs et des forêts, des sept cents fermes du fief et des quarante-deux églises. Le jeune homme atteint de *Weltschmerz*[1] ou le vieillard revenu de ses illusions, devait poursuivre sa route d'un autre pas, sa conception du monde vaguement modifiée : oui, le monde, pour contenir un être si hautement, si totalement favorisé, était un séjour plus heureux et aimable qu'il ne l'eût cru jusque-là.

Elle avait voyagé en Europe avec ses parents et au cours de promenades dans des villes d'eaux ou bien dans les théâtres de grandes villes, l'on s'était retourné pour jeter un second regard sur cette fille au long cou, aux lèvres rouges, au pied léger. Elle avait passé deux saisons à Copenhague et avait porté à ses souliers de bal des semelles si minces qu'elle n'en avait plus en rentrant chez elle, à l'aube. Elle avait été demandée en mariage par les trois plus enviables *épouseurs*[2] du Danemark — beaucoup d'autres jeunes gentilshommes s'étant tenus à l'écart parce qu'ils la sentaient hors de leur atteinte. L'encens brûlé pour elle ne l'avait ni endurcie ni renfermée sur elle-même, elle était si jeune qu'elle n'y avait gagné qu'une gaieté un peu plus audacieuse et beaucoup de coquetterie. Elle recevait les compliments de la même manière que ses ravissantes toilettes et se louait de ses admirateurs comme de ses couturiers, modistes et bottiers. Elle avait les cheveux châtain foncé, les yeux très noirs ; un menton court et arrondi donnait du piquant à la partie supérieure — classique — du visage avec son front clair et ses sourcils bien arqués, expressifs, qui semblaient peints par un vieil artiste chinois.

La seconde des deux familles s'appelait Angel, nom qui ne figure pas dans le Gotha, et elle vivait à Ballegaard dans le nord du Jutland. C'était un vaste

1. Mal du siècle, en allemand. *(N.d.T.)*
2. En français dans le texte. *(N.d.T.)*

domaine et, à sa manière aussi, un royaume. Mais la terre en était pauvre, avec de grandes étendues de landes et de marais et, au sommet des hautes crêtes qui traversaient le domaine en diagonale, les arbres battus par le vent s'accrochaient à grand-peine au sol. Quelque chose, des couches cachées de craie ou de chaux, rendait le paysage extrêmement clair, sans couleur ou blanchâtre et comme sans poids. La terre et l'eau ne faisaient plus qu'un ; c'était dans l'air que tout se passait, que vivaient les hommes, et l'impression d'ensemble était de dénuement et de grandeur. Ballegaard était exceptionnellement riche en oiseaux de variétés diverses ; une ligne infinie d'oies sauvages rayait son ciel. A l'approche de l'homme, c'étaient des nuages de canards qui montaient des lacs marécageux peu profonds ; et les saisons étaient marquées par la migration dense des échassiers gagnant le sud ou le nord.

Il y avait ces moutons sur la lande de Ballegaard et du bétail dans les prés où galopaient un grand nombre de chevaux. Toute l'activité qui s'y accomplissait comportait un élément qui s'accordait au paysage, un mélange de parcimonie et d'étrangeté assez fréquent dans l'âme des paysans du Jutland.

Le château, comme le domaine où il s'élevait, était grand, noble, nu. Un mur gris et bas cernait le domaine aux bosquets éventés et la roseraie abandonnée. Les voyageurs venant des régions plus civilisées le disaient « *romantique* ». Et c'était bien à un roman que la longue suite d'enfants nés à Ballegaard et qui menaient une vie heureuse et sauvage dans ses vastes pièces, ses longs corridors, devaient l'existence.

On peut concevoir qu'un moulin à eau, mû par une force dirigée toujours dans le même sens, éprouve une inclination, une passion même, pour un moulin à vent gouverné des quatre coins du ciel. Ou bien l'on peut imaginer qu'un menu, qu'un imperceptible grain d'extravagance ou de folie, déposé à chaque génération d'une saine et solide famille étroitement confinée dans le quotidien de la vie, puisse, au fil des siècles, se transformer lentement en une force irrésistible. Deux siècles plus tôt, il y avait eu un grand alchimiste du nom de von Galen. Toujours est-il que, vingt-cinq ans avant le début de cette histoire, la jeune demi-sœur du comte Hannibal, née du second et tardif mariage de leur père, jolie personne qui était la passion et l'espoir de la famille et n'avait pas encore été présentée à la Cour, quitta un soir la maison pour s'en aller épouser un homme d'un autre milieu et si inconnu du sien qu'on s'y demanda où la jeune fille avait bien pu le rencontrer.

Pour ceux qui la connaissaient et pour toute la société des noms et des familles, le choc fut rude. On sentait que la nature n'aurait pu, sans une intervention magique, commettre une erreur aussi absurde. On voyait le séducteur avec un visage noir comme du charbon et l'on répugnait à cette évocation. On n'en parla même pas. Le frère de la jeune fille ensorcelée aurait pu faire annuler le mariage en raison de la minorité de sa sœur et il y songea. Mais c'était un homme positif. Il pensa qu'il ne parviendrait à rien de plus qu'à briser le cœur de sa jeune sœur; aussi se préoccupa-t-il plutôt de recueillir des renseignements sur son funeste beau-frère. On découvrit qu'il s'agissait de Vitus Angel, le dernier rejeton d'une longue lignée d'importants marchands de chevaux du Jutland dont le père, après avoir fait fortune grâce à sa connaissance des chevaux, avait, dans son vieil âge, acheté Ballegaard pour son unique enfant. Vitus s'était rendu au château de von Galen pour vendre à son propriétaire une bête de race de son élevage et, tandis qu'il la montrait dans la cour, il avait déployé ses dons d'homme de cheval sous les yeux de la jeune fille qui regardait par la fenêtre.

La famille accepta ce qui ne pouvait être défait.

La jeune femme amena son mari et, avec lui, ses

enfants, quand ils vinrent au monde, auprès de ses anciens amis, comme si elle avait été ingénument persuadée qu'ils aimeraient ce qu'elle aimait, et à leur propre surprise et contre leur gré, ils se prirent d'affection pour l'inconnu. Il avait un sens inné de la terre et de la culture et un œil exercé, presque inquiétant, pour apprécier la qualité des animaux; il parlait le même patois épais du Jutland que leur vieille nourrice et leurs gardiens. C'était comme s'ils avaient été reportés au-delà de l'histoire et de l'âge héraldique auquel ils appartenaient et qu'ils se fussent retrouvés face à face avec un ancien habitant du Danemark, un homme de l'Age de pierre ou un Viking, le valeureux ancêtre sans nom. Cela valait mieux, se dit à lui-même le comte von Galen, que si sa sœur avait épousé un brillant citadin à qui il faudrait un parapluie pour sortir sous la pluie. Au cours des années, l'heureuse vie conjugale de la jeune et jolie contemptrice des lois et, en fin de compte, sa mort prématurée au moment de la naissance de son septième enfant, lavèrent son image de toute tache du passé. Elle se mit à rayonner dans les mémoires avec la douceur, la tristesse argentées de la vieille ballade danoise dont l'héroïne est enlevée par un ondin.

Après la mort de sa femme, on vit rarement le maître de Ballegaard en dehors de son domaine. La mission d'achever la réconciliation entre le milieu de leur père et celui de leur mère retomba sur ceux de la jeune génération. Ils surgirent de leur royaume de marais, enfants du dieu des troupeaux et des pâturages, jouant sur son traditionnel double pipeau de roseau des airs de vie et de mort.

Aux yeux des amis et des parents de leur mère, ils étaient beaux, gracieux et, en même temps, étranges et même redoutables. Du point de vue de la loi, leur légitimité était indiscutable mais l'ambiguïté de leur naissance pouvait être encore plus inquiétante que la simple bâtardise. Ils allaient et venaient, portant avec fraîcheur et santé quelque inquiétant bacille social, menaçant, par là, leurs compagnons de jeux de race pure, plus fragiles, plus vulnérables. Pas un vieil oncle ou une vieille tante qui ne put s'empêcher de leur vouloir du bien — cependant était-il convenable, était-il moralement juste de leur souhaiter ce bien? La réussite dans la vie de ces jeunes gens ferait échec à la loi sur les péchés des pères. Mais, dans ce cas, pourquoi ne pas remonter jusqu'aux péchés des arrière-grands-pères? Jusque sur les grandes routes les plus droites et les plus solides, un peu du limon de l'irrégularité semblait coller à ces pieds légers.

Le mélange particulier de sangs avait produit un type particulièrement bien fixé. Entre les enfants de Ballegaard il existait une ressemblance presque pathétique, plus dans la matière dont ils étaient faits que dans leur aspect ; ils ne formaient pas un assemblage homogène d'éléments hétérogènes mais un assemblage hétérogène d'éléments homogènes, telle la parenté du gland à la feuille du chêne et au coffre en chêne. Deux ou trois caractéristiques étranges et fortes se retrouvaient dans toute la couvée.

L'une d'entre elles était un grand et sauvage bonheur d'être vivant, ce qui en français s'appelle « *la joie de vivre*[1] ». N'importe quel acte de la vie de tous les jours, respirer, s'éveiller, s'endormir, courir, danser, siffler, la nourriture et le vin, les animaux et même les quatre éléments provoquaient chez eux une allégresse comparable à celle d'un très jeune animal, le ravissement du poulain lâché dans le pré. Ils comptaient les oies sauvages volant contre le soleil, ou les heures précédant un bal ou les pièces qui leur restaient devant la table de jeu, avec la même intensité, la même ferveur qui les faisaient s'absorber dans le récit des amours malheureuses d'un de leurs amis comme

1. En français dans le texte. (*N.d.T.*)

dans le montage d'une canne à pêche, avec une énergie d'homme qui se jette à la mer. Ils étaient naturellement connaisseurs en matière de vins et en cuisine, mais mangeaient avec un plaisir égal le morceau de pain noir rassis fourré dans une poche et destiné à leur cheval. Ils étaient calmes, nullement égocentriques, mais ils rayonnaient d'une joie turbulente et leur fierté de vivre était presque provocante. Une source d'énergie les animait, et, à leur tour, ils reflétaient cette énergie sur leur entourage, ce qui les faisait aimer des jeunes gens de leur âge : les enfants de la loi s'éprenaient des enfants de l'amour. Aux yeux de leurs amis de la noblesse, plus obtus, il semblait plaisant de voir le simple fait de vivre tenu pour un privilège. Ces amis éprouvaient le besoin de s'en convaincre de temps à autre, ce qui fait qu'ils ne pouvaient se passer bien longtemps de leurs cousins fous du Nord. Lorsque, peu de temps avant le début de cette histoire, le *Jockey Club* de Copenhague, comme un Olympe des favorisés suprêmes, fut fondé, l'on stipula d'abord que seuls les jeunes gens de sang noble y seraient admis, mais lorsqu'on se rendit compte qu'un règlement de ce genre excluait les frères de Ballegaard, le comité modifia la disposition. Un bon nombre d'années après la fin de cette histoire, un vieux gentilhomme chauve, qui, à cause de son amour pour la seconde fille, Drude, était resté célibataire pendant cinquante ans dans son grand et beau château, déclara à une jeune fille de la famille, elle-même filleule de Drude : « Lorsqu'il n'y a plus eu parmi nous aucun Angel de Ballegaard, les grandes battues d'automne, les chasses, les bals qui les suivaient, les fêtes de Noël dans les châteaux n'ont plus valu la peine d'y participer. »

Les jeunes Angel devaient probablement, pour une bonne part, cette gaieté de cœur à un physique presque parfait. Ils avaient des organes irréprochables. On ne trouvait pas de cœurs, de poumons, de reins ou d'intestins de cette qualité au Danemark, les cinq sens aussi aigus que chez les animaux sauvages. Bons danseurs avec ça, bons tireurs, bons pêcheurs. De leurs ancêtres maquignons, ils avaient hérité une affinité particulière pour les chevaux et, en selle, ils évoquaient l'idée d'un centaure, même aux yeux des personnes les plus dépourvues de formation classique. Aguerris au vent, à la pluie et au gel, ils pouvaient aussi se passer de sommeil pendant une semaine, boire et cuver leur vin en dormant comme un ours dans sa tanière, pour se réveiller dispos et l'haleine fraîche.

Ils étaient, en outre, agréables à regarder : le frère aîné était remarquable à voir et deux des sœurs étaient des beautés reconnues.

Les filles étaient d'une taille un peu au-dessus de la moyenne, les garçons non pas grands mais d'une stature exceptionnellement harmonieuse. Tous avaient de longues mains et de longs cils, petits pieds et dents petites, les sourcils largement écartés, les hanches étroites, et tous avaient des mouvements légers, comme aériens. Leurs paupières jouaient librement, voilant par instants la partie supérieure de l'iris et donnant au regard une limpidité et une profondeur rares, comme cela se voit chez les lionceaux, au contraire des moutons, des chèvres et des lièvres dont les paupières semblent tendues sur le globe de l'œil. Cinq ans avant cette histoire, quand la jeune princesse Dagmar se rendit en Russie pour épouser le tsarévitch Alexandre, l'aîné des frères Angel, officier des gardes, fut désigné pour l'escorter. Un tel choix, qui offensait le règlement et le bon sens puisque le jeune homme ne possédait ni nom, ni rang, ni fortune, ne pouvait s'expliquer que par sa bonne mine, comme si la nation danoise, après avoir envoyé un modèle exquis de sa race féminine, voulait montrer à son puissant voisin et allié un bel échantillon de sa jeunesse masculine. Les officiers russes de la Garde reçurent la consigne de divertir leur hôte, et le jeune homme revint à Copenhague comme s'il sortait d'un rêve. Il aurait certes pu, de lui-même et sans effort, mener une vie de chasse à l'ours, de champagne, de musique et de danseuses tziganes. Maintenant qu'il avait vu exister autour de lui ce monde souverainement et magnifiquement vivant, il lui semblait qu'il était incapable de s'en séparer ; il allait et venait dans la société de Copenhague portant toujours son éclatante beauté, faisant figure aux yeux des uns d'un Tannhäuser échappé du *Venusberg* de Saint-Petersbourg, aux yeux des autres d'un Münchhausen sorti des steppes de Sibérie. A l'époque de cette histoire, il avait quitté le Danemark et était élève cavalier à Saint-Cyr.

Dernier trait propre à la nichée de Ballegaard : chacun de ses membres était prédestiné, marqué d'avance pour le désastre. Il arrive, lorsqu'une personne meurt jeune, que ses amis étrangement frappés se disent : « Nous savions qu'il en serait ainsi. » Et le plus souvent, en pareil cas, la sentence de mort qui menace cette jeune tête, loin d'apparaître comme une couronne d'épines ou une barrière qui l'isole du monde, semble le faire halo d'un arc-en-ciel, le signe d'un pacte particulièrement étroit avec tout ce qui vit et avec la Vie elle-même. Ainsi l'approche du désastre rayonnait-elle doucement et noblement autour des jeunes Angel. On leur manifestait une amitié et une tendresse particulières. Nul, si ce n'est que les natures basses et vulgaires, n'enviait leur jeune succès. Comme si le monde se fût répété tout bas : « Cela ne durera pas. » Plus tard, lorsque ce pressentiment se trouva vérifié pour chacun des frères et des sœurs, leurs amis s'en souvinrent avec étonnement et tristesse. Les aînés qui avaient éprouvé de l'inquiétude à leur sujet, senti l'atmosphère maléfique autour d'eux, voyaient maintenant leurs appréhensions confirmées. Ils avaient vu s'avancer la déesse Némésis et ils en étaient restés confondus.

Un vieux peintre et sculpteur, qui avait observé les paysages et les habitants de toutes les contrées d'Europe, séjournant à Ballegaard pour y étudier les oiseaux, s'était fait présenter les frères et les sœurs, alors encore adolescents. Il les regarda, tomba dans une profonde méditation et remarqua comme pour lui-même : « Cette belle couvée de Ballegaard, dans le cours de sa vie, rompra avec la plupart de nos lois et de nos commandements. Mais elle sera d'une fidélité sans défaillance à une loi — la loi de la tragédie. Chacun d'eux la porte inscrite dans son cœur. »

Un petit trait de caractère particulier à la famille doit être mentionné : tous faisaient de beaux rêves. Dès le moment où ils s'endormaient dans leurs lits, d'immenses paysages, des mers vastes et profondes, des êtres et des animaux étranges surgissaient devant leur esprit. Ils étaient trop bien élevés pour faire part de ces rêves à des étrangers, mais entre eux, ils se les racontaient et les commentaient en détail. La sœur aînée, la plus grande de la famille et la meilleure écuyère, disait à ses enfants vers la fin de sa vie : « Quand je serai morte vous pourrez écrire sur ma pierre tombale : " Elle a connu des jours difficiles. Mais ses nuits ont été magnifiques. " »

Cependant le narrateur ne veut pas anticiper. A l'époque de cette saison de Copenhague, aucun mauvais sort ne planait encore sur les jeunes gens — seule la fille aînée se trouvait très loin dans un grand domaine de l'ouest du pays, étrangement mariée à un homme ayant le double de son âge. Les plus jeunes jouaient encore à cache-cache dans les escaliers et les greniers de Ballegaard. Le second frère, Ib, âgé de vingt-trois ans, et la seconde fille, Drude, dont le vingtième anniversaire tombait le jour de l'équinoxe, dansaient sur les parquets de Copenhague.

Le comte Hannibal von Galen, qui aurait tant aimé voir autour de lui une nombreuse famille qui eût été la sienne, s'était montré bon pour les enfants de sa sœur.

312

Ils étaient autant chez eux dans son château que dans leur propre maison. Ib, qui au moment de la mort de sa mère était âgé de douze ans et que cette mort avait douloureusement frappé, avait été élevé avec son cousin Léopold. La comtesse Louise avait, au début, considéré avec méfiance leur intimité, car elle était la plus fortement attachée à la notion de pureté du sang. Mais, en même temps, c'était une mère passionnée, et lorsque Léopold réclama Ib comme compagnon de tous les instants dans ses études et ses plaisirs, qu'Adélaïde ne put vivre sans Drude et qu'elle constata l'aimable contraste que formaient la beauté blonde de Drude et la sombre beauté d'Adélaïde, elle céda, elle accueillit avec bienveillance son neveu et sa nièce dans son aristocratique vie familiale. Elle parlait à ses amis en souriant de l'amitié fraternelle qui unissait les jeunes gens : avec ses propres enfants, sa bienveillance à l'égard des *orphelins de mère*[1] prenait souvent une nuance plus attristée — avec Léopold en particulier, qui ressemblait beaucoup à sa superbe mère et qui lui était très dévoué —, elle soulignait mélancoliquement la situation ambiguë des jeunes Angel et le triste résultat des *mésalliances*[1] en général.

Durant la saison, Drude demeurait, en quelque sorte officiellement, chez sa vieille tante Nathalie, ancienne dame de la suite de la princesse Marianne, dans le quartier de Rosenvænget. Mais Adélaïde priait, implorait continuellement Drude de venir passer la nuit au palais von Galen pour qu'avant le bal, elle pût recueillir l'avis de sa cousine sur sa robe et sa coiffure ou que sa femme de chambre coiffât les pâles tresses dorées de Drude d'une façon nouvelle et frappante, et qu'après le bal, pendant qu'elles brossaient leurs cheveux, elles pussent échanger des confi-

1. En français dans le texte. *(N.d.T.)*

dences et se moquer ensemble de leurs admirateurs et de leurs rivales. Les deux jeunes filles étaient généralement tenues pour les beautés de la saison, les deux jeunes gens étaient amis si intimes que les gens d'esprit de leur cercle les avaient baptisés d'un seul nom, créant ainsi un personnage mythologique qui combinait l'élégance, l'usage, le talent libre et original. Les quatre jeunes gens voguaient sur la crête des vagues, au milieu des réjouissances de Copenhague, remarqués par tous les observateurs, unis par l'amitié la plus heureuse.

Mais Ib souffrait pour sa cousine Adélaïde d'un amour non payé de retour.

Il se demandait souvent comment il se pouvait qu'avec un poignard dans le cœur, on pût être transpercé de nouveau vingt fois par jour. Comment se pouvait-il, il s'en étonnait, qu'une image, sans cesse présente, pût à chaque heure prendre un nouvel et irrésistible attrait — œil noir, dents blanches —, aussi terrible qu'une armée brandissant ses étendards ?

Elle était entièrement et désespérément hors de son atteinte. Il n avait pas besoin de l'avis du monde pour accepter ce fait, il l'avait accepté de lui-même et depuis le commencement. Il n'avait rien d'un iconoclaste : l'image d'Adélaïde dans une société moins brillante que celle où elle était née lui semblait révoltante, intolérable ; il s'en détournait et même avec une particulière horreur en songeant qu'il pourrait être la cause d'une pareille offense à la nature. Il avait entendu Adélaïde et ses amies, se parlant tout en travaillant de l'aiguille, soutenir l'opinion que le plus triste effet d'une mésalliance serait de voir disparaître la couronne de leur mouchoir. Il ne les avait pas contredites. Au fond de lui-même il était d'accord avec elles. L'image d'Adélaïde, depuis ses cheveux sombres ornés de fleurs jusqu'à son petit pied chaussé de soie, était inséparable du mouchoir à couronne au bout de ses doigts effilés.

Parce que chez tous ceux de son sang l'être physique et l'être moral se confondaient, son désir pour elle brûlait son jeune corps. Son sang était voué à Adélaïde, ses membres et ses entrailles, ses yeux, ses lèvres, son palais et sa langue dévorés de la fièvre d'elle. Puis il lui arrivait de vivre des heures d'incroyable douceur. Adélaïde tournait vers lui ses yeux souriants, à demi clos, elle l'autorisait à lui boutonner son gant ; un après-midi où elle avait déclaré que le monde entier était mortellement ennuyeux, elle avait pendant un moment, tout en bâillant, posé le visage sur son épaule.

A la fin, pendant ce dernier automne, il avait pris une semaine de congé et était retourné à Ballegaard. Il s'était assis avec son père et avait parlé de choses et d'affaires présentes, réelles, il avait rendu visite aux gens qui l'avaient connu dans son enfance et qui se souvenaient de sa mère : il avait appris combien ils s'étaient efforcés de ne pas la décevoir ni l'attrister. Il était allé sur la tombe de sa mère : c'est là que, par un soir de tempête et de pluie, lorsqu'il s'était retrouvé dans les champs avec son vieux chien qui avait éprouvé une joie sauvage à le revoir, une idée lui était venue. Il quitterait le pays pour s'enrôler dans l'armée des Français, qui semblaient à la veille d'une guerre avec l'Allemagne. Il avait constaté que ce projet était plus facile à réaliser qu'il ne s'y fût attendu et il y avait vu le premier événement heureux qui lui fût arrivé depuis longtemps. Cependant, quand il sollicita l'autorisation du ministère de la Guerre, sa demande fut rejetée. Le Gouvernement avait, dans la situation présente, le souci de conserver la plus stricte neutralité, même si elle était directement contraire au sentiment du peuple danois. L'engagement volontaire d'un officier danois dans l'armée française, à un moment où une guerre franco-allemande paraissait inéluctable, serait considéré par les Prussiens comme contraire à la neutralité et pourrait entraîner des conséquences funestes.

Pendant toute une journée, une tentation délicieuse, dangereuse hanta l'esprit d'Ib : il avait fait ce qu'il pouvait, il pouvait donc rester chez lui et voir Adélaïde comme auparavant. Mais dans la soirée il s'insurgea contre cette idée : « Ne t'approche pas de moi. » Il ne supporterait pas qu'Ib Angel tournât au mollusque. Et encore moins de donner à l'innocente Adélaïde les apparences d'une Calypso. En outre il avait pris une résolution à Ballegaard. Il lui fallait maintenant donner sa démission, alors il serait libre d'aller où il voudrait.

Franchir un tel pas signifiait qu'il ne pourrait plus, à l'avenir, retourner au Danemark. Tant pis, il n'avait pas l'intention de revenir. C'est ainsi qu'il fit ses préparatifs, regardant d'une manière étrange tout à la fois le passé et l'avenir.

En guise d'occupation, il fit des visites et se montra aux jours de réception des dames de Copenhague. Il était seul à savoir que c'étaient *des visites pour prendre congé* [1], inspirées par la gratitude ou le remords pour sa vie de Copenhague. Les vieilles maîtresses de maison, avec un regard particulièrement brillant à l'adresse du jeune homme qu'on leur avait dépeint jusqu'ici comme un sauvage, souriaient de sa conversion à la mondanité et le voyaient déjà marié à une petite-nièce pourvue d'un grand nombre de sœurs. Ses jeunes amis, pleins de gaieté, suivaient sa course de commentaires moqueurs et croyaient qu'il sortait afin de découvrir une héritière.

Dans ces élégants pèlerinages, il devint habile à tenir en même temps l'épée, le képi, les gants blancs, la tasse de thé, et il prenait alors l'air d'un animal sauvage exécutant posément et consciencieusement,

---

1. En français dans le texte. *(N.d.T.)*

avec ses grosses pattes douces, son numéro dans un cirque. Dans les salons, il rencontrait Adélaïde chaperonnée par sa superbe et imposante mère et, dans la conversation générale des groupes, il attrapait son rire et sa voix douce, basse, claire. Bonheur et souffrance à la fois. Bonheur un peu plus que souffrance, toutefois, ou il n'aurait pas continué ses visites. D'une façon étrange et vague, cela lui faisait du bien de voir qu'on la regardait aussi ardemment qu'il le faisait, de constater l'espace d'une seconde qu'il n'était pas fou.

Quand il se rendait à ces mondanités, elle le croisait parfois dans la rue, assise dans la voiture de son père, avec Drude à son côté, s'activant dans l'accomplissement de ce rite mystique : le dépôt de cartes de visite, hommage que rendait une noble maison à une autre, entièrement grâce à l'équipage, aux deux chevaux, au cocher et au valet de pied — étant donné que les jeunes personnes de ces maisons n'y prenaient qu'une part invisible, pour ainsi dire, sans jamais mettre le pied hors de la voiture. Elle lui souriait alors à la dérobée, pouvait même en cachette lui jeter un petit baiser rapide et invisible comme elle l'était elle-même.

Dans les salons, il la voyait entourée d'un groupe d'admirateurs, mais il ne s'en affectait pas. Dans son amour pour elle, il entrait une sorte de dignité qui excluait la jalousie. Il savait que sa passion était d'une qualité différente de celle de tout autre homme.

Vers la fin de la saison, Ib se trouva d'une façon inattendue le héros du jour. Un matin, après une nuit joyeuse, il s'était battu en duel au sabre avec l'attaché militaire de Suède et de Norvège et il y avait eu, bien qu'en petite quantité, du sang versé de part et d'autre. Les duels étaient interdits et il fut mis aux arrêts pour une semaine. Il n'était pas mécontent de quitter le monde pendant quelque temps. Il n'était pas fier de son exploit car ni lui, ni Léopold qui l'avait assisté, ni son adversaire, ne se rappelait clairement comment la querelle avait surgi. Il sortit de sa réclusion pour constater que la société de Copenhague — dès lors qu'elle n'avait pu être renseignée par les principaux acteurs —, avait, d'elle-même, mis en circulation une série d'histoires passionnantes et, pour rire un peu, en leur donnant un tour particulièrement alléchant.

Une grande dame âgée recevait le vendredi.

Sur la place, devant sa maison, s'avançait une longue file de voitures. Une à une, elles franchissaient la grille pour tourner dans la cour et ressortir de façon à laisser la place à la voiture suivante.

Ce jour-là, il y avait du printemps dans l'air, malgré un petit vent coupant qui balayait les rues, chassant devant lui des bouts de papier et des brins de paille. Le ciel était d'un bleu pâle, avec de légers nuages blancs, et lorsque les dames étaient descendues de voiture, les cochers impassibles restaient sur leur siège en le contemplant. Le vaste hall bien éclairé était chaud, des lauriers en pots étaient placés sur les larges marches de l'escalier qui menait aux pièces de réception et, spécialité de la maison, de l'encens brûlait dont l'odeur, bien des années plus tard, évoquerait l'idée de l'Arcadie pour les invités qui, à présent, montaient et descendaient les marches. L'escalier lui-même formait aujourd'hui une pièce de réception animée par les saluts que se faisaient les gens, par le bruissement des robes de soie, de temps à autre, par l'entrechoquement des éperons.

Les réunions mondaines de l'époque différaient de celles plus récentes, du fait qu'alors toutes les générations étaient réunies. De jolies adolescentes au regard vif s'avançaient comme de jeunes cygnes dans le sillage de leurs mères cygnes plus lourdes et de vieux messieurs aux cheveux blancs — ou chauves — baisaient les mains de jeunes femmes et roucoulaient auprès des débutantes. De très vieilles dames, que l'âge avait rendues petites et légères comme des poupées, dispensaient leur esprit et leurs charmes

318

auprès des jeunes gens timides ou des jeunes hommes ambitieux qui se rappelaient le conte de fées où le héros, dont le vœu doit être exaucé, opte pour l'amitié de toutes les vieilles dames. L'éventail largement ouvert des âges compensait l'uniformité de classe et d'idées.

Ib arriva en haut de l'escalier en compagnie de son cousin Léopold. Sur la place, les deux jeunes gens avaient parlé d'un souper que le régiment d'Ib avait offert à une jolie cantatrice française en tournée à Copenhague. Mais le temps printanier avait insinué dans le cœur d'Ib une soudaine et légère angoisse. Il vit que les ombres bleues des arbres sur les pavés avaient changé, les délicats réseaux de leurs branches s'étendaient plus loin, leurs bourgeons se gonflaient. Dans la campagne, songeait-il, les tussilages devaient être en fleur sur le côté de la route, les champs marron clair, dans l'air léger, avaient été hersés et, tandis qu'on chevauchait sur leurs lisières, le nuage de poussière soulevée derrière la herse — dure et froide et entraînant avec elle des particules de fumier — vous était soufflé dans les yeux et la bouche. On entendait le cri de l'alouette. Il se désintéressa du souper et devint silencieux.

Un instant, les jeunes gens, sur le palier, furent retenus par une beauté mûre qui se tournait devant la glace et qui, en tirant les franges de sa mantille, constatait : « Non, les miroirs ne sont plus ce qu'ils étaient », avant de franchir le seuil.

Dans le premier salon, un petit groupe, faisant cercle autour de la femme du ministre du Danemark à Paris en congé, discutait de la probabilité d'une guerre franco-allemande. « Mais pouvons-nous être entièrement sûrs de l'Italie ? » demanda à la dame un vieux fonctionnaire de la Cour.

La femme du ministre se mit à rire, pour ainsi dire en français : « Mon ami, s'exclama-t-elle, de quoi

319

parlez-vous ? Le comte Nigra est l'un des plus ardents admirateurs de l'Impératrice. »

A l'intérieur du salon rouge, entre le feu et le samovar, la vieille maîtresse de maison, tout en parlant avec un prince de la Maison royale, d'âge respectable, aperçut Ib et, d'une façon inattendue, avec une petite étincelle dans le regard, l'invita à s'asseoir à son côté, puis l'immobilisa derrière une tasse de thé, le réservant pour un usage ultérieur.

Dans l'embrasure de la fenêtre, un certain nombre de dames s'étaient rassemblées autour d'un petit homme, peintre connu dans toute l'Europe. Il avait déclaré un jour que toute la grandeur de l'Art ne résidait que dans un plus grand effort de sympathie, et la théorie pouvait être tenue pour valable, appliquée à son art personnel inspiré par le plaisir de regarder et d'exprimer les beautés visibles du monde. Bien qu'il parût bizarre qu'un individu aussi brillant eût un petit visage semblable à une pleine lune, un peu rose, sans cheveux ni expression ni traits caractéristiques, si semblable à un derrière d'enfant que ses élèves qui pourtant l'idolâtraient, affirmaient qu'un déplacement était intervenu dans son anatomie et qu'il existait, en un autre endroit de sa personne, un visage éminemment expressif. On lui faisait fête dans la société, mais on le craignait également parce que, par moments, il s'asseyait sans dire un mot, regardant le visage et la silhouette d'une dame jusqu'à ce qu'elle se sentît dévêtue, et qu'à d'autres moments, quand il avait enfourché une idée, il parlait sans plus s'arrêter.

Pour l'instant, le groupe parlait du progrès, l'idée de l'évolution était dans l'air. Le professeur Darwin avait fait vibrer l'atmosphère de l'Angleterre et l'écho de cette vibration se répercutait par vagues à travers la mer du Nord. La noblesse danoise était excitée et intriguée par sa théorie, choquée par l'affirmation que ses ancêtres ne valaient pas mieux qu'elle-même, séduite par la constatation que tenir un rang élevé dans l'univers était, en soi, la preuve d'une prédisposition naturelle à ce rang.

— Je suis d'accord avec vous, Eulalie, mon chou, disait le professeur parlant, comme toujours, très lentement, d'une petite voix frêle et grinçante et avec une série de petites grimaces pour remplacer le manque d'expression de son visage, le monde progresse, nous progressons tous et, dans une centaine d'années, nous serons plus près d'un état de perfection que nous ne le sommes à présent. Cependant, je vous dirai que tandis que nous irons de l'avant si allégrement dans toutes les directions, certains petits traits de notre nature atteindront, pour ainsi dire d'eux-mêmes, le sommet de la perfection avant de se désagréger, nous abandonner et disparaître pour toujours. Je vous désignerai la partie de nous-mêmes qui, au moment où je vous parle, a atteint la perfection et qui est sur le point de redevenir rudimentaire. Nous pourrons, dans les temps futurs, être témoins de prodiges sur le plan du progrès scientifique et social. Mais nous ne pourrons plus jamais poser les yeux sur une assemblée de nez, semblable à celle que nous voyons autour de nous. Il n'est pas un seul d'entre eux dont l'achèvement n'ait exigé cinq siècles. Vous constatez dans ce salon que le nez est *la pointe*[1] de la personnalité humaine tout entière et que la véritable mission de nos jambes, de nos reins et de nos cœurs est de promener notre nez.

Une jolie femme du groupe, après un regard au nez minuscule de l'orateur, fut saisie d'un petit rire, en éprouva de l'embarras et mit son mouchoir devant sa bouche.

— Il y a ici, continua imperturbablement le professeur, des museaux d'antilopes et de gazelles, des gueules de panthères et des museaux de renards. Et

1. En français dans le texte. *(N.d.T.)*

les becs, chers amis, les becs ! Il y a des becs d'aigles, de perroquets et de durs petits becs de chouettes presque enfouis dans la molle plénitude des douces joues, des becs de pélicans avec, au-dessous, des poches à provision et de longs becs de gentilles et fouineuses bécassines. Regardez maintenant le nez de notre éminente hôtesse : il n'y en a pas de plus délicat, ni de plus affiné dans tout Copenhague. Il enregistre tout, à bonne distance, avec la précision d'un sismographe. En même temps, il possède la force d'une trompe d'éléphant qui soulève les plus lourdes charges de bois dans la jungle. Il a soulevé les seins imposants de velours pourpre de cette dame à la hauteur de son menton et il les y maintient. Il peut, à son gré, hausser le plus obscur d'entre nous sous l'éclat des projecteurs de la vie mondaine ou bien il peut — Dieu nous en garde — si notre odeur ne lui plaît pas, tirer chacun de nous hors de sa position brillante, le faire vaciller et le précipiter dans l'abîme de l'obscurité sociale, et, durant ce temps, conclut-il, il conserve une noblesse immuable.

— Mais devons-nous vraiment, demanda une dame corpulente dans une magnifique robe violette, perdre nos nez comme des feuilles d'automne. Je sens le mien très fermement attaché.

Elle toucha pensivement son nez d'un doigt court et gras.

— Cela peut paraître ainsi, dit le vieil homme, mais il est aisé d'effacer un nez et tous les polichinelles de tous les âges sont d'accord avec moi. Quelle autre partie de son anatomie l'homme possède-t-il dont il soit à ce point facile de voir qu'elle constitue un appendice détachable ?

— Cher maître, lui dit une dame mince, en gris, vous m'avez fait éprouver une sensation pénible comme si j'étais une sorte de loup-garou errant à l'aube de la civilisation avec le nez d'un carnivore des temps préhistoriques. Votre manière de caractériser nos nez n'était guère flatteuse.

— Elle avait l'intention d'être flatteuse, dit le vieil artiste, d'un air déçu. Seulement, comme vous le savez tous, je n'ai malheureusement que peu de mots à ma disposition. Si j'avais seulement mon pinceau ici, j'en toucherais tous les bouts de vos nez délicats et, en un instant, je parviendrais à m'exprimer claire-ment. Mais laissez-moi vous dire, avec mes pauvres mots, que les cinq sens — et parmi eux l'odorat tient sûrement un rang élevé — forment tout le *savoir-vivre*[1] des animaux sauvages et des peuples primitifs. Lors-que, au fur et à mesure du progrès, ces innocentes créatures bénéficient d'un peu de sécurité, de confort et d'éducation, sentir devient une entreprise ardue, l'odorat se détériore, s'émousse, les bonnes habitudes se perdent. Nos animaux domestiques qu'on utilise pour faire avancer la civilisation, que l'on forme pour cet objet, ont perdu l'acuité de leurs sens et, dans nos porcheries comme dans nos basses-cours, on ne décou-vre plus de qualités originelles. Au sein de notre civilisation, les gens des classes moyennes ont acquis la sécurité et un peu d'éducation — et où, mes amis, sont désormais leurs nez ? Pour eux, le mot même d'odeur est devenu inconvenant. C'est seulement lors-que quelqu'un s'élève à notre propre niveau — niveau élevé — que l'on peut retrouver, de nouveau, chez lui l'acuité des sens en même temps que le *savoir-vivre*[1]. Car, quel est le but de toute éducation un peu raffinée ? Redécouvrir l'innocence. C'est ainsi que parmi tous nos animaux domestiques, celui qui est le plus proche de l'animal sauvage est aussi le plus racé : le pur-sang, l'*édition de luxe*[1] du cheval.

« Regardez maintenant, poursuivit-il, cette femme blonde, presque lumineuse, en velours vert olive, qui

1. En français dans le texte. *(N.d.T.)*

parle au comte Léopold. Ses genoux et ses cuisses et ce dos élégant — tout exprime franchement et naïvement sa nature. Mais n'est-ce pas son nez la véritable *pointe*[1] de tout cela ? Vivant, piquant, avec une audacieuse inclinaison et des narines presque rondes ; on peut le faire remonter en ligne directe jusqu'au profil loyal et audacieux de la jument arabe. Elle ne décevra pas son cavalier. Mais il faudra bien chercher pour découvrir un cavalier qui la mérite.

— C'est Drude Angel, dit une dame qui avait une perruque. Une cousine de Léopold et d'Adélaïde. On a beaucoup discuté cette saison pour savoir qui d'elle ou d'Adélaïde était la mieux physiquement. Elle est l'une de ces enfants Angel à qui, une fois, à Ballegaard, vous avez prédit un avenir tragique.

Le professeur, à ces mots, lança vers la jeune fille un long et profond regard, puis ne dit plus rien à son sujet.

— Le comte Léopold, observa la grosse dame en prenant son face-à-main, me semble seconder son cousin dans la compétition.

— Ah ! tragédie, dit une dame en prenant une nouvelle tasse de thé à un valet de pied.

Elle était un peu dure d'oreille et, comme la plupart des sourds, avait l'habitude de faire un sort à un mot alors que les autres l'avaient oublié.

— Qui d'entre nous échappe à la tragédie ? Comme je montais en voiture pour venir ici, on m'a apporté un télégramme qui m'annonçait que ma pauvre nièce de Lolland avait mis au monde sa neuvième fille. Les tragédies de la scène sont à peine à moitié aussi accablantes que celles de la vie réelle. Mon infortunée Anna — vous connaissez tous son mari — va maintenant devoir entreprendre sa dixième grossesse.

— Mais Charlotte, dit la dame mince sur un ton de

1. En français dans le texte. *(N.d.T.)*

reproche, vous savez certainement que la tragédie est la conséquence de la chute de l'homme et qu'il n'est donc pas facile de la supprimer. Nos arrière-petits-enfants auront obtenu bien des choses, mais ils n'auront pas plus d'espoir que nous-mêmes d'éliminer la tragédie de l'existence humaine.

— Hélas non, dit la dame qui était dure d'oreille.

— Hélas si, dit le professeur. La tragédie sera une chose que l'on supprimera facilement, presque aussi facilement que le nez. Je ferme les yeux, continua-t-il, et effectivement il ferma ses petits yeux sans cils, et je vois devant moi, dans cent ans d'ici, une réunion de nos arrière-petits-enfants, exactement pareille à la nôtre. Ce seront des gens très agréables, justement fiers d'avoir réalisé de grandes choses dans la science et la vie sociale et, le nez mis à part, des gens très plaisants à regarder. Ils seront capables de s'envoler dans la lune. Mais aucun d'entre eux, même pour sauver sa vie, ne sera capable d'écrire une tragédie.

« Car la tragédie, poursuivit-il, loin d'être la conséquence de la chute de l'homme, est, au contraire, l'assurance qu'il a prise contre les conditions de vie, mornes et sordides, entraînées par sa chute. Projeté de la gloire céleste et de la joie dans la nécessité et la routine, l'homme, dans un suprême effort, a créé la tragédie. Comme le Seigneur a été alors heureusement surpris ! La créature, s'exclama-t-il, était certes digne d'être créée. J'ai eu raison de la faire, car elle peut accomplir pour moi des choses que, sans elle, je ne peux mener à bien.

— Epargnez-moi, professeur, s'exclama la grosse dame. Vous êtes très mystérieux, ou bien seriez-vous mystique ? Car je n'ai jamais été tout à fait capable de distinguer un mot de l'autre, et nous vous prions de vous exprimer plus simplement. Dans mes jeunes années, il m'est arrivé de faire sensation en entrant dans une salle de bal et, pendant cette saison-ci — que Dieu me garde —, j'ai inventé la recette d'une sauce

Cumberland aux épices rares, mais comment invente-t-on une tragédie?

Le vieil homme resta assis en silence pendant un moment, s'agitant un peu sur sa chaise comme si, suivant la théorie de ses élèves, il était en ce moment en train de se gratter doucement le front, l'air pensif.

— N'étant pas doué pour les réponses directes, reprit-il au bout d'un moment, je veux vous répondre en vous posant des devinettes. Qu'est-ce que l'homme ne possède pas et ne voudrait à aucun prix accepter si cela lui était offert et qui est cependant l'objet de son désir et de son adoration? Le divin buste féminin, *mesdames*[1].

Et quelle est la chose, demanda-t-il encore, que le vieux professeur Sivertsen n'a pas, qu'il n'accepterait pas si elle lui était offerte et qui est cependant, pour lui, l'attribut le plus pittoresque de l'être humain? Qu'est-ce qui est à ses yeux une chose absurde et déraisonnable, une chose ridicule à porter avec soi dans la vie et qui est en même temps le rare piment dont on fait la tragédie? Je vais vous donner la réponse comme vous le voulez, en mots simples. Cette chose se nomme *honneur*, madame, l'idée de l'honneur. Toutes les tragédies, de *Phèdre* et *Antigone* jusqu'à *Amour et Intrigue*[2] et *Hernani* et jusqu'à cette œuvre pleine de promesses d'un jeune auteur norvégien, *Marie Stuart en Ecosse*, que nous avons vue ensemble l'autre jour, sont fondées sur l'idée de l'honneur. L'idée de l'honneur ne sauve pas l'humanité de la souffrance mais elle lui donne les moyens d'écrire une tragédie. Une époque qui peut démontrer que les blessures du héros sur le champ de bataille sont également pénibles — qu'elles le frappent devant ou derrière — peut produire de grands hommes de

1. En français dans le texte. *(N.d.T.)*
2. En allemand : *Kabale und Liebe* (Schiller). *(N.d.T.)*

science, des statisticiens, elle ne peut écrire de tragédie.

« Ces jeunes gens agréables, vos petits-enfants, lors d'une réception comme celle-ci, d'ici un siècle, connaîtront le souci, non la tragédie. Ils auront des dettes — chose pénible — mais pas de dette d'honneur pouvant mettre en jeu la vie ou la mort. Il y aura des suicides — chose pénible — mais le *hara-kiri* sera oublié, fera sourire. Cependant ils pourront s'envoler vers la lune. Ils seront assis en rond autour de leur table à thé, à parler de leurs itinéraires et de leurs billets pour la lune. »

Il demeura silencieux un moment puis revint à son idée avec gravité :

— Je suis un artiste, dit-il. Je n'échangerai pas l'idée de l'honneur contre un billet pour la lune. Moi qui seul parmi vous n'ai pas de nez — il jeta sur cette dame qui avait éclaté de rire quand il avait parlé des nez, ce regard familier à ses élèves, ce regard qui leur faisait dire : « Jehovah est en train de tirer la langue à quelqu'un » —, je puis cependant parler des nez en connaisseur, car je suis un artiste, c'est-à-dire moi-même le nez de la société. Et je remercie Dieu que les gens dont je fais le portrait aient encore un nez au milieu du visage. Je suis un artiste. Je n'ai pas d'honneur personnel, mais je puis en parler en connaisseur. Au Paradis, il n'existait pas d'idée de l'honneur. (*Et ils virent qu'ils étaient nus* — cette constatation ne vint que plus tard et une pareille vision n'eût, en aucun cas, choqué l'œil d'un artiste.) Et je remercie Dieu que les gens dont je fais le portrait aient encore au cœur l'idée de l'honneur d'où procède la création de la tragédie. Car si...

Il conclut enfin son long discours d'une voix plaintive d'enfant qui s'adresse aux grandes personnes. Deux des dames auprès de lui s'étaient levées, lui avaient souri et avaient rejoint un autre groupe de causeurs.

— ... S'il en avait été autrement, où aurais-je trouvé le noir pour mes tableaux ? Le *noir d'ivoire*[1], le *noir de fumée*[1], le bienheureux, le sombre *noir de pêche*[1] ?

« Regardez ma dernière nature morte. Le plus beau tableau que j'aie jamais peint (son dernier tableau était toujours le plus beau), et dites-moi si j'aurais pu introduire du noir dans la pourpre et l'écarlate de mes carapaces de homard ou dans le gris-vert de mes huîtres si je n'avais pas vu la tragédie se dérouler tout autour de moi ? »

A cet instant l'hôtesse, qui avait pris congé du prince, alla tirer Ib de sa retraite et le servit. Elle avait toujours aimé le jeune homme. En outre, on lui avait rapporté que l'adversaire d'Ib, le Suédois de la Légation, avait fait une remarque désagréable sur son physique à elle. Elle n'en sentait pas moins qu'elle ne ne devait pas laisser passer sans les reprendre les incartades d'Ib.

— Voici un jeune ami à moi, dit-elle à d'autres amis plus respectables qui l'entouraient, qui fait pénitence à la suite de ses sanglantes aventures, en venant voir une grosse vieille dame. Mais ne devrait-il pas songer à la réputation de cette dame ? Cela m'a fait vraiment bondir de le voir franchir ma porte. Dites-moi, Ib Angel, quand avez-vous vu pour la dernière fois se lever le soleil sans le voir en double ?

— Je n'en ai vu, très dignement, qu'un seul ce matin, tante Alvilda, répondit-il, s'adressant à elle dans les formes dont on usait dans les cercles aristocratiques envers les amies de sa mère et de sa famille, puisque je faisais sauter Bella au manège.

Bella était la jument de la petite-fille de la vieille dame et il avait entrepris de la dresser pendant que la propriétaire du cheval était en voyage de noces à Paris.

1. En français dans le texte. (N.d.T.)

— Je lui ai fait sauter cinq fois le mur de pierre et elle a très bien sauté parce que je pensais à vous tout le temps et que, en esprit, je vous avais installée sur le pommeau de ma selle. Je pense qu'elle mérite maintenant un morceau de sucre de votre propre main si vous voulez bien accepter de nous faire à tous deux cet honneur.

Quand la vieille dame lui tendit entre deux doigts le morceau de sucre, il lui baisa la main. Dans son jeune temps, elle avait été la meilleure écuyère du pays. A présent, la pression de ces jeunes lèvres sur ses doigts était comme le frôlement d'une bouche de cheval, disparue depuis longtemps et qui lui avait été chère. Pendant un moment, elle eut l'impression qu'au milieu de ce salon où régnait une conversation animée, elle et ce garçon s'appartenaient l'un l'autre et elle poussa un petit soupir en souhaitant avoir été la cause de ce duel.

C'est alors que l'oreille d'Ib saisit le bruissement familier d'une robe et la rumeur qui l'accompagnait habituellement. Adélaïde, mince comme un roseau, drapée dans une robe de soie à rayures marron et blanc et portant un élégant petit chapeau marron garni de plumes d'autruche, avait pénétré dans le salon, accompagnée de sa superbe mère tout en mauve, portant encore la crinoline et coiffée d'un bonnet bordé de dentelles. L'art de l'ornementation avait à cette époque presque atteint son apogée et était un peu monté à la tête du monde élégant. Les belles courbes symétriques des sofas, des chaises et des *causeuses* [1] étaient soigneusement recouvertes de soie et de satin et les dames étaient vêtues en chefs-d'œuvre de cet art. Adélaïde avait l'œil vif, une rose à chaque joue grâce à l'air frais de la course en voiture, elle était en proie à deux émotions également fortes :

1. En français dans le texte. *(N.d.T.)*

la tristesse de voir bientôt finir la saison, l'enivrante sensation du printemps proche.

Les courants qui agitaient le salon hésitèrent, puis changèrent un peu de direction à son arrivée. Une minute après qu'elle eut fait sa révérence devant la maîtresse de maison — les jeunes filles de l'aristocratie faisaient des révérences aux femmes mariées et rendaient ainsi hommage d'une manière si évidente à leur propre sexe comme à leur classe sociale que les jeunes bourgeoises soupiraient à ce spectacle et souhaitaient que la coutume en vînt à leur permettre d'en faire autant — elle se trouva prise dans un bavardage général au sujet du dernier et du prochain bal et de la première d'un nouveau ballet au Théâtre royal. Ib alla rejoindre un groupe qui se tenait près de la fenêtre, pour pouvoir regarder Adélaïde. La voir joyeuse lui remplissait le cœur d'un bonheur égal au sien, mais qui en différait — la mélodie que dégage une jeune fille se transposant dans un registre plus grave chez un jeune homme. Elle portait dans l'échancrure de sa robe un petit bouquet de violettes. « Il était merveilleux, se disait-il, que ces quelques fleurs eussent un parfum qui remplît toute la pièce. » Après qu'il l'eut regardée pendant quelques instants, il se dirigea vers la porte comme il en avait récemment pris l'habitude. Adélaïde l'avait remarqué et en avait parlé à Drude.

— Ib est devenu très fier, lui avait-elle dit. Dès qu'il vous voit dans une soirée, il prend la fuite pour montrer que le sort de l'armée royale repose sur ses épaules.

Aujourd'hui elle était décidée à ne pas lui laisser le bénéfice de cette attitude orgueilleuse et, lorsqu'il passa près d'elle, elle tourna la tête et lui dit légèrement :

— C'est une chance merveilleuse de t'avoir rencontré, Ib. Il faut que tu ailles me chercher un paquet à la douane : des gants longs envoyés de Paris pour un bal lundi prochain. C'est important.

Près de la porte, Ib fut arrêté par un groupe d'hommes d'un certain âge, animés par les boissons fortes qu'on leur servait, et littéralement saisi au collet par l'un d'entre eux, un homme de haute stature en uniforme rouge au visage rouge barré d'une grosse moustache rousse :

— Eh ! vaillant Ib, cria-t-il, comment vas-tu, enragé bretteur ? A la recherche d'un second pour le prochain duel ? Je t'offre, comme rempart, continua-t-il en frappant ses vastes pectoraux, la poitrine d'un véritable ami pour défendre la vertu de mademoiselle Fifi.

Ib voulait rentrer chez lui avec l'image d'Adélaïde dans l'esprit et souffrait de ce retard. Il se souvint que cet officier supérieur passait pour regarder dans le jeu de ses adversaires quand il jouait aux cartes.

— Il n'y avait pas de mademoiselle Fifi, oncle Joachim, répondit-il, mais l'atout était cœur. Von Rosen n'avait pas compté les atouts et lorsque à la dernière levée, j'ai coupé son as de pique, il s'est écrié qu'il était impossible qu'il y eût encore un atout. Aussi, j'ai dû lui dire que j'avais caché mon cœur parmi les carreaux — ce qui, chose curieuse, l'a mis en colère.

Le grand Joachim vacilla sur ses pieds comme s'il avait été poussé et Ib, se rendant compte que c'était peut-être la dernière fois qu'il voyait son vieil ami, regretta un peu de l'avoir vexé.

— Mais j'aurai peut-être encore recours à vos bons offices, oncle Joachim, dit-il. Je me suis senti mal à l'aise quand nous avons tiré l'épée et, un jour, je serai heureux d'être assisté par un homme qui, de toute sa vie, n'a jamais eu peur.

Le gentilhomme rouge qui n'avait pas saisi un mot de la raillerie d'Ib, mais vacillait pour d'autres raisons, se mit à rire :

— Oh, oh ! s'écria-t-il, qui n'a jamais eu peur dans sa vie ?

Il lança un rapide coup d'œil autour de lui pour

s'assurer qu'il n'y avait pas de dame qui pût l'entendre :

— Quand j'avais ton âge, étant en garnison à Rendsburg, j'ai attrapé des morpions et j'ai été rasé par l'infirmier de l'hôpital. Cette fois-là, oui j'ai eu peur.

Ib éclata de rire, descendit l'escalier et se trouva au grand air.

Le lendemain matin il se rendit à l'hôtel Galen avec les gants longs d'Adélaïde cachés sous sa tunique, les officiers ne portant pas de paquet.

A la grille d'entrée, il échangea quelques mots avec le vieux portier qui le connaissait depuis toujours et marquait une préférence pour cet enfant de la maison, illégitime mais doué. Dans l'escalier qui menait au premier étage, il échangea quelques mots avec le maître d'hôtel grisonnant avec qui il se trouvait dans les mêmes rapports, qui lui apprit qu'il trouverait les deux jeunes filles dans le salon privé de la comtesse Adélaïde.

Le parfum particulier de *Violette de Parme* [1] d'Adélaïde flottait dans l'air de la galerie qui précédait le salon et, venant de l'autre côté de la porte, on entendait les voix et les rires. Il s'arrêta un instant pour les écouter et tourna la poignée de la porte.

Dès le seuil du petit boudoir d'Adélaïde, tapissé de soie bleu pâle, il vit une scène dont il devait se souvenir pendant tout le restant de son existence. Les deux personnes qu'il aimait le plus au monde se tenaient debout l'une près de l'autre formant un groupe gracieux et joyeux et, en ce matin de printemps, elles étaient, très probablement, au zénith de leur triomphante et virginale beauté.

Les deux jeunes filles étaient dos à dos, droites comme des grenadiers, leurs jeunes poitrines proje-

---

1. En français dans le texte. *(N.d.T.)*

tées en avant dans un geste de défi, le visage tourné avec effort vers la haute glace fixée au mur, comparant leurs tailles respectives. Tout l'imposant édifice des baleines, des volants et des rubans noués derrière la taille, était en désordre et aplati, ce qui déformait curieusement la silhouette. Au-dessus de la taille, les bustes jaillissaient, incroyablement minces. Ce n'était pas pour rien que, cinq ans plus tôt, la corsetière personnelle de la comtesse Louise l'avait convaincue de faire lacer et baleiner les jeunes filles dûment et fermement jusqu'aux aisselles, à défaut de quoi on courrait le risque de voir les organes se développer à l'excès. Les visages des deux cousines étaient tendus et graves, mais leurs poitrines et leurs gorges frémissaient de rires contenus. Du coin de l'œil elles reconnurent l'arrivant et l'accueillirent bruyamment comme l'arbitre de leur compétition.

Ib s'était installé confortablement sur une chaise pour profiter le mieux possible du spectacle. Il se fit prier et gronder sévèrement avant de se lever, fit deux fois le tour des concurrentes et s'arrêta, proposant gravement de passer la lame de son épée à travers les chignons bouclés et tressés qui couronnaient la tête blonde et la tête brune. A cette proposition, le groupe, figé comme une statue, se récria, les deux voix le supplièrent de respecter leurs coiffures. Il demanda alors une règle, mais il n'y en avait pas dans la pièce, et finalement on se mit d'accord pour se servir d'une longue aiguille à tricoter en ivoire tirée du sac à ouvrage d'Adélaïde. Les jeunes filles donnèrent des signes de nervosité tandis qu'Ib glissait lentement l'aiguille dans la masse de leurs cheveux.

— Vous n'avez qu'à vous en prendre à vous-mêmes, jeunes personnes, dit-il sans se démonter, si on ne parvient pas à atteindre le crâne de sa sœur ou de sa cousine à cause de la masse de cheveux, à la mode des demoiselles de Paris, qui se trouve à son sommet.

« Pour le moment, déclara-t-il, lorsque étant parvenu à faire passer l'aiguille à travers la masse des cheveux et à réunir les deux têtes, il recula d'un pas et cligna des yeux : il n'y a pas de doute, vous êtes probablement toutes les deux un peu au-dessus de la taille de la plupart des jeunes filles de Copenhague, mais Drude est plus grande d'un quart de pouce. Toi Adélaïde, ajouta-t-il, tu parais plus grande que tu n'es parce que ta tête est très petite.

— C'est la dimension exacte d'une tête de statue classique, répondit Adélaïde très digne. Le professeur Sivertsen qui m'enseigne l'aquarelle m'a dit que la tête devait être le septième de la personne. C'est ce qu'on appelle la proportion idéale.

— Une tête de serpent, dit Ib. Elle va avec tes boucles serpentines et ton dos de serpent. Et avec cette manière serpentine que tu as de valser dans les bals.

— Et je suppose, répliqua-t-elle — sa dignité lui inspirant un ton d'ironie hautaine —, que tu représentes le charmeur de serpents ?

Il n'y avait personne avec qui il valsât si bien qu'avec sa cousine. Depuis l'enfance, ils avaient dansé ensemble aux bals de toutes les maisons de campagne du Jutland ou quelquefois, seuls tous deux, pendant les soirées d'hiver dans l'immense hall de Ballegaard au poêle de fonte géant. Lorsqu'elle glissait des bras de ses autres cavaliers dans ceux d'Ib, elle était emportée dans son véritable élément, comme un bateau lancé à la mer, et ils étaient, l'un et l'autre, fondus en une parfaite harmonie, sans pensée aucune.

— Bien sûr que je suis le charmeur de serpents, dit-il, et tu le sais bien et tu répondras toujours à l'appel de mon sifflement. Mes incantations ont obligé le cobra à danser, miraculeusement, en formant un seul anneau. Une valse est une valse mais chacune de vous, jeunes filles, l'interprète à sa façon. Drude danse comme une vague, Sibylle comme une tempête, Aletta comme un cheval à bascule. Mais personne, t'ayant vue danser, ne peut douter que tu ne sois un serpent. Le prince Hans lui-même en a fait la remarque l'autre soir.

Adélaïde sentit qu'il était temps de changer de conversation :

— Pourquoi n'étais-tu pas au bal hier, demanda-t-elle, ajoutant fièrement avec un grand geste vers les bouquets qui étaient sur toutes les tables et les appuis des fenêtres de la pièce : tout cela vient de mon cotillon.

Puis, les jeunes filles le prièrent de retirer l'aiguille à tricoter, se séparèrent, et chacune devant son miroir leva les bras pour remettre ses cheveux en ordre. Aucune des deux ne s'était jamais trouvée dans une pièce avec une autre femme qui eût une aussi belle chevelure qu'elle, à la seule exception de sa jeune cousine. Il n'en résultait entre elles aucune rivalité parce que leurs chevelures étaient très différentes ; celle de Drude, dorée comme un champ d'orge ondulant en longues vagues sous la brise ; celle d'Adélaïde, très sombre avec dans ses remous quelque chose de dangereux comme le fleuve profond, étroit, qui précipite son cours vers la cataracte.

Ib, de nouveau sur sa chaise, continuait de regarder les jeunes filles avec l'œil de l'arbitre :

— Tu es si adélaïdienne, dit-il lentement. Lorsque je pénètre dans une pièce, il suffit que je voie de toi l'étendue d'un doigt de gant pour pouvoir en conclure : « C'est Adélaïde. »

Elle lui demanda d'un ton moqueur en quelle occasion il l'avait ainsi désignée.

— Jamais, dit-il pensivement. Jamais. C'est ainsi. Tu n'es jamais, de toute ta vie, entrée dans une pièce sans que tout le monde ait su qui entrait : Adélaïde.

— En est-il de même pour toi ? demanda-t-elle.

— Oh mon Dieu, moi ? dit-il. Imagines-tu que les gens de Copenhague se donnent une bourrade dans les côtes quand je passe et murmurent : « voilà Ib

Angel » ? Mes soldats me connaissent, mais il faut que je me couvre tout entier de sang — tu le sais — pour que la société de Copenhague s'aperçoive de mon existence. A Ballegaard, naturellement c'est différent.

— Et en est-il de même pour Drude ? demanda encore Adélaïde songeuse.

— Ah ! pour la pauvre Drude cela s'est passé bien des fois de cette façon, dit-il. Lorsqu'elle entre dans une pièce, on commence par la regarder avec indifférence, puis on se dresse et on demande : « Qui est-ce ? » J'ai navigué avec Drude, du Jutland à Copenhague, et le vieux commandant du bateau est venu vers moi en cachette pour savoir qui était cette jolie jeune fille. Mais toi, ajouta-t-il, tu n'as jamais vu le visage de quelqu'un qui ne savait rien de toi. Tu ne peux pas aller de Kongens Nytorv jusqu'à Amalienborg sans que les gens de la rue ne sachent qui est assise dans la voiture. Tu n'as jamais fait de traversée sur un bateau dont le vieux commandant, ni le cuisinier, ni le petit garçon de cabine lui-même n'aient dit : « Adélaïde est à bord. »

— Les gens qui ne savent pas qui je suis, dit Adélaïde pensivement, doivent être des gens bien bizarres et sots. Un vieux commandant de bateau qui ne saurait pas qui je suis, que pourrais-je au monde bien faire de lui ?

— Tu veux dire que tu le lui ferais vite savoir ? demanda Ib.

— Non, dit-elle, non. Et je ne chercherais jamais non plus à savoir qui il est. Il demeurerait pour moi parmi les gens de son espèce. Ce n'est pas moi qui le dérangerais.

— Tu vois, dit Ib. Là est la différence entre toi et moi. Le monde où tu vis est éclairé de tous côtés par ta présence en son centre ; mais moi il faut que je frotte chaque fois une allumette pour que l'humanité voie ma figure.

Sous ses longs cils elle lui jeta un regard inquisiteur,

presque soupçonneux. Il n'était donc pas en dehors des limites du possible que Ib — qui lui appartenait — eût un monde à lui où il pouvait se retirer loin d'elle. Dans certaines circonstances, elle avait deviné qu'il en était ainsi. A présent, il s'agissait de prendre l'offensive. Elle se tourna vers lui, ravissante, le visage en feu :

— Tu as raison, dit-elle. Tu n'embarqueras jamais dans le même bateau que moi. Tu vivras toujours dans le monde qui est au-dessous du bateau, au fond de la mer. Car tu es un poisson, je n'ai jamais vu quelqu'un... de si poisson que toi.

— C'est peut-être une bonne chose d'être un poisson, fit Ib pensivement.

— Tu es un si incorrigible poisson, dit Adélaïde, que tu nous étonnes. Pourquoi ne m'aimes-tu pas ? Tous les autres m'aiment. Je n'en regarde aucun sans le voir devenir heureux ou malheureux selon mon attitude. Tu as eu plus d'occasions de tomber amoureux de moi qu'aucun d'entre eux. Mais tu es un poisson.

Il avait dirigé son regard droit sur le visage d'Adélaïde et il restait assis à la regarder sans dire un mot ; elle sentait vaguement que quelque chose se passait en lui, que le moment était lourd de signification. Puis elle s'aperçut que le jeune homme s'était refermé et ne voulait pas lui répondre.

— Sais-tu, dit-elle, les yeux plus brillants encore qu'auparavant, sais-tu ce que je ferais si j'étais toi ? Je serais amoureux de ma cousine Adélaïde. Je serais si amoureux d'elle que je ne pourrais pas en dormir. Je verrais son image devant moi à chaque moment de la journée, de sorte que je regarderais les autres pour savoir si eux aussi la voient ou si peut-être elle n'est pas la fée Morgane ? Finalement, à la fin de la saison, je me résoudrais à mourir. Je me déciderais à rejoindre l'armée des Français maintenant qu'ils vont avoir une guerre là-bas.

Ici elle fit une pause, ravie à l'idée d'inventer une histoire si romanesque.

— Et je viendrais, continua-t-elle, lui dire adieu, le cœur brisé — le cœur serré mais trop lourd pour qu'il puisse battre plus longtemps sans éclater — et je dirais à ma cousine Adélaïde : Je t'aime. Mais tu ne parviendras jamais à faire sortir le mot amour de ta bouche. Tu ne pourrais pas l'épeler sur un papier si on te demandait de le faire. Car tu es un poisson.

Ib, qui avait généralement la repartie prompte à ses promptes lubies, resta assis en silence, comme s'il n'avait pas entendu ce qu'elle avait dit, et il avait détourné les yeux. Peu à peu, elle l'oubliait, ayant d'autres idées en tête. Mais, à ce moment précis, sans lever les yeux, il lui demanda :

— Est-ce cela que tu ferais si tu étais moi, Adélaïde ?

Les pensées d'Adélaïde s'étaient déjà un peu écartées de lui pour se tourner vers un nouveau bonnet de printemps orné de cerises. A ces mots elle fit en esprit un retour en arrière. Toujours, depuis le temps où elle était petite fille, pendant leurs jeux et leurs amusements, elle venait quand il l'appelait :

— Sûrement, dit-elle.

— Et ensuite qu'est-ce que tu dirais si tu étais moi ?

— En tout cas, dit-elle, je ne resterais pas avachi sur une chaise pendant que je serais en train de faire une déclaration d'amour à une dame. Je me lèverais même si je chancelais et je dirais : « Adélaïde, mon amour... » Elle s'arrêta, puis poursuivit : « Mon âme... »

Ib s'était levé quand elle lui avait dit de le faire et maintenant il parlait comme on le lui avait commandé :

— Adélaïde, dit-il, mon amour. Mon âme.

Une fois de plus elle se regarda dans le miroir :

— Je dirais, dit-elle, si j'étais toi : « Je meurs, Adélaïde, parce que je ne peux pas vivre sans toi. A mon dernier moment, je penserai à toi, à mon dernier moment je te dirai : Je te remercie Adélaïde parce que tu as existé et que tu étais si ravissante, parce que tu dansais avec moi, parce que tu me parlais et que tu me regardais. Adieu pour toujours, mon cher cœur, mon doux cœur, adieu. »

Elle était devenue réellement inspirée ; les mots lui venaient comme d'eux-mêmes, parfaitement en situation. Durant la saison, elle avait pris part à de nombreux *tableaux vivants*[1] et charades avec un succès constant. Mais aucun n'avait eu autant de signification que celui-ci. Elle se sentait une aussi grande actrice que l'étoile française qu'elle avait vue dernièrement sur la scène et elle aurait souhaité avoir un plus nombreux public, les connaisseurs de Copenhague et du Corps diplomatique, pour l'applaudir.

Puis, de nouveau, elle se dit qu'elle avait Ib. Elle se rappela leur enfance. Avec bien plus d'expérience des livres et de l'aventure qu'elle n'en avait et avec un nombre infini d'idées et d'inventions, Ib avait été le meneur de jeu et s'était contenté d'elle en guise de public. Elle poursuivit :

— Je dirais, dit-elle, « Donne-moi ta main à baiser en ce moment de l'adieu. » Je dirais même, ajouta-t-elle très lentement, oui je dirais même : « Donne-moi un baiser, un seul baiser parce que je vais mourir... »

Il y eut un silence.

— Je te remercie, Adélaïde, dit Ib, parce que tu as existé et que tu étais si ravissante. Donne-moi un baiser, un seul baiser parce que je vais mourir.

Adélaïde resta silencieuse pendant un moment ; elle sentait qu'Ib poussait la plaisanterie un peu plus loin qu'elle ne l'avait imaginé. C'était dans sa manière, il agissait de la même façon quand ils étaient enfants et qu'il grimpait sur un arbre élevé ou naviguait avec

1. En français dans le texte. *(N.d.T.)*

elle sur un radeau en descendant la rivière. C'est ce qu'elle avait aimé chez lui. C'était dangereux, cela faisait partie de l'amusement avec Ib. Aujourd'hui encore, elle aimait cela. Le regard d'Ib, tranquille, immobile à de tels moments, avait eu sur elle un pouvoir magnétique ; il l'avait encore. Et, en outre, puisque cette plaisanterie venait d'elle, il était élégant, de sa part à lui, d'entrer dans le jeu avec une telle conviction. Elle se redressa un peu, se mit les mains derrière elle et le regarda droit dans les yeux.

— Oui, dit-elle, parce que tu vas mourir...

A ce moment Drude qui, durant la conversation, semblait avoir été très loin, se tourna vers eux.

Le jeune homme savait qu'Adélaïde n'avait jamais été embrassée de sa vie. Mais il savait aussi que si Drude n'avait pas été avec eux, fixant ses yeux clairs sur leurs visages, Adélaïde n'aurait pas parlé de baiser. Ce baiser qui, pour lui, parmi tous les baisers de sa vie, violents ou légers ou tendres, aurait dû être le seul et unique baiser, le baiser d'Adélaïde, pour elle c'était le baiser en général, le baiser abstrait, un geste inspiré par les ballades et les romances. Et du fait que c'était elle qui lui avait demandé un baiser, il devrait se conformer à son idée à elle.

Ib embrassa donc Adélaïde.

Le silence se fit dans la pièce bleu pâle, le roulement des voitures dans la rue devint subitement bruyant. Ib fit alors demi-tour et quitta la pièce en marchant un peu de biais comme il faisait quelquefois.

Adélaïde qui, après ce baiser, s'était trouvée comme en équilibre au sommet d'une perche, essaya de retrouver son aplomb en lançant un rapide merci à Ib pour les gants qu'il était allé chercher. Mais déjà elle entendait claquer la porte de la galerie qu'il fermait derrière lui. Pendant un instant, elle resta le regard fixé sur la porte.

Puis les deux jeunes filles se regardèrent l'une l'autre.

— Pourquoi as-tu cet air-là ? demanda Adélaïde.

— Quel air ? demanda à son tour Drude, le regard absent.

— Tu es toute pâle, dit Adélaïde.

Elle mit un doigt sur la joue de Drude comme pour lui montrer sa pâleur.

— Suis-je pâle ? demanda Drude de la même manière.

— Et tu as l'air, dit Adélaïde, d'être omnipotente.

A ces mots, Drude parut prendre conscience de la situation présente. Elle secoua un peu la tête.

— Non, je ne suis pas omnipotente, dit-elle.

— Alors tu es omnisciente, dit Adélaïde.

Drude ne répondit pas.

Il y eut un long silence. Puis Adélaïde demanda à Drude :

— Pourquoi est-il venu ici ?

— Mon frère ? demanda Drude.

Et le mot résonna étrangement à l'oreille d'Adélaïde.

— Ib, dit Adélaïde, pourquoi est-il venu ici ?

Drude se tourna vers sa cousine et parla très lentement, les yeux fixés sur son visage.

— Je peux te le dire maintenant, dit-elle. Il part s'engager dans l'Armée française. Il est venu ici aujourd'hui pour te voir avant son départ et pour te dire adieu. Il part parce qu'il t'aime. Et je crois qu'il veut mourir.

Pendant les quelques secondes qui suivirent, Adélaïde revécut toute leur conversation. Elle resta complètement immobile, une ou deux fois elle regarda Drude puis la quitta des yeux. Une idée qui, auparavant, avait vaguement effleuré son esprit lui revenait avec une force soudaine : que pour ce frère et cette sœur, la vie avait plus de sens que pour elle et qu'ils pouvaient en tirer dans l'existence de grands pouvoirs inconnus. Il y avait dans l'émotion profonde qu'éprouvait Drude à ce moment, plus qu'on ne pouvait expliquer par la pitié fraternelle. Il y avait quelque chose d'autre dans son esprit ; un secret à elle, mais, quoi que ce pût être, Adélaïde, pour l'instant, ne pouvait s'en inquiéter, elle avait assez à penser à ses propres sentiments.

Elle aurait pu dire honnêtement à Drude : « Mais je ne savais rien de ce que tu viens de me dire et Ib lui-même sait que je n'en savais rien. Je ne suis pas coupable de son malheur. »

Mais les jeunes filles ne raisonnent pas de cette façon. Elles ont dans leur nature une honnêteté et un respect d'elles-mêmes particuliers, qui leur font accepter la responsabilité des souffrances qu'elles provoquent, même sans le savoir ou le vouloir. Adélaïde avait déjà brisé le cœur de jeunes gens et avait pris la chose à la légère. Mais elle ne se serait jamais excusée en disant : « Je n'y suis pour rien, c'est ma beauté, c'est la musique, la lune, le vin. » Car sa beauté c'était elle-même et elle assumait la responsabilité de tout le reste. Aujourd'hui c'était une chose cruelle, vulgaire même, d'obliger Ib à faire, par jeu, la déclaration d'amour que, la mort dans l'âme, il était venu lui faire. C'était une chose cruelle et vulgaire de recevoir à la manière et dans les dispositions d'une grande actrice française sur la scène son baiser de vie et de mort.

Elle sentait le regard de Drude toujours sur elle. Etrange regard, il n'exprimait ni colère, ni indignation, mais du chagrin, une tendresse plus profonde que Drude ne lui en avait jamais témoignée et même davantage encore : une inexplicable pitié. Sous ce regard Adélaïde se troubla et elle éprouva comme un léger vertige.

Drude dit tout à coup :

— Il t'a aimée toute sa vie.

— Moi ? Lui ? s'exclama Adélaïde.

Sur le premier mot sa voix exprimait une simple

342

stupeur, sur le second elle avait l'accent de quelqu'un en qui la lumière commence à se faire.

— Ib le malchanceux, dit Drude.

Ce mot inattendu, attaché au nom d'Ib, qui à ce moment monta naturellement aux lèvres de Drude, à ce même moment devint naturel aux oreilles d'Adélaïde. Sous l'éclairage de ce mot, ce qu'il y avait d'absurdement désespéré dans l'amour d'Ib parut pathétique seulement : des larmes remplirent les grands yeux sombres qui rencontrèrent les grands yeux clairs, sans larmes, de Drude.

Or, la fière Adélaïde n'était rien de moins que généreuse. Pour la sauvegarde de sa propre dignité, elle devait toujours refuser d'écraser le vaincu.

— Drude, dit-elle après un court silence, je sais ce que nous allons faire. Tu vas envoyer une lettre à Ib.

— Une lettre ? demanda Drude. Que dois-je lui écrire ?

— Tu vas lui écrire, répondit Adélaïde, qu'il doit aller chez tante Nathalie demain dimanche après-midi.

— Chez tante Nathalie ? répéta Drude. — Et au nom de cette honnête vieille dame, son jeune sang lui monta soudain au visage. — Tante Nathalie ne sera pas chez elle demain après-midi.

— Je le sais, dit Adélaïde. Tante Nathalie va au baptême du bébé de Clara demain, et elle y restera tout l'après-midi. Maman y va aussi. C'est justement pour cela que tu dois lui dire d'aller chez tante Nathalie. Tu lui écriras que tu dois lui parler d'une question très importante et qu'il doit absolument s'arranger pour te rencontrer.

— Lui parler de quelque chose de très important ? répéta de nouveau Drude en rougissant davantage.

Adélaïde continua, l'esprit concentré sur son idée.

— Je dirai à maman, dit-elle, que je vais me coucher à cause d'un mal de tête et que je désire que personne d'autre que Kirstin n'entre dans ma chambre. — Elle poursuivit, précipitant son débit, comme si elle bravait la mort. — Et ce sera moi qu'il rencontrera chez tante Nathalie. Je lui demanderai pardon.

« Kirstin m'aidera, poursuivit-elle, un instant après, en précisant les détails de son projet. Je lui emprunterai son châle et son bonnet. Je sortirai par la porte de service et je me ferai chercher par Kirstin un droschki pour faire une partie du trajet. Ensuite, j'irai à pied jusqu'à la maison de tante Nathalie. »

Elle appuya sur les mots *aller à pied*, parce qu'elle n'avait encore jamais marché seule dans la rue.

— Mais je ne veux pas, conclut-elle après un bref silence, m'asseoir et l'attendre dans une maison vide. Il faut que tu t'assures qu'il sera là avant moi.

Le sang avait de nouveau quitté le visage de Drude, elle était même devenue plus pâle encore qu'auparavant.

— Oui, dit-elle. — Elle détourna les yeux et son buste mince et droit suivit le mouvement : Moi non plus je ne serai pas à la maison demain après-midi, dit-elle.

Adélaïde s'était peut-être attendue à ce que Drude la questionnât ou manifestât de l'inquiétude à l'annonce de son audacieuse entreprise. Cet assentiment laconique prenait une étrange signification. Un souvenir traversa l'esprit d'Adélaïde. Il était arrivé que les deux cousines, se promenant ensemble à cheval dans les bois, eussent sauté en même temps par-dessus un arbre renversé, de sorte que, pendant un instant, toutes deux s'étaient trouvées sans contact avec le sol. Des expériences de ce genre les avaient étroitement unies. L'heure qui approchait, songeait à présent Adélaïde, apporterait-elle une nouvelle expérience de ce genre, un saut qui les élèverait toutes les deux au-dessus du sol, un envol qui cette fois les réunirait pour toujours ?

Peu après les deux jeunes filles se séparèrent.

Ib avait une maîtresse en ville, une fille du peuple, grande, belle, farouche, nommée Petra, qui l'aimait à la fois avec passion et tendresse. Sa mère tenait une blanchisserie dans un sous-sol à Christianshavn ; le vieux professeur Sivertsen, le même qui avait renseigné Adélaïde sur les proportions idéales et défendu la cause du nez à la dernière réception, habitait le premier étage de la maison. L'artiste, lorsqu'il avait croisé la jeune fille devant la grille, avait été frappé par la beauté classique de son corps sous ses ajustements décents à la mode de 1870, et il avait circonvenu sa mère afin qu'elle permît à Petra de poser, nue, pour son grand portrait de Suzanne. Petra avait fait sensation parmi ses jeunes élèves, peintres et sculpteurs, et fut vite considérée comme le plus beau modèle de la ville. Dans l'atmosphère de l'atelier, l'assurance innée de la jeune fille ne fit que croître et elle en vint à se faire une autre idée d'elle-même. Elle n'avait cependant cédé à aucun des jeunes artistes qui lui vouaient une grande admiration, mais elle était tombée sans hésiter dans les bras du jeune lieutenant, en raison d'une sorte d'affinité entre leurs deux natures.

Il y avait dans cette aventure amoureuse quelque chose d'à la fois grotesque et pathétique du fait que le dévouement et l'attachement d'Ib à sa maîtresse avaient pour origine la similitude entre l'amour malheureux de Petra pour lui et l'amour malheureux qu'il portait, lui, à Adélaïde. La jeune fille n'était ni assez intelligente ni assez expérimentée pour comprendre sa situation ; cependant elle se rendait compte qu'une menace était suspendue au-dessus de son bonheur.

C'était aux moments où elle donnait libre cours à ses alarmes et à son chagrin et quand elle l'accusait de ne pas l'aimer qu'elle devenait chère à Ib, car il entendait alors la voix de son propre malheur par la bouche fraîche et vulgaire de la jeune femme qui lui rendait ce qu'il éprouvait lui-même. Quand la passion de Petra ne suivait pas un cours parallèle à la sienne, quand elle l'accusait de l'avoir séduite ou quand elle essayait de l'émouvoir en parlant d'un amoureux plus riche qui brûlait de l'épouser, elle l'ennuyait et il lui était difficile de s'intéresser à elle. Il était honnête, il souffrait de l'ambiguïté de sa situation et s'efforçait de consoler sa maîtresse par des compliments et des baisers ou par des cadeaux de gants et de rubans de soie, une fois même en lui donnant une montre et une chaîne en or, dépense à laquelle il eut de la peine à faire face. Puis de nouveau, les lamentations de Petra avaient à son oreille l'accent de la sincérité, comme si elles venaient des profondeurs de son propre cœur si triste, et il s'agenouillait devant elle, pressait les mains de la jeune femme contre ses lèvres, dans un sentiment de profonde et sincère gratitude envers celle qui répandait ses amères larmes à lui.

Avec le temps, Petra avait eu l'idée du meilleur moyen d'assurer sa domination sur son amant. Ils avaient été particulièrement près l'un de l'autre et elle avait, si l'on peut dire, connu ses meilleurs moments lorsqu'elle avait menacé de se supprimer et qu'il avait considéré que quitter le monde avec elle serait le faire avec la seule créature humaine qui fût aussi malheureuse que lui. Leur funeste projet n'alla pas plus loin, puisque, avec la décision d'Ib de la rejoindre dans la mort, Petra n'avait plus de raison de mourir. En dépit de la compassion et de l'amitié qu'Ib avait pour elle, leur liaison avait été une longue suite de scènes violentes, si bien que ce n'était que dans leurs étreintes, où aucun élément personnel n'entrait en jeu, que les amants s'unissaient harmonieusement.

Elle lui dit :

— Un soir viendra où je me dirai à moi-même que, pendant toute la journée, je n'ai pas pensé une seule fois à Ib. Et ce sera plus triste que tout.

Et ces mots le firent se demander si un soir viendrait jamais où, de toute la journée, il n'aurait pas pensé à Adélaïde et il reconnut, avec la même amertume que sa maîtresse, que ce serait plus triste que tout. Elle dit :

— Je ne crois pas que tu aies jamais eu réellement l'intention de me rendre malheureuse. Mais ç'aurait été préférable. Parce que, de toute façon, tu aurais agi différemment et que rien n'aurait pu être pire.

Et il pensa encore à Adélaïde qui n'avait jamais songé à le rendre malheureux et, au fond de son cœur, une fois de plus, il admira Petra pour sa perspicacité.

A certains moments il la redoutait parce que l'iris de ses yeux était particulièrement petit et que son regard, quand elle le tournait vers lui, pouvait être perçant comme une aiguille.

Le beau temps persistait : le dimanche matin, la vaste coupole du ciel au-dessus de Copenhague s'était emplie d'une lumière douce et vaporeuse et promettait des jours d'été qui enfiévreraient tous les cœurs. Les gens élégants de la ville restaient chez eux le dimanche. C'était le peuple qui, pendant sa seule journée de loisir, sortait pour prendre l'air entre Amagerpot et Osterpot. Ce dimanche-là, on pouvait, pour la première fois, circuler sur les trottoirs avec des chaussures à semelles minces. Après les longs mois d'hiver et les galoches, se promener c'était pour toutes les jeunes femmes de Copenhague comme de danser une polka. Les murs des maisons face au sud s'étaient un peu imprégnés de la chaleur solaire et la restituaient quand on les touchait avec la main. Dans les rues, de jeunes garçons vendaient des bottes de muguet.

Dans cet air léger et parmi cette foule au cœur léger elle aussi, Ib traversa le Knippelsbro, au retour d'une visite à Petra. Il dut s'arrêter, la passerelle ayant été levée pour laisser passer un remorqueur suivi d'une lourde péniche ; il regarda le nom du bateau : *Olivia Svendsen*. Au-dessus de la surface de l'eau et jusqu'aux piliers du pont flottait une brume et à travers cette

347

brume la marque rouge sur la cheminée de l'*Olivia*
brillait comme un cachet de cire sur une lettre fanée et
faisait penser à une femme impudique. Tandis qu'il se
retournait pour jeter un regard d'adieu à la vieille
ville de Christianshavn, la flèche dorée de l'église
Notre-Sauveur étincela subitement au soleil, comme
un poisson quand il saute dans l'eau opaque.

Pendant qu'il attendait, les pensées d'Ib étaient
encore auprès de Petra. Il savait ce que la jeune fille ne
pouvait deviner, que cette rencontre était la dernière.
Elle avait été brève, car, le matin, Petra avait dû se
rendre à l'église avec sa mère ; ils étaient simplement
restés assis dans le petit appartement d'Ib où ils se
retrouvaient habituellement, lui sur le lit et elle sur la
chaise, parlant de choses et d'autres. Il lui avait
semblé, au cours de cet entretien, voir pour la première fois le visage de Petra car, jusqu'à présent, il
avait été, comme le professeur Sivertsen lui-même,
fasciné surtout par la beauté de son corps. Son visage
jeune et rude, aux lèvres et aux sourcils épais, lui avait
révélé aujourd'hui un nouvel aspect de la nature de la
jeune fille : elle avait l'air, avait-il pensé, d'une oie
sauvage des marais de Ballegaard. C'était comme s'il
avait parlé non pas à une belle femme mais à un jeune
homme, son ami, à qui il pouvait confier ses projets,
son amour malheureux et même le sentiment de
malaise qu'il éprouvait avec une maîtresse dont il
recevait plus qu'il ne lui rendait. Cependant il n'avait
pas parlé de ce qui le concernait personnellement ; ils
s'étaient entretenus des problèmes de Petra, de la
tyrannie de sa mère et d'un projet qu'elle avait
d'apprendre le métier de modiste et, sauf le regret
qu'il éprouvait de ne pouvoir demander à Adélaïde ou
à Drude de recommander son amie à la modiste qui
faisait leurs chapeaux, la rencontre avait été agréable.
Il avait quitté Petra avec un sentiment de soulagement égal à celui des filles de Copenhague quand elles
avaient rangé leurs galoches. « Si seulement, pensa-

t-il, on pouvait avoir la certitude que chaque *rendez-vous*[1] fût le dernier, on pourrait faire durer une aventure d'amour à peu près indéfiniment. »

A son retour au quartier, on lui remit une lettre en l'informant qu'elle avait été apportée une heure plus tôt par un valet de pied portant la livrée des Galen. Elle disait :

Cher Ib,

Je désire que tu viennes chez tante Nathalie à 4 heures cet après-midi. Tante Nathalie ne sera pas là, ni Oline non plus. Aussi je t'envoie la clé de la porte et tu pourras entrer. Viens sans faute. Adieu mon cher Ib. Ta sœur.

Drude.

Cette lettre brève aurait pu frapper un lecteur de bon sens, comme sortant de l'ordinaire sous plusieurs rapports. Car pourquoi Drude, dont on pouvait supposer qu'elle se trouverait dans la maison de tante Nathalie et en mesure d'ouvrir la porte, avait-elle mis la clé dans la lettre ? La raison de cette précaution qui était la crainte d'Adélaïde d'attendre dans une maison vide, la lettre ne la donnait pas. Pourquoi, en outre, Drude, en invitant Ib à se rendre dans la maison de tante Nathalie, n'avait-elle pas précisé qu'elle avait l'intention de s'y rendre elle-même ? L'explication de cette omission, c'était que Drude était une jeune fille droite et que, même dans un cas comme celui-ci, elle répugnait à commettre un mensonge caractérisé. Et n'y avait-il pas enfin une rupture de ton entre l'invitation laconique et le tendre, pathétique adieu ? Ces détails, aux yeux des trois jeunes gens engagés dans l'aventure, passèrent cependant inaperçus, puisque aucun d'entre eux n'était raisonnable et qu'à ce

1. En français dans le texte. *(N.d.T.)*

moment, pour chacun d'eux, tout sortait de l'ordinaire.

Il n'était pas arrivé souvent que Drude eût demandé aide ou conseil à Ib ; il ne vint pas à l'idée d'Ib de ne pas s'incliner.

Il emporta donc la clé et pénétra dans la maison de Rosenvænget un peu avant quatre heures. Cela pourrait être agréable de s'asseoir dans le salon de tante Nathalie en attendant Drude. Les stores étaient baissés car la vieille dame craignait que ses tentures ne fanent au soleil, mais l'odeur familière des vieux livres, des jacinthes et du panier du chien dont l'hôte était sorti avec la vieille Oline, l'accueillit d'une manière aussi douce et enjouée que si c'eût été tante Nathalie elle-même qui l'eût embrassé sur les deux joues. Il leva les stores, alluma un cigare et s'assit. Tandis qu'il regardait autour de lui, il lui sembla que ces pièces étaient meublées moins d'objets réels que des souvenirs émouvants d'une longue vie de vieille fille : amitiés de jeunesse, voyages en Allemagne et à Rome, deux guerre, peut-être une lointaine peine de cœur. Les choses se mirent à lui parler. « Pourquoi, demandaient-elles, avez-vous, toi, tes sœurs et tes frères, dése..é les pièces meublées par le cœur pour des galeries remplies de meubles achetés dans des villes étrangères, dessinés et fabriqués suivant le goût d'un grand peuple étranger, suivant le goût de l'Impératrice des Français ? » Il pensa longuement à la maison de Ballegaard où les objets avaient ainsi poussé d'eux-mêmes.

Cet après-midi-là, Ib avait peut-être quelque clairvoyance. Tandis qu'il essayait d'expliquer les choses aux fauteuils de tante Nathalie, aux pots de fleurs et aux coussins des sofas, il voyait les choses et les événements à venir avec une grande lucidité. D'abord il évoqua le monde du second Empire français, brillant, éblouissant, dont il avait eu un aperçu lorsque, deux ans plus tôt, il avait visité la France en compagnie de Léopold. La grande, la terrible chute de ce régime allait se produire, elle n'était pas éloignée, il pressentait qu'il allait en être le témoin oculaire. Comme des avalanches au flanc d'une montagne se succèdent avec fracas, il entendait autour de lui l'écho de l'effondrement futur d'autres mondes brillants. Le monde doré de la Russie qui avait captivé son frère tomberait aussi et cela apparaîtrait comme la fin des temps ; d'autres gloires, moins anciennes, suivraient cette chute. Pendant ce temps, l'univers tranquille des cœurs humains, simples et innocents, pourrait subsister encore. Pourquoi alors — il se répéta la question qu'il s'était déjà posée — avons-nous fui des choses sûres qui nous voulaient du bien pour des galeries dorées où nous risquions la paix de notre cœur ? Il resta encore assis un moment à fumer son cigare. « Tu vois, se répondit-il, cela ne pouvait être évité, nous devions aller de l'avant. Ces maisons dorées n'attiraient ni mes frères et sœurs, ni moi-même par leur luxe et leur confort, leurs mets, leurs vins et leurs lits moelleux. Car tu sais qu'aucun de nous n'est efféminé et que la pauvreté n'a rien qui puisse nous effrayer. Nous n'avons été attirés vers le monde de la splendeur, irrésistiblement, comme des papillons par la flamme, non parce qu'il était riche mais parce que ses richesses étaient sans limites. Cette qualité — l'immensité — dans tous les domaines nous aurait pareillement attirés.

Comme Drude n'arrivait toujours pas, il passa du salon dans le petit cabinet contigu qui, durant la saison, servait à Drude de salon particulier. Près de la fenêtre se trouvait un secrétaire de dame avec des rayons qui portaient plusieurs photographies de vieux amis, placées sous verre et encadrées. Il s'y trouvait lui-même, garçon grave de douze ans avec son premier fusil, Drude et Adélaïde étaient là — adolescentes dégingandées de douze et treize ans, côte à côte, avec les cheveux dans le dos. Comme il remettait

351

la photo en place, ses yeux tombèrent sur une feuille de papier de l'écriture de Léopold. Elle était à demi recouverte par un livre comme si Drude avait laissé au hasard de décider si Ib la verrait ou non. Il laissa son regard errer sur cette écriture bien connue et qu'il voyait toujours avec plaisir jusqu'au moment où il fut frappé par cinq vers d'un poème :

> *Qui les saura, mes secrètes amours,*
> *Je me ris des soupçons, je me ris des discours,*
> *Quoique l'on parle et que l'on cause.*
> *Nul ne les saura, mes secrètes amours,*
> *Que celle qui les cause*[1].

Il les reconnut : c'était un vieux poème français sur lequel il était tombé dans un ancien recueil de poésies et qui était censé avoir été écrit par le roi de France pour une dame d'honneur, Mlle de La Vallière. Il avait gravé ces vers avec le diamant de la bague que Léopold offrait à mademoiselle Fifi, sur une glace du cabinet de toilette de Léopold, et son cousin, qui n'était pas grand lecteur de poésie, avait été attiré par ce poème et l'avait interrogé à ce sujet. Pourquoi l'avait-il utilisé aujourd'hui et à quelles fins ? La propriété d'Ib sur ce poème semblait lui donner le droit de lire la lettre tout entière.

C'était une lettre d'amour, préparant un enlèvement. Il lut les mots brûlants d'impatience et d'adoration extasiée. « Comme je n'ose pas envoyer ma propre voiture, le droschki t'attendra à Osterpost. Le cocher est bien connu de moi et fidèle. Ne crains rien, ma rose sauvage, il te conduira en toute sécurité à l'endroit où t'attend celui qui t'aime le plus au monde. » Il tourna la page et regarda la première

---

1. En français dans le texte. (*N.d.T.*)

ligne, puis la signature. La lettre était de Léopold à Drude.

Il se sentit, à cette lecture, chanceler légèrement. Il dut relire la lettre en entier. Cette fois, il avait bien conscience qu'il manquait à la loi de l'honneur, mais la profonde déloyauté qui lui était révélée justifiait son acte. Il la relut entièrement pour la troisième fois. Alors, il pâlit.

Ib était en uniforme, son épée au côté. Il ne pouvait pas ne pas sentir et raisonner en officier. Avant même qu'il eût mis de l'ordre dans ses idées sur l'étendue et les conséquences de la trahison, sa main se porta à la garde de son épée et son être entier en appela à la vengeance, au sang. C'était une bonne chose d'avoir à portée de la main une épée effilée, c'était une bonne chose que l'on pût tuer et tuer vite, sur-le-champ. Son propre sang lui monta à la tête et aux yeux, les rayons de livres de tante Nathalie, ses coussins brodés et les jacinthes, tout prit une teinte rouge sombre.

Certaines vieilles histoires de séduction dont lui-même et Léopold avait ri ensemble lui revinrent en mémoire. Les deux cousins avaient chassé ensemble sur ce terrain comme sur d'autres et avaient considéré les jolies femmes comme le plus noble de tous les gibiers. Mais chasser la sœur d'un ami, la plus pure et la plus fière des jeunes filles du pays, n'était plus une aventure joyeuse et hardie mais une basse et noire trahison. La chasser avec des mots empruntés à cet ami lui-même, c'était rompre le serment de fraternité jurée.

Une fois encore il reprit la lettre — qu'il voyait maintenant rouge comme la pièce elle-même — et regarda la date. Elle avait été écrite la veille. Ainsi, le jour de l'enlèvement qui, dans la lettre, était « demain après-midi à six heures », se trouvait être en réalité aujourd'hui dans deux heures. Dans une heure, le droschki serait en train d'attendre à Osterpost ; s'il s'y rendait, il l'y trouverait. Il obligerait le cocher à le conduire à sa destination quelle qu'elle fût; dans moins de trois heures, Léopold se trouverait face à face avec le vengeur. Il serait alors obligé de tirer l'épée et Ib était un grand tireur. C'était une bonne chose de savoir que dans deux heures, le monde serait purgé d'un traître. Seulement l'attente était longue. Comment l'occuperait-il? Il alla à la fenêtre, ayant besoin de voir l'air libre.

Au bout d'un moment, par respect de lui-même, son esprit se détourna du hideux et du méprisable à la recherche de quelque chose de pur et de bon. Il pensa à Drude.

Elle et lui avaient toujours été si liés. Cela n'était pas possible qu'elle lui eût écrit sa lettre au quartier uniquement pour l'éloigner de sa route. Ou s'il en était ainsi, quel pouvoir devaient exercer sur elle l'homme qu'elle aimait et la passion qu'elle lui vouait. Il connaissait bien lui-même ce pouvoir, il s'affligea pour sa sœur, ses pensées de nouveau prirent un autre cours. Au bout d'un long moment, il se vit en train de réfléchir profondément au fait que sa sœur, jusqu'à présent si proche de lui, un second lui-même, était aujourd'hui dans une situation si différente de la sienne.

« Les femmes, se dit-il, ont été étrangement favorisées dans la vie. Une jeune fille, en renonçant simplement à son honneur, est certaine de se trouver, dans l'heure qui suivra, entre les bras de son bien-aimé. »

Tandis que mentalement il prononçait les mots « bras » et encore les mots — « bras du bien-aimé » — le cours de ses pensées s'aiguilla sur une autre voie. Les bras frais, minces d'Adélaïde jaillissant de ses épaules blanches et rondes et s'épanouissant dans le gracieux delta de dix bouts de doigts roses. Des bras lisses avec le soyeux repli du coude, assez forts cependant pour suivre et battre les plus forts nageurs : « Dans les bras de son bien-aimé. »

Son esprit cherchait à tâtons sa voie dans la nuit,

pas à pas, se demandant où il allait être conduit. Oui, il arriverait peut-être à temps pour sauver sa sœur et tuer l'offenseur. Il arriverait peut-être à temps pour empêcher cette étreinte dont ses pensées se détournaient. Vers laquelle, à ce moment même où il se tenait immobile près de la fenêtre, se tournaient les pensées de ceux qui s'aimaient avec, il le savait mieux que personne, quel désir, quel transport, quel tremblement ! Elle ne se trouverait jamais dans les bras de son bien-aimé.

Et qu'aurait-il fait alors pour cette sœur charmante ? Elle, Drude, resterait, pendant le reste de sa vie, avec ce seul souvenir : qu'elle n'avait rien dont elle pût se souvenir.

Ib n'était pas un moraliste, il n'avait que très rarement dans sa vie pensé au problème du bien et du mal. Son indignation et sa répulsion à la lecture de la lettre de Léopold — un quart d'heure plus tôt — avaient constitué une expérience nouvelle, surprenante pour lui-même. Il lui vint maintenant à l'esprit qu'il avait été près de commettre ce qu'il appelait un péché. Qu'il s'était trouvé et qu'il était encore en danger de commettre un péché contre une loi plus haute que celle qu'avait enfreinte Léopold. Il s'aperçut qu'il ne pouvait pas donner un nom à cette loi suprême mais il savait qu'elle existait et devait être suivie.

Lorsqu'il en arriva à ce point, sa main quitta la garde de son épée.

La sonnette de la porte d'entrée retentit. Toujours plongé dans ses pensées, il gagna le petit vestibule dans la pénombre pour ouvrir la porte à Kirstin, la femme de chambre d'Adélaïde en châle noir et petit bonnet noir. Elle devait être venue, pensa-t-il, avec un message d'Adélaïde à Drude et il lui faudrait trouver et lui donner une explication de l'absence de Drude. Il était courtois à l'égard de toutes les femmes ; il lui ouvrit la porte afin qu'elle pût entrer et lui remettre le

355

message dans le salon, puis il ferma la porte derrière elle. C'était Adélaïde.

Le soleil de l'après-midi finissant sortit pendant un instant du ciel gris. Dans la lumière de ses rayons, il vit sa bouche et ses épaules près de lui.

Le petit bonnet noir de Kirstin, avec ses rubans noirs, un bonnet de femme de chambre, paraissait bizarre sur la tête d'Adélaïde. Si Adélaïde elle-même n'avait pas eu si profondément le sentiment de la situation, elle aurait, en entrant dans la pièce, dénoué les rubans et posé le bonnet sur la table. Ib comprit qu'elle ne l'eût pas fait — le caractère extraordinaire de l'apparition d'Adélaïde dans la maison de tante Nathalie était finalement affirmé par le fait qu'elle le regardait et lui parlait sous le bonnet de Kirstin.

Il n'avait pas pensé qu'il la reverrait ; maintenant il la revoyait. Pour la première fois de l'hiver il la vit et, sans avoir besoin du témoignage d'autrui, il fut convaincu de sa réalité absolue et indiscutable. Et, en même temps que cette certitude, il lui en vint une autre plus profonde, de la plus étrange sorte : que, avec sa venue ici, toutes choses étaient — comme une rivière qui enfin se jette dans la mer — arrivées à leur fin et à leur but et que cette rencontre devait durer indéfiniment. Cependant, puisque c'était elle qui avait choisi cette solution, il fallait la laisser parler la première.

Elle souleva le voile de Kirstin, le regarda en face et lui dit :

— Je suis venue pour te prier de me pardonner.

C'était un exorde inattendu, une phrase étonnante de sa part, mais elle devait savoir ce qu'elle faisait. Il répondit :

— C'est bien à toi.

— Te prier de me pardonner, dit-elle, de t'avoir obligé à me parler de cette façon. Je ne savais pas que ce que je te faisais me dire était vrai.

Il avait rarement besoin qu'elle s'expliquât. Il savait à quoi elle faisait allusion. Il dit :

— Oui, c'était vrai.

— Je ne savais pas, répéta-t-elle.

— C'est sans importance, dit-il.

— J'y ai pensé depuis, dit-elle. J'ai pensé que le mieux serait que tu me répètes ce que tu m'as dit. Maintenant que je sais que c'est vrai.

— Que j'étais venu pour te dire adieu ? Oui, c'était vrai. Je suis venu hier pour te dire adieu.

— Non, pas cela, dit-elle. La première chose que tu m'as dite...

— Que je t'aime ? demanda-t-il.

— Oui, dit-elle.

— Je t'aime, dit-il.

Il y eut un court silence, lourd de sens.

— Veux-tu que je répète ces mots pour la troisième fois ? lui demanda-t-il. Je les ai prononcés cent fois, mille fois. Maintenant je me demande même si ce ne sont pas les seuls mots que j'aie jamais prononcés.

— Dis-m'en davantage, dit-elle. Parle-moi, Ib, maintenant que je sais que tu dis la vérité.

Elle avait une raison particulière de le presser de parler. Elle n'avait jamais cru tout à fait aux déclarations d'amour que lui faisaient les jeunes gens. Elle savait qu'il était naturel qu'ils l'aimassent, mais elle n'en avait jamais été tout à fait convaincue. En outre, ces déclarations avaient été maladroites et fastidieuses, comparées à celles qu'on lit dans les poèmes, qu'on entend dans les chansons. Maintenant avec Ib ce serait différent. Il avait des mots à lui, très proches de ceux des poèmes et des chansons. Et de tenir pour certain qu'elle était aimée comme elle devait l'être, cela marquerait une différence dans sa vie. Toute la différence.

— Que puis-je te dire, Adélaïde ? demanda-t-il de nouveau, et il eut un petit rire bas et doux.

Pour elle ce rire n'était pas tout à fait celui d'un être

humain, il ressemblait plutôt à un bruit qu'on entend dans les bois, sans savoir d'où il vient, ni si c'est le roucoulement d'un ramier ou un frémissement à la cime des arbres.

— Je ne sais pas trouver les mots. Ni l'un ni l'autre nous ne savons trouver les mots, n'est-ce pas ? Et ce n'est pas non plus une chose dont on puisse parler. Toutes les choses belles et douces du monde étaient ou bien des signes de l'arrivée d'Adélaïde — Adélaïde va arriver — ou bien des échos de la présence d'Adélaïde — elle a passé par ici. Est-ce cela que tu voulais entendre ?

« Une fois, continua-t-il lentement, tu portais une robe bleu pâle. Pendant une journée d'été, je faisais du bateau sur la baie ; il y eut un grain, le bateau s'est mis à donner de la bande et j'ai cru que j'allais sombrer. L'eau était bleu pâle et je pensais : Adélaïde maintenant se referme sur moi.

« Alors quels sont les mots que tu veux m'entendre répéter pour la troisième fois ? Hier tu m'as donné l'ordre de te dire qu'au dernier moment de ma vie, je te remercierais d'avoir existé et d'avoir été si charmante. Ecoute cela alors pour la troisième fois, bien que ce moment-ci ne soit pas le dernier de ma vie. Je te remercie, Adélaïde, d'exister et d'être si charmante. Et d'être si charmante. »

Si maintenant les deux jeunes gens avaient continué, en répétant leur entretien de la veille dans le boudoir bleu, jusqu'à en venir au moment du baiser, le problème se serait résolu de lui-même et aucune autre solution ne se serait offerte à eux.

L'idée du baiser qui scellerait ce rendez-vous pour l'éternité, le jeune homme l'avait dans l'esprit — non formulée, mais toute proche.

Sans aucun doute, Adélaïde avait, elle aussi, cette idée dans l'esprit, mais plus vaguement et sans en être consciente du tout. L'idée était encore un peu loin, un peu en avant d'elle. Elle n'était pas tendre de nature, ni portée aux caresses. Elle était venue ici pour parler et se concentrait tout entière sur ce qu'elle avait à dire.

— Personne ne sait que je suis ici, dit-elle.

Il ne lui répondit pas, mais son visage parla pour lui.

— Je pourrais revenir ici, dit-elle du même ton, et personne ne le saurait.

Pendant un instant son ignorance totale, absolue des réalités de la vie — *fine fleur*[1] de son éducation comme de celle de toutes les jeunes filles de l'aristocratie de son temps, et qui était le fruit d'un effort si tenace et d'une surveillance si obstinée que les époques suivantes ne pourront l'imaginer ni le croire — éveilla en Ib un respect qui était lui-même le produit le plus achevé de l'éducation de tous les jeunes aristocrates. Comparé à cette pureté angélique, son propre passé lui parut quelque peu sordide : il fallait s'en détourner. Il était paradoxal qu'elle fût à un niveau si supérieur au sien et que cependant ce fût à lui qu'incombât la responsabilité de ce qui allait suivre. Il savait bien ce qu'il aurait dû lui dire pour obéir au code de la morale reçue : « Adélaïde, ce n'est pas bien que tu sois venue ici, ce n'est pas bien que personne ne sache que tu es ici. Laisse-moi te ramener chez toi. » Mais la morale reçue s'évanouit dans le passé ; le code sacré de leur entourage, de leur milieu, de leur temps, s'effaça derrière la ligne d'horizon ; ceux qui les aimaient et croyaient en eux, à qui ils devaient tout, s'effacèrent et disparurent. Ici, enfin, il y avait Ib et Adélaïde, seuls au monde. Le sang jeune et riche qui coulait dans leurs veines les submergea comme une vague, les emporta l'un vers l'autre.

Mais au moment précis où ils avaient aboli toutes

1. En français dans le texte. *(N.d.T.)*

les lois du monde extérieur, sa loi intérieure parla à Ib et lui dicta son arrêt.

Il n'était pas cultivé et son esprit n'était pas rompu à l'abstraction. Il n'avait jamais pu formuler, en pensée ni explicitement, la loi suivant laquelle la tragédie permet à sa jeune héroïne de sacrifier son honneur à son amour et voit d'un œil tranquille le destin fatal de Gretchen, d'Ophélie et d'Héloïse. Il ne devinait pas que c'était pour obéir à la loi de la tragédie qu'il avait, moins d'une heure plus tôt, consenti lui-même au destin fatal de sa sœur. Il ne pouvait pas davantage formuler en pensée ni explicitement l'idée que la tragédie interdit à son jeune héros d'agir de la même manière.

Amours secrètes avec une jeune fille de haut rang. Rencontres dans les salles de bal à la lumière éclatante des candélabres. Sourire furtif, sourire dans un miroir en souvenir du dernier rendez-vous clandestin. Billets doux tracés d'une main hésitante et portés secrètement par des serviteurs soudoyés. Frémissement dans ses bras d'un jeune corps tremblant devant la découverte de l'amour. Misérable sourire de triomphe à l'égard de rivaux dansant avec elle et lui faisant ouvertement la cour pour la posséder légalement.

Toutes ces images et celle de l'avenir qui lui serait réservé, défilèrent dans son esprit. Il ne les suscita pas, elles vinrent d'elles-mêmes, une à une, et, une à une, il les examina honnêtement, sans biaiser. A la fin, sa situation, d'une manière inattendue, sembla aussi avoir pris une voix, elle lui parla, citant un vers d'une pièce qu'un an auparavant il avait vue avec Léopold à la Comédie-Française :

Je m'appelle Ruy Blas, et je suis un laquais [1].

1. En français dans le texte. *(N.d.T.)*

Lentement, lentement, le sang qui avait enflammé son visage tourné vers elle reflua et son regard s'éteignit :

— Non, Adélaïde, dit-il, j'aimerais mieux mourir.

On se sert de cette phrase dans la vie de tous les jours, à la légère, sans y attacher d'importance ou par plaisanterie ; on dit : « J'aimerais mieux mourir que de coucher avec cette femme. » Cette fois-ci les mots tombaient plus lourdement, comme le tranchant d'une hache. Cette fois-ci il fallait les prendre au pied de la lettre : ils exprimaient le choix délicat d'un jeune homme entre la vie et la mort.

Elle le connaissait trop bien pour risquer de s'y méprendre. C'était l'interprétation habituelle de la phrase qui lui eût semblé — eût-on voulu la lui faire accepter comme telle — vide de sens. Ces mots, qui venaient directement du cœur d'Ib et où peut-être la volonté et le raisonnement avaient moins de part que dans aucun de ceux qu'il avait prononcés jusqu'à présent, allèrent droit au cœur d'Adélaïde et le traversèrent comme on dit qu'une pointe très fine et acérée peut transpercer un cœur sans que la victime le sente. Adélaïde avait l'impression qu'on lui avait donné à porter un fardeau trop lourd pour elle, sans qu'il y eût à sa portée un endroit où elle pût s'en décharger. Jusqu'à présent les choses qui lui étaient arrivées avaient été conformes à ses prévisions ou le plus souvent un peu plus heureuses. Elle laissa son regard vague, égaré, errer dans la pièce. Jusqu'à présent il y avait toujours eu dans une pièce quelqu'un d'empressé pour la soutenir et la réconforter. Aujourd'hui il n'y avait personne.

Comme elle ne parlait pas ni ne bougeait, il répéta sa phrase : « J'aimerais mieux mourir. »

Elle le regarda. A ce moment unique et décisif, elle sentit que si elle pouvait prononcer un mot ou faire un mouvement vers lui, elle pourrait encore le vaincre.

Mais elle ne pouvait prononcer un mot, ni faire un mouvement. Enfin, après un silence, la belle Adélaïde parla pour la dernière fois à son ami, à l'homme qui l'aimait :

— Toi, dit-elle lentement. Et moi.

Ib devait conserver pendant toute sa vie ces mots dans sa mémoire. Mais, en cet instant, ils prirent pour lui une résonance mystérieuse ; ils échappaient à toute définition car lorsqu'il les regardait en face ils changeaient et s'évanouissaient. Quand, dans le salon de tante Nathalie, il les entendit pour la première fois, ils avaient le sens d'un verdict, les situant lui et elle à une distance l'un de l'autre qu'aucun pont ne pourrait franchir. Plus tard, lorsqu'il y repensa, il y avait — ce qui était surprenant — dans le mot « Toi » une note de compassion et dans le mot « Moi » une note plaintive comme le gémissement d'un enfant. Au Jutland, lorsque pendant les nuits pluvieuses du printemps, on entend le cri du courlis, d'abord d'un côté puis de l'autre, les paysans vous disent que c'est le dialogue de deux amants morts qui, depuis longtemps, ont perdu leur bonheur et qui maintenant se le reprochent l'un à l'autre en gémissant. Il y eut des heures pendant lesquelles Adélaïde parlait à Ib dans le cri du courlis. Finalement, au moment où il la remerciait d'avoir existé, ces mots devaient prendre une sorte de résonance magique, les unissant, elle et lui, pour l'éternité.

Elle n'avait plus rien à faire ici, aussi elle s'en alla.

Elle passa devant lui, la tête haute, le bonnet de Kirstin la couronnant comme une tiare et sans qu'il pût savoir que, sous les plis de la jupe de Kirstin, ses genoux défaillaient. Tandis qu'il tenait ouverte la porte d'entrée pour la laisser passer, la fraîcheur de l'après-midi de printemps les saisit tous deux comme si jusqu'à présent ils ne s'étaient jamais trouvés à l'air libre. Elle s'éloigna dans la rue et Ib sentit qu'il y avait quelque chose d'anormal à ce qu'il restât sur place à regarder s'effacer son dos mince et droit. Il s'en alla.

Rentrant dans la maison et passant du salon dans le bureau, il tomba une fois de plus sur la lettre de Léopold : il ne se souvint pas de l'avoir vue auparavant, il la prit et la lut, mais les mots n'avaient pas de sens.

L'écho de ses propres paroles lui revint : « J'aimerais mieux mourir. » « Oui, j'ai dit cela, se dit-il, je ne devrais pas rester ici maintenant à me demander comment il se fait que je sois mort. » Finalement il se dit : « Je vais aller voir Drude. »

Pendant qu'Ib allait et venait dans la maison de Rosenvænget — pendant quelques minutes dans un silence de mort qu'aucun son ne troublait puis, pendant quelques autres minutes avec, résonnant clairement à ses oreilles, les rires et les cris d'enfants qui jouaient à cache-cache sur le trottoir —, dans les rues de Copenhague, un thème s'orchestrait puissamment autour de la *Liebesflucht* [1] d'Adélaïde.

Jusqu'à ce jour elle n'avait jamais circulé seule dans la rue. Aller à Rosenvænget avait été une aventure et les gens inconnus qui l'avaient croisée ou dépassée en la frôlant de si ridiculement près, lui avaient paru étrangement importants. Sur le chemin du retour, elle ne rencontra personne. Bien qu'elle marchât avec une extrême lenteur, comme une vieille femme, elle s'imaginait qu'elle fonçait en avant dans une fuite sauvage et éperdue. Une fuite à la vérité folle et contre nature puisqu'elle fuyait à toute allure le seul endroit au monde où elle désirât ardemment se trouver — tel un morceau de fer projeté au loin par l'aimant lui-même. Ou comme un puissant orage déferlant à toute vitesse jusqu'au paroxysme contre le vent et assombrissant le soleil.

1. Escapade amoureuse. *(N.d.T.)*

Lorsqu'elle eut fait une centaine de pas, toutes les idées éparses de son esprit se rassemblèrent soudain pour exploser en une furieuse colère. Elle avait été insultée et elle devait être vengée. Ou bien, si elle n'était pas vengée, elle devait mourir. Ses pensées couraient en elle en une course parallèle à celle des pensées d'Ib une heure plus tôt, quand il était en train de lire la lettre du frère d'Adélaïde à sa sœur. Elle en appela à son frère pour qu'il lui fît réparation du mortel affront qu'elle avait subi ; elle en appela à son père et aux jeunes gens qui l'adoraient. Il fallait qu'elle fît disparaître du monde l'homme qui l'avait offensée ou bien comment pourrait-elle continuer d'y vivre ? Elle criait après le sang comme Ib l'avait fait et, de même que les salons de tante Nathalie aux yeux d'Ib, de même, la rue, devant elle, avec ses droschkis et ses chevaux fatigués aux jambes raidies, se teinta de rouge.

Elle éprouvait physiquement son indignation et sa colère comme une insoutenable douleur dans l'abdomen. Le centre de son corps charmant d'où un exquis contentement aurait dû se répandre dans tous ses membres était serré comme un poing et elle se plia en deux sous les affres de la douleur, comme une feuille sèche qui s'émiette dans le gel et de toute sa force elle dut retenir un long cri : « *Es schwindelt mir, mir brennt mein Eingeweide*[1] ! »

Encore une centaine de pas et le visage d'Ib surgit subitement devant elle, tel qu'elle l'avait vu lorsqu'ils s'étaient séparés. Alors, la douleur changea de place et de caractère. D'un grand bond elle lui remonta à la poitrine, lui serrant le cœur et irradiant dans ses épaules et ses bras, ses coudes, ses poignets et ses petites mains.

Cette nouvelle souffrance, plus terrible encore,

1. J'ai le vertige, cela me brûle les entrailles. *(N.d.T.)*

n'était provoquée ni par la colère, ni par la soif de vengeance, mais par la pitié pour l'ami qu'elle avait quitté. Ib devait être consolé et réconforté ou bien, s'il ne pouvait l'être, elle devait mourir.

Car Ib était bon, il était tout ce qu'il y avait de bon au monde, de doux, d'apaisant, de fort et de profond. C'était elle, c'était Adélaïde qui était dure et tranchante comme un couteau ; c'était elle qui devait disparaître du monde afin que les bonnes choses puissent encore y exister. Ou bien il faudrait qu'il soit prouvé, si cela était encore possible, qu'elle n'était pas aussi dure, coupante et froide qu'elle le paraissait. Pour cette tâche, cela ne servait à rien d'appeler les hommes de son clan ou ses admirateurs ; à qui ou à quoi pourrait-elle alors demander secours ? Le présent étant si sombre et mauvais, elle se tourna vers le passé. Mais le passé, lorsque la porte en fut ouverte, fondit sur elle pour l'écraser sous le poids de cent images.

Elle tenait compagnie à Ib pendant les battues d'automne dans un bois de hêtres aux colorations diverses et le regardait abattre les oiseaux flamboyants dans l'air clair et gelé. Ib, à quinze ans, soignait la patte de son chien ; Ib, partant avec elle et Léopold cueillir des framboises sauvages dans le bois, avait volé une bouteille de porto dans la cave et il s'était enivré, se mettant d'abord à chanter et à danser sauvagement sur le gazon, après quoi il s'était endormi pendant le chaud après-midi, dans le massif de groseilliers. Ib lui lisant l'*Odyssée* avec une passion si profonde qu'il lui faisait éprouver les vicissitudes d'Ulysse avec des palpitations de cœur.

Un soir d'été surgit du passé avec une précision particulière. Ib avait obtenu du père d'Adelaïde l'autorisation de tirer un chevreuil dans la prairie et elle s'était glissée hors du château pour l'accompagner. Dans la prairie l'herbe haute était lourde de rosée et ses chaussures, ses bas et ses jupons blancs avaient bientôt été trempés, jusqu'à hauteur des genoux. Pendant qu'ils étaient à l'affût, Ib lui montra du doigt la nouvelle lune posée comme un mince croissant d'argent dans le ciel nocturne et ce ciel tel un bain de roses semblait se réfléchir dans les herbes fleuries, rosées et pourpre pâle qui les entouraient — comme dans un miroir. Ib lui avait dit les noms des herbes : herbe de velours, amourette, queue-de-renard des prés, herbe-oiseau, fromental. Elle s'était à ce moment trouvée très proche d'une expérience mystique ; jamais auparavant elle n'avait été si près de se confondre avec la terre et le ciel, les arbres et la lune. Cependant le miracle ne s'était pas réalisé complètement et maintenant elle savait pourquoi : elle aurait dû embrasser Ib.

Elle regardait devant elle en marchant et il n'y avait rien que le revêtement plat, dur, des rues. Cette même rue était maintenant l'image de son propre chemin dans la vie. Plat et dur, ce que les gens nomment une route unie, c'était une marche sur une terre sans vie : des parquets cirés, des escaliers de marbre, le sol neuf des villes neuves. Désormais elle devrait suivre sa route, elle ferait un grand mariage et serait entourée de choses sans vie, dures et lisses : or et argent, diamants et cristaux. Désormais le chemin d'Ib dans la vie serait rude. Dans la prairie, dans les hautes herbes de velours, l'amourette et le fromental, la marche était rude. Sur les routes boueuses des champs, les sabots du cheval éclaboussaient à l'entour de la boue et de l'eau et, l'hiver, dans les bois, les feuilles mortes bruissantes et gelées dans lesquelles on devait patauger vous montaient jusqu'aux genoux. Mais les choses qui l'entoureraient, appartiendraient à la terre et n'auraient pas été faites par des gens plats, lisses et durs. La terre fraîche du monde restait avec Ib sur ses mains sales d'enfant, brillantes d'écailles de poissons quand il décrochait la truite de l'hameçon et la lui tendait, sur ses mains qui étaient rouges du jus des mûres sauvages ou tachées de sang et de graisse.

Une fois de plus la douleur envahit son corps. Pendant quelques instants elle lui serra la gorge au point qu'elle crut vraiment qu'elle allait mourir ; puis, la douleur monta plus haut encore et s'installa derrière ses yeux. Ce n'était plus maintenant sa propre peine ni celle d'Ib ; c'était la tristesse de la vie elle-même et de toutes les choses vivantes. Elle pesait sur ses paupières. Elle la remplissait de larmes, la rendant pareille à un vaisseau submergé. Si elle ne pouvait pas pleurer, elle mourrait.

La mortelle douleur située derrière son nez évoqua le souvenir du remarquable sens de l'odorat qu'avait Ib, aigu comme celui d'un chien exceptionnellement bien dressé. Au cours de leurs promenades il s'arrêtait soudain, humait l'air, fronçait le nez et lui faisait part de ses découvertes de champignons dans les sous-bois environnants. A ce triste moment, dans la rue, un fait lui apparut absolument certain et comme le maximum du dénuement et du malheur : « J'ai perdu mon sens de l'odorat. La longue, longue suite d'années qui s'étendent devant moi sera sans odeur. Durant toutes ces années, c'est en vain que je marcherai dans nos allées de tilleuls, que je passerai devant les parterres de girofrées ou devant les plants de fraises trop mûres. J'entrerai dans l'écurie pour nourrir Khamar à la douce odeur, avec du pain noir exquisement odorant, et aucune de ces odeurs ne me dira rien. »

Elle s'accrocha à l'idée de l'odeur comme une personne qui se noie s'accroche à un radeau, et cela pour deux raisons : d'abord parce qu'elle s'accrochait à sa mémoire comme à la seule chose qui lui restât encore et que, parmi les cinq sens, l'odorat est le plus loyal serviteur de la mémoire et apporte le passé droit

au cœur. « *Le nez*, a-t-on dit, *c'est la mémoire*[1]. »
Ensuite, parce que les parfums et les odeurs du monde
ne peuvent pas être décrits par des mots, qu'ils
échappent au pouvoir du langage, leur domaine dans
la nature humaine se situant en dehors de celui de la
parole ou de l'écriture. Et, en ce moment, elle détes-
tait et craignait les mots plus que toute autre chose.

Si le professeur Sivertsen, qui lui avait appris
l'aquarelle et qui était si expert en tragédie et en nez,
avait été présent, il lui aurait dit :

— Vous imaginez, pauvre enfant, que vous pleurez
votre sens de l'odorat et que, si vous ne le retrouvez
pas, vous devez mourir. Car vous êtes une jeune fille
ignorante, comme toutes les jeunes filles de votre
classe, et vous ne pouvez savoir qu'en réalité vous
vous chagrinez parce que la tragédie est sortie de
votre vie. Vous avez laissé la tragédie avec votre ami
dans le salon de Rosenvænget et vous-même vous
avez été transportée sur le sentier plat et lisse de la
vie, dans la comédie de salon ou peut-être même
l'opérette. En réalité, vous sentez en ce moment que si
vous ne pouvez pas répandre de larmes — les dernières larmes de votre vie — sur la perte de la
tragédie, vous devez mourir. Mais pleurez, Adélaïde,
pauvre enfant candide, sur la perte de votre nez.

Mais où, en quel endroit, Adélaïde pouvait-elle
pleurer ? Si elle donnait libre cours à ses larmes dans
la rue, les passants se retourneraient ; alarmés, ils la
questionneraient et pourraient même peut-être la
toucher, et l'idée que des gens puissent se comporter
de cette façon à l'égard d'une jeune fille qui pleurait
son sens de l'odorat, était terrible. Si elle parvenait à
se maîtriser jusqu'à ce qu'elle fût de nouveau dans sa
chambre — ce qui n'était guère possible car, à présent,
les larmes lui brûlaient la tête — Kirstin, probable-

---

1. En français dans le texte. *(N.d.T.)*

ment déjà agitée par la situation, serait effrayée et préviendrait sa mère ; et sa mère serait effrayée et enverrait chercher le médecin de la famille et tous la questionneraient en lui posant la main sur les épaules et les joues.

Cela certes était à l'image du monde : il n'y avait pas de place pour ceux qui étaient dans les larmes. Les gens qui voulaient manger ou boire trouvaient, à proximité, un endroit pour manger et boire. Les gens qui voulaient danser trouvaient, à proximité, elle le savait, un endroit pour danser. Ceux qui voulaient acheter un nouveau chapeau trouveraient — demain matin quand les boutiques ouvriraient — un endroit où l'acheter. Mais, dans tout Copenhague, il n'y avait pas un seul endroit où un être humain pût pleurer. Ce fait — quand l'évidence lui en apparut — signifiait pour elle la mort. Car si elle ne pouvait pas pleurer, elle devait mourir.

Tandis qu'elle marchait ainsi, seule dans tout l'univers, ses pas la conduisirent près d'un cimetière qu'elle n'avait pas remarqué en venant. Elle avançait si lentement que chaque pas était presque une halte ; lorsqu'elle se trouva devant la porte du cimetière, elle s'arrêta complètement et revint à ses pensées, puis elle entra.

Jusqu'à présent elle n'avait guère songé aux cimetières. C'étaient des lieux lugubres avec des morts sous les pierres et des dalles par-dessus, entourées de grilles et de haies. A son époque, les dames n'assistaient pas aux enterrements et la plupart de ses parents possédaient leur caveau de famille près de leur maison. Elle ne se souvenait pas d'avoir jamais mis les pieds dans le cimetière d'une ville. Maintenant, à sa surprise, ce cimetière inconnu de Copenhague l'accueillit avec une compréhension silencieuse, avec compassion dès qu'elle en eut franchi la porte ; il lui sembla qu'il l'entourait de ses bras. Ses larmes commencèrent à sourdre à travers les cils de ses yeux mi-clos ; bientôt, bientôt, elle pourrait les laisser se répandre sans contrainte.

Comme ce jour-là était un dimanche, les gens circulaient encore parmi les tombes ou leur donnaient des soins, nettoyant les plantes vivaces d'hiver, ou ratissant autour des jeunes pousses de printemps, ou déposant des couronnes. Tous ici étaient en noir comme Adélaïde elle-même. Une femme en voiles de veuve, qui avait pleuré, séchait près de la porte ses dernières larmes avec son mouchoir — ce qui rappela à Adélaïde qu'elle aussi avait un mouchoir. Ses larmes coulèrent plus vite mais elle n'osa pas encore émettre un son. Elle avançait au hasard, regardant à droite et à gauche à la recherche d'une tombe ancienne pour s'y asseoir, tout en craignant d'en choisir une appartenant à des gens qui pourraient l'y trouver. A la fin elle aperçut une tombe qui lui parut complètement oubliée, couverte de gazon mais sans fleurs, avec une stèle et une chaise de fer. Elle y alla, s'assit sur la chaise et éclata en sanglots. Ainsi il y avait, après tout, une sorte de réconfort et de bonheur dans le monde et elle avait eu la chance d'en trouver le lieu.

Elle en fut si pleine de gratitude qu'au bout d'un moment elle se laissa glisser de la chaise sur le gazon, appuya ses jeunes épaules et sa joue veloutée contre la dure surface de pierre et sanglota bruyamment, sauvagement. Elle avait porté pendant une longue route un lourd fardeau de chagrin — Ib et son malheur, son propre avenir sans joie et la triste condition du monde —, maintenant elle le déposait au pied de cette tombe à la garde d'un ami.

Quelques femmes en noir passèrent encore devant elle en s'en retournant, car le cimetière allait bientôt fermer : quand elles l'entendirent pleurer, elles baissèrent un peu la voix. Des enfants qui les accompagnaient s'arrêtèrent et la regardèrent mais ils furent réprimandés par leur mère et s'éloignèrent.

Au bout d'un long moment, un très vieux monsieur

s'avança sur le sentier et quand il passa devant la tombe et vit Adelaïde accroupie contre elle, il s'arrêta un instant. Elle eut une peur mortelle qu'il pût savoir qui elle était. Puis elle réfléchit qu'il était plus vraisemblable qu'il connaissait la tombe et même qu'il pouvait avoir connu la personne qui y était enterrée. Il pouvait s'étonner qu'une jeune femme pût pleurer en cet endroit d'une façon si désespérée.

Ce fut la dernière fois qu'Adélaïde pleura. A la mort de sa mère qui lui causa un profond chagrin, elle ne versa pas une larme. Une vieille amie de sa famille, qui était venue du Jutland pour l'enterrement, dit alors : « Adélaïde a toujours été une curieuse fille. Je ne me rappelle pas qu'elle ait jamais pleuré même quand elle était enfant. » La mémoire de la vieille dame la trahissait. Adélaïde, comme les autres petites filles, avait pleuré quand on l'avait contrariée. Mais pour elle, le dimanche de cette histoire traçait une ligne de séparation dans son existence. Plus tard elle penserait à sa jeunesse jusqu'à l'âge de dix-neuf ans comme au temps où elle avait pleuré.

Elle demeura assise sur la tombe pendant très longtemps dans la seule sorte de bonheur qui lui fût encore accessible ; prenant à témoin le monde entier qu'elle était un être humain qui avait tout perdu.

A la fin elle sentit qu'elle prenait froid et que ses yeux séchaient. Elle tira son mouchoir et essuya ses dernières larmes comme l'avait fait la dame près de la grille. En se levant, elle se tourna vers la pierre tombale pour savoir, avant de quitter cet endroit où elle ne reviendrait jamais, auprès de qui elle avait pleuré. La lumière de l'après-midi était encore suffisamment vive pour qu'elle pût lire l'inscription :

Ici reposent les restes de

JONAS ANDERSEN TODE

Officier de Marine

qui mourut le 31 décembre 1815
né le 25 mars 1740.

Fidèle à son roi et à son pays, il conduisit vaillamment
son navire d'un rivage à l'autre. Loyal en amitié,
secourable aux affligés, ferme dans l'adversité.

En observant Tes préceptes,
j'acquiers la compréhension.
Ps. 119

CONVERSATION NOCTURNE
A COPENHAGUE

Il pleuvait à Copenhague cette nuit de novembre mil sept cent soixante-sept. La lune était levée et assez avancée dans son second quartier ; de temps à autre, quand la pluie s'interrompait brièvement comme entre deux strophes d'un interminable poème, son masque pâle, désolé, lointain, apparaissait haut dans le ciel, derrière les couches superposées de nuages verdâtres. Puis le bruit de la pluie résonna de nouveau, le masque de la lune s'effaça dans le ciel et, dans le sombre labyrinthe inférieur, on ne distingua plus que les lanternes des rues et une fenêtre allumée çà et là, méduses phosphorescentes sur le fond de la mer.

Il régnait encore un peu d'animation dans les rues. Quelques navires réguliers gagnaient le port ; des navires corsaires et des boucaniers, dans un voyage périlleux entre les récifs noirs, sur qui retombait la buée, luttaient contre le vent. On appelait une chaise à porteurs, elle chargeait un voyageur et cinglait vers quelque destination inconnue dans la ville et la nuit. Une voiture aux lourds ornements dorés et aux lanternes clignotantes, avec cocher sur le siège, valets de pied à l'arrière et précieux contenu à l'intérieur, venait d'une *assemblée* [1], les roues projetant de l'eau de

---

1. En français dans le texte *(N.d.T.)*

pluie et de la boue dans toutes les directions, et les sabots des chevaux piaffeurs faisant jaillir des pavés de longues étincelles.

La vie nocturne de Copenhague battait son plein dans les petites rues et dans les ruelles d'où s'exhalaient de la musique et des chants accompagnés de paroles joyeuses et du bruit des disputes.

Tout à coup le vacarme éclata comme une déflagration. Il y eut de nombreux cris, des vitres brisées tintèrent sur le pavé où vinrent se fracasser les objets encombrants projetés du premier ou du second étage. Des hurlements de rires se mêlaient comme dans un tourbillon d'où fusaient, haut dans l'air, en cascades, des cris de femmes.

Deux bourgeois de Copenhague, l'un grand et mince, l'autre petit et bedonnant, le col du manteau relevé, le chapeau rabattu sur les oreilles, précédés d'un serviteur portant une lanterne au bout d'une perche, s'arrêtèrent au centre d'une ruelle. La pluie les avait contraints à prendre ce raccourci pour rentrer. Ils en étaient venus à parler des bateaux qui doublaient le cap de Bonne-Espérance chargés d'épices à destination de Copenhague, si bien que, dans les lourdes odeurs qui flottaient dans la ruelle, il leur semblait discerner un faible, délicieux parfum de cannelle et de vanille. Tandis qu'en face d'eux la rumeur s'enflait, que les cris venaient droit à leur rencontre, ils firent arrêter le porteur de lanterne, observèrent pensivement une maison dont la porte était ouverte et autour de laquelle la foule se rassemblait, puis se dispersait ; leur visage s'allongea au spectacle. Mais ils ne soufflèrent mot.

Car il n'était pas certain que la bagarre qui se déroulait là fût une simple rixe nocturne contre laquelle on pouvait faire appel aux défenseurs de la loi et de l'ordre comme au courroux du Seigneur. Non, il était parfaitement possible que ce fût exactement le contraire : que cela incarnât leur propre honte et leur

374

affliction. La foule dans la ruelle n'appartenait pas à la canaille — d'élégants gentilshommes de la Cour s'y déchaînaient. Il n'était pas impossible, il était même vraisemblable, que le jeune roi, lui-même un enfant quant à l'âge, fût à leur tête.

Oui, c'était un enfant par l'âge et l'on disait qu'il avait été, dans ses premières années, tenu beaucoup trop sévèrement et même maltraité par son gouverneur, le vieux comte Ditlev Reventlow, si bien que les mères danoises avaient pleuré sur l'enfant sans mère. Un peuple loyal peut certes fermer les yeux sur les excès de jeunesse de son roi. Mais celui-ci avait au palais sa jeune reine anglaise, rose et blanche ; dans deux mois, si telle était la volonté de Dieu, elle mettrait au monde un prince, héritier des deux royaumes héréditaires de son père. Et le voici prenant part à une bagarre nocturne, grisé, rendu fou par le vin, aidant sa maîtresse à régler ses comptes avec d'autres femmes de sa profession. Quelles mauvaises gens étaient les serviteurs et les favoris du Roi — comtes, grands écuyers, conseillers — entraînant le jeune Oint du Seigneur, le bien-aimé fils de sa mère sur les chemins du mal ! Les deux bourgeois de Copenhague se souvenaient, à mesure que le froid leur gagnait les pieds, d'une histoire qui courait la ville, d'après laquelle, récemment, par une nuit comme celle-ci, le Roi par la grâce de Dieu, en étant venu aux mains avec les gardes de nuit, avait eu l'œil poché et, par vengeance, avait rapporté comme trophée à son palais une masse d'armes. Qu'allait-on penser désormais dans les royaumes et les principautés étrangères de Sa Majesté, le roi de Danemark et de Norvège ? Et son propre peuple qui, depuis tant de siècles, était si fier de sa fidélité au Roi et à la dynastie, comment pourrait-il désormais, sans en avoir le cœur brisé, supporter une si grande désillusion ?

Cependant les deux bourgeois ne disaient mot, ils

ravalaient leur chagrin et celui du pays. Eux, en tout cas, resteraient muets, comme la tombe.

Le coup de sifflet, prolongé, impérieux, d'un garde de nuit, perça le bruit. Le tumulte explosa et, en quelques instants, éclata dans toutes les directions. Des acclamations et des cris de terreur, le claquement d'un lourd vantail et le tourbillon des pieds agiles suivirent l'explosion. Pendant un instant, la lumière d'une fenêtre capta la doublure rose d'un manteau et caressa la course précipitée d'un ruban de soie de couleur turquoise ; puis les lanternes des rues jetèrent une vague lueur sur la soutache d'un uniforme d'officier de marine qui semblait enfermer des membres très jeunes et ronds. A une exclamation plaisante en français, lancée par-dessus une épaule qui s'effaçait, répondit une bordée de jurons danois. Puis couleurs et voix gagnèrent les rues adjacentes et l'affaire en resta là. On n'aperçut plus, se détachant sur le brouillard lumineux, que la cape des gardes devant les portes ouvertes de la rue.

Les deux hommes s'éloignèrent, retournèrent aux paysages plus consolants du poivre et de la noix de muscade. Derrière eux la légère traînée de parfum s'assaisonnait d'un fumet de résignation dévote.

Un très jeune homme, silhouette frêle sous l'énorme cape, avait été séparé de ses compagnons au cours de la rixe et, maintenant, ne s'y retrouvait plus dans le dédale des arrière-cours, des passages et des marches. Il regarda autour de lui, se mit à courir, regarda de nouveau, s'arrêta enfin sur le palier d'un escalier raide, étroit, délabré. Il resta là, essoufflé après son ascension, debout, son corps mince appuyé dans une encoignure. Lorsqu'il eut un peu repris son souffle, il porta ses mains à sa gorge pour desserrer le col de son manteau. Dans l'une d'elles il tenait une rapière qui n'avait plus de fourreau et l'arme le gênait. Il la posa à terre et, ce faisant, chancela légèrement. Mais il ne parvenait toujours pas à défaire l'agrafe de son manteau, il dut tâtonner pendant un moment, les doigts étendus sur le sol malpropre, avant de pouvoir ressaisir la garde de la rapière. Lorsqu'il l'eut en main de nouveau, il esquissa en l'air, devant lui, quelques feintes. Pendant tout ce temps, il resta aussi silencieux qu'un poisson. Ni cri, ni juron, nul son ne sortit de sa bouche.

Mais, dans la nuit et dans la maison silencieuses, ses yeux demeuraient grands ouverts. Il ne savait pas — et il sentait qu'en cet endroit il ne pourrait vraisemblablement pas réussir à savoir — si sa course folle était un merveilleux amusement, un jeu de cache-cache entre les maisons ou si c'était une fuite, si un danger mortel, Satan lui-même, le poursuivait. Il n'y avait personne pour lui dire si, dans l'instant qui suivrait, il serait hélé et embrassé par des amis, animés et rieurs — ou si une main impitoyable, qu'il redoutait en rêve comme dans la réalité, s'abattrait sur lui. Il était seul.

Il était seul et il ne se souvenait pas d'avoir jamais été seul de sa vie. La conscience de sa solitude s'emparait de lui lentement, puissamment. D'abord, elle lui donna une sorte de vertige ou de mal de mer, puis cela le souleva comme une vague. Bientôt, elle s'enfla jusqu'à prendre la forme d'une grande et juste revanche contre tous ceux qui, jusqu'à présent, l'avaient entouré, devint un triomphe — enfin, enfin, l'apothéose promise ! Il s'accrocha frénétiquement à cette idée. Ici, dans la nuit, il était une statue de lui-même, un seul bloc de marbre, pur, dur, invulnérable, impérissable. Mais, un peu plus tard, il se mit à trembler et, enfin, à claquer des dents.

Un peu plus haut, à l'endroit où s'arrêtait l'escalier, une lumière brillait sous une porte. Le petit rai de claire lumière qui allait et venait et se multipliait devait signifier quelque chose. Il en vint à la conclusion que derrière cette porte et dans cette lumière, il devait y avoir quelqu'un. Mais qui ? Il y avait des milliers de visages dans la sombre cité qui s'étendait autour de lui. Certains, il se souvint de l'avoir entendu dire, mouraient de faim et s'étaient mis à piller, il y avait des assassins et d'autres, qui, dans le secret, se livraient à la sorcellerie. Des fantômes, issus d'anciens cauchemars, lui apparaissaient et il était possible, probable même, qu'ils vivaient ici même, où lui venait pour la première fois.

Des bruits soudain. Derrière la porte, une femme pleurait, un homme la consolait. Tout à coup, avec une surprenante assurance, avec dignité, en prenant bien garde de ne pas poser la main sur la rampe graisseuse, il monta les dernières marches, plaça deux doigts sur la poignée de la porte, appuya. La porte n'était pas fermée à clé, elle s'ouvrit.

La pièce où il pénétra était petite, sombre comme la tourbe dans les coins parce qu'elle n'était éclairée que par un lumignon sur la table, mais qui, là où portait sa clarté, faisait chatoyer des couleurs vives. Près de la chandelle se trouvaient un flacon de cognac et deux verres. Outre la table et une chaise de bois à trois pieds, il y avait un vieux coffre, un fauteuil tapissé d'une soie défraîchie, aux dorures fanées, et un grand lit à baldaquin aux rideaux rouges d'un ton passé. La petite pièce tout entière rayonnait de la chaleur d'un poêle ventru placé contre le mur et il y régnait une très agréable odeur, celle des pommes qui rôtissaient sur le dessus du poêle et, par moments, crachaient leur jus en grésillant.

L'hôtesse, grande femme aux cheveux blonds, maquillée de rose et de blanc, complètement nue sous un peignoir à nœuds roses, se balançait sur la chaise à trois pieds en regardant le bas blanc qu'elle avait passé sur les doigts écartés de sa main gauche et sur son bras. Quand la porte s'ouvrit, elle arrêta son balancement et tourna vers celle-ci un visage lourd et boudeur. Un jeune homme, en chemise et culotte avec des souliers à boucles et un pied nu dans l'un d'eux, était étendu sur le lit, les yeux levés sur le baldaquin. Il tourna paresseusement les yeux vers le visiteur.

— Holà, ma douceur, dit-il, il ne nous est plus permis d'examiner dans le privé la nature de l'amour! Voici un visiteur (il jeta un regard vers l'arrivant) et même un visiteur élégant, poursuivit-il lentement en s'asseyant, un gentilhomme, un beau courtisan du palais royal.

Il s'interrompit brusquement, fit une pause, lança ses jambes par-dessus le bord du lit et se leva.

— La visite du Chef de tous les fidèles musulmans, du Grand Soudan Orosmane lui-même nous honore, s'exclama-t-il. Eh oui! Il est connu de tous que Sa Gracieuse Majesté visite de temps à autre jusqu'aux plus modestes logis de sa bonne ville de Solyme afin de faire la connaissance de son bon peuple, sous le voile du secret. Sire, vous ne pouviez souhaiter lieu plus propice à vos recherches.

L'étranger cligna des yeux devant la lumière et les visages. L'instant d'après il se raidit et devint pâle.

— ... *L'on vient*[1], murmura-t-il.

— *Non*, cria le jeune homme qui n'avait qu'un bas, *jusqu'ici, nul mortel ne s'avance*[1]!

Il passa brusquement devant son visiteur et ferma à double tour. Le faible grincement de métal fit frissonner le jeune homme au manteau, mais bientôt la certitude que la porte était fermée à clé sembla le mettre à l'aise. Il respira profondément.

— Oh! Mon Soudan, fit son hôte, vous voyez que Vénus et Bacchus exercent également leur empire dans notre petit temple et si ce ne sont pas leurs plus nobles grappes que nous pressons ici, nous en exprimons, en tout cas, le jus authentique, la substance même. Ces deux-là sont les plus honnêtes de nos

---

1. En français dans le texte. *(N.d.T.)*

principaux dieux et nous mettons totalement notre confiance en eux. Vous devez à présent en faire autant.

Le nouvel arrivant jeta un regard autour de la pièce. Lorsqu'il comprit dans quel genre de milieu il s'était aventuré, un faible sourire lascif passa sur son visage.

— Me prenez-vous pour un poltron ? demanda-t-il, le sourire toujours aux lèvres.

— Pour un poltron ? répondit son hôte. En aucune manière. Non, pour un voyageur sentimental, Votre Puissance. Que me dit mon maître sage et bien-aimé ? « L'homme qui dédaigne ou redoute de pénétrer sous l'entrée sombre peut être un homme excellent et apte à cent choses, mais il ne fera pas un bon voyageur sentimental. » Je sens que, tout comme moi-même, vous aurez mis les pieds... avant ce soir... hélas ! je sens que tout comme moi-même, après ce soir, vous mettrez aussi les pieds dans bien des entrées sombres et inconnues. Je sens aussi que vous et moi nous ferons ensemble, ce soir, un vrai voyage sentimental.

Un bref silence régna dans la chambre. La jeune fille était toujours assise, la main dans le bas, et regardait tour à tour les deux hommes.

— Quels sont vos noms à vous deux ? demanda le visiteur.

— Le fait est, dit le jeune homme, pardonnez-moi de n'avoir pas immédiatement, comme l'exige toute bonne éducation, présenté à Votre Majesté vos humbles serviteurs, si proches du Ciel. Bien que vous choisissiez vous-même de demeurer inconnu, il n'est assurément pas convenable pour nous de vous celer quoi que ce soit de notre nature ou condition.

L'un et l'autre, celui qui venait d'entrer et celui qui l'accueillait, en étaient à peu près au même degré d'ivresse. Le second, quand il avançait, vacillait légèrement et le vin empâtait sans doute un tantinet sa langue ; il zézayait un peu, par surcroît. Mais, en même temps, l'ivresse avait donné des ailes à son discours et ouvert son âme à de fortes et joyeuses émotions. Il accueillit son visiteur avec un regard ouvert, brillant et tendre, et, comprenant qu'il faudrait du temps et des paroles avant que le fugitif se sentît chez lui dans cette chambre et en cette compagnie, il poursuivit :

— Donc, dit-il, le nom de notre délicieuse hôtesse est Lise. Je l'ai moi-même baptisée Fleur de Lys d'après cette héroïne des vieux troubadours, pure comme un lys à qui elle ressemble ; d'autres adorateurs l'appellent, cependant, Lise la Chatouilleuse, ce qui est leur façon sommaire de reconnaître sa réserve et la sensibilité de sa peau. Toutefois, ces noms, je les mentionne simplement *en passant* [1], comme une chose sans importance. Car on est libre en fait de lui donner n'importe quel prénom de femme qu'un jeune homme de Copenhague peut porter imprimé dans le cœur et l'on peut dire ainsi, de sa seule petite personne, qu'elle représente le sexe tout entier. Le maître, que j'ai, à l'instant, cité, disait : « L'homme qui n'a pas une espèce d'affection pour le sexe tout entier est incapable d'aimer jamais une seule femme comme il le devrait. » Lise, ainsi, est la prêtresse authentique et digne de notre déesse.

« Et moi-même, continua-t-il, moi-même ! Votre Majesté aura déjà remarqué, je me hasarde à le croire, que je suis un cavalier. A part cela, je suis, *sauf votre respect* [1], un poète, ce qui revient à dire : un fou. Mon nom ? En tant que poète — que Dieu pardonne aux lecteurs du Danemark — je n'ai aujourd'hui aucun nom. Mais, en qualité de fou, je peux, comme ce maître que j'ai deux fois cité, prendre la liberté de me nommer : Yorick. Hélas, pauvre Yorick ! Personnage d'une drôlerie infinie et d'une fantaisie merveilleuse. Et aujourd'hui, en un pareil endroit et dans de

1. En français dans le texte. *(N.d.T.)*

pareilles conditions! A quels vils usages, mon frère et ami, pouvons-nous revenir! »

Un moment, il se plongea dans ses propres pensées. « Revenir », se répéta-t-il à lui-même, puis il éclata :

— Vous aviez l'intention de revenir à temps pour l'enterrement de mon père et, au lieu de cela, vous êtes arrivé juste à temps pour le mariage de ma mère[1].

Puis il se ressaisit, revint à des sentiments moins amers.

— Et maintenant, Sire, dit-il, maintenant vous devez vous sentir chez vous et à l'aise avec nous comme au ciel ou dans la tombe. Car, à tout prendre, qui sera jamais moins porté à trahir un roi *par la grâce de Dieu*[2] qu'un poète par cette même grâce ? Et, par cette même grâce encore... mais Lise n'aime pas le mot et je ne le dirai pas.

De nouveau, il resta silencieux, mais animé, attentif, tout son être concentré sur l'instant présent. Il fit un pas en avant, saisit le flacon, remplit les coupes et, solennellement, joyeusement, de sa main tendue, en présenta une à l'étranger.

— Portons un toast, s'écria-t-il, buvons à l'heure que nous vivons. Par sa nature même, elle est éternelle, et en même temps — et une fois de plus, en accord avec sa nature — inexistante. La porte est fermée — écoutez comme il pleut — et, dans le monde entier, personne ne sait que nous sommes derrière. En outre, nous sommes tous les trois si favorisés d'une certaine manière que, demain, nous aurons oublié cette heure et que nous n'y penserons jamais plus. Donc, pendant cette heure, le pauvre parle librement au riche et le poète ensorcelle de son imagination le prince. Le Soudan Orosmane lui-même peut ici, comme il ne l'a jamais pu auparavant, comme hélas il ne le pourra jamais plus, déposer le lourd fardeau

1. Cf. *Hamlet*, Acte I. *(N.d.T.)*
2. En français dans le texte. *(N.d.T.)*

de son chagrin — impénétrable au commun des mortels — dans des cœurs humains, dans le cœur d'un poète, dans celui d'une catin. Aussi, que cette heure soit une perle dans sa coquille d'huître au fond du sombre Copenhague qui s'agite autour de nous. *Vivat!* Mon maître et ma maîtresse! *Vivat!* pour cette heure mort-née, vouée à la mort.

Il leva haut son verre, le vida, resta immobile. Son invité, obéissant comme le reflet d'un miroir, suivit chacun de ses mouvements.

Ce dernier verre, après ceux qu'ils avaient vidés plus tôt dans la soirée, produisit sur eux un effet puissant, mystérieux. Il grandit ces deux petits personnages, fit apparaître une rougeur sombre et noble sur les deux pâles visages, et naître un éclat rayonnant dans ces deux paires de grands yeux. Ils rayonnaient de joie l'un en face de l'autre et, pendant un instant, se trouvèrent près l'un de l'autre comme pour la lutte ou pour une étreinte.

— *Otez-moi donc*, dit subitement l'invité à voix basse, *ce manteau qui me pèse*[1].

Il se tenait immobile, le menton un peu levé, les yeux posés sur le visage de son hôte pendant que ce dernier déboutonnait maladroitement l'agrafe du lourd manteau et le lui ôtait des épaules. Sous le manteau, l'étranger portait une veste de soie gris perle, un gilet aux broderies bleu de mer; la dentelle, au col et aux poignets, était déchirée. Ce costume pâle donnait à toute sa personne quelque chose d'immatériel, de brillant comme s'il eût été un jeune ange en visite dans la chambre chaude et fermée. Mais comme, tombant en arrière, le manteau s'était étalé sur le dossier et le siège du fauteuil, sa doublure en velours d'or sombre semblait rassembler toutes les couleurs de la pièce et les aviver jusqu'à l'éclat du pur

1. En français dans le texte. *(N.d.T.)*

383

métal en fusion. Le jeune homme, qui s'était lui-même baptisé Yorick, vit, autour de lui, la pièce se dorer subitement et, avec une sorte de transport, il serra les doigts délicats de son invité :

— Oh ! le très bienvenu, s'écria-t-il, le tant attendu. Notre Seigneur et Maître, nous sommes vôtres ! Voyez, nous vous offrons maintenant notre meilleur fauteuil et nous ne pouvons d'ailleurs pas vous en offrir de meilleur. Lise ne se permet jamais de s'y asseoir, afin de ne pas écraser la tapisserie du poids de ses charmes. Daignez maintenant, Sire, pour cette nuit unique, le transformer en trône...

Sous le regard impérieux de l'orateur, les traits de celui qui l'entendait frémirent un instant, puis se détendirent, sereins. Son être qui, récemment, à la recherche d'un point d'appui, s'était si furieusement jeté dans tous les sens, s'était repris en main et s'élevait en une harmonie suprême. Oui, il était parmi des amis comme ceux dont lui avaient parlé les livres, cherchés sans les trouver jamais, des amis qui le comprendraient tel qu'il était véritablement. Il obéit au geste de son hôte, fit un pas en arrière en direction du fauteuil où il s'assit d'une manière un peu brusque, mais sans que sa dignité en souffrît le moins du monde. Assis droit contre le velours doré, ses mains parfaites posées sur les appuis-coudes, paraissant tenir le sceptre et le globe du monde, il dirigeait ses regards autour de la pièce comme s'il les eût abaissés de très haut.

Cependant lorsqu'il parla, il avait changé une fois de plus. Il avait prononcé ses courtes phrases françaises d'une voix particulièrement mélodieuse et sonore. A présent qu'il usait du danois, il devint évident qu'il avait appris cette langue des domestiques et des valets de chiens et qu'en leur compagnie, il avait imité ses précepteurs et s'était moqué d'eux.

— Certes, dit-il, certes, un poète, voilà ce que je désire. Je veux entendre de mes propres oreilles les doléances de mon peuple. Mais je n'ai jamais pu vous atteindre à cause de ces vieux renards qui m'espionnaient de tous les côtés. Ce soir, j'ai dû parcourir un long trajet à travers des endroits sombres et puants et gravir de terribles escaliers pour vous retrouver. Vous avez bien fait de verrouiller la porte pour les empêcher d'entrer.

Il avait parlé rapidement. Un instant, il chercha ses mots, puis continua lentement en élevant la voix :

Dans ces lieux, sans manquer de respect,
chacun peut désormais jouir de mon aspect,
car je vois avec mépris ces maximes terribles
qui font de tant de rois des tyrans invisibles[1].

— Allons, reprit-il, exposez vos doléances pour vous en débarrasser. Etes-vous malheureux ?

Le jeune homme qui s'était lui-même baptisé Yorick réfléchit un instant, puis il leva la main et la pressa contre sa pomme d'Adam, à l'endroit où sa chemise était ouverte :

— Malheureux, répéta-t-il lentement, malheureux, nous ne le serons certes jamais plus, après ce soir. Nous ne désirons, non plus, à l'occasion de nos rapports avec vous, mendier votre pitié. Un vrai courtisan n'insulte pas son roi en se dépréciant en sa présence comme si cela était nécessaire pour exalter la dignité du monarque. Non, il se fait aussi grand que possible et proclame à la face du monde : « Voyez quel grand peuple forment les serviteurs de ce maître. » La gloire de Sa Majesté Catholique d'Espagne est accrue d'avoir des serviteurs assez grands pour jouir du droit de rester couverts devant son trône, exactement comme nous servons la gloire de notre Dieu, non pas en nous prosternant mais en gardant la

---

1. En français dans le texte. *(N.d.T.)*

tête haute. Cependant, continua-t-il, il nous reste quelques petits chagrins humains et stupides du fait que nous sommes à la fois humains et stupides. Voulez-vous les connaître ?

— Oui, c'est ce que je vous ai demandé, dit celui qu'on avait appelé Orosmane.

— Sachez donc, dit Yorick, notre premier chagrin. Vous constateriez, si vous y regardiez de plus près, que les larmes salées de Lise ont tracé deux nobles sillons à travers ce rose dont avec tant de soin elle s'était fardé les joues. Et cela simplement parce qu'une autre jeune personne de cette maison, au cours d'une dispute, l'avait traitée de putain d'albâtre. N'eussé-je que deux florins — mais je ne les ai pas — j'irais cette nuit même me procurer en ville un objet d'albâtre pour ma Lise, de manière qu'elle puisse comprendre avec quel véritable génie féminin son amie Nille a décrit sa personne. De grand cœur, je consolerais Lise. Car, en vérité, Orosmane, je dois beaucoup à cette jeune personne et plus que les malheureux quatre shillings que sa bonté m'a permis d'inscrire à mon débit. Pour des gens tels que moi, c'est une bonne chose, une bénédiction, c'est un baume pour nos âmes comme pour nos corps, qu'il existe des êtres comme elle.

Orosmane leva les yeux sur Lise qui détourna la tête et regarda ailleurs.

— Ta dette envers Lise, poète, dit-il avec un noble mouvement de la main, nous la prenons à notre charge. Elle recevra demain un vase d'albâtre contenant cent florins. Car jamais putain ne pleurera dans nos royaumes. Non, elles y occuperont une haute situation officielle *comme d'un peuple poli des femmes adorées* [1]. C'est une chose bonne et bénie pour des gens tels que nous qu'il y ait des personnes comme elle...

---

1. En français dans le texte. *(N.d.T.)*

— *Bénissons le Seigneur, Lise*[1], dit Yorick.

— Et laissons donc, dit Orosmane, les dames prudes et vertueuses répandre dans leurs livres de prières des pleurs de dégoût sur notre bonté envers Lise. Car elles n'ont elles-mêmes aucune espèce de bonté. Elles minaudent, remuent du croupion et sourient avec affectation uniquement pour nous duper et nous ruiner. Et, s'écria-t-il, le visage soudain décomposé par la rage, et au lit, elles parlent.

— Vous l'avez dit, Sire, dit Yorick, au lit, elles parlent. Au lit, elles parlent, les furies sortent de l'enfer. Au moment où, jusqu'à la limite et au-delà de nos forces, nous nous sommes entièrement donnés à elles, nous, notre vie et notre éternité, elles parlent. Alors, assouvies et se faisant un plaisir d'ignorer l'infini désir de silence de l'homme, de l'être humain, elles insistent pour qu'on leur dise si l'*adrienne*[1] qu'elles portaient la veille leur allait bien et s'il existe une autre vie après la mort.

Orosmane y réfléchissait, avec de nouveau ce petit sourire sur ses traits.

— Je vais vous dire quelque chose, dit-il, qui m'a été dit à moi-même par Kirchoff. Au Paradis, Adam et Eve marchaient à quatre pattes comme les animaux parmi lesquels ils vivaient. En ce temps-là, Adam cachait son sexe sous lui, dans l'ombre de son corps, selon un sentiment *des décences*[1], qui dépasse de beaucoup celui de la femme. Mais celle-ci ne pouvait rien cacher et elle était entièrement nue et exposée à ses regards. C'est pourquoi un jour *Madame Eve*[1] se dressa sur les deux jambes et déclara que seules, cette attitude et cette démarche étaient conformes à la dignité de l'être humain. A partir de ce moment, elle

1. En français dans le texte. *(N.d.T.)*

réussit à dissimuler complètement son sexe tandis qu'Adam, désormais, exposait complètement le sien, proclamait et reconnaissait à la face de l'Univers la précision avec laquelle le Créateur avait calculé celui-ci en fonction du petit creuset secret de sa femme. Ainsi, *Madame*[1] pouvait-t-elle se rengorger et défaillir, et s'écrier : « *Um Gottes Willen, was bedeutet dies*[2] ? » Quoi, n'est-ce pas vrai ? Et c'est ainsi, termina-t-il avec une grimace brève et amère, que plus une femelle, dans la bonté de son cœur, est prête à ressembler à un animal muet et à marcher à quatre pattes, plus l'homme est à l'aise en sa compagnie. N'est-il pas vrai, poète ?

— Mais, bien sûr que c'est vrai, répondit Yorick en riant. Vous l'avez dit ! A vrai dire, j'avais déjà pensé comme vous, avant ce soir. Voyez-vous, Orosmane, je n'ai jamais eu l'honneur de voir Lise en train de manger. Mais je me la suis souvent représentée dans cette circonstance et je sens clairement que cette douce créature ne peut de toute évidence dîner ou souper comme nous. Non, elle doit nécessairement paître paresseusement comme un petit mouton blanc dans la prairie près du ruisseau murmurant, sous les frais ombrages verts.

Orosmane considéra Yorick pendant un moment et son jeune visage se détendit.

— Ce n'est pas ici, dit-il avec dignité, ni ce soir que nous parlerons de Kirchoff. C'est un *Schlingel, un valet de chambre*[1]. Rien de ce qu'il dit n'atteindra l'oreille de Lise, ni la tienne, ni la nôtre. De quoi parlions-nous ?

— De nos chagrins, dit Yorick, et de votre tendre sollicitude qui a dissipé le chagrin de Lise.

1. En français dans le texte. *(N.d.T.)*
2. En allemand : — Seigneur Dieu, qu'est-ce que ça veut dire ? *(N.d.T.)*

— Eh oui, dit Orosmane, le chagrin de Lise. Et maintenant, aux tiens. Combien de chagrins as-tu ?

— Je n'en ai que deux puisque Lise a presque fini de repriser mon bas et m'a ainsi aimablement débarrassé du troisième. Mais la semelle de mon soulier est trouée et prend fâcheusement l'eau. Cependant, j'y suis presque habitué. Mon second chagrin, Orosmane, c'est de n'être pas tout-puissant.

— Tout-puissant, répéta lentement Orosmane. Tu désires être tout-puissant ?

— Hélas ! fit Yorick. Pardonnez-moi, Sire, de venir à vous avec une plainte si répandue et si banale. Car nous tous tant que nous sommes, fils d'Adam, nous éprouvons la même aspiration infinie à la toute-puissance, comme si nous étions nés et avions été élevés pour celle-ci, et qu'elle nous avait été enlevée.

— Tu veux la toute-puissance, toi ? demanda Orosmane une nouvelle fois, et il dévisagea fixement son hôte. Ah ! Viens avec moi, car moi je la possède, à ce qu'on me dit. Est-ce qu'on ne m'a pas mis une couronne sur la tête et un sceptre dans la main ! Danneskiold et le Grand Chancelier ont porté la traîne de mon manteau. Ils ont même juré sur lui en vers. Attendez, je vais vous les réciter.

Il réfléchit pendant quelques instants, puis déclama tranquillement et distinctement :

Comment vous nommerai-je désormais, jeune Salomon ?
Un roi ? Ou seriez-vous Dieu ? Ah, vous êtes l'un et l'autre.
Voyez, inscrites sur votre sceau, toute-puissance et sagesse.
Un Monarque Absolu qui a les attributs de Dieu.

« C'est peut-être toi qui as écrit ces vers, poète ?

— Non, pas ceux-là, dit le poète.

— Veux-tu devenir moi ? s'exclama Orosmane d'une voix haute et claire. Intervertissons nos rôles pour voir si on remarque la différence ! Car, écoute donc : tout à l'heure, quand tu me tendais le verre, l'idée m'est venue que c'était toi qui étais tout-puissant.

— Encore une fois, vous avez raison, Sire, dit Yorick. De tous ceux qui habitent Copenhague, vous et moi, le monarque et le poète, nous sommes très probablement les deux êtres les plus proches de la toute-puissance. Non, on ne remarquera probablement pas la différence.

A ce point de l'entretien, Lise se leva pour retirer du poêle les pommes qui menaçaient de brûler, les posa sur la table et, avec ses doigts, les saupoudra de sucre pour que ses hôtes puissent s'en régaler quand ils en auraient envie. De temps à autre, tandis que les deux autres continuaient à parler, elle mangeait elle-même une bouchée, laissait une trace de fard rouge sur la chair de la pomme et se léchait soigneusement les doigts. Orosmane suivait ses mouvements, l'esprit absent.

— Tous les fils d'Adam, as-tu dit. Qu'en est-il de la progéniture de Madame Eve ? Qu'en est-il des femmes ? Tu ne vas pas me dire qu'elles n'aspirent pas à la toute-puissance ? Tu peux être certain que ma charmante Catherine aimerait gouverner le monde entier, exactement comme la bonne Dame de la Chambre et *Preneuse de Puces* [1] de notre royale épouse a pour ambition de fixer, pour nous, l'heure du coucher.

— Non, il se peut qu'elles n'aspirent pas positivement à la toute-puissance, dit Yorick, mais cela tient au fait que toute femme se tient déjà, au fond de son cœur, pour toute-puissante. Et, certes, elles ont raison de penser ainsi. Voyez Lise : elle n'a pas dit un mot et n'en dira pas un seul pendant tout notre entretien. Et,

---

1. En français dans le texte. (*N.d.T.*)

cependant, c'est elle qui a permis qu'ait lieu toute cette conversation — que nous n'aurions pas tenue si elle ne s'était pas trouvée dans cette chambre.

— Eh bien! dit Orosmane après un bref silence, à quoi veux-tu employer ta toute-puissance? Car moi je sais bien, déclara-t-il, l'expression de son jeune visage devenant pendant quelques instants étrangement sauvage comme s'il était prêt à mordre, ce que je voudrais faire de la mienne.

— Mon Soudan, dit humblement Yorick, je voudrais vivre.

Orosmane demeura un instant silencieux.

— Pourquoi cela? demanda-t-il.

— Eh bien! dit Yorick, *sauf votre respect, Sire*[1], le fait est que les gens veulent vivre. En premier lieu, ils veulent rester vivants d'aujourd'hui à demain et, pour atteindre ce but, il leur faut manger. Il n'est pas toujours facile de trouver quelque chose à manger. Et, quand nous avons faim, nous nous lamentons et nous crions, non pas précisément parce que nous souffrons, mais parce que nous sentons, dans notre estomac, que notre vie est menacée. Le nourrisson lui-même crie pour qu'on lui donne le sein parce qu'il veut rester en vie jusqu'au lendemain — le pauvre chaton, il ne sait pas ce que la vie signifie.

« Mais, ensuite, continua-t-il, nous désirons vivre pendant un plus grand espace de temps que celui qui s'étend d'aujourd'hui à demain et pendant une durée plus longue que ces brèves années qu'on appelle le temps d'une vie humaine : nous désirons vivre à travers les âges. C'est pourquoi nous réclamons l'étreinte physique : c'est pourquoi nous avons besoin de l'être aimé, de l'épouse qui recevra, abritera et fera s'épanouir notre vie à jamais perpétuée sur la terre. Voilà pourquoi le jeune homme gémit et tempête —

1. En français dans le texte. *(N.d.T.)*

391

parfois en vers. C'est parce qu'il aspire à ce que son propre sang voie dans cent ans se lever le soleil et la lune. Et qu'il éprouve dans tout son sang et dans chacun de ses membres que, si l'étreinte amoureuse lui est refusée, c'est la vie même qui se refuse à lui.

« Mais en fin de compte, termina-t-il très lentement, en fin de compte et plus fortement, l'homme désire la vie éternelle.

— Continue, dit Orosmane, je sais tout ce qui concerne la vie éternelle. Mon précepteur, le vieux Chapelain de la Cour, Nielsen, s'est acquis une vraie réputation parce que j'étais très fort en catéchisme. (Il enchaîna.) L'oubli des injures, la résurrection des corps et la vie éternelle. C'est ce que tu désires ?

— Plus ou moins, dit Yorick. Bien que mon corps ne soit pas précisément la part de moi-même dont je sois le plus fier. Il est léger, mais souvent lourd et difficile à porter. Qu'il meure donc ! Mais mon esprit aspire à la vie éternelle et ne veut pas être congédié. Vous-même, l'Oint du Seigneur, continua-t-il, vous êtes du bon côté et vous prendrez votre place *hochselig*[1] parmi vos *hochselig*[1] ancêtres. Mais ma chère âme, à moi, erre dans l'incertitude, tantôt s'efforçant d'atteindre la Lumière, tantôt fuyant la nuit et ainsi, au cours de toute cette aventure, contrainte de souffrir à la fois les affres de la faim et le désir infini de l'étreinte. Et, certes, j'aimerais l'aider à poursuivre sa route.

Orosmane, le joyeux souvenir de ses triomphes passés une fois éveillé, récita une strophe d'un vieux cantique danois :

> *Comme il est doux de goûter le parfum*
> *Que la demeure peut dire le sien,*
> *Et de goûter la saveur de son dû*

1. Bienheureux. *(N.d.T.)*

Au milieu de ceux qui sont devant le trône.
Oh, et d'y voir
La Trinité
C'est pour l'Homme la faveur la plus grande.

Il oublia la fin de la strophe, s'arrêta et regarda fixement d'abord sa main, puis Lise et Yorick. Yorick, lui aussi, devint pensif, attendit puis avala une gorgée de gin.

— Oui, dit-il en claquant légèrement la langue, ce sera certainement très doux et sans nul doute, il y a beaucoup à dire en faveur de la demeure du Père, mais je vais vous confier, Orosmane, ce que je n'ai jamais osé confier à personne d'autre — parce que vous, vous comprenez tout ce qu'on vous dit. Je ne me détournerai jamais complètement de cette terre. Je la garde vivante dans ma pensée depuis toujours, voyez-vous, exactement comme, quand j'étais enfant, je conservais vivants un oiseau dans sa cage ou une plante devant ma fenêtre en leur donnant de l'eau quand ils avaient soif, en les mettant au soleil et en les couvrant pour la nuit. Cette terre, la nôtre, m'est chère et précieuse — oh ! combien. Là-haut même, je ne pourrais certainement pas m'empêcher d'y jeter un coup d'œil de temps à autre pour voir si elle a pu continuer sans moi. Oui, même là-haut, je lui crierai de me venir en aide. J'aspirerai à voir mon bonheur céleste réfléchi au loin par la terre comme par un miroir. Savez-vous, Sire, comment on nomme un semblable reflet ?

— Non, je ne sais pas, dit Orosmane.

— On l'appelle *mythos*, s'écria Yorick avec transport. Mon *mythos*, c'est le reflet terrestre de mon existence céleste. *Mythos* en grec veut dire parole, du moins — puisque je n'ai jamais été fort en grec, ajouta-t-il par parenthèses, et que de grands lettrés peuvent me juger dans l'erreur — vous et moi, pour ce soir, en tout cas, nous conviendrons de lui donner ce sens. Enchanteresse et délicieuse est la parole, Orosmane : nous en avons eu la preuve ce soir. Cependant, avant la parole et au-dessus d'elle, nous connaissons un autre concept : *logos*. *Logos* en grec veut dire *Verbe* et, par le Verbe, toutes choses ont été créées.

Dans leur commune et heureuse ivresse, les interlocuteurs avaient, tout au long de leur entretien, été conduits et soutenus par un rythme, par une règle noble, précise. La même règle semblait maintenant les écarter l'un de l'autre doucement et logiquement comme lorsque deux danseurs se séparent dans un ballet et que l'un d'entre eux, bien que toujours présent et indispensable à la figure du ballet, reste inactif à admirer le solo de son partenaire. D'un mouvement puissant, l'hôte s'élança loin de son invité et exécuta son numéro.

— En vérité, s'écria-t-il, j'ai, pendant toute ma vie, aimé le Verbe. Peu d'hommes l'ont aimé aussi profondément que moi. Ses plus intimes secrets me sont ouverts. De là vient que j'ai eu communication d'un certain message : au moment où mon Père toutpuissant m'a créé par son Verbe, Il m'a demandé — et cela Il l'attend de moi — de retourner un jour vers Lui et de Lui rapporter son Verbe sous forme de paroles. C'est là l'unique tâche qui m'ait été imposée pour la durée de mon séjour sur terre. De Son Divin Logos, la force créatrice, le commencement, je tirerai mon mythos humain — la substance permanente, la mémoire. Et dans l'avenir lorsque, par Sa Grâce infinie, je ne ferai, une fois encore, plus qu'un avec Lui, du haut du Ciel nous regarderons la terre ensemble — moi avec des larmes, mais mon Dieu avec un sourire — demandant et comptant que mon mythos demeurera après moi sur terre.

« Il est terrible, continua-t-il sur un ton changé, plus lent, terrible de comprendre notre devoir envers le Seigneur. Terrible, quant à son poids et à sa durée, est l'obligation pour le gland de Lui donner le chêne. Et, cependant, c'est également exquis comme exquise et

394

plaisante est la jeune verdure après la pluie d'été. Ecrasante, quant à son poids, est ma propre alliance avec le Seigneur, cependant elle est en même temps glorieuse et très gaie ! Car si seulement je lui demeure fidèle, aucune adversité, ni aucune détresse ne peuvent me contraindre, et c'est moi qui aurai raison de l'adversité et de la détresse, de la pauvreté et de la maladie, même de la férocité de mes ennemis et qui les obligerai à travailler avec moi pour mon bien. Et toutes choses me seront favorables. »

Il rejoignit son partenaire et, devant celui-ci resté immobile, il se mit en place pour leur *pas de deux*[1].

— Quelle chance, s'écria-t-il, que je vous aie ici ce soir pour vous parler, Orosmane. Tous les autres pourraient penser que j'étais ivre et que je parlais à tort et à travers. Mais vous êtes un roi et, une fois de plus, je vous bénis pour votre royale compréhension. Votre sympathie me convainc que, quelque jour, mon mythos sera certainement découvert sur la terre. Dans deux siècles, les gens de Copenhague ne sauront plus rien de moi. Cependant, quand ils me rencontreront, ils me reconnaîtront. Mon alliance avec le Roi du Ciel est terrifiante et joyeuse. *Dignum et justum est* qu'elle soit scellée par la main d'un roi terrestre.

Orosmane l'accueillit de gestes gracieux et harmonieux et se mit à son pas.

— *Ainsi soit-il*[1], dit-il. Ma main scellera ton alliance.

Pendant un instant, comme pour confirmer ce qui avait été dit, les deux interlocuteurs demeurèrent au repos et dans l'expectative.

— Mais et moi ? s'écria Orosmane dans un nouvel entrechat. Et moi ? Obtiendrai-je, quelque jour, le reflet sur terre de ma gloire céleste — ce que tu me dis s'appeler mythos ? Le crois-tu ?

1. En français dans le texte. *(N.d.T.)*

— Oui, je le crois, dit Yorick.

— *Oh là là*[1], s'écria Orosmane, tu penses ainsi parce que, pendant toute ta vie, tu as fréquenté des gens convenables et que tu n'as jamais rencontré des précepteurs, des professeurs de religion ou des conseillers royaux et que tu n'as aucune expérience de la vraie *canaillerie*[1]. Car tout ce que tu as dit ce soir, Poète, ce n'est que ce que je sais moi-même depuis longtemps et que j'ai désiré pendant toute ma vie. A quoi donc ai-je jamais aspiré si ce n'est à ce que tu as nommé et que tu appelles ?... comment l'appelles-tu ?

— Mythos, dit Yorick.

— Oui, mythos. J'ai voulu me durcir et sûrement mon mythos est dur et sûrement un chêne est dur, et j'ai voulu, comme eux, être tout d'une pièce. Mais à toi, je vais te dire quelque chose : à la Cour et dans les conseils, les gens ont peur ! Tout le monde a peur, bien que personne ne laisse jamais voir ce dont il a peur. Ils peuvent bien vous dire qu'ils ont peur de Dieu — mais ils n'ont pas peur de Dieu — ou qu'ils ont peur du Roi — mais ils n'ont pas peur du Roi ! Non, ils courent de-ci, de-là, ils jasent, ils saluent, ils font des courbettes et s'affublent d'uniformes et de toilettes, ils mettent en pièces l'esprit d'un roi et sa vie — tout cela par crainte d'une seule chose dont le nom est... ?

— Mythos, dit Yorick.

— Mythos, dit Orosmane. Les femmes — en grand nombre — s'attaqueront à moi, celles qui sont de sang royal, comme celles qui sortent du Gotha, pour me mener par le bout du nez. Elles veulent un mythos de roi pour danser dessus en chaussons de soie, mais aucune d'entre elles n'apportera un cothurne pour lui permettre de marcher. Elles consentiraient à m'honorer d'un monument assez pompeux et le plus tôt serait le mieux — elles seront toutes d'accord pour m'élever

1. En français dans le texte. *(N.d.T.)*

396

une statue équestre. Mais elles sont d'accord — crois-m'en sur parole — pour me contester le... dis-le encore...

— Le mythos, dit Yorick.

— Le mythos, dit Orosmane. *Tu l'as dit* [1]. Ma place parmi mes ancêtres *hochselig* [2], je ne puis manquer de l'obtenir. Mais le reflet clair et profond de ma *Hochseligkeit* [3] ici, ici à Copenhague, elles l'ont, avant qu'il n'ait existé, écrasé en mille morceaux afin que, même aujourd'hui — alors que je suis encore en vie — mes oreilles entendent ses débris s'entrechoquer comme des éclats de verre.

Yorick regarda longtemps son hôte. Enfin, il parla.

— Non, déclara-t-il avec une ferme autorité. Vous vous trompez, Sire, vous aurez votre mythos. Car votre mythos sera de n'en avoir aucun. Vos sujets du Danemark, de Copenhague, dans deux cents ans ne sauront que peu de chose sur vous — et peut-être ne sauront-ils rien du tout. Cependant, dans la longue théorie des rois du Danemark, des Christian et des Frederik, le premier de tous qu'ils reconnaîtront sera vous.

Orosmane resta silencieux un moment, toutes ses facultés de réflexion concentrées vers quelque objet intérieur.

— Remplis mon verre, dit-il.

Le gin, dont on peut dire qu'il servait de musique à toute la scène, le porta à un haut degré d'ardeur et d'énergie. Le moment de son propre numéro était arrivé. Etrangement libre, droit et léger comme un oiseau, il se haussa mentalement sur la pointe des pieds. Ses mouvements n'étaient ni hâtifs, ni décousus ; dans ses envolées aériennes les plus hardies, il y avait de la plénitude et de l'équilibre. Il glissait à

1. En français dans le texte. *(N.d.T.)*
2. Bienheureux. *(N.d.T.)*
3. Félicité. *(N.d.T.)*

travers le silence comme à travers une scène, juste en face de Yorick.

— Tu t'es félicité de la chance que tu as, Yorick, mon poète et mon ami, dit-il, de m'avoir ce soir pour interlocuteur. Maintenant, écoute : ta chance est plus grande que tu ne le sais. Je veux que tu partages ma sagesse avec moi. Je vais te dire qui je suis et qui tu es !

« Car il y a sur cette terre, continua-t-il, quelques personnes — et à ma connaissance nous ne sommes que sept en tout — qui discernent la réalité et l'essence du monde. Les autres ne cessent de les dénaturer à nos yeux, car ils désirent que nul ne comprenne les proportions et l'harmonie du monde. Et les autres s'ingénient à nous séparer et à nous tenir éloignés les uns des autres, car ils savent que, si nous sommes unis, nous l'emporterons sur nos ennemis. Pendant toute ma vie, j'ai cherché les six autres de mon espèce, mais mes geôliers ne m'ont pas permis de les découvrir. Ah ! ils ne savent pas que ce soir j'ai, tout seul, trouvé ici mon chemin vers toi. Et, hélas, bientôt, très bientôt, ils seront sur mes traces pour nous arracher l'un à l'autre. En ce moment précis, ils sont à ma recherche, galopant à travers les arrière-cours, grimpant le long des ruelles et des escalades roides. Tu peux maintenant penser et crier :

> ... O nuit, nuit effroyable,
> peux-tu prêter ton voile à de pareils forfaits [1] !

« Mais en cette heure dont tu as parlé et que tu as célébrée, nous pouvons encore être ensemble et nous dire l'un à l'autre la vérité. De même que je te parle franchement, réponds-moi franchement.

— Oui, dit Yorick, parlez, Sire, votre Poète et votre Fou écoute.

1. En français dans le texte. (N.d.T.)

— Ecoute, mon Poète et mon Fou, dit Orosmane. Le monde, je te le dis, est beaucoup plus noble et beaucoup plus beau que nos ennemis ne nous permettent jamais de le voir.

— C'est bien vrai, dit Yorick.

— Les êtres humains, continua Orosmane, sont tous créés plus grands, plus nobles et plus aimables qu'ils ne le paraissent.

— Certainement.

— Et nos plaisirs, s'écria Orosmane, ne sont-ils pas beaucoup plus amusants qu'ils ne nous permettent de nous en rendre compte ?

— Ma foi oui, dit Yorick.

— Nos acteurs, s'écria de nouveau Orosmane, ne sont-ils pas beaucoup moins mauvais qu'ils ne nous le paraissent ?

— Certainement, dit Yorick.

— Et n'est-il pas beaucoup plus agréable de coucher avec une femme que nous ne pouvons le savoir actuellement ?

— De cela, je puis vous assurer, mon Soudan, dit Yorick.

— Eh bien ! nous trois, nous le savons, dit Orosmane. Nous savons, toi et moi et Lise, même si, la nuit une fois achevée, nous devons conserver pour nous notre science. Nous savons, cette nuit, combien notre gin est délicieux et de quelle excellente qualité. Oui, nous savons, s'exclama-t-il en glissant, par un retour plein de grâce, vers un précédent moment de la conversation :

> Comme il est doux de goûter le parfum
> Que la demeure peut dire le sien,
> Et de goûter la saveur de son dû
> Au milieu de ceux qui sont devant le trône.
> Oh, et d'y voir
> La Trinité
> C'est pour l'Homme la faveur la plus grande.

Il avança gracieusement une main effilée. La main, il n'avait pas l'intention qu'on la touchât et aucun des deux ne se leva pour la toucher. Cependant, ce geste de haute faveur royale réunit en une seule les trois personnes dans la pièce.

— Et, dit-il très lentement, « *Il y a dans ce monde un bonheur parfait* [1] ».

Yorick se leva et se mit au rythme de son partenaire.

— Oui, Sire, confirma-t-il, en parlant aussi lentement et aussi sérieusement que lui. Il y a sur cette terre, et au sein de cette existence qui est la nôtre, trois sortes de parfait bonheur. Et il y a des créatures humaines assez hautement favorisées pour être en mesure de les goûter toutes les trois.

— Il y en a même trois ! s'écria joyeusement Orosmane. Tu vois comment, quand nous sommes tous trois ensemble, les bonnes choses se doublent et se triplent elles-mêmes. Maintenant, éclaire mes pensées avec des mots, toi qui me dis que tu aimes le Verbe. Je ne te demanderai rien de plus. Nomme les trois.

— Le premier *bonheur parfait* [1], dit Yorick, est celui-ci : trouver en soi-même un surcroît de force.

— Comme nous le faisons en ce moment, dit Orosmane en riant. Comme en ce moment où, joyeusement unis, nous sommes capables de nous élever dans l'air tels trois cerfs-volants reliés seulement par de minces fils à l'humide Copenhague au-dessous de nous. Tu es un vrai poète, toi ! — tes mots changent mes pensées en images. En ce moment, je vois devant moi un verre rempli jusqu'au bord de vin de Bouzy ou d'Epernay dont la mousse retombe sur le pied du verre et, dans son abondance, se répand jusque dans la poussière. Lorsqu'à l'époque de mon accession au trône, j'ai informé les têtes à perruques que j'allais faire des frasques pendant un an, j'écumais de cette manière-là.

1. En français dans le texte. *(N.d.T.)*

— Un surcroît de force — Ah! voilà des mots doux à l'oreille comme une chanson. Et, en vérité, pendant toute cette année-là le cérémonial de Cour a été transformé en chanson à boire qui résonnait dans les vestibules de notre palais et retentissait dans nos rues de Copenhague. Mais tu me dis, continua-t-il après une courte interruption, qu'il existe une seconde forme de bonheur aussi parfaite que la première. Nomme-la-moi.

— Le deuxième bonheur parfait, dit Yorick, est celui-ci : tenir pour certain qu'on accomplit la volonté de Dieu.

Il y eut un bref silence.

— *Mais oui* [1], dit fièrement Orosmane. Tu parles là d'une manière juste et qui convient à un roi de *par la grâce de Dieu* [1]. Le fardeau de la couronne, tu dois le savoir, est lourd, mais notre perspicacité et notre science par la grâce de Dieu permettront d'égaliser les plateaux de la balance. Ton second bonheur suprême, Poète, est mon héritage et mon élément et ne peut me manquer. Mais vois : à compter de ce soir où nous nous sommes rencontrés et avons été unis, je vais partager ce bonheur avec vous. A compter de maintenant, tous les deux, dans vos situations respectives, le poète et la putain, vous remplirez la volonté de Dieu. Dans vos heures de découragement, vous vous souviendrez de mes paroles et vous serez réconfortés et plus jamais vous ne pleurerez comme pleurait Lise alors que je m'attardais derrière votre porte.

« Mais maintenant, mon diseur de vérités, mon bon Athénien, venons-en au troisième bonheur parfait dont tu as parlé. »

Comme Yorick ne répondait pas sur-le-champ, il répéta :

— Le troisième, quel est-il ?

Yorick répondit :

1. En français dans le texte. *(N.d.T.)*

— La cessation de la souffrance.

Le visage d'Orosmane s'éclaira d'une pâleur presque lumineuse. En un dernier bond, en un vol complètement libéré de la pesanteur — semblable à ce que dans le langage des ballets on appelle *grand jeté* [1] — il termina son solo.

— Ah! s'écria-t-il, là tu as mis dans le mille. Là, tu parles selon mon cœur. Se peut-il que tu saches combien j'ai souvent éprouvé ton troisième parfait bonheur! Et, certes, ce fut, avant tout, la raison pour laquelle — étant encore enfant — je demandais de devenir tout-puissant, afin de ne plus subir la canne — la canne du vieux Ditlev.

Yorick fit un pas en arrière comme si Orosmane, au cours de son bond aérien, l'avait renversé. Lentement, son propre visage pâlit et s'éclaira comme celui de son vis-à-vis. Son ivresse l'abandonna ou s'accrut jusqu'à l'affermir sur ses jambes.

Le silence qui, maintenant, emplissait la pièce n'était pas fait de l'absence de paroles, mais de la palpitation de vie qui remplaçait les mots.

Finalement, l'hôte fit un pas en avant comme il avait, auparavant, fait un pas en arrière et plia le genou devant le fauteuil. Il souleva la noble main de son visiteur du bras du fauteuil, la porta à ses lèvres qu'il y tint appuyées. Orosmane, immobile comme lui, abaissa son regard sur la tête penchée devant lui.

L'homme agenouillé se releva, alla s'asseoir sur le lit et enfila son bas et sa chaussure.

— Ne vas-tu pas rester ici? demanda Orosmane.

— Non, je m'en vais, dit Yorick. Ce que j'avais à faire ici était déjà terminé avant que vous n'arriviez. Mais ne resterez-vous pas un moment avec Lise? Dans le sein des autres êtres, ajouta-t-il après une brève pause, le Roi et le Poète peuvent mêler leur être le plus

1 En français dans le texte. *(N.d.T.)*

intime, comme au temps où les Vikings nordiques pour affirmer leur fraternité jurée — par un pacte de vie et de mort — mêlaient leur sang pour en abreuver le sein de la terre, muette et bienfaisante.

« Bonsoir, Sire, dit-il. Bonsoir, Lise.

Il enleva d'une patère accrochée au mur un vieux manteau qui avait été noir, mais qui, à présent, au terme de longues années d'usage, montrait des reflets verts et gris. Il le boutonna, prêta l'oreille à la pluie qui tombait dehors, remonta son col. Son chapeau était tombé par terre, il le retrouva, le ramassa, se l'enfonça sur la tête, franchit la porte, la referma derrière lui.

Comme il descendait l'escalier raide, il entendit, au-dessous, le bruit de voix étouffées.

Sur le palier suivant, il rencontra un petit groupe d'hommes qui se suivaient en file indienne. En tête marchait un jeune homme en livrée qui portait une lanterne. Un vieux monsieur, à qui l'inégalité des marches causait quelques difficultés, et deux autres personnes suivaient. A la lueur de la lanterne, leurs visages paraissaient tous pâles et inquiets.

Lorsque la petite troupe croisa l'homme qui descendait, elle s'arrêta et il dut, à son tour, s'arrêter, l'espace étant trop réduit pour qu'il pût les croiser.

Ils le regardèrent pendant quelques minutes d'un air incertain comme s'ils voulaient lui poser une question, mais qu'ils fussent perplexes quant à la manière de la formuler. Yorick prit les devants en se mettant à siffler légèrement, le pouce dressé en l'air au-dessus de l'épaule.

— Oui, dit-il, c'est là qu'habite Lise. Une honnête putain. Je l'ai payée et je viens de la quitter.

La procession s'effaça contre le mur pour le laisser passer. Mais, au moment où il croisait Yorick, le vieux monsieur dit, d'une voix basse et enrouée :

— *And there ist kein anderer daoben ?*

— *Kein anderer*[1], répondit Yorick, et il se remit à siffler, cette fois un air de ballade.

Il poursuivit jusqu'en bas sa marche quelque peu incertaine et, juste avant d'avoir atteint le bas de l'escalier, il entendit au-dessus de lui le groupe qui faisait demi-tour et descendait derrière lui.

1. Avec des fautes d'allemand :
— Et il n'y a personne d'autre là-haut ?
— Personne d'autre. (*N.d.T.*)

NOTE DE L'AUTEUR

(Conversation nocturne à Copenhague)

Le roi Christian VII de Danemark (1749-1808), fils de la très-aimée Louise, fille de George II d'Angleterre, et marié à l'âge de dix-sept ans à Caroline Mathilde, sœur de George III, âgée de quinze ans, donna dans son enfance des promesses de capacité et de talent, mais dégénéré au physique et au moral, il ruina plus tard sa santé dans sa débauche.

Lors de son accession au trône, en 1766, il déclara à ses précepteurs et ministres qu'il allait à présent « faire la vie » pendant un an — tâche dans laquelle il fut aidé par sa maîtresse Catherine, ancienne prostituée. Quelques années plus tard, sa raison l'abandonna et il vécut le restant de ses jours à peu près complètement coupé du monde.

Johannes Ewald (1743-1781), reconnu aujourd'hui comme le plus grand poète lyrique du Danemark, était le fils d'un pasteur piétiste. A seize ans, il s'échappa de la maison pour aller courir sa chance comme tambour et soldat pendant la Guerre de Sept Ans et, plus tard, il mena, pendant un temps, une vie de bohème et de « cavalier » à Copenhague. De 1773 à 1776, malade et dans le besoin, il prit pension dans l'auberge de Rungsted, l'actuel Rungstedlund, et y écrivit quelques-uns de ses plus beaux poèmes.

DU MÊME AUTEUR

Aux Éditions Gallimard

LA FERME AFRICAINE
LE DÎNER DE BABETTE
OMBRES SUR LA PRAIRIE
CONTES D'HIVER
LES CHEVAUX FANTÔMES et autres contes
LETTRES D'AFRIQUE 1914-1931

Sous le pseudonyme de Pierre Andrézel :

LES VOIES DE LA VENGEANCE

Aux Éditions Stock

SEPT CONTES GOTHIQUES

Impression Bussière à Saint-Amand (Cher),
le 23 mars 1987.
Dépôt légal : mars 1987.
Numéro d'imprimeur : 3164.
ISBN 2-07-037821-7 /Imprimé en France